DIÁLOGOS

IV

PARMÊNIDES
(OU DAS FORMAS)

POLÍTICO
(OU DA REALEZA)

FILEBO
(OU DO PRAZER)

LÍSIS
(OU DA AMIZADE)

O livro é a porta que se abre para a realização do homem.

Jair Lot Vieira

PLATÃO

DIÁLOGOS

IV

PARMÊNIDES
(OU DAS FORMAS)

POLÍTICO
(OU DA REALEZA)

FILEBO
(OU DO PRAZER)

LÍSIS
(OU DA AMIZADE)

TRADUÇÃO, TEXTOS ADICIONAIS E NOTAS

EDSON BINI
Estudou filosofia na Faculdade de Filosofia, Letras e Ciências Humanas da USP.
É tradutor há mais de 40 anos.

edipro

Grafia conforme o novo Acordo Ortográfico da Língua Portuguesa.

2ª edição, 2ª reimpressão 2023.

Editores: Jair Lot Vieira e Maíra Lot Vieira Micales
Coordenação editorial: Fernanda Godoy Tarcinalli
Tradução, textos adicionais e notas: Edson Bini
Editoração: Alexandre Rudyard Benevides
Revisão: Luana da Costa Araújo Coelho
Acentuação do grego: Ticiano Lacerda
Adaptação de capa: Ana Laura Padovan

Dados Internacionais de Catalogação na Publicação (CIP)
(Câmara Brasileira do Livro, SP, Brasil)

Platão (427?-347? a.C.)

Diálogos IV : Parmênides (ou das formas) ; Político (ou da realeza) ; Filebo (ou do prazer) ; Lísis (ou da amizade) / Platão [tradução, textos adicionais e notas Edson Bini]. 2. ed. – São Paulo : Edipro, 2015. (Clássicos Edipro).

Títulos originais: ΠΑΡΜΕΝΙΔΗΣ (Η ΠΕΡΙ ΙΔΕΩΝ) / ΠΟΛΙΤΙΚΟΣ (Η ΠΕΡΙ ΒΑΣΙΛΕΙΑΣ) / ΦΙΛΗΒΟΣ (Η ΠΕΡΙ ΗΔΟΝΗΣ) / ΛΥΣΙΣ (Η ΠΕΡΙ ΦΙΛΙΑΣ)

ISBN 978-85-7283-924-2

1. Filosofia antiga I. Bini, Edson. II. Título: Parmênides (ou das formas). III. Título: Político (ou da realeza). IV. Título: Filebo (ou do prazer). V. Título: Lísis (ou da amizade).

09-07914 CDD-184

Índices para catálogo sistemático:
1. Filosofia platônica : 184
2. Platão : Filosofia : 184

EDITORA AFILIADA

edipro

São Paulo: (11) 3107-7050 • Bauru: (14) 3234-4121
www.edipro.com.br • edipro@edipro.com.br
@editoraedipro @editoraedipro

Sumário

SUMÁRIO

Nota do tradutor

As traduções deste volume, *Parmênides*, *Político*, *Filebo* e *Lísis*, foram realizadas com base nos textos estabelecidos:

- de John Burnet: *Parmênides*, *Político* e *Filebo*;
- de Schanz (edição revisada): *Lísis*.

Textos de outros helenistas, contudo, foram também empregados ocasionalmente.

A possível ocorrência de palavras entre colchetes visa à tentativa de completamento de ideias onde o texto padece de algum hiato que compromete a compreensão.

Com o fito de facilitar e agilizar a consulta motivada pela leitura de outras obras, fizemos constar à margem esquerda da página a numeração da edição referencial de 1578 de Henri Estienne (*Stephanus*).

As notas de rodapé têm caráter meramente informativo ou elucidativo, e esporadicamente crítico, coadunando-se com o cunho didático da edição; contemplam aspectos filosóficos básicos, bem como aspectos históricos, mitológicos e linguísticos.

Dadas as diferenças estruturais entre o grego antigo (idioma declinado) e o português contemporâneo (língua não declinada), a tradução inevitavelmente se ressente de prejuízos do ponto de vista da forma: a beleza e a elegância do estilo literário de Platão são drasticamente minimizadas, mesmo porque, em um discurso filosófico, a preocupação maior do tradutor é preservar o espírito do texto e manter-se, ao menos relativamente, fiel ao teor veiculado.

Procuramos, como sempre, traduzir *a meio caminho* entre a literalidade e a paráfrase, ambas em princípio não recomendáveis, a nosso ver, em matéria de textos filosóficos. Entretanto, tendemos a concordar com Heidegger em que toda tradução é necessariamente hermenêutica; ou seja, ao tradutor é praticamente impossível (embora pugne por ser leal e isento servidor do autor) impedir que um certo subjetivismo e algum grau de interpretação invadam seu trabalho.

De antemão, solicitamos a um tempo tanto a indulgência do leitor para nossas falhas e limitações, quanto suas valiosas sugestões e críticas para o aprimoramento de edições vindouras. Aqui só nos resta curvarmo-nos à opinião socrática de que, a rigor, *nunca passamos de aprendizes...*

Apresentação

Parmênides

A questão nuclear do *Parmênides* é de natureza gnosiológica, mais precisamente metodológica e suscitada por problemas da teoria das Formas discutidos sumariamente por Parmênides e Sócrates no começo do diálogo, depois de Platão denunciar por meio de Sócrates (mostrado aqui em sua juventude) a inconsistência de alguns paradoxos de Zenão (discípulo de Parmênides) considerados, a rigor, que nem sequer são paradoxos.

O método parmenideano, no diálogo, é exibido mediante um exemplo de teor ontológico. O exemplo dado por Platão, colocado na boca do próprio mestre da escola eleática, isto é, Parmênides, veicula, na verdade, uma crítica ao método dicotômico fundado em contraditórios e contrários sustentado por Parmênides.

As hipóteses levantadas são:

1ª) o uno *é*;

2ª) o uno *não é*.

A conclusão é a de que não importa se o uno *é* ou *não é*, ele (o uno) e os outros – quer na sua relação consigo mesmos, quer na sua relação recíproca – todos em todos os aspectos *são* e *não são*, *parecem* e *não parecem*. A *reductio ad absurdum* é inescapável.

Político

No *Político* (formalmente uma sequência do *Sofista* [em Diálogos I]), Platão prossegue, embora em contexto distinto do *Parmênides*, com a questão do método. O teor aqui é visivelmente político. O autor começa por teorizar um Estado em que o governante (ou seja, o *político*, o *homem de Estado*), que ele concebe, inclusive, como rei (sugerindo uma monarquia despótica ou mesmo uma tirania), pode beneficiar os governados independentemente da vontade ou liberdade deles, sua virtude (tal como a do rei-filósofo em *A República*) legitimando que empregue até a força com seus governados, em prol deles.

Platão, contudo, ao realizar um levantamento da prática política efetiva, detecta três tipos principais de formas de governo: a monarquia, a oligarquia e a democracia, isto é, do ponto de vista quantitativo do *político* (governante), o governo de um só indivíduo, o de uns poucos indivíduos e o de muitos indivíduos.

A especulação, então sob o olhar na práxis, ressurge mais elaborada e Platão, inspirado pela teoria das Formas, afirma que somente um governo *divino*, ou seja, *ideal*, com um deus exercendo uma administração política perfeita, poderia governar na qualidade de um déspota absoluto, movido exclusivamente por seu saber, virtude e capacidade perfeitos. Ora, os governos dos homens não passam de *cópias*, *simulacros*, de imitações imperfeitas e precárias do governo divino. O que fazer? A melhor opção é uma *monarquia legal*, isto é, uma forma de governo monárquica em que o governante atuaria no constante acato a leis e não ao seu bel-prazer, agindo segundo sua exclusiva vontade e critério; a opção medianamente boa é o governo dos poucos (oligarquia); quanto à democracia (o governo exercido pelos muitos), é decididamente a menos boa das formas de *governo legal* e, coerentemente, a menos ruim das formas de *governo não legal*.

Filebo

O objeto principal do *Filebo* é marcantemente ético e apesar deste diálogo ser considerado um daqueles da fase final de Platão, este lhe confere um sabor típico dos chamados "diálogos socráticos".

Tal como no *Sofista* e no *Político*, a questão do método está presente, porém já no bojo de uma discussão ética explícita que busca determinar a natureza do *bem*. O hedonista Filebo está convicto de que a natureza do bem tem a ver com o prazer e com seus congêneres (o gozo, o contentamento etc.). Sócrates inicialmente contrapõe sustentando que muito longe de identificar-se com o prazer, o bem se identifica com o conhecimento e seus correlatos (o pensamento, a memória e seus afins). Esse puro e simples oposicionismo de Sócrates, contudo, não tarda a ceder espaço a uma concepção eclética do bem; essa concepção admite até a presença do prazer quantitativamente misturado ao conhecimento com propósito prático, isto é, para a construção de uma vida humana classificada como boa.

A discussão dessa mescla ou combinação se aprofunda. Platão se serve, inclusive, da bipolaridade conceitual *limitado/ilimitado* para fazê-la avançar e de conceitos próximos como dor (em oposição ao prazer) e excesso (envolvendo o aspecto quantitativo ou de intensidade do prazer).

A questão do prazer ele mesmo se impõe.

A oposição inicial acaba por ser pulverizada, visto que o próprio *conhecimento* pode ser *prazeroso*, mas o aspecto qualitativo volta à cena, pois Sócrates introduz a questão da pureza dos prazeres especificamente, classificando-os como puros ou *mistos* (isto é, combinados ou misturados). É instalada uma hierarquia dos prazeres, coroada pelos *prazeres do conhecimento*, os quais são absolutamente puros e não suscetíveis de mistura, o que lhes confere posição superior, ainda que relativa e não absoluta, a saber, são *mais* verdadeiros do que os prazeres mistos.

Entretanto, a oposição prazer/conhecimento como candidatos a serem o bem almejado para a existência humana boa e perfeita é reinstaurada quando o debate entre Sócrates e Protarco (o herdeiro da tese hedonista de Filebo) conduz à conclusão de que o prazer é inferior ao conhecimento, pois o prazer está na esfera do *vir a ser*, ao passo que o conhecimento está na esfera do *ser*.

Lísis

Tanto o tema quanto o conteúdo do *Lísis* contemplam o ético.

A conversação principia tendo como objeto a afeição humana e converge para um sentimento menos genérico e mais específico: a *amizade*. Inicialmente a busca da essência da amizade sugere a distinção entre φιλία (*philía*) e ἔρος (*éros*), já que na prática na relação *amorosa* amante e amado não se mostram necessariamente *amigos*.

Na sequência procura-se o fundamento da amizade em um ponto comum peculiar entre os indivíduos, nomeadamente sua semelhança no fato de serem bons. Esse fundamento é tido como válido e satisfatório, mas paradoxalmente a mesma linha de argumentação que conduziu a essa conclusão parece também fazer concluir que os *bons* prescindem de amizade.

A base da amizade é buscada então na dessemelhança humana, mas nesse caso o resultado não é sequer considerado satisfatório.

A próxima tentativa de descobrir o fundamento e a natureza da amizade é empreendida de maneira mais complexa graças a uma analogia com o corpo humano sadio, o qual é suscetível de adoecer. O corpo (quando enfermo) necessita incisivamente de saúde, ou seja, do *bem*, a despeito da presença nele da doença (ou seja, do *mal*) – daí a necessidade de medicamento. Talvez a amizade fosse algo análogo a esse anelo pelo bem.

Mas isso também não é plenamente satisfatório.

Entende-se que a descoberta do que é a amizade exige que se vislumbre para ela um significado ou sentido que transcenda o mero conceito de algo que se deseja em função de alguma coisa que lhe é distinta.

Nesse caminho de relacionar a amizade ao desejo ou anelo, imagina-se que a amizade é o desejo de algo que nos é mutuamente inerente enquanto indivíduos humanos, porque determinado por uma afinidade natural. Todavia, essa análise irá esbarrar nos mesmos problemas da busca do fundamento da amizade na semelhança das pessoas cujo traço comum é serem boas.

O *Lísis*, como outros diálogos de Platão, termina sem resolver de fato a questão suscitada no seu início. Seria recomendável considerá-lo uma espécie de "diálogo de exercício discursivo preparatório" que encaminha para o *Fedro* (em Diálogos III) e o *Banquete* (em Diálogos V), os quais tratam do amor com maior profundidade e desenvoltura.

Dados biográficos

Em rigor, pouco se sabe de absolutamente certo sobre a vida de *Platão*.

Platão de Atenas (seu verdadeiro nome era Aristocles) viveu aproximadamente entre 427 e 347 a.C. De linhagem ilustre e membro de uma rica família da Messênia (descendente de Codro e de Sólon), usufruiu da educação e das facilidades que o dinheiro e o prestígio de uma respeitada família aristocrática propiciavam.

Seu interesse pela filosofia se manifestou cedo, e tudo indica que foi motivado particularmente por *Heráclito de Éfeso*, chamado *O Obscuro*, que floresceu pelo fim do século VI a.C.

É bastante provável que, durante toda a juventude e até os 42 anos, tenha se enfronhado profundamente no pensamento pré-socrático – sendo discípulo de Heráclito, Crátilo, Euclides de Megara (por meio de quem conheceu as ideias de Parmênides de Eleia) – e, muito especialmente, na filosofia da Escola itálica: as doutrinas pitagóricas [mormente a teoria do número (ἀρίθμιος – *aríthmios*) e a doutrina da transmigração da alma (μετεμψύχωσις – *metempsýkhosis*) exercerão marcante influência no desenvolvimento de seu próprio pensamento, influência essa visível mesmo na estruturação mais madura e tardia do platonismo original, como se pode depreender dos últimos diálogos, inclusive *As Leis*.

Entretanto, é inegável que o encontro com Sócrates, sua antítese socioeconômica (Sócrates de Atenas pertencia a uma família modesta de artesãos), na efervescência cultural de então, representou o clímax de seu aprendizado, adicionando o ingrediente definitivo ao cadinho do qual emergiria o corpo de pensamento independente e original de um filósofo que, ao lado de Aristóteles, jamais deixou de iluminar a humanidade ao longo de quase 24 séculos.

Em 385 a.C., Platão, apoiado (inclusive financeiramente) pelos amigos, estabeleceu sua própria Escola no horto de *Akadémia* (Ἀκαδήμεια), para onde começaram a afluir os intelectos mais brilhantes e promissores da Grécia, entre eles Aristóteles de Estagira, que chegou a Atenas em 367 com 18 anos.

É provável que, logo após a autoexecução de seu mestre (399), Platão, cujos sentimentos naqueles instantes cruciais não nos é possível perscrutar, tenha se ausentado de Atenas, e mesmo da Grécia, por um período que não podemos precisar. Teria visitado o Egito e a Sicília; de fato ele demonstra em alguns de seus diálogos, mais conspicuamente em *As Leis*, que conhecia costumes e leis vigentes no Egito na sua época.

Não é provável, contudo, que demorasse no estrangeiro dada a importância que atribuía à Academia, à atividade que ali desempenhava e que exigia sua presença. Ademais, suas viagens ao exterior seguramente não visavam exatamente ao lazer: Platão buscava o conhecimento, e se algum dia classificou os egípcios como *bárbaros*, por certo o fez com muitas reservas.

Diferentemente de seu velho mestre, Platão, que devia portar-se como um cidadão exemplar apesar de sua oposição inarredável à democracia ateniense, jamais se indispôs com os membros proeminentes do Estado ateniense; nesse sentido, sua prudência e postura de não envolvimento são proverbiais, o que se causa certo espanto por partir de um dos primeiros teóricos do Estado comunista governado por *reis-filósofos* (como constatamos em *A República*) e do Estado socialista (*As Leis*), que ainda retém características de centralização do poder no Estado, parecerá bastante compreensível em um pensador que, à medida que amadurecia sua reflexão política, mais se revelava um conservador, declaradamente não afeito a transformações políticas; para Platão, nada é mais suspeito e imprevisível do que as consequências de uma insurreição ou revolução. Outrossim, não devemos esquecer que Platão pertencia, ele próprio, à classe abastada e aristocrática de Atenas, posição que aparentemente não o incomodava em absoluto e até se preocupava em preservar.

Platão morreu aos 80 ou 81 anos, provavelmente em 347 a.C. – *dizem* – serenamente, quase que em continuidade a um sono tranquilo... Θάνατος (*Thánatos*), na mitologia, é irmão de Ὕπνος (*Hýpnos*).

Platão: sua obra

Em contraste com a escassez de dados biográficos, foi-nos legada de Platão – ao menos são esses os indícios – a totalidade de suas obras, e *mais* – muito provavelmente quase todas completas, fato incomum no que toca aos trabalhos dos pensadores antigos helênicos, dos quais muito se perdeu. As exceções são representadas pelo último e mais extenso Diálogo de autoria inquestionada de Platão, *As Leis*, e o Diálogo *Crítias*.

Essa preciosa preservação se deve, em grande parte, ao empenho do astrólogo e filósofo platônico do início do século I da Era Cristã, Trasilo de Alexandria, que organizou e editou pela primeira vez o corpo total das obras de Platão, inclusive os apócrifos e os textos "platônicos", cuja autoria é atribuída aos seguidores diretos e indiretos do mestre da Academia. Todos os manuscritos medievais da obra de Platão procedem dessa edição de Trasilo.

Diferentemente de outros filósofos antigos, filósofos medievais e modernos, Platão não é precisamente um *filósofo de sistema* à maneira de Aristóteles, Plotino, Espinosa, Kant ou Hegel, que expressam sua visão de mundo por meio de uma rigorosa exposição constituída por partes interdependentes e coerentes que, como os órgãos de um sistema, atuam em função de um todo e colimam uma verdade total ou geral. Todavia, Platão também não é um pensador *assistemático* nos moldes dos pré-socráticos (cujo pensamento precisamos assimilar com base nos fragmentos que deles ficaram) e de expoentes como Nietzsche, que exprimem sua visão do universo por máximas e aforismos, os quais pretendem, na sua suposta independência relativa, dar conta da explicação ou interpretação do mundo.

Inspirado pela concepção socrática da ἀλήθεια (*alétheia*) – segundo a qual esta não é produto externo da comunicação de um outro indivíduo (na prática, o mestre) ou da percepção sensorial ou empírica da realidade que nos cerca, mas está sim já presente e latente em cada um de nós, competindo ao mestre apenas provocar mediante indagações apropriadas, precisas e incisivas o nascer (o *dar à luz* – μαιεύω [*maieúo*]) da ἀλήθεια (*alétheia*) no discípulo –, Platão foi conduzido ao *diálogo*, exposição *não solitária* das ideias, na qual, por exigência do método socrático (maiêutica – a *parturição das ideias*), são necessárias, no mínimo, *duas* pessoas representadas pela voz principal (o mestre, que aplica a maiêutica) e um interlocutor (o discípulo, que dará à luz a verdade (ἀλήθεια [*alétheia*]).

Na maioria dos diálogos platônicos, essa voz principal é a do próprio Sócrates, ou seja, o mestre de Platão, de modo que nos diálogos, que provavelmente pertencem à primeira fase de Platão, sob forte influência de Sócrates, é difícil estabelecer uma fronteira entre o pensamento socrático e o platônico. A partir do momento em que despontam as ideias originais de Platão {a teoria das *Formas*, a teoria da alma (ψυχή [*psýkhe*]), a teoria do Estado (πόλις [*pólis*]) etc.}, Sócrates assume o papel menor de porta-voz e veiculador das doutrinas de Platão.

O fato é que Platão desenvolveu e aprimorou a *maiêutica* de maneira tão profunda e extensiva que chegou a um novo método, a *dialética*, que nada mais é – ao menos essencialmente – do que a arte (τέχνη [*tékhne*]) do diálogo na busca do conhecimento (γνῶσις [*gnósis*]).

Do ponto de vista do estudante e do historiador da filosofia, essa forma e esse método *sui generis* de filosofar apresentam méritos e deméritos. Platão não se manifesta apenas como um filósofo, embora primordialmente o seja. No estilo e na forma, é também um escritor e, na expressão, um poeta.

Ora, isso torna sua leitura notavelmente agradável, fluente e descontraída, em contraste com a leitura de densos e abstrusos tratados sistemáticos de outros filósofos. Por outro lado, colocando-nos na pele dos interlocutores de Sócrates, é como se, tal como eles, fizéssemos gerar em nós mesmos a verdade.

Como contestar, porém, que o brilhante discurso literário do diálogo não dificulta e mesmo empana a compreensão e assimilação do pensamento do mestre da Academia?

É provavelmente o que ocorre, embora com isso nos arrisquemos a receber a pecha de racionalistas.

Essa situação é agravada pelo uso regular que Platão faz do mito (μῦθος [*mýthos*]).

O mestre Platão, de qualquer modo, sente-se muito à vontade e convicto de que seu método concorreria precisamente para o contrário, ou seja, a compreensão de seu pensamento.

Não há dúvida de que isso se aplicava aos seus contemporâneos. Imaginaria Platão que sua obra resistiria a tantos séculos, desafiando a pósteros tão tardios como nós?

Paradoxalmente, o saldo se mostrou mais positivo que negativo. É possível que, em virtude *exatamente* de sua atraente e estimulante exposição filosófica sob a forma literária do diálogo, Platão tenha se tornado um dos mais lidos, estudados, publicados e pesquisados de todos os pensadores, o que é atestado pela gigantesca bibliografia a ele devotada.

Voltando ao eixo de nossas considerações, é necessário que digamos que dentre tantos diálogos há um *monólogo*, a *Apologia de Sócrates*, que, naturalmente, como um discurso pessoal de defesa, não admite a participação contínua de um interlocutor.

Há, também, as treze *Epístolas*, ou *Cartas*, de teor político, dirigidas a Dion, Dionísio de Siracusa, e a outros governantes e políticos da época, e os dezoito *Epigramas*.

Na sequência, juntamos despretensiosas sinopses dos diálogos (e da *Apologia*), no que tencionamos fornecer àquele que se interessa pelo estudo do platonismo somente uma orientação básica, em meio aos meandros do complexo *corpus* de doutrina exibido pelos diálogos.

Os diálogos (mais a *Apologia*), cuja autoria de Platão é aceita unanimemente por sábios, estudiosos, eruditos, escoliastas, filólogos e helenistas de todos os tempos, em número de *nove*, são (em ordem não cronológica, pois qualquer estabelecimento de uma cronologia que se pretenda, objetiva e rigorosa, é dúbio) os seguintes:

FEDRO: Trata de dois assuntos aparentemente desconexos, mas vinculados por Platão, ou seja, a natureza e os limites da retórica (crítica aos sofistas) e o caráter e o valor do amor sensual (ἔρος [*éros*]). Esse diálogo está assim aparentado tanto ao *Banquete* (acerca das expressões de ἔρος [*éros*]) quanto ao *Górgias* (acerca da figura do verdadeiro filósofo em contraste com o sofista). Escrito antes da morte de Sócrates, é um dos mais atraentes e expressivos diálogos. Seu nome é de um grande admirador da oratória.

PROTÁGORAS: O assunto é específico (embora envolva os fundamentos gerais das posições antagônicas de Platão e dos sofistas), a saber, o conceito e a natureza da ἀρετή (*areté*). É a virtude ensinável ou não? A mais veemente crítica de Platão aos mais destacados sofistas: Protágoras, Hípias e Pródico.

O BANQUETE: O assunto é a origem, diferentes manifestações e significado de ἔρος (*éros*). O título desse diálogo (Συμπόσιον [*Sympósion*]) indica a própria ambientação e cenário do mesmo, isto é, uma festiva reunião masculina regada a vinho. Anterior à morte de Sócrates.

GÓRGIAS: É sobre o verdadeiro filósofo, o qual se distingue e se opõe ao sofista. Platão prossegue criticando os sofistas, embora Górgias, segundo o qual nomeou o diálogo, fosse um prestigioso professor de oratória que proferia discursos públicos, mas "não ensinava a virtude em aulas particulares remuneradas". Um dos mais complexos diálogos, que parece ter sido escrito pouco antes da morte de Sócrates.

A REPÚBLICA: O segundo mais longo dos diálogos (o mais longo é *As Leis*). Apresenta vários temas, mas todos determinados pela questão inicial, fundamental e central, e a ela subordinados: o que é a justiça (δίκη [*díke*])?... Ou melhor, *qual é a sua natureza, do que é ela constituída?* Nesse diálogo, Platão expõe sua concepção de um Estado (comunista) no qual a ideia de justiça seria aplicável e a própria δίκη (*díke*) realizável e realizada. O título *A República* (amplamente empregado com seus correspondentes nas outras línguas modernas) não traduz fielmente Πολιτεῖα (*Politeîa*), que seria preferível traduzirmos por "A Constituição" (entendida como *forma de governo de um Estado soberano* e não a Lei Maior de um Estado). Há quem acene, a propósito, para o antigo subtítulo, que é *Da Justiça. A República* é a obra de Platão mais traduzida, mais difundida, mais estudada e mais influente, tendo se consagrado como um dos mais expressivos textos de filosofia de todos os tempos.

TIMEU: Sócrates, como de ordinário, instaura o diálogo dessa vez retomando a discussão sobre o Estado ideal (assunto de *A República*), mas graças a Timeu o diálogo envereda para a busca da origem, da geração do universo (κοσμογονία [*kosmogonía*]). Nesse diálogo, Platão apresenta sua concepção da Divindade, o Δημιουργός (*Demiourgós*). Embora Timeu (que empresta o seu nome ao diálogo) pareça oriundo do sul da Itália, há quem o considere um personagem fictício. De qualquer modo, ele representa a contribuição da geometria à teoria cosmogônica de Platão. A maioria dos helenistas situa o *Timeu* no período final e de maior maturidade filosófica de Platão (e, portanto, depois da morte de Sócrates, embora – como ocorre em vários outros diálogos – Sócrates continue como figura principal do diálogo); a minoria o julga produção do *período médio*, seguindo de perto *A República.*

TEETETO: Aborda específica e amplamente a teoria do conhecimento (ἐπιστημολογία [*epistemología*]) a partir da indagação: "O que é o conhecimento?". Há fortes indícios de que Platão contava com aproximadamente 60 anos quando escreveu esse diálogo (bem depois da morte de Sócrates) em homenagem ao seu homônimo, Teeteto, conceituado matemático que morrera recentemente (369 a.C.) prestando serviço militar. Teeteto frequentara a Academia por muitos anos.

FÉDON: Conhecido pelos antigos igualmente por *Da Alma*, está entre os mais belos e comoventes diálogos, pois relata as últimas horas de Sócrates e sua morte pela cicuta. O narrador é Fédon, que esteve com Sócrates em seus momentos derradeiros. De modo escorreito e fluente, como que determinado pelas palavras do condenado e seu comportamento ante a morte iminente, o diálogo aborda a morte e converge para a questão da imortalidade da alma, a qual é resolvida pela doutrina de sua transmigração ao longo de existências em diferentes corpos. A presença do pensamento pitagórico é flagrante, e Platão alterna sua teoria psicológica (ou seja, da alma) com a doutrina da metempsicose exposta sob a forma do mito no final do diálogo.

AS LEIS: Diálogo inacabado. Sócrates não está presente neste, que é o mais extenso e mais abrangente (do ponto de vista da temática) dos diálogos. Seu personagem central não possui sequer um nome, sendo chamado simplesmente de O Ateniense; seus interlocutores (Clínias de Creta e Megilo de Lacedemônia) são com grande probabilidade figuras fictícias, o que se coaduna, a propósito, com a inexpressiva contribuição filosófica que emprestam ao diálogo, atuando – salvo raras ocasiões, nas quais, inclusive, contestam as afirmações do Ateniense – somente como anteparo dialético para ricochete das opiniões do Ateniense. *As Leis* (Νόμοι [*Nómoi*]) cobrem, semelhantemente à *A República*, uma ampla gama de temas, que revisitam *A República* e apresentam uma nova concepção do Estado, tendo dessa vez como fecho um elenco de admoestações ou advertências para a conduta dos cidadãos e, principalmente, a extensa promulgação de leis a serem aplicadas no seio da πόλις (*pólis*). Como o conceito νόμοι (*nómoi*) é bem mais lato do que nosso conceito de leis, e mesmo do que o conceito *lex* romano, a discussão desencadeada pelo Ateniense, como demonstra a variedade de itens correlacionados do diálogo, adentra as áreas da psicologia, da gnosiologia, da ética, da política, da ontologia e até das disciplinas tidas por nós como não filosóficas, como a astronomia e as matemáticas, não se restringindo ao domínio daquilo que entendemos como legal e jurídico (lei e direito). Destituído da beleza e elegância de tantos outros diálogos, *As Leis* (o último diálogo de autoria indiscutível de Platão) se impõe pelo seu vigor filosófico e por ser a expressão cumulativa e acabada do pensamento maximamente amadurecido do velho Platão.

APOLOGIA: É o único monólogo de Platão, exceto pelas respostas sumárias de Meleto; retrata o discurso de defesa de Sócrates na corte de Atenas perante um júri de 501 atenienses no ano de 399 a.C., quando ele contava com 70 anos. Sócrates fora acusado e indiciado (ação pública) pelos crimes de sedução da juventude e de impiedade, o mais grave de todos, pois consistia na descrença nos deuses do Estado. A *Apologia* é uma peça magna em matéria de estilo e teor, e certamente um dos escritos mais profundos e significativos já produzidos em toda a história da humanidade. Sócrates não retira uma única vírgula de suas concepções filosóficas que norteavam sua conduta como ser humano e cidadão de Atenas. Leva a coragem de expor e impor as próprias ideias às raias da plena coerência, pouco se importando com o que pensam os detentores do poder – mesmo porque já sabe que seu destino está selado. Sereno e equilibrado, respeita a corte, o Estado e aqueles que o condenam. Deixa claro que, longe de desrespeitar os deuses (a começar por Zeus e Apolo), sempre orientou seus passos pelo oráculo de Delfos e segundo a inspiração de seu δαίμων (*daímon*). Seu discurso é prenhe de persuasão e capaz de enternecer até corações graníticos e impressionar cérebros geniais, mas não profere uma única sílaba a seu favor para escapar à morte, embora mencione o exílio, opção que descarta, e sugira o recurso de pagar uma multa, a ser paga majoritariamente por alguns de seus discípulos ricos, especialmente Platão. Para ele, nenhum cidadão está acima da lei, e esta tem de ser cumprida, mesmo que seja injusta. É impróprio, na verdade, entendermos sua defesa no sentido corrente da palavra, a acepção sofista e advocatícia: *ele não defende sua pessoa, sua integridade física, defende sim seu ideário*, que em rigor era seu único patrimônio, pois nada possuía em ouro e prata. Não teme o sofrimento, o exílio ou a morte – o que o repugna e lhe é incogitável é a abdicação do seu pensar e dos atos que consubstanciaram sua vida. Não alimenta a menor dúvida de que mais vale morrer com honra do que viver na desonra. Para ele, sua morte era a solução irreversível e natural de sua obra e dos fatos de sua vida. Se algum dia um homem soube com precisão como viver e quando morrer, esse homem foi Sócrates de Atenas!

Os 16 diálogos que se seguem são considerados por *alguns* helenistas e historiadores da filosofia como de autoria duvidosa ou apócrifos.

SOFISTA: Fazendo jus ao título, Sócrates principia a temática do diálogo indagando acerca dos conceitos de sofista, homem político e filósofo. Participam, entre outros, o geômetra Teodoro, Teeteto e um filósofo proveniente de Eleia, cidade natal de Parmênides e seu discípulo Zenão. A investigação inicial conduz os interlocutores à questão do *não-ser*, circunscrevendo o diálogo a essa questão ontológica fundamental, que constitui precisamente o objeto essencial da filosofia do pré-socrático *Parmênides*. O *Sofista* surge como uma continuação do *Teeteto*, mas pelo seu teor está vinculado mais intimamente ao *Parmênides*.

PARMÊNIDES: Curiosamente, nesse diálogo, Platão coloca como figura central o filósofo Parmênides e não Sócrates, embora o encontro seja provavelmente fictício e se trate de um diálogo narrado por Céfalo. Como seria de esperar, o objeto capital é de caráter ontológico, girando em torno das questões da natureza da realidade: se esta é múltipla ou una etc. A *teoria das Formas* é aqui introduzida, a saber, a realidade consiste em Formas (Ideias) que não são nem materiais, nem perceptíveis, das quais as coisas materiais e perceptíveis participam. O *Parmênides* se liga pela sua temática mais estreitamente ao *Filebo*, ao *Político* e ao *Sofista*.

CRÁTILO: O assunto aqui ventilado é o princípio sobre o qual está fundada a correção do nome (ὄνομα [*ónoma*], por extensão signo que abriga o conceito). O que legitima o nome? Segundo Hermógenes, os nomes nada têm a ver, no que concerne à origem, com as coisas nomeadas que representam: são estabelecidos por convenção. Crátilo, ao contrário, afirma que o nome é por natureza, isto é, a etimologia de um nome pode nos conduzir a uma descrição disfarçada que revela corretamente a natureza daquilo que é nomeado, sendo este o princípio da nomenclatura. Sócrates contesta ambas as teorias, realizando a crítica da linguagem mesma, propondo que busquemos por trás das palavras a natureza imutável e permanente das coisas como são em si mesmas, o que vale dizer que as palavras não nos capacitam a ter acesso ao mundo inteligível das Formas puras e, muito menos, o revelam a nós.

FILEBO: O objeto de discussão é bastante explícito, ou seja, o que é o *bem* e como pode o ser humano viver a melhor (mais excelente, mais virtuosa) vida possível. Filebo, que identifica o bem com o prazer, apresenta-se como um belo jovem (não há registro histórico algum dessa pessoa, o que nos leva a crer que se trata de um personagem fictício de Platão). Analítica e etimologicamente, o nome significa *amigo* ou *amante da juventude*, o que nos conduz inevitavelmente à predileção de Sócrates por homens jovens e atraentes no seu círculo. Os helenistas, em geral, concordam que o *Filebo* foi produzido depois do *Fédon*, do *Fedro*, de *A República*, do *Parmênides* e do *Teeteto*, na última fase da vida de Platão e, portanto, em data muito posterior à morte de Sócrates. O *Filebo* é, sem sombra de dúvidas, um dos mais significativos e importantes diálogos de Platão, pela sua maturidade filosófica, clareza e porque o conceito nevrálgico da ética (o bem) é focalizado com insistência em conexão com a metafísica. O encaminhamento da discussão, especialmente no que tange à metafísica, aproxima o *Filebo* do *Sofista* e do *Político*.

CRÍTON: O objeto de discussão desse diálogo envolve o julgamento e a morte de Sócrates e situa-se no período de um mês (trinta dias) entre esses dois eventos, quando Críton (poderoso e influente cidadão ateniense, além de amigo pessoal de Sócrates) o visita na prisão e tenta, pela última vez (em vão), convencê-lo a assentir com um plano urdido por seus amigos (incluindo o suborno dos carcereiros) para sua fuga e seu deslocamento a um lugar em que ficasse a salvo do alcance da lei de Atenas. O diálogo assume agilmente o calor de um debate ético em torno da justiça (δίκη [*díke*]), insinuando-nos nas entrelinhas, um problema crônico da sociedade que agita e intriga os juristas até os nossos dias: está claro que a aplicação da lei colima a justiça, mas, na prática, com que frequência consegue atingi-la? Pensando em seu próprio caso, Sócrates, que insistia que até a lei injusta devia ser respeitada (o que era exatamente o que fazia naqueles instantes ao opor-se ao plano de fuga e ao suborno), faz-nos ponderar que a lei pode ser mesmo um instrumento de morte em nome da busca da justiça, mas onde está a sabedoria dos homens para utilizá-la? Até que ponto será a lei na prática (e absurdamente) um instrumento da injustiça? Por outro lado, a contínua reprovação que Sócrates votava aos sofistas, nesse caudal de raciocínio, não era gratuita. Para ele, esses habilíssimos retóricos defendiam à revelia da verdade e da justiça homens indiciados que podiam pagar por isso. Contribuíam o dinheiro e o poder para que a lei atingisse sua meta, a justiça? Ou seria o contrário? Haveria nisso, inclusive, uma crítica tácita ao próprio Críton. E afinal, o que é a justiça? Se a lei era para os atenienses um instrumento real e concreto, que permitia a aplicação via de regra sumária da justiça, esta não passava de um conceito discutível, embora fosse uma das virtudes capitais, aliás só superada pela sabedoria (φρόνησις [*phrónesis*], σοφία [*sophía*]).

CRÍTIAS: Diálogo inacabado no qual Platão, tendo Sócrates como o usual veiculador de suas ideias, põe, contudo, na boca de Crítias, a narração do mito de origem egípcia da Atlântida, civilização que teria existido em uma ilha do Atlântico, próxima à entrada do mar Mediterrâneo, há nove milênios da Atenas atual. Segundo Crítias, a Atenas de então guerreara contra esse povo de conquistadores, que acabara por perecer, pois um terremoto (maremoto?) fizera com que toda a ilha fosse tragada pelo oceano, causando, também, a morte de todos os guerreiros gregos daquela era. Ora, essa Atenas remota possuiria uma forma de governo que correspondia ao modelo de Estado apresentado em *A República*.

EUTÍFRON: O "tempo" desse breve diálogo é o curto período no qual Sócrates se prepara para defender-se, na corte de Atenas, das acusações de que fora alvo. O jovem Eutífron acabara de depor contra seu pai pela morte de um servo. O assassinato (mesmo de um servo) era um delito grave (como, aliás, Platão enfatiza em *As Leis*) que resultava em uma *mácula* (mãos sujas de sangue) que tinha de ser eliminada mediante ritos purificatórios. Tratava-se de um crime religioso, pois os maculados não purificados desagradavam aos deuses. Entretanto, a denúncia de um pai feita por um filho, embora justificável e permitida pelas leis democráticas de Atenas, era tida como "um ato pouco piedoso". Não é de surpreender, portanto, que esse diálogo verse sobre os conceitos de piedade (σέβας [*sébas*]) e impiedade (ἀσέβεια [*asébeia*], ἀσέβημα [*asébema*]), e que, por seu tema candente e visceral, aproxime-se da *Apologia*, do *Críton* e do *Fédon*.

POLÍTICO: Continuação do *Sofista*, esse diálogo procura traçar o perfil do homem político e indicar o conhecimento que tal indivíduo deveria possuir para exercer o bom e justo governo da πόλις (*pólis*), no interesse dos cidadãos. Essa descrição do perfil do estadista é mais negativa do que positiva, e Platão finda por retornar à figura do sofista.

CÁRMIDES: Um dos mais "éticos" diálogos de Platão, provavelmente pertencente à sua fase inicial, sob intensa influência do mestre Sócrates. É efetivamente um dos diálogos socráticos de Platão no qual as ideias do mestre se fundem às suas. O assunto é a σωφρωσύνη (*sophrosýne*) [temperança, autocontrole, moderação]. Cármides, tio materno de Platão, aqui aparece em sua adolescência (432 a.C.), antes de se tornar um dos 30 tiranos.

LAQUES: Também pertencente ao período inicial da investigação e vivência filosóficas sob Sócrates, no qual o corpo integral das ideias platônicas ainda não se consolidara e cristalizara, o *Laques* (nome de um jovem e destacado general ateniense que lutara na guerra do Peloponeso) é mais um diálogo ético que se ocupa de um tema específico: ἀνδρεία (*andreía*), coragem.

LÍSIS: Do mesmo período de *Cármides* e *Laques*, *Lísis* (nome de um atraente adolescente de ilustre família de Atenas) é outro diálogo "ético socrático", no qual se discute o conceito φιλία (*philía*) [amizade, amor]. Parte da teoria da amizade desenvolvida por Aristóteles, na *Ética a Eudemo* e *Ética a Nicômaco*, baseia-se nas luzes e conclusões surgidas no Lísis.

EUTIDEMO: Outro diálogo "socrático". A matéria abordada, sem clara especificidade, retoma a crítica aos sofistas. Eutidemo (figura de existência historicamente comprovada) e seu irmão, Dionisodoro, abandonam o aprendizado da oratória sofística e os estudos marciais para empreenderem a erística (ἔρις [*éris*]: disputa, combate, controvérsia). O cerne da discussão é a oratória ou retórica (ρητορεία [*retoreía*]), porém, é realizado um esforço para distingui-la da erística. Aristóteles, no *Órganon*, preocupar-se-á com essa distinção (retórica/erística) ao investigar profundamente a estrutura do silogismo e do juízo, indicando os tipos do primeiro do ponto de vista da verdade ou falsidade lógicas: um desses tipos é o *sofisma*, um silogismo capciosamente falso.

MÊNON: Provavelmente produzido no período mediano da vida de Platão, o *Mênon* não é propriamente um diálogo "socrático", já revelando uma independência e substancialidade do pensamento platônico. Mênon é integrante de uma das mais influentes famílias aristocráticas da Tessália. O diálogo, inicialmente, não visa elucidar um conceito ou o melhor conceito (empenho típico dos diálogos "socráticos"), mas sim responder a uma questão particular formulada por Mênon como primeira frase do diálogo: "Podes dizer-me, Sócrates, se é possível ensinar a virtude?". E ele prossegue: "Ou não é ensinável, e sim resultado da prática, ou nem uma coisa nem outra, o ser humano a possuindo por natureza ou de alguma outra forma?". Contudo, reincorporando uma característica do diálogo socrático, a segunda parte do Mênon reinstaura a busca do conceito da ἀρετή (*areté*). Para os sofistas, a ἀρετή (*areté*) é fruto de uma convenção (νόμος [*nómos*]) e, portanto, verbalmente comunicável e passível de ser ensinada.

HÍPIAS MENOR: Hípias é o grande sofista que, ao lado de Protágoras, Pródico e Isócrates, atuou como um dos pugnazes adversários de Sócrates e Platão no fecundo e excitante cenário intelectual de Atenas. Esse curtíssimo diálogo teria sido motivado por um inflamado discurso proferido por Hípias, tendo a obra do poeta Homero como objeto. Sócrates solicita a Hípias que explicite sua visão sobre Aquiles e Odisseu, segundo a qual o primeiro é "o mais nobre e o mais corajoso", enquanto o segundo é "astuto e mentiroso". O problema aqui introduzido, estritamente ético, concerne ao cometimento consciente e voluntário da ação incorreta por parte do indivíduo justo e o cometimento inconsciente (insciente) e involuntário da ação incorreta por parte do indivíduo injusto. Em *A República* e *As Leis,* a questão do erro voluntário com ciência e o erro involuntário por ignorância também é enfocada. Ocioso dizer que se esbarra, implicitamente, na posição maniqueísta: é Aquiles absoluta, necessária e perenemente corajoso, probo e verdadeiro e Odisseu absoluta, necessária e perenemente velhaco e mentiroso?

ION: Este é um talentoso rapsodo profissional especializado nos poemas de Homero (não se sabe se figura real ou fictícia engendrada por Platão). O problema que Sócrates apresenta para Ion é: a poesia (ποίησις [*poíesis*]) é produto do conhecimento ou da inspiração dos deuses? Sócrates sugere que a arte do rapsodo, e mesmo a do poeta, é exclusivamente produto da inspiração divina, para elas não concorrendo nenhuma inteligência e conhecimento humanos. Platão também toca nesse tópico em *A República* e no *Fedro.*

MENEXENO: No menos filosófico dos diálogos, Sócrates se limita a executar um elogio à morte em campo de batalha, brindando Menexeno (nome de um insinuante membro do círculo socrático) com uma oração fúnebre que ele (Sócrates) diz ser da autoria de Aspásia, a amante de Péricles. É certo esse atípico diálogo ter sido escrito antes da morte de Sócrates, bem como o *Lísis,* do qual o personagem Menexeno também participa. Salvo pelas considerações preliminares de Sócrates acerca do "estupendo destino" daquele que tomba em batalha, o *Menexeno* carece de profundidade e envergadura filosóficas – foi com bastante propriedade que Aristóteles o chamou simplesmente de *Oração Fúnebre.*

Os três diálogos subsequentes são tidos como apócrifos pela grande maioria dos helenistas e historiadores da filosofia.

ALCIBÍADES: O mais "socrático" dos diálogos aborda o fundamento da doutrina socrática do autoconhecimento e provê uma resposta ao problema gnosiológico, resposta que é: nenhum conhecimento é possível sem o conhecimento de si mesmo, e o conhecimento do eu possibilita e instaura o conhecimento do não-eu, o mundo. Por isso, no diálogo, o conhecimento do eu é a meta perseguida pela maiêutica para fazer vir à luz o conhecimento do mundo sensível. É improvável que Platão tenha sido o autor desse diálogo, mas se o foi, o escreveu (paradoxal e intempestivamente) muito depois da morte de seu mestre, por rememoração, e bem próximo de sua própria morte. Por seu estilo direto e "menos literariamente colorido", suspeita-se, com maior probabilidade, que tenha sido escrito pouco depois da morte do mestre da Academia, por um de seus discípulos mais capazes, talvez o próprio Aristóteles, mesmo porque a visão gnosiológica de cunho "subjetivista" e "antropológico" de Sócrates, que emerge do *Alcibíades* (nome de um belo e ambicioso jovem do círculo socrático), guarda semelhança com as ideias do jovem Aristóteles.

HÍPIAS MAIOR: Confronto entre Sócrates e Hípias, o sofista, no qual o primeiro, sempre em busca da compreensão dos conceitos, interroga o segundo, nesse ensejo não a respeito de uma virtude, mas sim sobre o que é καλός (*kalós*), termo, como tantos outros, intraduzível para as línguas modernas, um tanto aproximativo do inglês *fine* (em oposição a *foul*). Em português, é linguisticamente impossível traduzi-lo, mesmo precariamente, por uma única palavra. Se conseguirmos abstrair uma fusão harmoniosa dos significados de belo, bom, nobre, admirável e toda a gama de adjetivos qualificativos correlatos que indicam excelência estética e ética, poderemos fazer uma pálida ideia do que seja καλός (*kalós*). Desnecessário comentar que, como de ordinário, um mergulho profundo nas águas da cultura dos gregos antigos aliado ao acurado estudo da língua constitui o único caminho seguro para o desvelamento de conceitos como καλός (*kalós*).

CLITOFON: Esse brevíssimo apócrifo apresenta uma peculiaridade desconcertante no âmbito dos escritos platônicos. Nele, na busca da compreensão de em que consiste a ἀρετή (*areté*), virtude, particularmente a δίκη (*díke*), justiça, Sócrates não é o protagonista nem o costumeiro e seguro articulador das indagações que norteiam a discussão e conduzem, por meio da maiêutica associada à dialética, o interlocutor (ou interlocutores) à verdade latente que este(s) traz(em) à luz. Nesse curtíssimo e contundente diálogo, é Clitofon (simpatizante de Trasímaco, o pensador radical que aparece em *A República*) que "dá o tom da música", encaminha a discussão e enuncia a palavra final.

Finalmente, a maioria dos estudiosos, helenistas e historiadores da filosofia tende a concordar que as seguintes 14 obras não são decididamente da lavra de Platão, mas sim, via de regra, de seus discípulos diretos ou indiretos, constituindo o movimento filosófico que nos seria lícito chamar de *platonismo nascente,* pois, se tais trabalhos não foram escritos por Platão, é certo que as ideias neles contidas e debatidas não saem da esfera do pensamento platônico. Dos discípulos conhecidos de Platão, somente o estagirita Aristóteles foi capaz de criar um corpo íntegro e sólido de teorias originais.

SEGUNDO ALCIBÍADES: A questão da γνῶσις (*gnósis*), conhecimento, volta à baila, mas nessa oportunidade Sócrates especializa a discussão, detendo-se no objeto, no valor e nas formas do conhecimento. Uma questão paralela e coadjuvante também é tratada (já largamente abordada e desenvolvida em *As Leis*, em que o mesmo ponto de vista fora formulado): como nos dirigir aos deuses? Como no problema do conhecimento (em relação ao qual o único conhecimento efetivamente valioso, além do conhecimento do eu, é o conhecimento do bem), Sócrates se mostra restritivo: não convém agradar aos deuses com dádivas e sacrifícios dispendiosos, visto que os deuses têm em maior apreço as virtudes da alma, não devendo ser adulados e subornados. Nossas súplicas não devem visar a vantagens e a coisas particulares, mas simplesmente ao nosso bem, pois é possível que nos enganemos quanto aos bens particulares que julgamos proveitosos para nós, o que os deuses, entretanto, não ignoram.

HIPARCO: Diálogo breve, com um só interlocutor anônimo, no qual se busca o melhor conceito de cobiça ou avidez. O nome Hiparco é tomado de um governante de Atenas do final do século VI a.C., alvo da admiração de Sócrates.

AMANTES RIVAIS: A meta desse brevíssimo diálogo, com um título que dificilmente teria agradado a Platão, é estabelecer a distinção entre o conhecimento geral e a filosofia, envolvendo também a questão da autoridade. O título é compreensível, pois o diálogo encerra realmente a história da rivalidade de dois amantes.

TEAGES: Nome de um dos jovens do círculo de Sócrates, que, devido a sua saúde precária, teria morrido antes do próprio Sócrates. O diálogo começa com o pai do rapaz, Demódoco, pedindo orientação a Sócrates a respeito do desejo e ambição do filho: tornar-se sábio para concretizar sonhos de vida política. Esse pequeno diálogo realça, sobremaneira, aquilo que Sócrates (segundo Platão) chamaria na *Apologia* de "voz de seu *daímon* (δαίμων)" e o fascínio que Sócrates exercia sobre seus discípulos jovens.

MINOS: Provavelmente escrito pelo mesmo discípulo autor de *Hiparco*, *Minos* (nome de grande rei, legislador de Creta e um dos juízes dos mortos no Hades) busca o conceito mais excelente para νόμος (*nómos*) [lei]. É muito provável que esse diálogo tenha sido elaborado após a morte de Platão e, portanto, após *As Leis* (última obra do próprio Platão); todavia, em uma visível tentativa de integrar esse pequeno diálogo ao pensamento vivo do mestre, exposto definitiva e cristalizadamente em *As Leis*, o fiel discípulo de Platão compôs *Minos* como uma espécie de proêmio ao longo diálogo *As Leis*. Sócrates, mais uma vez, é apresentado às voltas com um único interlocutor anônimo, que é chamado de *discípulo*.

EPINOMIS: Como o título indica explicitamente (Ἐπίνομις [*Epínomis*]), é um apêndice ao infindo *As Leis*, de presumível autoria de Filipe de Oponto (que teria igualmente transcrito o texto de *As Leis*, possivelmente a partir de tabletes de cera, nos quais Platão o deixara ao morrer).

DEFINIÇÕES: Trata-se de um glossário filosófico com 184 termos, apresentando definições sumárias que cobrem os quatro ramos filosóficos reconhecidos oficialmente pela Academia platônica e a escola estoica, a saber, a *física* (filosofia da natureza), a *ética*, a *epistemologia* e a *linguística*. É possível que esse modestíssimo dicionário não passe de uma drástica seleção da totalidade das expressões e definições formuladas e ventiladas na Academia, em meados do século IV a.C. Com certeza, uma grande quantidade de expressões, mesmo nos circunscrevendo à terminologia platônica, não constam aqui, especialmente nas áreas extraoficiais pertencentes a disciplinas como a *ontologia* (ou *metafísica*), a *psicologia*, a *estética* e a *política*. Embora alguns sábios antigos atribuam *Definições* a Espeusipo, discípulo, sobrinho e sucessor de Platão na direção da Academia, tudo indica que temos diante de nós um trabalho conjunto dos membros da Academia.

DA JUSTIÇA: Brevíssimo diálogo em que Sócrates discute, com um interlocutor anônimo, questões esparsas sobre a δίκη (*díke*), justiça.

DA VIRTUDE: Análogo nas dimensões e no estilo ao *Da Justiça*, esse pequeno texto retoma o tema do *Mênon* (pode a virtude ser ensinada?) sem, contudo, trazer nenhuma contribuição substancial ao *Mênon*, do qual faz evidentes transcrições, além de fazê-las também de outros diálogos de Platão.

DEMÓDOCO: É outro produto do platonismo nascente. *Demódoco* (nome de um homem ilustre, pai de Teages) é constituído por um monólogo e três pequenos diálogos que tratam respectivamente da deliberação coletiva (refutada por Sócrates) e de alguns elementos do senso comum.

SÍSIFO: O tema, na mesma trilha daquele de *Demódoco*, gira em torno da tomada de decisão na atividade política. A tese de Sócrates é que "se a investigação pressupõe ignorância, a deliberação pressupõe saber".

HÁLCION: Para ilustrar a inconcebível superioridade do poder divino (cujos limites desconhecemos) sobre o poder humano, Sócrates narra ao seu amigo Querefonte a lenda de Hálcion, figura feminina que foi metamorfoseada em ave marinha para facilitar a procura do seu amado marido. Certamente o menor, porém, o mais bem elaborado dos diálogos do segundo advento do platonismo (provavelmente escrito entre 150 a.C. e 50 d.C., embora muitos estudiosos prefiram situá-lo no século II d.C. atribuindo sua autoria ao prolífico autor e orador Luciano de Samosata. Aliás, a prática editorial moderna e contemporânea generalizada [que é já a adotada por Stephanus no século XVI] é não fazer constar o *Hálcion* nas obras completas de Platão; os editores que publicam Luciano incluem o *Hálcion* normalmente nas obras completas deste último).

ERIXIAS: O assunto que abre o diálogo é a relação entre a riqueza (πλοῦτος [*ploûtos*]) e a virtude (ἀρετή [*areté*]) e se concentra em uma crítica ao dinheiro (ouro e/ou prata) por parte de Sócrates. Na defesa da riqueza material, Erixias não consegue elevar seus argumentos acima do senso comum, mas uma discussão simultânea é desenvolvida, indagando sobre a diferença entre os sólidos e sérios argumentos filosóficos e os folguedos intelectuais. O tema da relação πλοῦτος/ἀρετή (*ploûtos/areté*) fora já abordado com maior amplitude e profundidade em *As Leis*, em que Platão, pela boca do ateniense, define quantitativamente o grau suportável de riqueza particular em ouro e prata que permita a um indivíduo ser a um tempo rico e virtuoso, sem tornar tais qualidades incompatíveis entre si e comprometer sua existência como cidadão na convivência com seus semelhantes no seio da πόλις (*pólis*), cidade. Essa questão aparece também no *Fedro* e no *Eutidemo*.

AXÍOCO: Nesse diálogo, Sócrates profere um discurso consolador visando à reabilitação psicológica possível de um homem no leito de morte, abalado com a perspectiva inevitável desta. O tema perspectiva da *morte* (θάνατος [*thánatos*]) é abordado diretamente na *Apologia* e no *Fédon*. O *Axíoco* data do período entre 100 a.C. e 50 d.C.

Edson Bini

Cronologia

Esta é uma cronologia parcial. Todas as datas são a.C., e a maioria é aproximativa. Os eventos de relevância artística (relacionados à escultura, ao teatro etc.) não constam nesta Cronologia. O texto em itálico destaca alguns eventos marcantes da história da filosofia grega.

530 – *Pitágoras de Samos funda uma confraria místico-religiosa em Crotona.*

500 – *Heráclito de Éfeso floresce na Ásia Menor.*

490 – Os atenienses derrotam os persas em Maratona.

481 – Lideradas por Esparta, as cidades-Estado gregas se unem para combater os persas.

480 – Os gregos são duramente derrotados nas Termópilas pelos persas, e a acrópole é destruída.

480 – Os gregos se sagram vencedores em Salamina e Artemísio.

479 – Com a vitória dos gregos nas batalhas de Plateia e Micale, finda a guerra contra os persas.

478-477 – Diante da nova ameaça persa, Atenas dirige uma nova confederação dos Estados gregos: a "Liga Délia".

469 ou 470 – *Nascimento de Sócrates.*

468 – A esquadra persa é derrotada.

462 – *Chegada do pré-socrático Anaxágoras a Atenas.*

462-461 – Péricles e Efialtes promovem a democracia em Atenas.

460 – Nascimento de Hipócrates.

457 – Atenas se apodera da Beócia.

456 – Finda a construção do templo de Zeus, em Olímpia.

454-453 – O poder de Atenas aumenta grandemente em relação aos demais Estados gregos.

447 – Início da construção do Partenon.

445 – Celebrada a Declaração da “Paz dos Trinta” entre Atenas e Esparta.

444 – *O sofista Protágoras produz uma legislação para a nova colônia de Túrio.*

431 – Inicia-se a Guerra do Peloponeso entre Atenas e Esparta.

429 – Morte de Péricles.

427 – *Nascimento de Platão em Atenas.*

424 – Tucídides, o historiador, é nomeado general de Atenas.

422 – Os atenienses são derrotados em Anfípolis, na Trácia.

421 – Celebrada a paz entre Atenas e Esparta.

419 – Atenas reinicia guerra contra Esparta.

418 – Os atenienses são vencidos pelos espartanos na batalha de Mantineia.

413 – Os atenienses são derrotados na batalha naval de Siracusa.

405 – Nova derrota dos atenienses em Egospótamos, na Trácia.

404 – Rendição de Atenas à Esparta.

401 – Xenofonte comanda a retirada de Cunaxa.

399 – *Morte de Sócrates.*

385 – *Criação da Escola de Platão, a Academia.*

384 – *Nascimento de Aristóteles em Estagira.*

382 – Após guerras intermitentes e esporádicas contra outros Estados gregos e os persas, de 404 a 371, Esparta se apossa da cidadela de Tebas.

378 – É celebrada a aliança entre Tebas e Esparta.

367 – *Chegada a Atenas de Aristóteles de Estagira.*

359 – Ascensão de Filipe II ao trono da Macedônia e início de suas guerras de conquista e expansão.

351 – Demóstenes adverte os atenienses a respeito do perigo representado por Filipe da Macedônia.

347 – *Morte de Platão.*

343 – Aristóteles se torna preceptor de Alexandre.

338 – Derrota de Atenas e seus aliados por Filipe da Macedônia em Queroneia. Os Estados gregos perdem seu poder e a conquista da Grécia é efetivada.

336 – Morte de Filipe II e ascensão de Alexandre ao trono da Macedônia.

335 – *Aristóteles funda sua Escola em Atenas, no Liceu.*

334 – Alexandre move a guerra contra a Pérsia e vence a batalha de Granico.

331 – Nova vitória de Alexandre em Arbela.

330 – As forças persas são duramente derrotadas em Persépolis por Alexandre, dando fim à expedição contra a Pérsia.

323 – Morte de Alexandre na Babilônia.

DIÁLOGOS

IV

PARMÊNIDES
(OU DAS FORMAS)

POLÍTICO
(OU DA REALEZA)

FILEBO
(OU DO PRAZER)

LÍSIS
(OU DA AMIZADE)

PARMÊNIDES

(OU DAS FORMAS)

PERSONAGENS DO DIÁLOGO:
Céfalo,[1] Adimanto, Antífon,[2] Gláucon, Pitodoro, Sócrates, Zenão, Parmênides, Aristóteles[3]

126a **Céfalo:** Quando vindo de nossa casa em Clazomena chegamos a Atenas, encontramos com Adimanto e Gláucon[4] na área do mercado.[5] Tomando-me pela mão, Adimanto disse: "Bem--vindo, Céfalo, caso haja algo que possamos fazer aqui por ti, informa-nos".

"Ora", eu disse, "essa é precisamente a razão de minha presença aqui, ou seja, venho vos pedir um favor."

"Pois diz", ele disse, "do que se trata."

b E eu disse: "Qual o nome de vosso meio-irmão, aquele por parte de mãe? Não me recordo. Não passava de um menino da última vez que estive aqui vindo de Clazomena, o que já faz muito tempo. Creio que o nome de seu pai era Pirilampes".

"Certamente", ele disse.

"E qual é seu próprio nome?"

---

1. Não se trata do mesmo Céfalo, pai de Polemarco, que figura no início de *A República*.
2. Não confundir com Antífon de Ramno, o sofista.
3. Figura histórica que viria a integrar em 404 a.C. o elenco dos Trinta Tiranos de Atenas. Não confundir com Aristóteles de Estagira, discípulo de Platão e grande filósofo.
4. Os mesmos participantes de *A República*, e irmãos de Platão.
5. ...ἀγορὰν... (*agoràn*).

"Antífon. Mas por que perguntas?"

"Estes senhores", eu disse, "são meus concidadãos, e muito aficionados à filosofia. Ouviram dizer que esse Antífon encontrou-se
c muitas vezes com um amigo de Zenão[6] chamado Pitodoro, e que este lhe repetia amiúde o diálogo em uma ocasião entretido por Sócrates, Zenão e Parmênides,[7] diálogo esse que ele seria capaz de lembrar."

"Isso é verdade", ele disse.

"Bem", eu disse, "gostaríamos de ouvi-lo."

"Não há dificuldade quanto a isso", ele disse, "de fato, em sua juventude ele estudou e praticou esse diálogo com extremo cuidado, ainda que hoje dedique a maior parte de seu tempo aos cavalos, como o avô de quem tem o mesmo nome. Se esse é o vosso desejo, dirijamo-nos à casa dele. Partiu daqui há pouco tempo, porém mora perto em Melite."[8]

127a Pusemo-nos então a caminhar e logo encontrávamos Antífon em casa, incumbindo um artesão de metais da tarefa de fabricar um freio. Quando terminou com o artesão e seus irmãos o informaram do objetivo de nossa presença em sua casa, recordou-se de mim de minha visita anterior e saudou-me cordialmente. No momento em que lhe pedimos que reproduzisse o tal diálogo, mostrou-se a princípio não desejoso de fazê-lo, declarando que representava um trabalho e tanto. Depois, contudo, assentiu e o fez. Antífon nos contou então que Pitodoro relatou-lhe que Zenão e Parmênides em uma oportunidade vieram para as Grandes Pa-
b nateneias;[9] que Parmênides já se achava em idade avançada, por volta de sessenta e cinco anos, cabelos alvíssimos, mas aparência nobre; Zenão tinha naquele tempo aproximadamente quarenta anos, alto e atraente, e que, a julgar pelos rumores, fora objeto da

6. Zenão de Eleia, filósofo contemporâneo de Sócrates e compatriota de Parmênides. Foi autor dos célebres paradoxos sobre o movimento.

7. Parmênides de Eleia (floresceu em torno de 500 a.C.), filósofo e poeta didático.

8. Demo de Atenas.

9. ...Παναθήναια τὰ μεγάλα... (*Panathénaia tà megála*), festas em Atenas em homenagem à deusa padroeira da cidade (Atena) celebradas a cada quatro anos.

paixão de Parmênides quando era um rapazinho. Ele[10] contou que
c se alojaram com Pitodoro fora dos muros da cidade, em Ceramei-
co,[11] e que Sócrates e muitos outros lá compareceram porque estavam desejosos de ouvir Zenão ler seus escritos, que pela primeira vez haviam sido trazidos. Sócrates era então muito jovem. Zenão leu em voz alta para todos e Parmênides não estava presente.
d A leitura dos escritos quase findava quando, segundo Pitodoro, ele próprio entrou acompanhado de Parmênides e Aristóteles, aquele que veio a se tornar, posteriormente, um dos Trinta.[12] O resultado foi ouvirem somente pouco da leitura dos escritos. Ele mesmo,[13] entretanto, já ouvira Zenão os ler anteriormente.

Após ouvir tudo, Sócrates solicitou que a primeira hipótese do primeiro escrito fosse relida. Feito isso, ele disse:

e "Zenão, o que significa isso? Ou seja, que se as *coisas que são*[14] são múltiplas, são necessariamente tanto semelhantes quanto dessemelhantes, o que é impossível, porque não é possível que o dessemelhante seja semelhante, tampouco o semelhante dessemelhante? É o que dizes, não é?"

"É", disse Zenão.

"Ora, se é impossível para o dessemelhante ser semelhante e o semelhante dessemelhante, não há possibilidade de serem múltiplas, pois se o fossem estariam submetidas ao impossível. É esse o propósito de teus argumentos, a saber, sustentar em oposição a todos os argumentos correntes que as *coisas que são* não são múltiplas? E supões que cada um dos teus argumentos constitui uma evidência precisamente disso, e portanto crês que as evidências que apresentas de que as *coisas que são* não são múltiplas são tantas quantas os argumentos do tratado que escreveste? É isso
128a que queres dizer, ou eu o entendi incorretamente?"

---

10. Ou seja, Antífon.

11. ...Κεραμεικῷ... (*Kerameikôi*), ou seja, o bairro dos ceramistas ou artesãos que produziam artigos de argila.

12. Ver nota 3.

13. Ou seja, Pitodoro.

14. ...τὰ ὄντα... (*tà ónta*).

"Não", respondeu Zenão, "apreendeste perfeitamente o propósito geral do livro."

"O que entendo, Parmênides", disse Sócrates, "é que Zenão deseja ser muito íntimo de ti não só no que respeita à amizade, como também no que escreve. De fato, o que escreveu é idêntico ao que escreveste, mas invertendo o processo procura nos ludibriar induzindo-nos a pensar que está dizendo algo diferente. Tu dizes
b em teus poemas que o todo é uno, em apoio do que apresentas evidências admiráveis e excelentes; ele, por outro lado, afirma que não é múltiplo, também apresentando muitíssimas evidências de peso. Ora, que um de vós diz que é uno, enquanto o outro diz que não é múltiplo, e que cada um dos dois se exprime de modo que embora dizeis precisamente o mesmo, destes a impressão de que, de maneira alguma, disseste o mesmo, a nós parece uma proeza discursiva que ultrapassa totalmente nossa capacidade."

"Sim, Sócrates", Zenão disse, "mas não discerniste completamente a verdade do que eu escrevi. Acompanhaste os argumentos
c com um faro tão agudo quanto o de um jovem cão laconiano, porém não percebes que meu tratado em absoluto tem a pretensão de ter sido escrito com a intenção que a ele atribuis, isto é, a de mascarar-se como uma grande proeza ante os olhos dos seres humanos. Tocaste em algo que ocorreu apenas acidentalmente. A verdade é que o objetivo desses escritos é respaldar o argumento de Parmênides contra aqueles que procuram dirigir-lhe escárnio
d afirmando que se o todo é uno, isso resulta em muitos disparates que contradizem sua teoria. Ora, esse tratado faz oposição aos que sustentam o múltiplo e lhes devolve o escárnio com juros, uma vez que sua meta é mostrar que a hipótese deles do múltiplo,[15] se meticulosamente acompanhada, resulta em disparates ainda maiores do que a hipótese da unidade.[16] Foi então imbuído de uma disposição competitiva que o escrevi em minha juventude, e
e o fato é que alguém fez dele uma cópia não autorizada, de modo que não pude sequer cogitar de sua publicação ou não. Assim,

---

15. Ou seja, de que as *coisas que são* são múltiplas.

16. Ou seja, de que há unidade nas *coisas que são*.

Sócrates, não estás sabendo disso, e pensas que foi escrito não determinado pela disposição competitiva de um jovem, mas pela ambição de um velho. Todavia, como eu afirmei, a conjetura que fizeste de seu significado não é má."

"Entendo teu ponto", Sócrates disse, "e admito tua explicação. Mas, diz-me: não crês que haja uma *forma*[17] de semelhança, ela
129a mesma por ela mesma, e uma outra *forma* oposta à primeira, e que tu e eu, e todas as coisas que classificamos como múltiplas, participamos dessas duas? E que os que participam da semelhança tornam-se semelhantes, ao passo que os que participam da dessemelhança, tornam-se dessemelhantes, enquanto os que participam de ambas tornam-se tanto semelhantes quanto dessemelhantes, tudo em função do modo e grau da participação? E mesmo que as coisas participem de ambos os opostos, com o que se capacitaram mediante essa participação a serem elas próprias tanto se-
b melhantes quanto dessemelhantes, o que tem isso de espantoso? De fato, se alguém mostrou que o semelhante ele próprio passa a ser dessemelhante, e o dessemelhante semelhante, isso penso que seria um prodígio; porém, se mostra que as coisas que participam de ambos tornam-se tanto semelhantes quanto dessemelhantes, isso, Zenão, não me parece de modo algum despropositado, nem sequer se mostra que todas as coisas são unas por participação na unidade, e que as mesmas coisas são também múltiplas por participação na multiplicidade; mas se ele mostra que a unidade
c ela própria é também múltipla e a multiplicidade ela própria, por seu lado, é una, então ficarei espantado. E o mesmo se aplica a tudo o mais. Se ele mostra que as classes e *formas* elas próprias possuem em si próprias essas propriedades opostas, é espantoso; se mostra, todavia, que sou tanto um quanto muitos, o que há de espantoso nisso? Quando quiser mostrar que sou muitos, ele irá declarar que há meu flanco direito e o esquerdo, minha parte dianteira e a traseira, e igualmente a minha porção superior e a inferior, todos diferentes pois suponho que efetivamente participo da

17. ...εἶδός... (*eîdós*), ou seja, a Ideia, neste caso, de semelhança em abstrato, não a coisa concreta que é qualificada de semelhante.

d multiplicidade; e quando quiser mostrar que sou um, irá declarar que estamos aqui em sete pessoas, sendo eu uma delas, um ser humano, pois também participo da unidade. Assim ele demonstra que ambas as asserções são verdadeiras. Se alguém, então, se põe a mostrar que as mesmas coisas são tanto múltiplas quanto unas (e refiro-me aqui a pedras, pedaços de madeira e coisas tais), diremos que mostra que são múltiplas e unas, mas não diremos que o uno é múltiplo ou que o múltiplo é uno; ele nada diz de espantoso, mas tão só o que nós todos esperaríamos que dissesse. Se, porém, como eu dizia há pouco, alguém começa por distinguir as *formas* elas mesmas por elas mesmas,[18] tais como semelhança e
e dessemelhança, multiplicidade e unidade, repouso e movimento, e tudo mais desse tipo, e em seguida mostra que podem ser mescladas e dissociadas, de minha parte eu ficaria", ele disse, "tomado de espanto, Zenão. É minha opinião que isso foi discutido por ti muito resoluta e corajosamente, mas confesso que ficaria mais impressionado se alguém fosse capaz de exibir nas *formas elas*
130a *mesmas*, que são coisas apreendidas pelo raciocínio, esse mesmo enredamento multifário e desnorteante que vós[19] descrevestes nas coisas visíveis."

Pitodoro contou que enquanto Sócrates proferia esse discurso ele próprio gerava em si a expectativa de que Parmênides e Zenão se mostrariam zangados, mas que ambos permaneceram rigorosamente atentos ao discursador, e com frequência trocaram olhares e sorrisos, em um indício de admiração por ele; aliás, quando ele parou de falar, Parmênides exteriorizou sua aprovação. "Sócra-
b tes", ele disse, "mereces grande admiração por tua argúcia no lidar com argumentos! Gostaria de saber se foste tu próprio que concebeste essa *distinção que separa as* formas *elas mesmas das coisas que delas participam.*[20] E pensas que há uma coisa que é a semelhança ela mesma separada da semelhança que possuímos,

18. Cf. nota 17.

19. Isto é, Zenão e Parmênides.

20. Ou seja, o cerne da teoria das Formas de Platão.

e o mesmo no tocante ao uno e ao múltiplo e a tudo o mais que ouviste Zenão ler há pouco?"

"Penso", disse Sócrates.

"E igualmente", indagou Parmênides, "uma *forma ela mesma por ela mesma*[21] do justo, do belo, do bom e tudo o mais desse jaez?"

"Sim", ele respondeu.

c "E há uma Forma[22] do ser humano, à parte de nós e de todos os outros semelhantes a nós, ou do fogo ou da água?"

"Sempre", ele respondeu, "me encontrei em dúvida, Parmênides, quanto a decidir se deveria me referir a tais coisas de modo idêntico às demais, ou de outra maneira."

"E estarias indeciso com respeito a outras coisas, que poderias taxar de ridículas, tais como pelos, lama, sujeira, ou qualquer outra coisa especialmente indigna e insignificante? Estarias disposto
d a declarar que há uma Forma de cada uma dessas coisas dissociada e diferente das coisas com as quais temos contato, ou não?"

"De modo algum", disse Sócrates. "Penso que essas coisas são apenas o que vemos, e seria inteiramente absurdo crer que há uma Forma delas; e, no entanto, às vezes sinto-me perturbado pelo pensamento de que talvez o que se aplica a uma coisa, aplica-se a todas. A consequência é que assumida essa posição, fujo receoso de me precipitar em algum abismo de tolice e me arruinar; assim quando me ponho diante dessas coisas que dissemos há pouco que possuem Formas, detenho-me e me ocupo delas."

e "Isso porque és ainda jovem", disse Parmênides, "e a filosofia ainda não se apoderou de ti, Sócrates, como penso que o fará no futuro. E então nessa ocasião não as desprezará; agora, porém,

21. ...εἶδος αὐτὸ καθ' αὑτὸ... (*eîdos autò kath'autò*).

22. ...εἶδος... (*eîdos*): daqui por diante grafaremos sempre essa palavra com inicial maiúscula com o propósito de distinguir esse conceito específico e fundamental de Platão, ou seja, aquele de uma coisa (realidade) original, singular, abstrata, universal, necessária, eterna, imutável na região inteligível (νοητός τόπος [*noetós topos*]), que serve de modelo (παράδειγμα [*parádeigma*]) para que por participação surjam na região sensível (αἰσθητός τόπος [*aisthetós tópos*]) cópias ou simulacros (εἴδωλα [*eídola*]) múltiplos, concretos, particulares, contingentes, perecíveis e mutáveis.

ainda levas em conta as opiniões das pessoas, devido à tua juventude. Mas me diz o seguinte: julgas, como dizes, que há Formas e que essas outras coisas que participam delas são nomeadas com
131a base nelas, como, a título de exemplo, aquelas que participam da semelhança tornam-se semelhantes, as que participam da grandeza, tornam-se grandes, as que participam da beleza e da justiça, belas e justas?"

"Certamente", respondeu Sócrates.

"Bem, nesse caso, cada coisa participante participa da Forma inteira, ou de uma parte dela? Ou seria possível haver algum outro meio de participação além desses dois?"

"Como seria possível haver?", ele disse.

"Serias da opinião de que a Forma inteira, sendo una, está em cada uma das múltiplas participantes, ou o quê?"

"Sim, pois o que a impediria de nelas estar, Parmênides?", retrucou Sócrates.

b "Assim, sendo una e a mesma, o seu todo estaria de imediato em muitas coisas dissociadas e individuais, com o que ela própria estaria dissociada dela própria."

"Não, não estaria", ele replicou, "pois poderia ser como o dia, o qual é uno e o mesmo, está em muitos lugares simultaneamente e, não obstante, não está dissociado de si mesmo; portanto, cada Forma, embora una e a mesma, poderia estar ao mesmo tempo em tudo que dela participa."

"Quão agradável e nitidamente", ele disse, "Sócrates, fazes uma única e mesma coisa estar em múltiplos lugares simultaneamente, exatamente como se desdobrasses uma vela sobre uma multiplicidade de indivíduos, e então declarasses que uma coisa
c como um todo estava sobre múltiplas. Não é aproximadamente isso o que queres dizer?"

"Talvez", ele disse.

"Estaria a vela inteira sobre cada pessoa ou uma particular parte dela sobre cada pessoa?"

"Uma parte."

"Disso se conclui", ele disse, "que as Formas elas mesmas, Sócrates, são divisíveis em partes, ao passo que as coisas que participam delas participariam de uma parte, havendo em cada dessas coisas não o todo, mas tão só uma parte de cada Forma."

"É o que parece."

"Desejas, portanto, Sócrates, afirmar que a Forma una é realmente dividida e, ainda assim, permanece una?"

"De modo algum", ele respondeu.

"Não", ele disse, "de fato, [supondo que] fosses dividir a gran-
d deza ela mesma, se cada uma das múltiplas coisas grandes fosse para ser grande com base em uma parte da grandeza menor do que a grandeza ela mesma, não pareceria isso irracional?"

"Certamente", ele disse.

"Ou também: cada coisa que recebeu uma pequena parte da igualdade terá algo que determine que seja igual a qualquer coisa quando sua parte é menor do que a igualdade ela mesma?"

"Impossível."

"Bem, supõe que um de nós venha a ter uma parte do pequeno. Este será maior do que essa parte, uma vez que essa parte é uma parte dele, de modo que o pequeno ele mesmo será maior. Mas aquilo a que a parte subtraída é adicionada será menor, e não
e maior, do que o foi anteriormente."

"Isso", ele disse, "decerto seria impossível acontecer."

"Como então, Sócrates, as outras coisas participarão dessas tuas Formas se delas não podem participar quer enquanto partes, quer enquanto todos?"

"Por Zeus", ele disse, "a impressão que tenho é que se trata de uma questão nada fácil de ser apurada."

"E o que achas disso?"

"Disso o quê?"

132a "Imagino que crês que cada Forma é una com o seguinte fundamento: quando há muitas coisas que pensas serem grandes, é possível que penses, ao contemplares todas, que nelas há uma Forma única e idêntica. Ora, isso te leva a pensar que o grande é uno."

"O que dizes é verdadeiro", ele disse.

"Mas se passares a considerar a grandeza ela mesma e essas múltiplas coisas grandes do mesmo modo, porém com a visão de tua mente, não surgirá além um outro grande, que será referência necessária para que todas essas sejam grandes?"

"É o que parece evidenciar-se."

"Isso significa que surgirá uma outra Forma da grandeza em acréscimo à grandeza ela mesma, e às coisas que dela participam;
b e uma outra, por sua vez, em acréscimo a essas, com base na qual todas elas serão grandes. E cada uma de tuas Formas não será mais una, havendo delas um número infinito."

"Mas, Parmênides", Sócrates disse, "é possível que cada uma dessas Formas seja apenas um pensamento,[23] capaz de existir somente em nossas mentes, com o que cada uma poderia ser una, sem ser afetada pelas consequências que acabaste de indicar."

"Contudo", ele disse, "é cada um dos pensamentos uno e, no entanto, um pensamento de nada?"

"Isso é impossível", ele respondeu.

"É de alguma coisa?"

"Sim."

c "De alguma coisa que é, ou que não é?"

"De alguma coisa que é."

"Um pensamento de alguma coisa singular pensada por esse pensamento como sendo pertinente a tudo, e como sendo uma Forma?"

"Sim."

"Então não será o caso dessa coisa singular, a qual é pensada como una e como sempre a mesma em tudo, ser uma Forma?"

"Isso também parece ter o condão da necessidade."

"Ora, assim sendo", disse Parmênides, "a necessidade que te impele a dizer que todas as demais coisas participam de Formas, não torna para ti também imperioso ser da opinião de que ou tudo é constituído de pensamentos, e todas as coisas pensam, ou que, ainda que sejam pensamentos, são não pensantes?"

"Também isso é irracional", ele disse, "mas Parmênides, penso
d que a posição mais provável é que essas Formas existem na natu-

23. ...νόημα... (*nóema*).

reza como modelos,[24] ao passo que as outras coisas assemelham-se a elas e são delas imitações; sua participação nas Formas se resume em assemelhamento com base em um modelo e nada mais."

"Então se qualquer coisa", ele disse, "assemelha-se à Forma, pode esta Forma esquivar-se a ser semelhante à coisa que a ela se assemelha, na medida em que a coisa foi criada para assemelhar-se a ela, ou é possível por algum meio que o semelhante seja dessemelhante de seu semelhante?"

"Não, não é."

"E não deve necessariamente o semelhante participar da mes-
e ma Forma de seu semelhante?"

"Deve necessariamente."

"E se coisas semelhantes o são por participar de alguma coisa, não será isso a Forma ela mesma?"

"Indubitavelmente."

"Portanto não é possível que qualquer coisa seja como a Forma, ou vice-versa, pois no caso de o serem, surgirá sempre alguma Forma adicional, somando-se à primeira, e se for como
133a qualquer coisa, [surgirá] ainda uma outra, e se a Forma se revelar semelhante ao que dela participa, ocorrerá continuamente o surgimento de uma nova Forma."

"Há muito de verdade no que dizes."

"A conclusão é que não é com base na semelhança que as outras coisas participam das Formas; é necessário que busquemos uma outra via de participação."

"É o que parece."

"Percebes, então", ele disse, "ó Sócrates quão grande é a dificuldade gerada ao sustentarmos que as Formas são coisas dissociadas, elas por elas mesmas?"

"Decididamente."

"Posso assegurar-te", ele disse, "que ainda, se o posso dizer
b assim, não atinaste com o tamanho da dificuldade se formulares uma Forma em cada caso toda vez que estabeleceres uma distinção entre as coisas."

---

24. ...παραδείγματα... (*paradeígmata*).

"Como assim?", ele indagou.

"Há para isso muitas razões", ele[25] disse, "mas a mais importante é a seguinte: se alguém dissesse que as Formas não são sequer cognoscíveis se forem como afirmamos que são, ninguém estaria capacitado a demonstrar seu erro, a não ser na hipótese de o defensor da cognoscibilidade delas ser um indivíduo de ampla habilidade e muita instrução, e disposto a expor uma demonstração calcada em minúcias longas e elaboradas; excluída essa
c hipótese, aquele que sustentasse que são incognoscíveis permaneceria sem ser convencido."

"E por que isso, Parmênides?", perguntou Sócrates.

"Porque, Sócrates, penso que tu ou qualquer outra pessoa que sustente que há para cada coisa um ser,[26] ele mesmo por ele mesmo, concordaria, em primeiro lugar, que nenhum deles reside em nós."

"Sim, pois se fosse esse o caso, como ainda seria *ele mesmo por ele mesmo*?",[27] contrapôs Sócrates.

"Falas com acerto", ele disse. "E, portanto, essas Formas relativas entre si possuem seu próprio ser relativamente a si mesmas, porém não relativamente às *semelhanças*, ou seja como for
d que o queiramos chamar, coisas que estão entre nós, e das quais extraímos certos nomes à medida que delas participamos. E essas *coisas que dizem respeito a nós,*[28] que têm os nomes idênticos aos das Formas, são igualmente relativas somente a si mesmas, não às Formas, e pertencem a si mesmas e não às Formas segundo as quais são nomeadas."

"O que queres dizer?", Sócrates indagou.

"Vejamos um exemplo", disse Parmênides, "supondo que um de nós seja o senhor ou o escravo de alguém, não é o escravo do
e senhor *em si,*[29] nem é o senhor do escravo *em si*; sendo um ser humano, é senhor ou escravo de um ser humano; mas o poder de

25. Ou seja, Parmênides.

26. ...οὐσίαν... (*ousían*).

27. Ou seja, absoluto e não relativo.

28. Isto é, as coisas concretas.

29. Isto é, em abstrato.

senhor em si é poder de senhor da escravidão em si e, igualmente, condição de escravo (escravidão) em si é escravidão perante o poder de senhor em si. Entretanto, nossos escravos e senhores não são relativos a eles, tampouco eles a nós; são, como o afirmo,
134a pertencentes a si mesmos e são relativos a si mesmos, e do mesmo modo nossos escravos e senhores são relativos a si mesmos. Entendes o que quero dizer, não entendes?"

"Certamente", disse Sócrates. "Entendo."

"Então no que diz respeito ao conhecimento também", ele disse, "o conhecimento em si, o que é o conhecimento, seria o conhecimento daquela verdade[30] ela mesma, que é o que a verdade é?"

"Certamente."

"E, do mesmo modo, cada conhecimento particular, o que ele é, seria o conhecimento de alguma coisa particular, daquilo que essa coisa é. Não seria?"

"Sim."

"Não seria o conhecimento que há entre nós o conhecimento da verdade que há entre nós, decorrendo disso que cada conheci-
b mento particular que há entre nós, por sua vez, seja conhecimento de alguma coisa particular que há entre nós?

"Necessariamente."

"Mas, tal como concordas, tanto não temos as Formas elas mesmas como tampouco podem elas estar entre nós."

"Não, não podem."

"Por outro lado, os diversos tipos de Formas são conhecidos com base na Forma do conhecimento em si?"

"Sim."

"Conhecimento que não temos."

"Não, não temos."

"Assim nenhuma das Formas é conhecida por nós, uma vez que não participamos do conhecimento em si."

"É o que parece."

30. ...ἀλήθεια... (*alétheia*).

"Então o belo em si, o que ele é, o bom e tudo o mais que
c tomamos como Formas em si nos são desconhecidos."

"Estamos sujeitos ao perigo de que sejam."

"E aqui afrontamos algo ainda mais terrível do que isso."

"O que é?"

"Dirias, decerto, que se há um tipo de conhecimento em si, é muito mais exato do que nosso conhecimento, o mesmo se aplicando ao belo e tudo o mais?"

"Sim."

"E se alguma coisa participasse do conhecimento em si, dirias que não haveria ninguém mais provável do que o deus para ser o possuidor desse conhecimento sumamente exato?"

"[Eu o diria] necessariamente."

d "Ora, na hipótese do deus possuir o conhecimento em si, seria possível para ele conhecer as coisas que estão entre nós?"

"Por que não?"

"Porque", Parmênides disse, "concordamos, Sócrates, que essas Formas não são relativas ao nosso mundo, nem este a elas; [concordamos sim] que são relativas exclusivamente a si mesmas, cada uma delas."

"De fato, concordamos nisso."

"Então, se esse poder de senhor[31] sumamente exato e esse conhecimento sumamente exato pertencem ao deus, seu poder de senhor jamais pode ser exercido sobre nós, nem pode seu conhe-
e cimento conhecer-nos ou qualquer coisa que está entre nós; não, tal como nós não exercemos nosso poder[32] sobre os deuses, bem como nada conhecemos do divino mediante nosso conhecimento, com base em idêntico raciocínio eles igualmente, uma vez que são deuses, não são nossos senhores e não têm nenhum conhecimento das coisas humanas."

"Entretanto", ele disse, "eis aí um argumento espantoso, se nos levar a privar o deus de conhecimento."

---

31. ...δεσποτεία... (*despoteia*).

32. ...ἀρχῇ... (*arkhêi*), autoridade, governo, controle (aqui no amplo sentido genérico) porém persiste a analogia feita por Platão com o senhor e o escravo. Ele aparentemente emprega os termos *despoteía* e *arkhêi* como sinônimos.

"E, no entanto, Sócrates", disse Parmênides, "as Formas im-
135a plicam necessariamente nesses embaraços e em muitos outros mais, se [admitirmos] que essas Formas das coisas existem e que cada uma delas é *ela mesma por si mesma.*[33] O resultado é tais asserções conduzirem quem as escuta ao pasmo e à objeção quanto à sua existência, e mesmo admitindo que existissem, [declararia que] são necessariamente incognoscíveis para a natureza humana; e essa pessoa julga que faz sentido o que diz e, como eu afirmava há pouco, mostra-se extraordinariamente difícil convencê-la. Somente um homem[34] de grandes talentos naturais estaria capacitado a entender que todas as coisas pertencem a uma classe e possuem um *ser ele mesmo por si mesmo,*[35] e apenas um homem
b ainda mais prodigioso seria capaz de descobrir todos os fatos aí implicados e ensinar alguém mais a submetê-los à análise correta e compreendê-los."

"Concordo contigo, Parmênides", disse Sócrates, "pois o que dizes coincide com o que penso."

"Por outro lado", prosseguiu Parmênides, "se qualquer pessoa, Sócrates, com seu olhar dirigido a todas essas objeções somadas a outras que se lhes assemelham negar que as Formas das coisas existem e deixar de conceber uma Forma com base na qual cada coisa particular é classificada, não saberá para onde rumar seu pensamento, na medida em que estará negando que a
c Forma de cada coisa é sempre a mesma, destruindo desse modo completamente a capacidade de discutir. Mas penso que estás bem ciente disso."

"O que dizes é verdadeiro", ele disse.

"E o que farás da filosofia? Se tais coisas são desconhecidas, para o que se voltar?"

"Não faço a mínima ideia, ao menos de momento."

"É porque, Sócrates", ele disse, "te empenhas prematuramente (isto é, antes de obter o devido treino) em definir o belo, o justo, o bom e todas as demais Formas. Eu o notei ao ouvir-te ontem

---

33. Ou seja, ela mesma é uma coisa e absoluta.

34. ...ἀνδρὸς... (*andròs*), ser humano do sexo masculino.

35. ...οὐσία αὐτὴ καθ' αὑτήν... (*ousía autè kath'autén*), ou seja, uma substância (essência) absoluta.

d quando dialogavas com Aristóteles aqui. Podes assegurar-te que teu impulso para o discurso racional mostra-se nobre e divino, mas convém que treines enquanto ainda és jovem naquilo que parece inútil e é considerado pela maioria das pessoas pura loquacidade; se não o fizeres, a verdade te escapará."

"E qual é Parmênides", ele disse, "esse método de treinamento?"

"É aquilo que ouviste Zenão praticar", ele respondeu. "Em-
e bora, contudo, quando te dirigias a ele, fiquei satisfeito contigo porque não te predispuseste a lhe permitir que se ativesse a coisas visíveis, observando de tua parte que estas vagavam entre opostos; mas que ele se ativesse apenas ao que concebemos, sobretudo, por meio da razão e estamos autorizados a chamar de Formas."

"Agi assim", ele disse, "porque sou da opinião de que dessa maneira não é de modo algum difícil que as coisas experimentem semelhança e dessemelhança, ou qualquer outra coisa."

"E estás inteiramente correto", ele disse, "mas se queres praticar um treino mais eficiente, é necessário que faças algo além
136a disso; é imperioso que não te limites a levantar a hipótese de se uma coisa particular é e examinar as consequências disso, mas também levantar a hipótese e examinar as consequências no caso da mesma coisa particular não ser."

"O que queres dizer?", ele indagou.

"Toma, por exemplo", ele[36] respondeu, "essa hipótese de Zenão: se a multiplicidade existe, deves inquirir quais as consequências produzidas para os próprios múltiplos em relação a si mesmos e em relação ao uno, e a este último em relação a si mesmo e à multiplicidade; e também quais serão as consequências produzidas para o uno e a multiplicidade em relação a si mesmos
b e em relação à reciprocidade de ambos, no caso na inexistência da multiplicidade. Igualmente, se levantas a hipótese da existência ou não-existência da semelhança, quais serão as consequências para as coisas que são objeto da hipótese e para outras coisas em relação a si mesmas e a elas em reciprocidade em cada uma das duas hipóteses. Algo idêntico aplica-se à dessemelhança, ao movimento e ao repouso, à geração e à destruição, e mesmo

36. Parmênides.

ao próprio ser e o não-ser. Em síntese, não importa qual seja o objeto de tua hipótese, se supuseres que é ou não é, ou que tem qualquer outra experiência, é necessário que consideres quais as c consequências para ele ou para quaisquer outras coisas particulares, segundo tua escolha, e em relação a muitas delas e a todas, de maneira idêntica; e é forçoso que examines outras coisas em relação a si mesmas e a qualquer outra coisa, segundo tua escolha, em quaisquer casos, se aquilo sobre o que levantas a hipótese é suposto como existente ou não-existente, devendo tudo isso ser executado se é teu objetivo treinar plenamente para contemplar a verdade com perfeição."

"Impraticável, Parmênides", ele disse, "a tarefa que propões, além do que não a entendo bem. Por que tu próprio não levantas uma hipótese e a submete à discussão para que eu possa entender melhor?"

d "Um pesado trabalho, Sócrates", ele disse, "a ser imposto a um homem de minha idade."

"E quanto a ti, Zenão", disse Sócrates, "por que não o realizas para nós?"

Diante disso Zenão riu e declarou: "Roguemos, Sócrates, ao próprio Parmênides que o faça, porque não é pouco o que ele sustenta, e talvez não tenhas noção do fardo que representa a tarefa que impões a ele. Se fôssemos em maior número aqui, não seria justo solicitá-lo a ele, pois não é adequado para ele discursar a respeito desses tópicos ante uma multidão, especialmente para e um homem de sua idade; de fato, os indivíduos ordinários ignoram que sem esse tratamento amplo e tortuoso estamos impossibilitados de alcançar a verdade e conquistar o discernimento. Daí juntar-me a Sócrates, Parmênides, em sua solicitação, de modo que eu próprio possa ouvir acerca desse método, sobre o qual não ouço tuas lições já há um longo tempo".

Antífon comentou que Pitodoro contou-lhe que quando Zenão fez essa declaração, ele próprio, Aristóteles e os demais suplicaram a Parmênides que demonstrasse o que recomendava por meio de um exemplo e não se recusasse. Parmênides disse: "Devo necessariamente fazer como me solicitais. E, no entanto, sinto-me

137a muito parecido ao cavalo do poema de Ibico[37] – um cavalo de
corrida já velho, que ingressou em uma corrida de bigas, e tremia
sacudido pelo medo do que o aguardava, porque o conhecia por
experiência. Ele[38] declara que, contra sua vontade na sua velhice,
é forçado a se apaixonar, comparando-se ao cavalo. Assim, sinto-
-me amedrontado ao lembrar por que formidável mar de palavras
deverei abrir caminho, um velho como eu. A despeito disso, eu o
farei, pois me parece que devo obsequiar-vos e, particularmente,
como diz Zenão, estamos sozinhos. Assim sendo, como iniciare-
b mos? Por qual hipótese principiaremos? Bem, diante da decisão
de me envolver nesse jogo laborioso, contaria com vossa aprova-
ção se começasse por mim mesmo, tomando minha própria hipó-
tese e instaurando a discussão das consequências de supor que o
uno existe ou que não existe?"

"Com certeza", disse Zenão.

"Nesse caso", ele disse, "quem responderá minhas perguntas? Que tal o mais jovem? Estaria provavelmente menos inclinado ao excesso de curiosidade e mais inclinado a dizer o que pensa, além do que suas respostas me proporcionariam uma chance de recuperar o fôlego."

c "Estou pronto, Parmênides, a desempenhar esse papel para ti",
disse Aristóteles, "de fato, sou o mais jovem, o que significa que
te referiste a mim. Formula tuas questões, e eu responderei."

"Bem, então", ele disse, "se o *uno existe,*[39] não é possível que
o uno seja múltiplos, não é mesmo?" "Não, é claro que não."
"Consequentemente, não é possível que haja partes deles, como
tampouco pode ser ele um todo." "Como?" "A parte decerto o
é de um todo." "Sim." "E o que é o todo? Não é um *todo* aquilo
de que não falta nenhuma parte?" "Certamente." "Conclui-se que
em ambos os casos o uno consistiria de partes, sendo um todo e
d possuindo partes." "Necessariamente." "Ora, então em ambos os
casos o uno seria múltiplos, não uno." "É verdade." "Contudo,

37. Ibico de Régio, poeta que floresceu no século VI a.C., destacou-se na poesia erótica.

38. Ou seja, Ibico.

39. ...ἕν ἐστιν... (*hén estin*), ou o *uno é*: o sentido é estritamente ontológico.

é imperioso que não seja múltiplos, mas uno." "É imperioso." "Então o uno, se é para ser uno, não será um todo, bem como não possuirá partes." "Não."

"E se não possui partes, não poderia possuir começo, meio ou fim, já que estes seriam partes dele?" "Correto." "E, no entanto, começo e fim são os limites de todas as coisas." "Isso é incontestável." "Do que se infere que o uno, caso não possua nem começo nem fim, é ilimitado." "Ilimitado." "E é sem configuração, uma
e vez que não participa nem do redondo, nem do reto." "Como assim?" "O redondo evidentemente é aquilo de que os extremos estão em todo lugar igualmente distantes do centro." "Sim." "E o reto, por sua vez, é aquilo de que o meio está na linha mais próxima entre os dois extremos." "É isso." "Por conseguinte, o uno possuiria partes e seria múltiplos se participasse de uma forma (configuração) reta ou redonda."[40] "Certamente." "Então não
138a é nem reto nem redondo (curvo), uma vez que não possui partes." "Correto."

"Ademais, sendo assim, não pode estar em lugar algum, pois não seria possível que estivesse ou em alguma outra coisa ou em si mesmo." "Como assim?" "Se estivesse em alguma outra coisa, seria circundado pela coisa em que estaria e seria tocado em muitos lugares por muitas partes dessa coisa; entretanto, o que é uno, destituído de partes e que não participa da circularidade, não pode ser tocado por um círculo em múltiplos lugares." "Impossível." "Todavia, estando em si mesmo, aquilo que o en-
b cerraria circularmente não poderia ser outro senão ele próprio, visto que não é possível que uma coisa esteja em algo que não a encerra." "Impossível." "A conclusão é que aquilo que circunda seria distinto daquilo que é circundado, uma vez que uma coisa, enquanto um todo, não pode ser concomitantemente ativa e passiva; o resultado seria o uno não ser mais uno, mas dois." "Está correto." "Conclui-se que o uno não está em lugar algum, seja em si mesmo seja em alguma outra coisa." "Não está."

"Bem, sendo esse o caso, considera se pode estar em repouso ou em movimento." "E por que não?" "Porque se estivesse em

---

40. Ou seja, curva.

c movimento estaria se movendo espacialmente ou mudando, visto serem estes os únicos tipos de movimento." "Sim." "O uno, porém, se mudasse para algo distinto de si mesmo, não poderia permanecer sendo o uno." "Impossível." "Assim, não se move por mudança." "É o que parece." "E quanto ao movimento no espaço?" "Talvez." "Entretanto, se o uno se movesse no espaço, ou seu movimento seria um giro no mesmo lugar, ou ele se deslocaria de um lugar para outro." "Necessariamente." "E aquilo que gira tem que se apoiar em um centro e possuir outras partes próprias
d que se movem em torno do centro. Mas qual o meio que possibilitaria aquilo que carece de centro e de partes mover-se em torno de um centro?" "Não há nenhum meio." "Mas não será o caso de ele mudar de lugar atingindo um lugar em um tempo e outro em outro [tempo], movendo-se desse modo?" "Sim, se é que de algum modo ele se move." "Não apuramos que é impossível que esteja em alguma coisa?" "Sim." "E não lhe é ainda mais impossível *vir a ser*?" "Não entendo a razão disso." "Se alguma coisa vem a ser em alguma coisa, não seria necessário que a primeira ainda não estivesse na segunda, visto que se encontra ainda no processo de vir a ser e não é mais completamente externa a ela se, realmente, já está vindo a ser nela?" "Necessariamente." "Ora,
e se alguma coisa experimenta esse processo, só poderia ser o que possui partes, uma parte dela podendo já estar na outra, ao passo que o resto fora; mas não há possibilidade alguma de aquilo que carece de partes estar inteiramente dentro ou fora de alguma coisa simultaneamente." "É verdade." "Não é, contudo, ainda mais impossível para aquilo que não tem partes e que não constitui um todo vir a ser em alguma coisa em algum lugar, se não o realiza nem parte por parte nem enquanto um todo?" "É o que se evidencia." "Portanto, ele[41] não muda de lugar deslocando-se e vindo a ser em alguma coisa, não gira no mesmo lugar, nem *muda*."[42]
139a "É o que parece." "Por conseguinte, o uno é destituído de todo tipo de movimento." "É destituído de todo tipo de movimento."

41. Isto é, o uno.

42. Platão refere-se aqui ao processo de alteração, que é uma das classes de movimento (κινήσις [*kinésis*]).

"Ademais, sustentamos que não pode estar em coisa alguma." "Sustentamos." "Então jamais está no mesmo." "Por que isso?" "Porque se assim fosse ele estaria naquilo ao que o mesmo é idêntico." "Certamente." "Entretanto, constatamos que é impossível que esteja em si mesmo ou em qualquer outra coisa." "Sim, é impossível." "Assim, o uno jamais está no mesmo." "Parece que
b não." "Todavia, aquilo que jamais está no mesmo não é nem destituído de movimento, nem está em repouso." "Não, é impossível que seja assim." "Consequentemente, pelo que parece, o uno nem está em movimento nem em repouso." "Aparentemente não."

"Tampouco pode ser o mesmo com um outro ou consigo próprio; ou ainda distinto de si próprio ou outro." "Por que não?" "Se fosse distinto de si próprio, seria distinto do uno e não seria uno." "É verdade." E, decerto, se fosse o mesmo com um outro, ele seria este último e não seria ele próprio; conclui-se, portan-
c to, também nesse caso que ele não seria aquilo que é, a saber, o uno, porém algo distinto do uno." "Inteiramente correto." "Portanto, nem será o mesmo enquanto outro, nem distinto de si próprio." "Não." "Mas não será distinto de um outro enquanto for uno, pois este não pode ser distinto de qualquer coisa; exclusivamente o outro, e nada mais, pode ser distinto de um outro." "Correto." "Por conseguinte, não será outro por ser uno, será?" "Decerto que não." "E se não devido a essa razão, não o será em razão de si mesmo; e se não é assim em razão de si mesmo, não será ele próprio assim; mas como ele próprio não é, de modo algum, não
d será distinto de coisa alguma." "Correto." "E, não obstante, o uno não será o mesmo consigo próprio." "Por que não?" "Decerto a natureza do uno não é idêntica à do mesmo." "Por quê?" "Porque quando uma coisa vem a ser a mesma enquanto qualquer coisa, não é por isso que vem a ser una." "Mas por que isso?" "Aquilo que vem a ser o mesmo *enquanto muitos,*[43] vem a ser necessariamente muitos, não um." "É verdade." "Se, contudo, o uno e o mesmo fossem idênticos, toda vez que qualquer coisa viesse a ser a mesma, viria a ser sempre una, e quando viesse a ser una, a mesma." "Certamente." "Dessa maneira, se o uno é o mesmo

43. Ou seja, enquanto multiplicidade.

e consigo próprio, não será uno consigo próprio; o que resulta que, sendo uno não será uno, o que, entretanto, é impossível; disso se conclui não ser possível ao uno ser ou o outro do outro ou o mesmo consigo próprio." "Impossível." "Assim, o uno não pode ser nem outro nem o mesmo em relação a si próprio ou em relação ao outro." "Não, não pode." "E, por outro lado, ele não será semelhante ou dessemelhante a qualquer coisa, quer a si próprio quer a uma outra coisa." "Por que não?" "Porque o semelhante é o que está submetido do mesmo modo." "Sim." "Todavia, vimos que o mesmo possuía uma natureza distinta daquela do uno." "De
140a fato, vimos." "E se o uno possuísse qualquer propriedade à parte de ser uno, essa propriedade o faria ser mais do que uno, o que é impossível." "Sim." "A conclusão é que o uno não pode, de modo algum, possuir uma propriedade que seja a mesma do um outro ou do ele próprio." "Parece que não." "Infere-se, então, que ele não pode assemelhar-se a um outro ou a si próprio." "Pelo que parece, não." "Tampouco possui o uno a propriedade de ser diferente, pois também nesse caso uma tal propriedade o faria ser mais do que uno." "Sim, seria mais." "Mas o que possui uma propriedade que o diferencia de si próprio ou de um outro seria desseme-
b lhante de si próprio ou de um outro, se de fato aquilo que possui a propriedade do mesmo modo, é semelhante." "Correto." "O uno, porém, pelo que parece, posto que não tem nenhuma propriedade que o diferencia, não é de modo algum dessemelhante de si próprio ou de uma outra coisa." "Inteiramente correto." "Então o uno não poderia ser nem semelhante nem dessemelhante com relação a um outro ou a si próprio." "É o que parece."

"Sendo ele assim, não pode ser tampouco igual nem desigual de si mesmo ou de outro." "Por que não?" "Ora, na hipótese de ser igual, teria as mesmas medidas daquilo de que é igual." "Sim." "E se for maior ou menor do que coisas com as quais é comensurá-
c vel, terá mais medidas do que as coisas que são menores e menos medidas do que as coisas que são maiores." "Sim." "E quanto a coisas com as quais não é comensurável, terá medidas inferiores do que algumas e medidas maiores do que outras." "Sem dúvida." "Não é impossível para aquilo que não participa da identidade ter quer as mesmas medidas, quer qualquer outra coisa idêntica?"

"Impossível." "Portanto, não tendo as mesmas medidas, não pode
ser igual quer a si mesmo, quer a qualquer coisa mais." "Apa-
rentemente não." "Mas se tem mais medidas ou menos, terá a
mesma quantidade de partes e medidas, com o que o uno não será
d mais uno, mas será tão múltiplo quando sua medidas." "Correto."
Contudo, se fosse de uma única medida, seria igual à medida;
mas vimos que não pode ser igual a coisa alguma." "De fato, foi
o que vimos." "Então não compartilhará nem de uma medida,
nem de muitas, nem de poucas, bem como não compartilhará de
modo algum do idêntico, nem jamais, aparentemente, será igual
a si mesmo ou a qualquer outra coisa mais; tampouco será maior
ou menor do que si mesmo ou do que outro." "Isso é inteiramente
verdadeiro."

e "Bem, haveria alguém que acreditasse que o uno pode ser mais
velho, ou mais jovem ou de idêntica idade?" "E por que não?"
"Porque se tivesse idade idêntica a de si mesmo ou a de qualquer
coisa mais, participaria da igualdade e da semelhança do tempo,
quando dissemos que o uno não participava da semelhança ou da
igualdade." "Efetivamente nós o dissemos." "Como também dis-
semos que não participa da dessemelhança ou da desigualdade."
"Certamente." "Pois então como, possuindo tal natureza, é possí-
141a vel que seja ou mais jovem, ou mais velho ou de idade idêntica a
qualquer coisa?" "De modo algum é possível que o seja." "Por-
tanto, o uno não pode ser mais jovem ou mais velho, ou da mesma
idade de qualquer coisa." "Evidentemente não." "E possuindo o
uno tal natureza, pode de algum modo existir no tempo? Se exis-
tisse no tempo, não estaria necessariamente sempre se tornando
mais velho do que si mesmo?" "Necessariamente." "E o mais ve-
lho é sempre mais velho do que algo mais jovem?" "Decerto que
b sim." "Por conseguinte, aquilo que se torna mais velho do que si
mesmo se torna simultaneamente mais jovem do que si mesmo se
for para possuir algo em relação ao qual se torna mais velho." "O
que queres dizer com isso?" "O que quero dizer é o seguinte: uma
coisa que é diferente de uma outra prescinde de se tornar diferente
daquilo que já é diferente, tendo, porém, que ser diferente daquilo
que é já diferente, tem que ter se tornado diferente daquilo que se
tornou tal, terá que ser diferente daquilo que será tal; mas daquilo

que está se tornando diferente não pode ter se tornado, nem pode
estar indo ser, nem pode já ser diferente; é necessário que se tor-
ne diferente, e aqui tudo se encerra." "Necessariamente." "Mas
c com certeza *mais velho* constitui uma diferença relativamente ao
mais jovem e a mais nenhuma outra coisa." "Assim é." "Entre-
tanto, aquilo que está se tornando mais velho do que si mesmo
tem, simultaneamente, que estar se tornando mais jovem do que
si mesmo." "É o que se evidencia." "Mas certamente não pode
se tornar quer por um tempo mais longo, quer por um mais curto
do que si mesmo; tem que se tornar, e ser, e estar na iminência de
ser em um tempo igual consigo mesmo." "Também isso possui
o cunho da necessidade." "Assim, pelo que parece, impõe como
necessário que tudo quanto existe no tempo e deste participa tem
d a mesma idade de si mesmo, estando, adicional e simultaneamen-
te se tornando mais velho e mais jovem do que si mesmo." "Não
vejo como o possa ser de outro modo." "Todavia, o uno não era
afetado por nenhuma dessas propriedades." "Não, não era." "Não
é afetado pelo tempo e não existe no tempo." "Não, isso é o que
se conclui do argumento."

"Ora, e as expressões 'foi', 'tornou-se' e 'estava se tornando'
não parecem indicar o significado de participação no passado?"
e "Decerto que sim." "E 'será', 'se tornará' e 'estará se tornando'
não denotam participação no futuro?" "Sim." "Enquanto 'é' e
'está se tornando' significa participar do tempo presente?" "Cer-
tamente." "Portanto, se o uno não tem *qualquer* participação no
tempo, nem se tornou, nem estava se tornando, nem foi no pas-
sado, bem como nem se torna, nem está se tornando, nem é no
presente, como tampouco se tornará, nem estará se tornando, nem
será no futuro." "Há muita verdade nisso." "E pode ele partici-
par do ser de qualquer outro modo que não no passado, presente
ou futuro?" "Não, não pode." "Conclui-se então que o uno não
tem *nenhuma* participação no ser." "Parece que não." "Conse-
quentemente, o uno de modo algum *é*." "Fica evidente que não."
"Então ele não possui ser sequer para ser uno, pois se o possuísse
e o fosse, ele *seria* e participaria do ser; porém, a confiar nesse
142a argumento, parece que o uno nem *é* nem é uno." "Isso parece ver-
dadeiro." "Mas pode o que *não é* ter qualquer coisa que lhe diga

respeito ou que lhe pertença?" "E como poderia?" "Se é assim, o
uno carece de nome e tampouco há dele descrição, conhecimento,
percepção ou opinião." "Aparentemente não." "Não é objeto de
nomeação, ou de descrição, ou de opinião, ou de conhecimento,
nem quaisquer *coisas que são* o percebem." "Parece que não." "É
possível que assim sejam realmente as coisas no que se refere ao
uno?" "Não penso que sejam."

"Gostarias nesse caso que retornássemos à nossa hipótese des-
b de seu princípio, na esperança de que uma revisão descortine um
novo ponto de vista?" "Com toda a certeza gostaria." "Dizemos,
portanto, que se o uno *é*, é forçoso que cheguemos a um consenso
com relação às consequências, sejam quais forem, não é isso?"
"Sim." "Considera inicialmente o seguinte: se o uno *é* (existe), é
possível que *seja* e que não participe do *ser*?" "Não, não é possí-
vel." "Então o ser do uno *será* (existirá), porém não será idêntico
c ao uno, pois se o fosse, não seria o ser do uno, nem o uno dele
participaria, mas a afirmação de que o uno *é* equivaleria à afir-
mação de que o uno é uno; nossa hipótese, entretanto, não é a de
se o uno é uno, ou seja, quais são as consequências se o uno for
uno, mas se o uno *é*. Não é isso?" "Decerto." "Isso a julgarmos
que 'uno' e 'ser' têm significado diferente?" "Necessariamente."
"Por conseguinte, se dizemos com brevidade 'o uno é' equivale a
dizer que o uno participa do ser?" "Certamente." "Recapitulemos
quais serão as consequências se o uno *é*; consideremos, ademais,
se essa hipótese não indica necessariamente que o uno é tal que
d possui partes." "Como?" "Do seguinte modo: se o ser é predicado
do uno que *é* e a unidade é predicada do ser que é uno, e o ser e
o uno não são idênticos, mas pertencem ambos ao *uno que é* que
levantamos como hipótese, não tem o *uno que é* que ser um todo
do qual o uno e o ser constituem partes?" "Necessariamente."
"E será o caso de denominarmos cada uma dessas partes tão só
uma parte, ou tem ela, na medida em que é uma parte, ser deno-
minada uma parte do todo?" "Uma parte do todo." "Portanto tudo
quanto é uno tanto é um todo quanto possui uma parte." "Certa-
mente." "Ora, é possível que uma ou outra dessas duas partes do
e *uno que é* (unidade e ser) deixe a outra? É possível que a unidade
cesse de ser uma parte do ser ou este de ser uma parte da unidade?"

"Não." "E, por outro lado, cada uma das partes possui unidade e ser, e a parte, por seu turno, é composta dessas duas partes, resultando, por força do mesmo argumento, que qualquer parte sempre encerra essas duas partes, uma vez que unidade possui sempre ser e este possui sempre unidade; e, consequentemente,
143a porquanto se mantém sempre tornando-se dois, jamais pode ser um." "Plenamente." "Disso não resulta, portanto, que o *uno que é* é numericamente infinito?" "É o que parece."

"Procedamos a um outro recomeço." "Como?" "Dizemos que o uno participa do ser porque ele *é*?" "Sim." "E devido a essa razão o uno, porque *é*, foi considerado múltiplo." "Sim." "Ora, o uno, em relação ao qual afirmamos que participa do ser, se mentalmente o concebermos isoladamente por si, sem aquilo de que dissemos que participa, será considerado como sendo apenas uno
b ou múltiplo?" "Eu diria que uno." "Vejamos: não deve seu *ser* ser algo e ele próprio algo distinto se o uno não é ser, mas, quando considerado como uno, participa do ser?" "Necessariamente." "Então, se o ser é algo e o uno algo distinto, o uno não é distinto do ser por ser uno, bem como é o ser distinto do uno porque é ser, mas se distinguem mutuamente em função da alteridade e diferença." "Certamente." "Por conseguinte, alteridade não é o mesmo que o uno ou que o ser." "Decerto que não." "Ora, caso
c procedamos a uma seleção entre eles, quer escolhamos o ser e o outro, quer o ser e o uno, quer o uno e o outro, em todos essas situações escolhemos um par de coisas suscetíveis de serem chamadas acertadamente de ambas?" "Como?" "Explico. Podemos dizer *ser*?" "Podemos." "E também podemos dizer *uno*?" "Também." "Então, nesse caso não mencionamos cada um deles?" "Sim." "E quando eu digo ser e uno não digo ambos?" "Certamente." "E também quando digo ser e outro, ou outro e uno, não digo cada
d um desses pares como ambos?" "Sim." "Se as coisas são acertadamente chamadas de ambas, podem ser ambas sem ser duas?" "Não podem." "E se as coisas são duas, cada uma delas não é necessariamente uma?" "Decerto." "Assim, uma vez que as unidades que formam esses pares são juntas duas, cada uma é necessariamente, por si só, uma." "Isso parece evidente." "Se cada uma delas, contudo, é uma, adicionando-se qualquer *um* a qualquer

par, o total se tornará três?" "Sim." "Além disso, três é um nú-
e mero ímpar, ao passo que dois é par?" "É claro que sim." "Ora,
havendo duas unidades, não deve haver necessariamente duas ve-
zes, e havendo três, três vezes, ou seja, se dois é duas vezes um e
três é três vezes um?" "Necessariamente." "Mas se há dois e duas
vezes, não haverá necessariamente também duas vezes dois? E,
ademais, se há três e três vezes, não haverá necessariamente três
vezes três?" "Indubitável." "Ora, se há três e duas vezes, bem
como dois e três vezes, não haverá necessariamente também duas
vezes três e três vezes dois?" "Necessariamente." "Se é assim,
haveria par vezes par, ímpar vezes ímpar, ímpar vezes par e par
144a vezes ímpar." "É assim." "Bem, se é assim, julgas que haja algum
número que necessariamente não exista?" "De modo algum."
"Então, se o uno *é* (existe), o número necessariamente *é* (existe)."
"Necessariamente." "Mas se o número *é* (existe), há necessaria-
mente muitos – na verdade uma quantidade infinita – de *seres*
(*existências*);[44] ou não é o número em quantidade infinita e parti-
cipante do ser?" "Certamente é." "Bem, se todos os números par-
ticipam do ser, toda parte do número participará dele?" "Sim."

b "O ser, portanto, está distribuído em todas as coisas que são
múltiplas, e não falta em nenhuma *coisa que é*, da maior à menor
de todas? Realmente não é irracional até mesmo apresentar essa
questão? De fato, como pode o ser estar faltando em qualquer *coisa
que é*?" "Não o pode de modo algum." "Nesse caso, está fragmen-
tado em todos os tipos de seres, os menores e os maiores; não há
c nada mais que seja tão dividido e, em suma, as partes do ser são in-
contáveis." "Isso é inteiramente verdadeiro." "Suas partes são as
mais numerosas das coisas." "É, são as mais numerosas." "Ora,
haveria alguma entre elas que constitui uma parte do ser, mas que
não constitui nenhuma parte?" "E como o poderia ser?" "De qual-
quer modo, se houvesse, teria – eu o suponho – enquanto *é*, ser
alguma coisa; não é possível que seja nada." "Necessariamente."
"Nesse caso, a unidade é inerente a toda parte do ser, não faltando
d a nenhuma delas, seja menor, maior ou qualquer outra." "Precisa-
mente." "Pode o uno estar em muitos lugares simultaneamente e,

---

44. ...τῶν ὄντων... (*tôn ónton*).

não obstante, ser um todo? Considera-o." "Estou a considerar e
vejo que é impossível." "Portanto, se [nessas circunstâncias] não
é um todo, é dividido em partes; de fato, não é possível que es-
teja vinculado a todas as partes do ser simultaneamente salvo se
for dividido." "Sim." "E aquilo que é dividido em partes é com
certeza necessariamente tão numeroso quanto suas partes." "Ne-
cessariamente." "Se é assim, não dizíamos a verdade há pouco
ao dizermos que o ser é dividido no maior número de partes, pois
e não o é em mais partes do que a unidade, mas, pelo que parece, no
mesmo número da unidade, pois nem o ser está ausente da unida-
de, nem a unidade ausente do ser, mas sendo eles dois, são sempre
iguais através de todas as coisas." "Isso se evidencia plenamente."
"Assim, o uno, fragmentado pelo ser, é múltiplo e em quantidade
infinita." "É o que parece." "Por conseguinte, não apenas o *uno
que é* é múltiplo, como também o *uno ele mesmo* dividido pelo ser
é necessariamente múltiplo." "Com toda a certeza."

"E porque as partes são partes de um todo, o uno teria que es-
tar limitado pelo todo. Ou não estão as partes contidas no todo?"
145a "Necessariamente." "Mas certamente aquilo que contém constitui
um limite." "Não há dúvida." "Nesse caso, o *uno que é* é tanto
uno quanto múltiplo, um todo e partes, limitado e de quantida-
de infinita." "É o que parece." "E, então, sendo limitado, possui
extremidades?" "Necessariamente." "Positivo, e sendo um todo,
não terá um começo, um meio e um fim? Ou é possível haver um
todo sem esses três? E na hipótese de faltar um desses, o todo
continuará sendo um todo?" "Não continuará." "Assim o uno,
b pelo que parece, terá um começo, um meio e um fim." "Terá."
"Entretanto, o meio certamente é equidistante das extremidades,
pois se assim não fosse ele não seria um meio." "Não seria." "Por
outro lado, como o uno, pelo que parece, possui essa propriedade,
compartilhará de alguma configuração: reta, arredondada ou uma
mescla de ambas." "Sim, compartilhará."

"Se é assim, o uno não será em si mesmo e no outro?" "Como?"
"É indubitável que cada uma das partes está no todo, nenhuma
delas estando fora dele." "Exatamente." "E todas as partes estão
c contidas no todo?" "Sim." "E não há dúvida de que o uno é a tota-
lidade de suas partes, nem mais nem menos do que a totalidade."

"Decerto que sim." "Mas o uno é também o todo, não é?" "Indu-
bitavelmente." "Portanto, se todas as partes estão no todo e a to-
talidade deles é o uno, e o uno é também o todo, e todas as partes
estão contidas no todo, o uno estará contido no uno, com o que
o uno estará em si mesmo." "É o que se evidencia." "Contudo, o
todo não está nas partes, quer em todas elas, quer em algumas
d delas. Pois se está em todas, é necessário que esteja em uma, já
que se faltasse em alguma (em qualquer uma) não poderia mais
estar em todas; pois se essa uma é uma de todas, e o todo não
está nessa uma, como pode ele ainda estar em todas?" "De modo
algum pode." "Tampouco pode estar em algumas das partes, uma
vez que se o todo estivesse em algumas partes, o maior estaria
no menor, o que é impossível." "É impossível." "Não estando,
porém, em uma parte, ou em diversas, ou em todas as partes, não
será o caso de estar necessariamente em alguma coisa mais ou
e cessar absolutamente de estar em qualquer lugar?" "Necessaria-
mente." "Se não estivesse em lugar algum nada seria, mas sendo
um todo, posto que não é em si mesmo, é necessário que esteja
em alguma coisa mais, não é?" "Certamente." "Então o uno, na
medida em que é um todo, está no outro; e na medida em que
ele é todas as suas partes, está em si mesmo; e, assim, o uno tem
necessariamente que estar tanto em si mesmo quanto no outro."
"Tem necessariamente."

"Sendo tal a sua natureza, não é necessário que o uno este-
ja tanto em movimento quanto em repouso?" "Como?" "Não há
dúvida que está em repouso se está em si mesmo, pois estando
146a em um e não ultrapassando isso, está no mesmo, a saber, em si
mesmo." "Assim é." "Mas aquilo que está sempre no mesmo, está
necessariamente em repouso." "Decerto." "Bem, não é necessá-
rio, ao contrário, que aquilo que está sempre no outro nunca esteja
no mesmo, e nunca estando no mesmo não esteja em repouso, e
uma vez não estando em repouso esteja em movimento?" "Pre-
cisamente." "Portanto, o uno, estando sempre em si mesmo e no
outro, está sempre necessariamente em movimento e em repou-
so." "É o que parece."

"E, por outro lado, se o que dissemos procede, ele deve ser
b idêntico a si mesmo e distinto de si mesmo e, de igual modo,

idêntico a todas as outras coisas e delas distinto." "Mas como?"
"Tudo mantém com tudo uma das seguintes relações: é ou idên-
tico ou distinto; ou, se não é idêntico nem distinto, sua relação
é a de uma parte com um todo ou de um todo com uma parte."
"Assim parece." "Ora, o uno é uma parte de si mesmo?" "De
modo algum." "Por conseguinte, ele não pode, sendo uma parte
em relação a si mesmo, ser um todo em relação a si mesmo, como
uma parte de si mesmo." "Não, não pode." "Tampouco pode ser
c outro senão ele mesmo." "Decerto que não." "Portanto, se ele
não é nem distinto, nem uma parte, nem um todo em relação a si
mesmo, não será o caso de ser necessariamente, por via de con-
sequência, idêntico a si mesmo?" "Necessariamente." "Ora, não
é necessariamente aquilo que está em outro lugar distinto de si
mesmo, o eu estando no mesmo lugar consigo mesmo, ser distin-
to de si mesmo, se for o caso de estar em outro lugar?" "Assim
o julgo." "Ora, constatamos ser esse o caso do uno, visto que es-
tava em si mesmo e no outro simultaneamente." "Sim, foi o que
constatamos." "Então, desse modo parece que o uno é distinto
d de si mesmo." "É o que parece." "Ora, se uma coisa é distin-
ta de alguma coisa, não será ela distinta daquela que é distinta
dela?" "Necessariamente." "Não são todas as coisas que não são
unas distintas do uno, e este distinto do não-uno?" "Está claro
que sim." "Conclui-se então que o uno seria distinto dos outros."
"Distinto." "Examina o seguinte: não são o idêntico ele próprio e
o distinto [ele próprio] mutuamente opostos?" "E que mais pode-
riam ser?" "Então estará o idêntico sempre no distinto, ou o dis-
tinto no idêntico?" "Não." "Por conseguinte, se o distinto jamais
e pode estar no idêntico, não há nenhuma *coisa que é* na qual o dis-
tinto esteja durante qualquer tempo, pois se estivesse em qualquer
coisa durante qualquer tempo, o distinto estaria no idêntico, não
estaria?" "Precisamente." "Mas como o distinto jamais está no
idêntico, jamais pode estar em nenhuma *coisa que é*." "É verda-
de." "Portanto, o distinto não pode estar nem no não-uno nem no
uno." "Não pode." "Então não será por força do distinto que o uno
será distinto do não-uno ou este distinto do uno." "Não." "E cer-
tamente não podem por força de si mesmos serem distintos entre
147a si, se não participam do distinto." "É óbvio que não." "Entretanto,

se não são distintos entre si quer por força de si mesmos quer por força do distinto, não será afinal completamente impossível para eles ser distintos entre si?" "Completamente impossível." "Mas tampouco poderia o não-uno participar do uno, uma vez que se assim fosse, ele não seria não-uno, mas uno." "É verdade." "Nem o não-uno pode ser um número, pois se assim fosse, também, uma vez possuindo número, não seria, de modo algum, não-uno." "Não seria." "Assim sendo, constitui o não-uno partes do uno? Ou nesse caso o não-uno também participaria do uno?" "Partici-
b paria." "Se, então, de todos os modos o uno é uno e o não-uno não é uno, não é possível que o uno seja uma parte do não-uno, nem um todo do qual o não-uno seja partes, nem é o não-uno partes do uno, nem um todo do qual o uno é uma parte." "Não." "Dissemos, porém, que coisas que não são nem partes nem todos entre si, nem distintas entre si, são idênticas entre si." "De fato, o dissemos." "Diremos, então, que como as relações do uno e do não-uno são como indicamos, os dois são idênticos entre si?" "Sim, digamo-lo." "Parece, portanto, que o uno é distinto de todas as outras coisas e de si mesmo, e é, também, idêntico às outras coisas e a si mesmo."
c "Parece que nosso argumento resulta nisso."

"É ele, então, também semelhante e dessemelhante de si mesmo e de outros?" "Talvez." "De qualquer modo, desde que se apurou que é distinto dos outros, estes devem ser também distintos dele." "Decerto que sim." "Portanto, é distinto dos outros tal como os outros são distintos dele, nem mais nem menos?" "E por que não?" "E se nem mais nem menos, então em igual grau?" "Sim." "Na medida em que é assim afetado de maneira a ser distinto dos outros, e estes afetados do mesmo modo em relação ao
d uno, nesse grau o uno será afetado do mesmo modo que os outros e estes do mesmo modo que o uno." "O que queres dizer com isso?" "Explicarei. Conferes um nome particular a uma coisa?" "Confiro." "E podes pronunciar o mesmo nome uma vez ou mais de uma vez?" "Posso." "E nomeias aquilo a que o nome pertence quando o pronuncias uma vez, mas não quando o pronuncias muitas vezes? Ou queres dizer necessariamente a mesma coisa quando pronuncias o mesmo nome, quer uma vez, quer reiteradas vezes?" "Decerto que a mesma coisa." "'Distinto' é o nome de algo,

não é?" "Certamente." "Assim, quando o pronuncias, quer uma
e vez ou muitas, o aplicas a nada mais, bem como nomeias nada
mais do que aquilo do que é nome." "Necessariamente." "Bem,
quando dizemos que os outros são distintos do uno, e este distinto
dos outros, embora empreguemos a palavra 'distinto' duas vezes,
não a aplicamos a qualquer outra coisa, mas sempre àquela natu-
reza da qual é o nome." "Certamente." "Na medida em que o uno
148a é distinto dos outros e estes distintos do uno, o uno e os outros não
se encontram em condições diferentes, mas na mesma condição;
mas tudo quanto se encontra na mesma condição é semelhante,
não é?" "Sim." "Então, na medida em que o uno encontra-se na
condição de ser distinto dos outros, precisamente nessa medida
tudo é semelhante a todas as outras coisas, uma vez que tudo é
distinto de todas as outras coisas." "É que parece." "Entretanto, o
semelhante é oposto ao dessemelhante." "Sim." "E o distinto ao
b idêntico." "Também." "Mas foi igualmente mostrado que o uno
é idêntico aos outros." "Foi." "E ser idêntico aos outros constitui
o oposto de ser distinto dos outros." "Certamente." "Na medida
em que era distinto foi mostrado que é semelhante." "Sim." "Con-
sequentemente, na medida em que é idêntico será dessemelhante,
visto que possui uma propriedade que é a oposta daquela que o
torna semelhante, uma vez que o distinto o tornou semelhante."
"Sim." "Conclui-se que o idêntico o tornará dessemelhante, pois
se assim não fosse o idêntico não seria o oposto do distinto."
c "É o que parece." "Portanto, o uno será tanto semelhante quanto
dessemelhante dos outros, semelhante na medida em que é dis-
tinto, dessemelhante na medida em que é idêntico." "Sim, essa
conclusão é admissível em função do argumento." "E há uma
outra." "Qual?" "Na medida em que se encontra na mesma con-
dição, o uno não está em outra condição, e não estando em outra
condição não é dessemelhante, e se não é dessemelhante, é seme-
lhante; todavia, na medida em que se encontra em outra condição,
ele é de outro tipo e neste caso ele é dessemelhante." "O que
dizes é verdadeiro." "Então o uno, por ser idêntico aos outros
e por ser distinto dos outros – por força de ambas essas razões ou
d por força de uma ou outra delas – seria tanto semelhante quanto
dessemelhante aos outros." "Certamente." "E do mesmo modo,

como foi mostrado que ele é distinto de si mesmo e idêntico a si mesmo, por força de ambas essas razões ou por força de uma ou outra delas, o uno será tanto semelhante quanto dessemelhante a si mesmo." "Necessariamente."

"Agora considera se o uno toca ou não toca a si mesmo e as
outras coisas." "Estou a considerar." "Penso que foi mostrado que
o uno está no todo de si mesmo." "Correto." "Ademais, o uno está
também em outras coisas?" "Sim." "Então, por estar nos outros
e ele os tocaria, e por estar em si mesmo ele seria impedido de
tocá-los, porém tocaria a si mesmo, já que está em si mesmo."
"É o que parece." "Conclui-se que o uno tocaria a si mesmo e os
outros." "Tocaria." "Mas como? Não tem tudo aquilo que é para
tocar qualquer coisa que estar junto ao que é para ser tocado e
ocupar a posição que, sendo adjacente à posição da outra coisa,
faz com que a toque?" "Necessariamente." "Consequentemente,
o uno, se é para tocar a si mesmo, tem que se posicionar junto a
si mesmo e ocupar uma posição junto àquela em que ele mesmo
está." "Sim, tem." "Ora, se o *uno*, portanto, fosse *dois* ele o po-
149a deria realizar e estar em dois lugares ao mesmo tempo; porém
enquanto for uno, não o realizará, não é mesmo?" "Não, não o
realizará." "Portanto, a mesma necessidade[45] que impede o uno de
ser dois o impede de tocar a si mesmo." "A mesma." "E tampouco
tocará os outros." "Por que não?" "Porque, como concordamos,
aquilo que é para tocar alguma coisa tem que ser externo à coisa
a ser tocada por ele e estar junto a ela, necessariamente não ha-
vendo um terceiro entre eles." "É verdade." "Assim, para ocorrer
contato, deve haver no mínimo dois." "Deve." "Se a esses dois
b for acrescentado um terceiro em imediata sucessão, haverá três
termos e dois contatos." "Sim." "Desse modo, sempre que um ter-
mo for acrescentado constituirá também o acréscimo de um con-
tato, o número de contatos sendo invariavelmente um a me-
nos que o número de termos, já que todo número sucessivo nos

45. ...ἀνάγκη... (*anánke*): como em toda esta argumentação conduzida por Parmênides, o sentido é o lógico de inevitabilidade, ou seja, na dualidade em que o necessário se opõe ao contingente. A acepção da palavra necessidade aqui *não é* a de carência ou privação.

termos excede o número da totalidade dos contatos tanto quanto os primeiros dois termos excederam o número de seus contatos.
c De fato, depois do primeiro, todo termo adicional acrescenta um ao número dos contatos." "Correto." "Assim, não importa qual o número dos termos, os contatos são sempre um a menos." "É verdade." "Ora, na hipótese de haver somente o uno (um), e não o dois, não é possível haver contato." "É evidente que não." "Sustentamos que as coisas que são distintas do uno não são o uno e não participam da unidade, posto que são distintas." "Não participam." "Bem, é de concluir que não há número nas coisas distintas do uno, uma vez que este não está nelas." "Decerto que
d não." "Então os outros[46] não são nem um nem dois, e tampouco possuem o nome de qualquer outro número." "Não." "Portanto exclusivamente o uno (um) é uno, e não pode haver dois." "Parece que não." "Não havendo dois termos, não há contato." "Não há." "Assim sendo, o uno não toca os outros, nem estes tocam o uno, uma vez que não há contato." "Com certeza não." "Conclui-se que em todas essas situações o uno toca e não toca a si mesmo e os outros." "Assim parece."

"E é ele tanto igual quanto desigual quanto a si mesmo e quanto aos outros?" "Como?" "Se o uno fosse maior ou menor do que os
e outros ou, ao contrário, os outros maiores ou menores do que ele, não seria o caso de afirmar que o uno, considerado apenas como uno, e os outros, considerados apenas como outros, não seriam nem maiores nem menores entre si do prisma de suas respectivas substâncias? Contudo, se somando às suas próprias substâncias tivessem igualdade, seriam iguais entre si; ou se os outros tivessem grandeza, ao passo que o uno pequenez, ou o oposto, a classe à qual fosse acrescentada grandeza seria maior, enquanto a que recebesse pequenez como acréscimo seria menor. Não é assim?" "Necessariamente." "Existem essas duas Formas,[47] grandeza e pequenez, não é mesmo? De fato, se não existissem, não poderiam ser mutuamente opostas e não poderiam vir a ser nas coi-
150a sas." "E como poderiam?" "Então se a pequenez viesse a ser no

46. Ou seja, as coisas distintas do uno.

47. ...εἴδη... (*eíde*). Ver nota 22.

uno, seria em uma parte ou no todo dele." "Necessariamente." "E se fosse no todo do uno? Não seria ou em igualdade com o uno, estendendo-se igualmente através do todo dele, ou então o contendo?" "Isso se mostra claro." "Ademais, se a pequenez estiver em igualdade com o uno, não será igual ao uno, ao passo que se contiver o uno, não será maior do que ele?" "E como poderia não o ser?" "Mas é possível que a pequenez seja igual a qualquer coisa ou maior do que qualquer coisa desempenhando as funções
b de grandeza ou de igualdade, mas não suas próprias funções?" "Não, não é possível." "Se é assim, a pequenez não pode existir no todo do uno, mas tão só, se for o caso, em uma parte do uno." "Sim." "Mas também não pode existir em uma parte inteira, pois nesse caso se comportaria tal como relativamente ao todo, ou seja, seria igual ou maior do que a parte em que existisse." "Inevitavelmente." "Portanto, a pequenez jamais existirá em qualquer *coisa que é*, quer em uma parte, quer no todo, nem qualquer coisa será pequena a não ser a própria pequenez." "Parece que não."
c "E tampouco a grandeza existirá no uno, pois se existisse, algo mais, distinto da própria grandeza, nomeadamente aquilo em que a grandeza existe, seria maior, e isso embora nele não há pequenez, a qual a grandeza teria que exceder, se é efetivamente grande. Isso, entretanto, é impossível, uma vez que a pequenez não existe em coisa alguma." "Isso é verdade." "Mas a própria grandeza não é maior do que nada a não ser da própria pequenez, enquanto esta não é menor do que nada a não ser da própria grandeza." "Não, não são." "Por conseguinte, outras coisas não são nem maiores nem menores do que o uno, uma vez que não possuem nem grandeza
d nem pequenez, nem sequer estas duas têm o poder de exceder ou ser excedidas relativamente ao uno, mas apenas na sua relação recíproca, como tampouco o uno pode ser maior ou menor do que elas ou do que outras coisas, visto não possuir ele grandeza nem pequenez." "É evidente que não." "Então se o uno não é nem maior nem menor do que os outros, não pode nem excedê-los nem ser excedido por eles?" "Isso se impõe inevitavelmente." "Conclui-se que aquilo que nem excede nem é excedido está necessariamente em igualdade, e assim estando, é necessariamente igual."
e "Está claro que sim." "Ademais, o uno se encontrará na mesma

relação consigo mesmo também; se não possui em si mesmo nem grandeza nem pequenez, não pode ser excedido por si mesmo ou exceder a si mesmo; estaria em uma relação de igualdade e, assim, seria igual a si mesmo." "Certamente." "Nesse caso, o uno é igual a si mesmo e aos outros." "É o que parece." "O uno, porém, estando dentro de si mesmo, seria também contido por si mesmo; posto que contém a si mesmo, seria maior do que ele mesmo, e posto que é contido por si mesmo, seria menor do que ele mesmo;
151a a conclusão é que o uno seria tanto maior quanto menor do que ele mesmo." "Sim, seria." "Não está, ademais, determinado pela necessidade que nada pode existir externamente ao uno e aos outros?" "Sem dúvida." "Entretanto, aquilo que existe deve sempre existir em algum lugar." "Sim." "E aquilo que existe em alguma coisa será menor e existirá na maior? Não é possível que alguma coisa exista em outra de outro modo." "Não, não é." "Contudo, como não há nada mais à parte do uno e dos outros, e eles necessariamente estão em alguma coisa, não será o caso de esta-
b rem um no outro, ou seja, os outros no uno e o uno nos outros, sem o que não estariam em lugar algum?" "Assim parece." "Bem, porque o uno está nos outros, estes serão maiores do que o uno, visto que o contêm, ao passo que o uno será menor do que os outros, visto que está contido; mas porque os outros estão no uno, este – por força do mesmo raciocínio – será maior do que os outros, e estes menores do que o uno." "É o que parece." "Conclui-se que o uno é igual, maior e menor do que ele mesmo e do que os outros." "É o que se evidencia." "E se é igual, maior e menor,
c será de medidas igual, mais e menos em relação a si mesmo e aos outros, e assim sendo no que respeita às medidas, o será também (igual, mais e menos) no que respeita às partes." "Não há dúvida." "E sendo de medidas igual, mais e menos, será menos e mais em número do que ele mesmo e os outros e, do mesmo modo, igual em número a si mesmo e aos outros." "Como?" "Se é maior do que quaisquer coisas, terá mais medidas do que elas, e tantas partes quanto medidas. De maneira semelhante, se for menor ou igual, o número de partes será menor ou igual." "Precisamente."
d Assim, o uno, uma vez que é maior e menor do que ele mesmo e igual a si mesmo, será de mais e menos medidas do que ele mes-

mo e de iguais medidas consigo mesmo, e se de medidas também de partes, não é?" "É indubitável." "E uma vez sendo de partes iguais consigo mesmo, será também igual em número a si mesmo, e se de mais partes mais em número, ao passo que se de menos partes, menos em número do que ele mesmo." "É o que parece." "E não terá o uno a mesma relação com outras coisas? Por ter sido demonstrado que ele é maior do que elas, não deve também necessariamente ser mais em número do que elas? E por ser menor, menos em número? E por ser igual em tamanho, não deve necessariamente também ser igual em número aos outros?" "Necessa-
e riamente." "Por conseguinte, mais uma vez, pelo que parece, o uno será igual, maior e menor do que si mesmo e do que outras coisas em número." "Será."

"E o uno participa do tempo?... e se dele participa, é e vem a ser mais jovem e mais velho do que ele mesmo e do que outras coisas, e nem mais jovem nem mais velho do que ele mesmo e do que os outros?" "Como assim?" "Se o uno *é*, o *ser* certamente lhe diz respeito." "Sim." "Mas *ser* é meramente participar **do** *ser*[48] no
152a tempo presente, tal como *foi* é participação **com** o *ser*[49] junto com o tempo passado, ao passo que *será* é participação **com** o *ser*[50] junto com o tempo futuro?" "É." "Por conseguinte, o uno participa do tempo se participar do *ser*." "Certamente." "E o tempo de que ele participa está avançando?" "Sim." "Se é assim, ele está sempre ficando mais velho do que ele mesmo, se avança com o tempo." "Necessariamente." "Será que recordamos que o mais velho vem a ser mais velho do que algo que vem a ser mais jovem?" "Sim, recordamos." "Então, o uno, uma vez que vem a
b ser mais velho do que ele mesmo, viria a ser mais velho do que um *eu*[51] que vem a ser mais jovem?" "Inevitavelmente." "Assim, o uno vem a ser mais velho e mais jovem do que ele mesmo." "Sim." "E *é* mais velho, não é, quando em vindo a ser mais velho, é no tempo presente, entre o passado e o futuro, porquanto indo

48. Existência.

49. Existência.

50. Existência.

51. Isto é, um *si mesmo*.

do passado para o futuro não pode esquivar-se ao presente." "Não
c pode." "Então não cessa ele de vir a ser mais velho ao chegar ao presente, e não mais *vem a ser* mais velho, mas atualmente *é* mais velho? De fato, enquanto avança nunca pode ser preso pelo presente, visto que aquilo que avança toca tanto o presente quanto o futuro, liberando o presente e se apoderando do futuro, prosseguindo ou vindo a ser entre ambos, isto é, o presente e o futuro." "É verdade." "Se, todavia, tudo que está vindo a ser não é capaz de evitar o presente, ao atingi-lo sempre cessa de *vir a ser* e, de
d imediato, *é* aquilo que acontece de estar vindo a ser." "É o que parece." "Portanto, o uno, quando vindo a ser mais velho alcança o presente, ele cessa de vir a ser e, de imediato, é mais velho." "Certamente." "Assim ele é mais velho do que aquilo do que estava vindo a ser mais velho; e estava vindo a ser mais velho do que ele mesmo." "Sim." "E aquilo que é mais velho é mais velho do que aquilo que é mais jovem, não é?" "É." "Por conseguinte, o uno é mais jovem do que ele mesmo quando vindo a ser mais ve-
e lho alcança o presente." "Necessariamente." "O presente, porém, é indissociável do uno por todo seu existir, pois o uno, toda vez que é, é agora." "E como duvidá-lo?" "Portanto, o uno sempre é e está vindo a ser mais velho e mais jovem do que ele mesmo." "Assim parece." "E ele é ou vem a ser por um tempo maior do que ele mesmo ou por um tempo igual?" "Por um tempo igual." "Mas se é ou vem a ser por um tempo igual, possui a mesma idade." "E como duvidá-lo?" "Mas aquilo que possui a mesma idade não é nem mais velho nem mais novo." "Não." "Infere-se que o uno, visto que é e vem a ser por um tempo igual a si mesmo, nem é nem vem a ser mais velho ou mais jovem do que ele mesmo." "É o que penso." "Nesse caso, ele é ou vem a ser mais velho ou mais
153a jovem do que as coisas que lhe são distintas?" "Não sei dizer." "Mas podes, ao menos, dizer que as coisas que lhe são distintas, se são efetivamente *coisas que lhe são distintas* e não *uma coisa que lhe é distinta*, são mais de uma; de fato, se fossem *uma* coisa que lhe é distinta, seriam um; porém, como são *coisas que lhe são distintas*, são mais de um e em multiplicidade." "Sim, são em multiplicidade." "Ora, sendo uma multiplicidade participariam de um número superior a um." "E como duvidar disso?" "Bem, que números

diríamos que vêm a ser e vieram a ser primeiramente: os maiores ou os menores?" "Os menores." "Ora, se são os menores que
b vêm a ser primeiramente, o primeiro é o um, não é?" "Sim." "O um (uno), portanto, veio a ser, entre todas as coisas que possuem número, em primeiro lugar; apesar disso, todas as outras também possuem número, se são outras e não uma outra."[52] "Possuem." "E uma vez que veio a ser primeiro, suponho que veio a ser antes das outras coisas, e estas depois; porém, coisas que vieram a ser depois são mais jovens do que aquilo que veio a ser antes delas, o que nos leva a concluir que as outras coisas seriam mais jovens do que o uno, e este mais velho do que elas." "Sim."

"Outra pergunta: é possível o uno ter vindo a ser de um modo contrário à sua própria natureza, ou isso é impossível?" "Impos-
c sível." "Mas seguramente foi mostrado que o uno possui partes, um começo, um fim e um meio." "Sim." "E o começo de tudo, quer do uno, quer de tudo o mais, vem a ser primeiro, sendo sucedido por todas as outras partes até o fim?" "Decerto que sim." "Além disso, diremos que todas essas outras são partes do todo e do uno, e que ele veio a ser uno e todo no momento em que o fim foi atingido." "É o que diremos." "Suponho que o fim vem a ser por último, instante em que o uno naturalmente vem a ser, de modo que se o uno ele mesmo não pode vir a ser contrariamente à sua própria natureza, uma vez que veio a ser concomitantemente
d com o fim, sua natureza é necessariamente tal que ele vem a ser depois de todos os outros." "Assim parece." "Conclui-se que o uno é mais jovem do que os outros, e estes mais velhos do que ele." "Isso é o que me parece também." "Não é necessário que um começo ou qualquer outra parte do uno, ou de qualquer outra coisa – se é uma parte e não partes – seja una, visto que é uma parte?" "É necessário." "Se assim, o uno viria a ser concomitantemente
e com a primeira e a segunda partes, e não é carente em qualquer parte que vem a ser a se somar a qualquer parte que lhe seja precedente, até que atinja o fim e venha a ser o uno inteiro; ele não será carente no meio, como não o será na primeira, na última ou em qualquer outra parte no processo do vir a ser." "É verdade."

52. Isto é, se são *coisas distintas do uno* e não *uma coisa distinta do uno*.

"É de se concluir que o uno possui a mesma idade de todos os outros, de modo que o uno ele mesmo, exceto se for contrário à natureza, estaria impossibilitado de vir a ser antes ou depois dos outros,
154a porém tão só concomitantemente a eles. Segundo o mesmo argumento, o uno não seria nem mais velho nem mais jovem do que os outros, nem estes mais velhos ou mais jovens do que ele, mas de idêntica idade; entretanto, com base no argumento anterior, o uno seria tanto mais velho quanto mais jovem do que os outros e estes igualmente mais velhos e mais jovens do que o uno." "Certamente." Assim é como ele é e tem vindo a ser. Mas e quanto ao uno vir a ser mais velho e mais jovem do que os outros, e estes do que ele, e não vir a ser nem mais velho nem mais jovem? Ocorre
b o mesmo com o vir a ser e o ser, ou difere?" "Não sou capaz de dizer." "Quanto a mim, sou capaz de dizer ao menos o seguinte: até se uma coisa é mais velha do que uma outra, não pode vir a ser mais velha por uma diferença maior de idade do que a que existia inicialmente, nem – se mais jovem – pode vir a ser mais jovem por uma diferença maior; o que o explica é que a adição de iguais a desiguais, quer no tempo, quer em qualquer outra coisa, torna a diferença sempre igual à que existia inicialmente." "E como duvidá-lo?" "Portanto, *aquilo que é* jamais vem a ser mais velho
c ou mais jovem do que *aquilo que é,*[53] na hipótese da diferença de idade se manter sempre a mesma; mas *é* e *veio a ser* mais velho, e o outro *é* e *veio a ser* mais jovem, porém não *vem a ser* tal." "É verdade." "E o uno, uma vez que *é*, jamais vem a ser ou mais velho, ou mais jovem do que as outras coisas." "Jamais." "Mas vê se vem a ser mais velho e mais jovem deste modo." "Qual modo?" "Do modo no qual foi constatado que o uno é mais velho do que
d os outros, e estes do que o uno." "E daí?" "Quando o uno é mais velho do que os outros, veio a ser mais tempo do que os outros." "Sim." "Ora, examina-o novamente. Se adicionarmos um tempo igual a mais e a menos tempo, o mais diferirá do menos por uma fração idêntica ou inferior?" "Por uma fração inferior." "Nesse caso, a diferença proporcional de idade existente originalmente entre o uno e os outros não se manterá posteriormente, mas sendo

53. *Aquilo que existe.*

um tempo igual adicionado ao uno e aos outros, ocorrerá uma contínua redução da diferença de suas idades, não é mesmo?"
e "Sim." "E aquilo que difere menos do ponto de vista da idade de algo do que antes diferia, vem a ser mais jovem do que antes com referência a essas coisas das quais antes era mais velho." "Mais jovem." "Contudo, se o uno vem a ser mais jovem, não é necessário que essas outras coisas, por sua vez, venham a ser mais velhas do que antes relativamente ao uno?" "Certamente." "Assim, aquilo que veio a ser mais tarde vem a ser mais velho relativamente ao mais velho, o qual veio a ser mais cedo; no entanto, nunca é mais velho, porém está sempre vindo a ser mais velho, isto porque este último tende sempre a ser mais jovem, enquanto o primeiro a ser
155a mais velho. Inversamente, o mais velho vem a ser, de idêntica maneira, mais jovem do que o mais jovem. De fato, à medida que estão se movendo em direções opostas, estão vindo a ser mutuamente opostos, o mais jovem mais velho do que o mais velho, e o mais velho mais jovem do que o mais jovem; todavia, não é possível que encerrem o processo do vir a ser, pois se o encerrassem, não estariam mais *vindo a ser*, mas *seriam*. Entretanto, tal como é o caso, vêm a ser mais velhos e mais jovens mutuamente. O uno
b vem a ser mais jovem do que os outros porque, como vimos, ele é mais velho e veio a ser antes, ao passo que os outros estão vindo a ser mais velhos do que o uno porque vieram a ser posteriormente. Com base no mesmo argumento, os outros entretêm idêntica relação com o uno, posto que foi constatado que são mais velhos do que o uno e que vieram a ser antes." "Sim, realmente é o que parece." "Portanto, do prisma de que nenhuma coisa vem a ser mais velha ou mais jovem do que uma outra, porquanto sempre diferem por um número igual, o uno não pode vir a ser mais velho ou mais jovem do que os outros, nem estes do que o uno; na medida, contudo, em que aquilo que vem a ser mais cedo necessariamente
c difere sempre por uma diferente parte proporcional daquilo que vem a ser mais tarde – e vice-versa – de um tal prisma o uno e os outros têm necessariamente que vir a ser tanto mais velhos quanto mais jovens entre si, não têm?" "Certamente." "Considerando-se todas essas razões, portanto, o uno tanto é quanto vem a ser tanto mais velho quanto mais jovem do que tanto ele mesmo quanto os

outros, e nem é nem vem a ser quer mais velho, quer mais jovem, do que quer ele mesmo quer os outros." "Inteiramente correto." "Entretanto, como o uno participa do tempo e pode vir a ser mais
d velho e mais jovem, não tem ele que participar também do passado, do futuro e do presente?" "Necessariamente." "Infere-se que o uno foi, é e será, e esteve vindo a ser, está vindo a ser e estará vindo a ser." "Claro." "Ademais, haveria, houve, há e haverá alguma coisa que é relativamente ao uno e a ele pertence." "Certamente." "Além do que haveria conhecimento, opinião e percepção do uno, o que se impõe como necessário a julgar pelo fato de que estamos empreendendo toda esta discussão acerca dele." "O que dizes é correto." "E ele possui um nome e uma definição que lhe concernem, é nomeado e definido, e todos aqueles
e atributos que dizem respeito às outras coisas, também a ele dizem respeito." "Assim é exatamente."

"Abordemos a matéria novamente, ou seja, pela terceira vez. Se o uno é como o descrevemos, sendo tanto uno quanto múltiplo, e nem uno nem múltiplo, e partícipe do tempo, não deve ele – por ser uno – às vezes participar do ser e, por outro lado – por não ser uno – às vezes não participar do ser?" "Necessariamente." "E pode o uno, ao participar do ser, não participar do ser, ou participar do ser quando não participa do ser?" "Não, não pode." "Por conseguinte, participa em um tempo e não participa em outro,
156a pois esse é o único modo em que pode participar e não participar da mesma coisa." "Está correto." "E não há, inclusive, um tempo em que ele toma o ser e [outro tempo] em que ele renuncia ao ser? Como é possível que às vezes tenha e às vezes não tenha a mesma coisa, a menos que a receba em um tempo para depois a perder?" "Não há, de modo algum, outra maneira." "Não chamarias tomar ou receber uma porção do ser de *vir a ser*?" "Chamaria." "E perdê-la de *cessar de ser*?"[54] "Certamente." "Pelo que parece, portanto, o uno, visto que recebe o ser e o perde, vem a ser e cessa
b de ser." "Necessariamente." "E como ele é uno e múltiplo, e vem a ser e cessa de ser, o seu *ser múltiplo* não cessa de ser toda vez que ele vem a ser uno, e o seu *ser uno* não cessa de ser toda vez que

54. *Vir a ser* e *cessar de ser*, ou seja, os processos de geração e (perecimento) corrupção.

ele vem a ser múltiplo?" "Certamente." "E quanto a vir a ser uno
e múltiplo, não tem ele que ser separado e combinado?" "Decer-
to que tem." "E quando vem a ser semelhante e dessemelhante,
tem que ser assimilado e desassimilado?" "Sim." "E quando vem
a ser maior, menor e igual, tem que ser aumentado, reduzido e
c igualado?" "Sim." "E quando estando em movimento ele passa ao
repouso, e quando estando em repouso muda para o movimento,
supõe-se que ele mesmo necessariamente não esteja em tempo
algum." "E como?" "Não lhe é possível estar anteriormente em
repouso e, posteriormente, em movimento, ou anteriormente
em movimento e posteriormente em repouso sem que sofra mu-
dança." "Obviamente." "E não há nenhum tempo em que alguma
coisa possa estar concomitantemente nem em movimento nem
em repouso." "Não, não há nenhum tempo." "E seguramente não
é possível mudar sem mudar." "Eu diria que não." "Se é assim,
quando ele muda, considerando que não muda quando está em
repouso, ou quando está em movimento, ou quando está no tem-
d po?" "Não, ele não muda." "Existirá, então, essa coisa estranha
na qual ele estaria no momento em que muda?" "Mas que coisa é
essa?" "*O instante.*[55] De fato, o instante parece indicar um algo a
partir do qual ocorre uma mudança em uma direção ou em outra.
Realmente ele[56] não muda a partir do repouso enquanto se encon-
tra ainda em repouso, nem a partir do movimento enquanto ainda
se encontra em movimento, pois há esta estranha natureza, o ins-
e tante, algo que se interpõe entre o movimento e o repouso, que
não existe em nenhum tempo; [é] nisso e a partir disso que aquilo
que está em movimento muda para o repouso e aquilo que está
em repouso muda para o movimento." "Há chance que assim
seja." "Portanto, o uno, se está em repouso e em movimento, deve
mudar em cada uma das direções, pois tão só desse modo é capaz
de realizar ambas as coisas.[57] Todavia, na mudança, muda instan-
taneamente e ao mudar não é possível que esteja em tempo algum,

55. ...τὸ ἐξαίφνης... (*tò eksaíphnes*). Ἐξαίφνης (*Eksaíphnes*) é advérbio e significa literalmente *instantaneamente, de imediato, subitamente*. Platão o substantiva.

56. Ou seja, o uno.

57. Isto é, estar em repouso e estar em movimento.

e nesse instante não estará quer em movimento, quer em repouso." "Não." E não ocorrerá o mesmo relativamente a outras mudanças?
157a Quando ele muda do ser[58] para o cessar do ser,[59] ou do não-ser[60] para o vir a ser,[61] não passa por um estágio mediano entre certas formas de movimento e repouso, de modo que nem *é* nem *não é*, nem *vem a ser* nem *cessa de ser*?" "Isso, ao menos, é o que parece se evidenciar." "E segundo o mesmo argumento, quando ele passa do uno para o múltiplo, ou do múltiplo para o uno, não é nem uno nem múltiplo, não está nem em um processo de separação, nem em um processo de combinação. Também ao passar do semelhante para o dessemelhante, ou do dessemelhante para o semelhante, não é nem
b semelhante nem dessemelhante, não está nem em um processo de assimilação nem em um processo de desassimilação; e ao passar do pequeno para o grande e para o igual, e vice-versa, não é nem pequeno, nem grande, nem igual, nem se encontra em um processo de aumento, nem de redução, nem de igualdade." "Aparentemente não." "Na hipótese do uno existir, ele experimentaria, portanto, tudo isso." "E como duvidá-lo?"

"Não deveríamos examinar o que provavelmente experimentariam as outras coisas, na hipótese do uno existir?" "Deveríamos." "Diremos então o que devem experimentar as coisas distintas do uno, se este existir?" "Façamo-lo." "Ora, visto que são distintas do uno, as outras coisas não são o uno, pois se o fossem não se-
c riam distintas dele." "Correto." "E, no entanto, as outras coisas não são completamente desprovidas do uno, deste participando de uma certa maneira." "Qual maneira?" "Pelo fato de que as outras coisas são distintas do uno porque possuem partes, porque se não as possuíssem seriam completamente o uno." "Correto." "Afirmamos, contudo, que partes pertencem ao que é um todo." "É o que afirmamos." "Entretanto, o todo do qual as partes são partes tem que ser uma coisa composta de muitas, porque cada uma das partes tem que ser parte não de muitas, mas de um todo."

58. ...τοῦ εἶναι... (*toû eînai*).

59. ...τὸ ἀπόλλυσθαι... (*tò apóllysthai*), o perecer.

60. ...τοῦ μὴ εἶναι... (*toû mè eînai*).

61. ...τὸ γίγνεσθαι... (*tò gígnesthai*).

"E como é isso?" "Se qualquer coisa é uma parte de muitas, sendo ela mesma uma das muitas, será uma parte de si mesma – o que
d é impossível – e de cada uma das outras, se é efetivamente uma parte de todas. De fato, se não for parte de uma, será uma parte das restantes, excetuando aquela, com o que não será uma parte de cada uma, e não sendo uma parte de cada uma, não será uma parte de qualquer uma das muitas. Aquilo, porém, que não pertence a coisa alguma não pode pertencer, quer como uma parte quer como qualquer outra coisa, a todas essas coisas das quais não é parte de nenhuma." "É o que parece." "Consequentemente, a parte é uma parte não de muitas coisas, nem de todas as coisas, mas de uma forma e conceito singulares que chamamos de *todo*,
e unidade perfeita produzida a partir de tudo. É dele que a parte é uma parte." "Certamente." "Nesse caso, se os outros possuem partes, participarão do todo e do uno." "Certamente." "Portanto as coisas que são distintas do uno são necessariamente um todo perfeito que possui partes." "Necessariamente." "O mesmo argumento é aplicável a cada parte, pois a parte necessariamente
158a participa do uno. De fato, se cada uma das partes é uma parte, *cada* indica claramente que é una, dissociada das outras, e existindo independentemente, caso contrário não seria *cada.*" "Correto." "Sua participação no uno, porém, significa claramente que é distinta do uno, pois se não o fosse, não participaria do uno, mas seria o próprio uno; agora, sendo como é, é impossível para qualquer coisa exceto o próprio uno ser o uno." "Impossível." "Mas tanto o todo quanto a parte têm necessariamente que participar do uno, pois este será um todo do qual as partes são partes e, por seu turno, cada coisa individual que constitui parte de um todo será *uma* parte do todo." "Precisamente." "Ora, e as coisas que parti-
b cipam do uno não serão distintas dele enquanto dele participam?" "E como duvidar disso?" "Entretanto, as coisas que são distintas do uno serão múltiplas, pois se não fossem nem uma nem mais de uma, nada seriam." "Nada seriam."

"Todavia, como as coisas que participam do uno como uma parte, e ele como um todo, são mais do que uma, não devem essas partícipes do uno ser necessariamente em número infinito?" "Como?" "Olhemos a questão do seguinte modo. Não é certo

que no momento em que principiam a participar do uno não são
c o uno e não participam do uno?" "Claramente." "Se é assim, elas são quantidades indeterminadas nas quais o uno não está, não são?" "Sim, são quantidades indeterminadas." "Ora, se em pensamento subtraíssemos delas a menor quantidade possível, não seria necessariamente o caso disso que foi subtraído, não tendo participação no uno, ser também uma quantidade indeterminada e una?" "Necessariamente." "E sempre que examinamos desse modo a natureza de sua espécie, o que a torna distinta do uno, tudo quanto dela percebemos a qualquer tempo, será em número ilimitado, não será?" "Com toda a certeza." "Além disso, quando cada parte vem a ser uma parte, as partes de imediato se
d revelam limitadas em sua relação recíproca e relativamente ao todo, e este relativamente às partes." "Precisamente." "A consequência disso para as coisas que são distintas do uno é que a partir do uno e da combinação delas com ele surge, pelo que parece, algo diferente no interior delas que lhes confere uma limitação na sua relação recíproca; a própria natureza delas, contudo, quando isoladas, não lhes determina quaisquer limites." "É o que parece." "Assim, as coisas que são distintas do uno, seja como todos, seja como partes, são tanto ilimitadas quanto partilham de um limite." "Certamente."

e "E são elas também tanto semelhantes quanto dessemelhantes entre si e a si mesmas?" "Como?" "Na medida em que são todas ilimitadas devido à sua própria natureza, são, nesse aspecto, afetadas de igual maneira." "Certamente." "Por outro lado, seguramente na medida em que partilham de limitação, são afetadas todas de igual maneira também nesse aspecto." "Não há como duvidá-lo." "E na medida em que são tão afetadas a ponto de serem tanto limitadas quanto ilimitadas, são submetidas por pro-
159a priedades que se opõem reciprocamente." "Sim." "Ora, opostos são tão dessemelhantes quanto possível." "Decerto." "Por conseguinte, com referência a uma ou outra de suas duas propriedades, elas são semelhantes a si mesmas e entre si, porém com referência a ambas essas propriedades em conjunto, elas são inteiramente opostas e dessemelhantes." "Há chance de que assim seja." "Portanto, as outras são tanto semelhantes quanto dessemelhantes a

si mesmas e entre si." "Precisamente." "Ademais, são idênticas
entre si e também distintas entre si, estão tanto em movimento
quanto em repouso; e uma vez que demonstramos essas situa-
ções, não é difícil mostrarmos que as coisas que são distintas do
b uno experimentam todas as propriedades opostas." "O que dizes
é correto."

"Bem, que consideremos agora esses pontos como evidentes
e voltemos a examinar se, se o uno *é*, as coisas dele distintas são
como dissemos que são, não havendo para isso alternativa." "Cer-
tamente." "Nesse caso, retomemos o começo e perguntemos, se o
uno *é*, como devem ser afetadas as coisas que dele são distintas."
"Façamo-lo efetivamente." "Não deve ser o uno separado dos ou-
tros e estes separados do uno?" "E por que isso?" "Porque nada
mais há além deles, que seja distinto do uno e distinto dos ou-
c tros. De fato, quando mencionamos *o uno e os outros* abrangemos
todas as coisas." "Todas as coisas." "Portanto, nada há adicio-
nal a eles em que pudessem estar tanto o uno quanto os outros."
"Nada." "Conclui-se que o uno e os outros nunca podem estar na
mesma coisa." "Aparentemente não." "Então eles são separados."
"Sim." "Além disso, com certeza afirmamos que o que é verda-
d deiramente uno não tem partes." "E como poderia?" "Assim, o
uno não pode estar nos outros enquanto um todo, e nem suas par-
tes, na hipótese de ser separado dos outros e não ter partes." "E
como poderia?" "É de se concluir que os outros não podem de
modo algum participar do uno: nem de qualquer parte sua nem
do todo." "Aparentemente não." "Nesse caso, os outros não são,
em sentido algum, o uno, nem encerram em si qualquer unidade."
"Não." "No entanto, tampouco os outros são múltiplos, pois se o
fossem cada um deles seria *uma* parte do todo; efetivamente, con-
tudo, as coisas que são distintas do uno não são múltiplas, nem
um todo, nem partes uma vez que de modo algum participam do
uno." "Correto." "E considerando que os outros são totalmente
destituídos de unidade, tampouco são dois ou três, ou neles estão
e encerrados dois ou três." "Exatamente."

"Nem os outros são eles mesmos semelhantes e dessemelhan-
tes ao uno, bem como neles estão encerradas a semelhança e a
dessemelhança, pois se fossem semelhantes e dessemelhantes, ou

tivessem em si encerradas semelhança e dessemelhança, as coisas que são distintas do uno teriam em si duas formas em mútua oposição." "É o que parece evidenciar-se." "É impossível, porém, para aquilo que sequer participa de uma coisa, participar de duas." "Im-
160a possível." "Daí resulta que os outros não são nem semelhantes, nem dessemelhantes, nem ambos, pois se fossem semelhantes ou dessemelhantes, participariam de uma das duas formas, ao passo que se fossem ambos participariam das duas formas em oposição, o que foi demonstrado ser impossível." "É verdade."

"A conclusão é que não são nem idênticos nem distintos, não estão nem em movimento nem em repouso, nem vindo a ser nem cessando de ser, nem maiores, nem menores, nem iguais, nem experimentam a ação de tais propriedades; com efeito, se os outros estiverem sujeitos a tais propriedades, participarão do uno, do
b dois, do três, do ímpar e do par, dos quais vimos que não podem participar na hipótese de serem em todos os aspectos totalmente destituídos de unidade." "Há muito de verdade nisso." "Portanto, se o uno *é*, ele é todas as coisas e não é nenhuma coisa relativamente a si mesmo e a todos os outros." "Exatamente."

"Muito bem. Mas não deveríamos em seguida examinar quais seriam as consequências de o uno *não ser* (se o *uno não é*)?" "Deveríamos." "Qual é o sentido dessa hipótese? Difere de algum modo de: se o *não-uno não é*?" "Decerto que sim." "Simplesmen-
c te difere ou são essas duas expressões, ou seja, *se o não-uno não é* e *se o uno não é*, totalmente opostas?" "Totalmente opostas." "Ora, se uma pessoa dissesse: 'se a grandeza não *é*', 'se a pequenez não *é*', ou qualquer coisa desse gênero, não estaria deixando claro que em cada caso a coisa a que se refere como *não sendo* é diferente?" "Certamente." "Ora, no nosso caso não deixa claro que quer dizer, ao dizer 'se o uno não *é*', que a coisa que não *é* difere de outras coisas, e não sabemos o que ela quer dizer?" "Sabemos." "Para começar, então, ela se refere a alguma coisa que é conhecida e, em segundo lugar, a alguma coisa que difere de outras coisas ao dizer 'uno', se a ela acrescenta que *é* ou que *não é*. De fato, aquilo de que se diz que *não é* de qualquer modo
d é conhecido, e se sabe ser diferente de outras coisas, não é mesmo?" "Necessariamente." "Assim nos caberia partir do começo

e indagar qual a consequência de o uno *não ser*. Em primeiro lugar, o seguinte deve ser positivo em relação ao uno, ou seja, que dele há conhecimento, caso contrário nem sequer o significado da frase 'se o uno *não é*' seria conhecido." "É verdade." "E também não é verdade que os outros diferem do uno, ou não poderia se dizer que ele difere dos outros?" "Certamente." "Conclui-se, então, que além do conhecimento, também uma diferença diz
e respeito ao uno, pois quando dizemos que o uno difere dos outros, nos referimos a uma diferença no uno, não nos outros." "É o que parece." "Que se acresça que o *uno que não é* participa do *aquilo*, do *algum*, do *este*, do *a este*, do *estes* e de todas as noções desse tipo; de fato o uno não poderia ser mencionado, bem como não o poderiam as coisas distintas do uno, nem poderia qualquer coisa relativamente ao uno ou pertencente ao uno ser ou ser mencionada se o uno não participasse da noção de *algum* ou dessas outras." "Correto." "Se *não é*, impossível é para o uno *ser*; entretanto,
161a nada o impede de participar de múltiplas coisas; realmente é necessário que o faça se esse uno a que aludimos, e não algo mais, *não é*. Contudo, se nem o uno, nem *aquilo* não *é*, mas aludimos a algo mais, é inútil dizermos seja lá o que for. Mas se o não-ser é a propriedade desse uno, e não de algo mais, nesse caso o uno necessariamente participa do *aquilo* e de muitos outros atributos." "Com toda a certeza."

"Além do que deterá dessemelhança relativamente às outras coisas, pois as coisas dele distintas, sendo diferentes, serão de uma espécie diferente." "Sim." "E não são coisas de uma espécie diferente também de uma espécie distinta?" "E como duvidá-lo?" "Ademais, coisas de espécie distinta são dessemelhantes, não
b são?" "São dessemelhantes." "Portanto, se são dessemelhantes do uno, este é evidentemente dessemelhante das coisas que são dessemelhantes dele." "Evidentemente." "Então o uno detém dessemelhança relativamente ao que os outros são dessemelhantes." "Assim parece." "Ora, se detém dessemelhança relativamente aos outros, não deve necessariamente deter semelhança relativamente a si mesmo?" "Como?" "Se o uno detiver dessemelhança relativamente a si mesmo, nosso argumento não dirá respeito a algo da espécie do uno, e nossa hipótese não será a respeito do uno, mas

c a respeito de algo distinto do uno." "Certamente." "Isso, contudo, é inadmissível." "Certamente é." "Conclui-se, nesse caso, que o uno deve deter semelhança relativamente a si mesmo." "Deve."

"Além disso, tampouco é o uno igual aos outros, pois se o fosse, então tanto *seria* quanto seria semelhante a eles no que diz respeito à igualdade, uma e outra coisa impossíveis, se o uno *não é*." "Impossíveis." "E como não é igual aos outros, estes necessariamente não são iguais a ele?" "Necessariamente não." "E coisas que não são iguais, são desiguais, não são?" "Sim." "E coisas que são desiguais o são a algo que é desigual a elas?" "E como duvidá-lo?" "Então o uno participa da desigualdade no que se refere à desi-
d gualdade que os outros apresentam relativamente a ele?" "Participa." "Entretanto, grandeza e pequenez são constituintes de desigualdade." "São." "Assim, o uno, objeto de nossa discussão, detém grandeza e pequenez?" "Há grande chance que sim." "Ora, certamente grandeza e pequenez estão sempre dissociadas uma da outra." "Certamente." "O que nos leva a concluir que há sempre algo entre elas." "Há." "E podes conceber qualquer outra coisa entre elas que não fosse a igualdade?" "Não, somente ela." "Portanto, qualquer coisa que possua grandeza e pequenez possui também igualdade, a qual se situa entre as duas." "É o que parece
e evidenciar-se". "Então, pelo que parece, o uno que *não é* participa de igualdade, de grandeza e de pequenez." "É o que parece."

"E deve também de algum modo participar do *ser*." "Mas como isso?" "É forçoso que esteja nessas condições que descrevemos, pois se não estivesse não estaríamos dizendo a verdade ao afirmarmos que o uno *não é*. Ora, se dizemos a verdade, está claro que afirmamos aquilo que *é*. Não estou certo?" "Está." "Bem, se afirmamos dizer a verdade, afirmamos necessariamente que dize-
162a mos *aquilo que é*." "Necessariamente." "Então, pelo que parece, o uno que *não é* é, pois se ele não é não-ser, mas de alguma maneira cede algo do ser ao não-ser, ele *é*." "Absolutamente sim." "Portanto, se ele não é e é para permanecer como não ser, é necessário que tenha o ser do não-ser como um vínculo, tal como o ser tem o não-ser do não-ser a fim de atingir seu perfeito ser. Desse modo, o *ser do que é* e o *não-ser do que não é* seriam assegurados do melhor modo, quando *o que é* participa *do ser do ser que é* e

b do não-ser do não-ser que não é, assegurando assim seu próprio ser perfeito, e o que não é participa do não-ser do não-ser que é e o ser do ser que não é, de modo que o que não é também assegura seu perfeito não-ser." "Isso é muito verdadeiro." "Portanto, como o que é participa do não-ser e o que não é participa do ser, o uno, uma vez que não é, necessariamente participa do ser para atingir o não-ser." "Necessariamente." "Portanto, parece que o uno, se não é, é." "É o que parece." "E também o não-ser, se não é." "E como duvidar disso?"

"Bem, pode qualquer coisa que se encontra em certo estado não se encontrar nesse estado sem mudar desse estado?" "Não pode." "Nesse caso, tudo do tipo que descrevemos (se encontrando e não se encontrando uma coisa em dado estado), significa uma
c mudança." "E como duvidá-lo?" "Mas concordamos que mudança é movimento?" "É movimento." "E não foi mostrado que o uno *é* e não *é*?" "Sim." "Então percebemos que ele tanto é quanto não é em dado estado." "É o que parece." "E foi mostrado que o uno que não é tem movimento, uma vez que muda do ser para o não-ser." "Há muita chance que seja assim." "Por outro lado, se não está em lugar algum entre as *coisas que são*, como não está se não é, não pode se mover de um lugar para outro." "Evidentemente que não." "Então não é possível que seu movimento seja deslocamento." "Não, não é possível." "Tampouco, com certeza, é possível que ele execute o movimento giratório sobre o mesmo
d ponto, pois em lugar algum toca o mesmo ponto; afinal, o mesmo (o idêntico) *é*, e é impossível que o que *não é* esteja em qualquer *coisa que é*." "É impossível." "Consequentemente, o uno, se não é, seria incapaz de girar naquilo em que não está." "Não." "Além disso, o uno, se é ou não é, não pode se transformar em algo distinto dele mesmo, pois caso se transformasse em algo distinto dele mesmo, nosso discurso não seria mais sobre o uno, mas sobre alguma outra coisa mais." "Correto." "Mas se ele nem se trans-
e forma em alguma outra coisa, nem se move em torno do mesmo ponto, nem se desloca, pode ainda se mover de alguma maneira?" "Não, como poderia?" "Com certeza, porém, o que é destituído de movimento necessariamente se mantém imóvel, e o que se mantém imóvel tem que estar em repouso." "Necessariamente."

"Por conseguinte, o *uno que não é* está tanto em repouso quanto em movimento." "É o que parece." "E se em movimento, necessariamente se transforma, já que se alguma coisa de algum modo é
163a movida, na medida em que é movida não se acha mais em seu estado anterior, mas em um estado diferente." "Precisamente." "Assim, ao mover-se, o uno se transforma." "Sim." "E, não obstante, quando não se move de modo algum, não se transforma de modo algum." "Não." "Portanto, na medida em que o uno que não é se move, ele se transforma, e na medida em que não se move, não se transforma." "Não se transforma." "Conclui-se que o uno que não é tanto se transforma quanto não se transforma." "Assim parece." "E não tem aquilo que se transforma que vir a ser em um estado distinto do seu estado anterior e cessar de ser no que diz respeito
b ao seu estado anterior, ao passo que aquilo que não se transforma nem vem a ser, nem cessa de ser?" "Necessariamente." "Então o uno que não é, quando transformado, vem a ser e cessa de ser, mas quando não transformado, nem vem a ser nem cessa de ser; assim o uno que não é tanto vem a ser quanto cessa de ser e nem vem a ser nem cessa de ser." "Inteiramente correto."

"Retornemos mais uma vez ao início e apuremos se as conclusões alcançadas são idênticas às presentes, ou diferentes." "Realmente deveríamos fazê-lo." "Perguntamos, então, na hipótese do
c uno *não ser* quais serão as consequências no que lhe diz respeito?" "Sim." "A expressão 'não é' indica qualquer coisa a mais do que a ausência do *ser* naquilo em relação a que dissemos que *não é*?" "Nada mais." "E quando dizemos que uma coisa não é, queremos dizer que de um modo tal coisa é, mas de um outro modo não é? Ou a expressão 'não é' significa não qualificadamente que o que *não é* não é de modo algum, não participando do ser de nenhuma maneira?" "Absolutamente não qualificadamente." "Assim, *o que não é* não pode ser e não pode de qualquer outra maneira partici-
d par do ser." "Não." "Mas constituíam o vir a ser e o cessar de ser algo mais do que receber ou tomar uma porção do ser e perdê-la?" "Não. Nada mais." "Mas aquilo que não tem participação no ser não pode nem receber ou tomar uma porção dele, nem perdê-la." "E como poderia?" "Portanto o uno, uma vez que ele não é de modo algum, não pode de maneira alguma possuir, perder ou

tomar qualquer porção do ser." "Isso é razoável." "Então o *uno que não é* nem cessa de ser nem vem a ser, já que de maneira alguma participa do ser." "Parece evidenciar-se que não." "Assim
e não sofre absolutamente nenhuma transformação, visto que esta envolveria vir a ser e cessar de ser." "É verdade." "E se não é transformado, necessariamente tampouco pode se mover, não é mesmo?" "Necessariamente." "E não podemos dizer que aquilo que não está em lugar algum está em repouso, pois o que está em repouso deve sempre estar em algum lugar que é o mesmo." "Sem dúvida o mesmo lugar." "Assim, voltaremos a dizer que o *uno que não é* não está nem em repouso nem em movimento." "Não, nem uma coisa nem outra." "Nem pode qualquer *coisa que é* a ele pertencer, pois se assim fosse, no momento em que partici-
164a passe de alguma *coisa que é* participaria do ser." "Está claro que sim." "Então tampouco a grandeza, a pequenez ou a igualdade lhe dizem respeito." "Não." "Nem semelhança ou diferença, seja em relação a si mesmo, seja em relação a outras coisas." "Parece que não." "E é possível que outras coisas lhe digam respeito se nada lhe diz respeito?" "Impossível." "Consequentemente, as outras coisas não lhe são nem semelhantes nem dessemelhantes, nem idênticas nem diferentes." "Não, não são." "Por outro lado,
b o *daquilo*, o *àquilo*, o *algum*, o *este*, o *deste*, o *do outro*, o *ao outro*, o passado, o futuro, o presente, o conhecimento, a opinião, a percepção, a definição, o nome ou qualquer outra coisa mais que *é* dizem respeito ao que *não é*?" "Não." "Por conseguinte, o *uno que não é* não se encontra em nenhum estado." "Parece, de fato, que não se encontra em nenhum."

"Falemos também do que experimentam as outras coisas no caso do uno *não ser*." "Façamo-lo." "Bem, os outros[62] devem *ser*, pois se nem mesmo *fossem* não poderia haver conversação sobre eles." "Precisamente." "Mas se a conversação é a respeito dos outros, os outros são diferentes. Ou não aplicas as palavras outro
c e diferente à mesma coisa?" "Aplico." "Ademais, dizemos que o diferente é diferente do diferente, e que o outro é outro em relação ao outro?" "Sim." "Então, se os outros são para ser outros, é

62. Isto é, as outras coisas, as coisas distintas do uno.

necessário haver algo em relação ao que serão outros." "É necessário que haja." "Mas o que poderia ser? Não podem ser outros relativamente ao uno, uma vez que o uno não *é*." "Não, não podem." "Nesse caso, são outros entre si, pois não lhes resta alternativa senão ser outros em relação ao nada." "Correto." "Conclui-se que são outros entre si como grupos, visto que não podem ser um a um
d simultaneamente, se o uno não é. Entretanto, cada massa deles é quantitativamente ilimitada, e mesmo se tomares o que parece ser a mais ínfima porção, esta se transforma instantaneamente, como algo em um sonho durante o sono; o que parecia ser um mostra-se como muitos, e em lugar de muito pequeno mostra-se muito grande relativamente às suas porções minúsculas." "Isso é inteiramente correto." "Se os outros *são* e o uno *não é*, essas massas de outros seriam outros na sua relação entre si." "Precisamente." "Haverá, portanto, múltiplas massas, cada uma aparecendo como se fosse una, mas que não é una, se o uno *não é*. [É isso?]" "Sim."
e "E parecerá que possuem número, considerando que cada uma parece una e que são múltiplas." "Certamente." "Algumas parecerão ser pares, enquanto outras ímpares, embora tudo isso não seja real, se o uno *não é*." "Está certo." "Além disso, dizemos que parecerá haver a menor entre elas, mas esta se revela como sendo múltipla e grande relativamente a cada uma das múltiplas porções
165a minúsculas." "E como duvidá-lo?" "E cada massa será concebida como igual às múltiplas porções minúsculas, pois não poderia, na aparência, passar do maior para o menor, até que pareça ingressar em algo intermediário entre elas, daí a *aparência*[63] de igualdade." "Há razoabilidade nisso." "E a despeito de possuir um limite relativamente a uma outra massa, não será o caso de relativamente a si mesma não possuir nem começo, nem limite, nem meio?" "Por quê?" "Porque toda vez que o intelecto concebe qualquer um desses como pertencente às massas, surge um novo começo antes
b do começo, um novo fim permanece após o fim, ao passo que no meio surgem outros meios mais centrais do que o meio, ainda que menores, posto que é impossível conceber cada um deles uma vez que o uno *não é*." "Nisso há muito de verdadeiro." "Assim, a mim

63. ...φάντασμα... (*phántasma*), imagem inconsistente.

parece que todo ser concebido por qualquer intelecto tem que ser
fragmentado em porções minúsculas e dispersado, porque desti-
tuído do uno, seria sempre apreendido pelo intelecto como uma
massa." "Certamente." "Ora, se vista de longe e imprecisamente,
qualquer coisa desse tipo deve necessariamente parecer ser una;
c entretanto, se vista de perto e com acuidade, o que parece uno,
cada um, deve se revelar numericamente ilimitado, se é efetiva-
mente destituído do uno e o uno *não é*. Estou correto?" "Com toda
a força da necessidade." "Portanto, as outras coisas devem, cada
uma e na sua totalidade, parecer ser ilimitadas e limitadas, e unas
e múltiplas se as coisas distintas do uno *são* e o uno não *é*." "Sim,
devem." "Ademais, não parecerão ser semelhantes e dessemе-
lhantes?" "Por quê?" "Tal como coisas em uma pintura, as quais
vistas de longe parecem estar todas em uma única condição idên-
d tica e semelhante." "Certamente." "Todavia, quando te aproximas
delas, parecem ser múltiplas e diferentes e devido à sua diferença
na aparência, diferentes na espécie e dessemelhantes entre si."
"Precisamente." "Consequentemente, os grupos das outras coi-
sas devem parecer ser semelhantes e dessemelhantes a si mesmos
e entre si." "Com certeza." "E também o idêntico e o diferente, e
tanto no contato mútuo quanto dissociados, e em todas as formas
de movimento e em todos os tipos de repouso, e no vir a ser e
no cessar de ser (e nem em um nem em outro), e em toda essa
gama de coisas que poderíamos com facilidade indicar minucio-
e samente, isto se o múltiplo *é* e o uno *não é*." "Há nisso muito de
verdadeiro."

"Voltemos, portanto, mais uma vez ao princípio e vejamos as
consequências do *ser* dos outros e do *não-ser* do uno. "Pois o
façamos." "Bem, os outros não serão o uno?" "Obviamente não."
"Tampouco serão muitos, pois se fossem muitos, o uno estaria
contido neles. E se nenhum deles é uno, são todos nada, com o
que não podem ser muitos." "É verdade." "Se o uno não está con-
tido nos outros, a conclusão é que os outros não são nem muitos
166a nem um." "Não, não são." "E sequer *parecem* ser um ou muitos."
"E por que isso?" "Porque os outros de maneira nenhuma comun-
gam com qualquer *coisa que não é*, e nada do que não é perten-
ce a qualquer dos outros, uma vez que *coisas que não são* não

possuem partes." "É verdade." "Tampouco há qualquer opinião ou *aparência* do que não é em vinculação com os outros, como também *o que não é* não é de modo algum concebido enquanto associado aos outros." "Não." "Portanto, se o uno *não é*, nenhum
b dos outros será concebido como sendo uno ou como sendo muitos, uma vez que na ausência da unidade, é impossível conceber a multiplicidade." "De fato, é impossível." "Nesse caso, se o uno *não é*, os outros nem *são* nem são concebidos como sendo ou o uno ou o múltiplo." "Não. Ao menos é o que parece." "Nem semelhantes nem dessemelhantes." "Não." "Nem idênticos nem diferentes, nem em contato nem dissociados, e nem quaisquer das outras coisas que dizíamos que pareciam ser. Entenda-se: os outros nem são nem parecem ser nenhuma dessas coisas, se o uno
c não é." "É verdade." "Então, se quiséssemos dizer com brevidade 'se o uno não é, nada é' estaríamos corretos?" "Com toda a certeza." "Por conseguinte, digamos isso e também que, pelo que parece, que quer o uno *seja* quer *não seja*, ele e os outros relativamente a si mesmos e entre si, de todos os modos, são e não são e parecem e não parecem." "Isso é muito verdadeiro."

POLÍTICO

(OU DA REALEZA)

PERSONAGENS DO DIÁLOGO:
Sócrates, Teodoro, o Estrangeiro e o jovem Sócrates

257a **Sócrates:** Realmente estou em grande débito contigo, Teodoro, por teres me apresentado Teeteto, bem como o Estrangeiro.

Teodoro: E logo teu débito, Sócrates, será triplo quando eles tiverem desenvolvido para ti [a noção] de político e [a] de filósofo.

Sócrates: Será, meu caro Teodoro, que podendo crer em meus ouvidos, terão sido essas efetivamente as palavras do grande calculador e geômetra?

b **Teodoro:** Ora, o que queres dizer, Sócrates?

Sócrates: Tu conferiste igual valor aos três,[1] embora estejam mais distanciados em matéria de valor do que tua proporção [matemática] possa exprimir.

Teodoro: Pelo nosso deus Amon,[2] Sócrates, o disseste com justiça. Certamente lembraste bem de tua aritmética para trazer à baila o meu erro. Farei o devido acerto contigo em alguma outra ocasião. Agora, porém, dirijo-me a ti, Estrangeiro. Não te canses de manifestar tua amabilidade conosco. Prossegue

---

1. Sócrates inclui também o *sofista*, além do *político* e do *filósofo*. Ver o *Sofista,* em *Diálogos I*, obra publicada em *Clássicos Edipro*, onde o conceito de *sofista* é discutido. O *Político* é a continuação do diálogo *Sofista.*

2. ...Ἄμμωνα... (*Ámmona*), grande divindade entre os antigos egípcios, mitologicamente correspondente a Zeus. Havia um importante oráculo de Amon em Siwah, local próximo da cidade de origem de Teodoro, Cirene.

c e fala do homem político ou do filósofo, iniciando por aquele sobre o qual preferes discursar primeiro.

Estrangeiro: É o que se deve fazer, Teodoro, uma vez que tendo começado, não devemos nos deter até termos dado conta da tarefa que temos em mãos. Mas o que vou fazer com relação a Teeteto?

Teodoro: Em que aspecto?

Estrangeiro: Não seria o caso de lhe proporcionar um descanso e o substituir pelo jovem Sócrates aqui, seu colega? O que aconselhas?

Teodoro: Faz a substituição tal como sugeres. São jovens e se tiverem a chance de descansar alternadamente, suportarão melhor qualquer trabalho.

d **Sócrates:** Além do que, ó Estrangeiro, ambos parecem entreter comigo algum tipo de afinidade; um deles, como dizeis, assemelha-se a mim pela aparência física de seu rosto,[3] enquanto o outro é chamado e saudado pelo mesmo nome que eu, o
258a que envolve alguma espécie de afinidade. Ora, devemos sempre estar ansiosos por nos familiarizar com aqueles com os quais somos afins com eles dialogando. Eu mesmo empreendi um diálogo com Teeteto ontem[4] e estive ouvindo suas respostas há pouco,[5] mas não conheço de modo algum Sócrates, considerando necessário também examiná-lo. Mas que ele responda a ti agora, deixando a minha vez para uma outra ocasião.

Estrangeiro: Está ótimo para mim. Sócrates, ouves o que diz Sócrates?

Jovem Sócrates: Sim.

Estrangeiro: E concordas com isso?

Jovem Sócrates: Certamente.

b **Estrangeiro:** Bem, parece não haver qualquer objeção de tua parte, supondo eu dever haver menos ainda de minha parte. Ora, depois do sofista, parece-me necessário que nós dois pro-

---

3. Ver *Teeteto*, entre 143e e 144a.
4. O diálogo *Teeteto*.
5. No diálogo *Sofista*. O *Teeteto* e o *Sofista* figuram em *Diálogos I*.

curemos o político. Assim sendo, agora me diz: deveríamos classificá-lo também entre os que possuem um conhecimento, ou não?

Jovem Sócrates: Deveríamos.

Estrangeiro: Nesse caso, será necessário que os conhecimentos sejam divididos como quando examinávamos a pessoa anterior?[6]

Jovem Sócrates: Talvez.

Estrangeiro: Mas nesse caso, Sócrates, considero que a divisão não será em termos idênticos.

Jovem Sócrates: E como será?

c **Estrangeiro:** Em outros termos.

Jovem Sócrates: É o que parece.

Estrangeiro: Onde, então, descobriremos o caminho que conduz ao político? De fato, nos cabe descobri-lo, isolá-lo do resto e nele imprimir a marca de uma classe singular. Em seguida, teremos que imprimir a marca de uma outra classe singular a todos os outros caminhos que se afastam desse caminho e fazer nossa mente conceber todas os conhecimentos como pertencentes a duas classes.

Jovem Sócrates: Isso, Estrangeiro, passa a ser agora tua tarefa, não minha.

d **Estrangeiro:** E, no entanto, Sócrates, no momento em que se manifestar a nós, terá que ser também tua tarefa.

Jovem Sócrates: Está correto.

Estrangeiro: Não são a aritmética e certas outras artes a ela aparentadas estranhas à aplicação prática, limitando-se a prover conhecimento?

Jovem Sócrates: Sim, são.

Estrangeiro: Entretanto, o conhecimento profissional presente nas artes relacionadas à carpintaria e ao artesanato em geral é
e inerente à aplicação delas e com seu auxílio elas criam objetos que anteriormente não existiam.

Jovem Sócrates: E daí?

---

6. Ou seja, o sofista.

Estrangeiro: Desse modo, divide todo o conhecimento em duas partes, classificando uma de prática, e a outra de puramente intelectual.

Jovem Sócrates: Como se supuséssemos que todo o conhecimento fosse uno e que essas são suas duas formas.

Estrangeiro: Suporemos que igualmente o político, o rei, o senhor, o administrador doméstico, por conta disso, são todos um, devendo ser agrupados em um único título, ou diremos que existem tantas artes quanto nomes? Mas deixa-me, de preferência, auxiliar-te a compreender do seguinte modo.

Jovem Sócrates: Que modo?

259a **Estrangeiro:** Com base no seguinte exemplo: se alguém, embora em uma condição privada, tem capacidade para aconselhar um dos médicos do Estado, não constituirá uma necessidade chamar sua arte mediante o mesmo nome da arte do indivíduo ao qual supre aconselhamento?

Jovem Sócrates: Sim.

Estrangeiro: Bem, nesse caso, se um *homem*[7] que se acha em uma condição privada é suficientemente hábil para aconselhar aquele que é rei de um país, não declararemos que ele possui o conhecimento que o próprio governante deve possuir?

Jovem Sócrates: Declararemos.

b **Estrangeiro:** Porém, com certeza o [conhecimento] de um verdadeiro rei é régio?

Jovem Sócrates: Sim.

Estrangeiro: E aquele que o possui, quer aconteça de ser um governante ou um cidadão privado, não será chamado com acerto de régio sempre que for julgado puramente em referência à sua arte?

Jovem Sócrates: Isso seria o justo.

Estrangeiro: E com certeza o administrador doméstico e o senhor são o mesmo.

Jovem Sócrates: Com certeza.

---

7. ...ἀνδρὶ... (*andrì*).

Estrangeiro: Ora, no que diz respeito a um governo, haverá qualquer diferença entre a grandeza de uma ampla casa e a majestade de um pequeno Estado?

Jovem Sócrates: Não.

c **Estrangeiro:** Portanto, relativamente à questão que discutíamos há pouco, evidencia-se que todas essas coisas são objetos de um único conhecimento, sendo que se alguém o chamar de arte régia, ou política, ou administração doméstica, isso não constituirá motivo para entrarmos em conflito com ele.

Jovem Sócrates: E por que deveríamos?

Estrangeiro: E está claro que, no que tange a preservar sua posição, qualquer rei pouco pode realizar com suas mãos, ou todo seu corpo, comparado ao que é capaz de realizar com o entendimento e força de sua alma.

Jovem Sócrates: Está claro.

Estrangeiro: Diremos, portanto, que o rei está mais aparentado
d ao teórico[8] do que ao manual ou prático em geral?

Jovem Sócrates: Decerto.

Estrangeiro: Por conseguinte, unificaremos tudo isso – o [conhecimento] político e o homem político, o [conhecimento] régio e o rei?

Jovem Sócrates: Claro.

Estrangeiro: Assim, deveríamos proceder na sequência apropriada se quisermos, em seguida, dividir o conhecimento teórico?

Jovem Sócrates: Certamente.

Estrangeiro: Então atenta a fim de apurarmos se somos capazes de detectar alguma brecha nele [que sirva de ponto de divisão].

Jovem Sócrates: Pois nos diz de que tipo é essa brecha.

e **Estrangeiro:** Do seguinte: é fato que reconhecemos um tipo de arte do cálculo.

Jovem Sócrates: Sim.

Estrangeiro: Ela é, suponho, com absoluta certeza uma das artes teóricas.

---

8. ...γνωστικῆς... (*gnostikês*), literalmente o cognoscível, o capaz ou apto de conhecimento. O conhecimento está no domínio contemplativo (teórico) e não no da práxis.

Jovem Sócrates: Decerto que sim.

Estrangeiro: E seria o caso de concedermos à arte do cálculo, após ter ela reconhecido a diferença entre os números, qualquer função adicional além da de distingui-los depois de reconhecidos?

Jovem Sócrates: Certamente não.

Estrangeiro: Todo construtor, também, não é ele próprio um trabalhador da construção, mas aquele que dirige os trabalhadores.

Jovem Sócrates: Sim.

Estrangeiro: Fornece conhecimento, não trabalho manual.

Jovem Sócrates: Precisamente.

260a **Estrangeiro:** Consequentemente, se pode com justiça dele dizer que participa do conhecimento teórico.

Jovem Sócrates: Certamente.

Estrangeiro: Mas suponho que o que lhe cabe não é distinguir, ou seja, emitir sua apreciação profissional, finalizá-la e ir embora, como o faz o calculador, mas sim dar a cada um dos trabalhadores as instruções apropriadas até que estes tenham completado as tarefas de que foram incumbidos.

Jovem Sócrates: Correto.

Estrangeiro: Conclui-se que todos esses tipos de conhecimento e todos aqueles que estão presentes na classe da arte do cálculo são teóricos, mas que essas duas classes[9] se distinguem na me-
b dida em que uma emite apreciações e a outra emite ordens ou instruções. Está correto?

Jovem Sócrates: É o que parece.

Estrangeiro: Desse modo, se dividíssemos o conhecimento teórico como um todo em duas partes, classificando uma parte como diretiva e a outra como emissora de apreciações, estaríamos em condições de afirmar que procedemos a uma divisão adequada?

Jovem Sócrates: Sim, ao menos segundo penso.

Estrangeiro: E certamente quando as pessoas executam alguma coisa em comum, é de se desejar que concordem entre si.

9. Quer dizer, a da arte do cálculo e a da arte da construção.

Jovem Sócrates: É claro que sim.

Estrangeiro: No que diz respeito a isso, portanto, enquanto concordamos nós próprios, não há necessidade de nos incomodarmos com as opiniões dos outros.

Jovem Sócrates: Decerto que não.

c **Estrangeiro:** Ora, em qual dessas duas classes deveríamos enquadrar o indivíduo régio?[10] Naquela da arte de emitir apreciações, como se ele fosse algum tipo de espectador, ou, de preferência, naquela da arte da direção, considerando que ele é um senhor?

Jovem Sócrates: Com certeza de preferência nessa última.

Estrangeiro: Então novamente temos que apurar se a arte da direção é passível de ser dividida em duas. A mim parece que é; e penso que ocorre entre a classe régia e a dos arautos distin-
d ção idêntica a que ocorre entre a arte daqueles que vendem o que eles próprios produzem e a arte dos varejistas.

Jovem Sócrates: Mas o que queres dizer com isso?

Estrangeiro: Comerciantes varejistas recebem e revendem os produtos alheios, que geralmente já foram vendidos antes.

Jovem Sócrates: Certamente.

Estrangeiro: De modo análogo, os arautos colhem intenções alheias sob a forma de ordens, retransmitindo essas ordens uma segunda vez a terceiros.

Jovem Sócrates: Há muito de verdade nisso.

Estrangeiro: Juntaremos, então, a arte régia na mesma classe da
e arte do intérprete, da do contramestre de navio, da do profeta, da do arauto e de muitas outras artes afins, todas caracterizadas pelo aspecto de dar ordens? Ou, tal como fizemos há pouco uma analogia de funções, deveremos agora também por analogia construir um nome – visto que a classe daqueles que emitem ordens próprias carece virtualmente de um nome – e destinar os reis à arte de dar suas próprias ordens, desconsiderando todo o resto e deixando a cargo de uma outra pessoa a tarefa de nomear as demais coisas? De fato, empreendemos

10. ...τὸν βασιλικὸν... (*tòn basilikòn*), isto é, o indivíduo conhecedor de realeza.

nossa investigação em pauta visando ao governante,[11] não ao
261a seu oposto.

Jovem Sócrates: Com toda a certeza.

Estrangeiro: Portanto, uma vez que foi alcançada uma plausível distinção entre essa classe e o restante distinguindo-se as ordens emitidas enquanto próprias ou alheias, seria o caso de novamente dividirmos essa classe, na hipótese de nela haver mais um ponto de divisão?

Jovem Sócrates: Certamente.

Estrangeiro: Tenho comigo que há um. Peço que me ajudes a efetuar essa divisão.

Jovem Sócrates: Onde?

Estrangeiro: Ora, considera todos aqueles que concebemos como governantes que emitem ordens. [Se os examinarmos não iremos perceber que] emitem ordens em favor do vir-a-ser de
b alguma coisa?

Jovem Sócrates: Claro.

Estrangeiro: Além disso, não é, de modo algum, difícil dividir em duas classes tudo aquilo que vem a ser.

Jovem Sócrates: Como?

Estrangeiro: De todas as coisas pertencentes à classe, algumas são inanimadas,[12] enquanto outras são animadas.[13]

Jovem Sócrates: Sim.

Estrangeiro: E mediante um procedimento idêntico, se o quisermos, podemos efetuar uma divisão da parte do conhecimento teórico que é diretivo.

Jovem Sócrates: E qual é esse procedimento?

Estrangeiro: Destinando uma parte dela à geração de coisas inanimadas e a outra à geração de coisas animadas, com o que o
c todo será dividido em dois.

Jovem Sócrates: Absolutamente certo.

---

11. Alusão ao conceito de homem político.

12. ...ἄψυχα... (*ápsykha*), aquelas que não possuem o princípio vital (ψυχή [*psykhé*]).

13. ...ἔμψυχα... (*émpsykha*), aquelas dotadas do princípio vital – alma (ψυχή [*psykhé*]).

Estrangeiro: Deixemos em seguida de lado uma dessas metades. Tomemos a outra e a dividamos, por sua vez, em duas partes.

Jovem Sócrates: E qual das metades tomaremos?

Estrangeiro: Com certeza a que emite ordens relativas a seres vivos, pois certamente o conhecimento régio não é, como o do construtor, aquele que supervisiona seres inanimados; trata-se
d de um conhecimento mais nobre, já que exerce seu poder entre seres vivos e exclusivamente em relação a eles.

Jovem Sócrates: Correto.

Estrangeiro: A esse ponto podes perceber que a geração e o cuidado de seres vivos por vezes constitui o cuidado de um único animal e, por vezes, o cuidado comum de criaturas que vivem em bando.

Jovem Sócrates: Correto.

Estrangeiro: Descobriremos, porém, que o político não é alguém que cuida de uma única criatura, tal como o condutor de um só boi, ou o cavalariço que cuida de um só cavalo. Ele se assemelha mais ao homem que cuida de uma manada de bois e vacas ou de uma manada de cavalos.

Jovem Sócrates: É o que parece, agora que o mencionaste.

e **Estrangeiro:** Chamaremos a arte de cuidar de muitos seres vivos em comum de arte de "cuidar de um rebanho", ou de algo como "cuidado coletivo"?

Jovem Sócrates: O que se mostrar mais conveniente ao longo da argumentação.

Estrangeiro: Excelente, Sócrates! Se mantiveres essa atitude de não atribuir demasiada importância a meros nomes, terás adquirido um grande cabedal de sabedoria quando envelheceres. Devemos, agora, agir como sugeres e não nos preocuparmos com nomes. Mas tens alguma percepção de como alguém poderia mostrar que o *cuidado de rebanhos*[14] é duplo, podendo
262a com isso fazer com que o que é agora investigado entre um número dobrado de coisas o seja entre a metade delas?

14. ...ἀγελαιοτροφικὴν... (*agelaiotrophikèn*).

Jovem Sócrates: Estou plenamente disposto a tentar apresentá-la. Penso que um tipo de cuidado é o dos seres humanos, ao passo que o outro é o dos animais.

Estrangeiro: Efetuaste a divisão com impecável boa vontade e coragem. Esforcemo-nos maximamente, porém, para não incorrermos novamente no erro.

Jovem Sócrates: Qual erro?

Estrangeiro: Não tomemos uma pequena parte isoladamente,
b deixando de lado muitas partes grandes; tampouco nos omitamos desconsiderando as espécies em nossa divisão. Pelo contrário, também a parte deve ser uma espécie. Desde que a separação possa ser feita corretamente, é ótimo separar de imediato o objeto de nossa investigação de tudo o mais. Assim, há pouco, pensaste que tinhas feito a divisão certa e aceleraste nossa discussão pois percebeste que ela conduzia ao ser humano. Entretanto, meu amigo, não é seguro fazer cortes estreitos. É mais seguro realizar o corte pelo meio das coisas, procedimento pelo qual é mais provável encontrar classes.
c Isso faz toda a diferença no que toca a uma investigação.

Jovem Sócrates: O que queres dizer com isso, estrangeiro?

Estrangeiro: Devo tentar me expressar ainda mais claramente, a despeito de teus dotes naturais, Sócrates. Embora presentemente seja impossível apresentar o assunto com inteira clareza, tentarei, em prol dessa clareza, expô-lo com maior completude.

Jovem Sócrates: O que, então, fizemos de incorreto há pouco em nossa divisão, segundo afirmas?

Estrangeiro: Algo bem semelhante ao seguinte: como se, inte-
d ressados em dividir a raça humana em duas partes, fizéssemos a divisão como a maioria das pessoas aqui[15] faz, separando os gregos do resto como constituindo uma dessas partes, e classificando todos os demais povos – que são inúmeros e que não têm nada de comum entre si quanto à origem ou à língua – mediante a designação única de *bárbaros*. E em função desse

15. Isto é, em Atenas.

nome único, pensa que se trata de uma única espécie. Ou como se alguém imaginasse que estivesse dividindo o número em duas classes ao isolar uma miríade[16] de todos os outros números, adquirindo a noção de que estaria construindo uma classe
e independente; em seguida atribuiria um único nome a todo o resto e em função dessa designação suporia estar formando uma segunda classe distinta da primeira. Uma melhor divisão, mais genuinamente classificatória e binária, consistiria em dividir o número em ímpar e par e a raça humana em sexo masculino e feminino. Quanto aos lídios, os frígios e vários outros, poderiam ser classificados em oposição aos demais e destes separados quando fosse impossível descobrir e separar
263a duas partes, sendo que cada uma destas formasse uma classe.

Jovem Sócrates: Corretíssimo. Mas há aqui um problema, estrangeiro. Como obtermos um conhecimento mais nítido de classe e parte que nos permita distingui-las ao invés de julgá-las idênticas?

Estrangeiro: Ó excelente jovem, a tarefa que a mim impões, Sócrates, não é tarefa pequena. De fato, já desviamos mais do que devíamos do tema de nossa investigação e manifestas o desejo de vagabundearmos ainda mais. De momento, volte-
b mos ao nosso assunto, que é o que convém. Posteriormente, quando dispormos de tempo, nos poremos no encalço desse outro assunto. Somente toma extremo cuidado para não imaginar que me ouviste algum dia dar uma explicação positiva do assunto.

Jovem Sócrates: Qual?

Estrangeiro: A de que classe e parte são coisas distintas entre si.

Jovem Sócrates: Mas o que dizes a respeito disso?

Estrangeiro: Digo que sempre que houver uma classe de alguma coisa, ela é necessariamente também uma parte da coisa de que se diz que é classe. Todavia, não é necessário que uma parte seja também uma classe. Transmite sempre isso, Sócrates, como o que sustento, e não o oposto.

---

16. ...μυριάδα... (*myriáda*), ou seja, o número 10.000.

Jovem Sócrates: Assim farei.

c **Estrangeiro:** Então detém-te agora no tópico seguinte.

Jovem Sócrates: E qual é ele?

Estrangeiro: O que desencadeou nossa digressão em pauta, pois suponho que esta se iniciou quando a ti foi perguntado como o cuidado pelo rebanho deveria ser dividido e disseste, de pronto, que havia duas classes de seres vivos, a humana e uma segunda classe única que abrange todos os animais.

Jovem Sócrates: É verdade.

Estrangeiro: E a mim ficou evidente na ocasião que subtraíste uma parte e, então, pensaste que o resto constituía uma só clas-
d se porque podias denominar todos os membros dessa classe *animais*.

Jovem Sócrates: Também isso é verdade.

Estrangeiro: Mas, realmente, meu sumamente corajoso jovem, talvez se houver qualquer outro ser vivo[17] dotado de inteligência, como parece ser o caso do grou, ou qualquer outra criatura semelhante, e que porventura atribuísse nomes como o fazes, poderia opor os grous na qualidade de uma classe a todos os outros seres vivos, agrupando o resto, inclusive o ser humano, em uma única classe, designando-os com um nome, o qual poderia ser, muito bem, o de *animais*.[18] Assim, tentemos nos pôr de guarda contra tudo que for dessa espécie.

e **Jovem Sócrates:** Como?

Estrangeiro: Não dividir toda a classe dos seres vivos nos proporcionará uma possibilidade de evitar tais erros.

Jovem Sócrates: Bem, [de fato] não há necessidade de dividir o todo.

Estrangeiro: Decerto que não, mesmo porque foi dessa maneira que incorremos no nosso erro anterior.

Jovem Sócrates: O que queres dizer com isso?

Estrangeiro: Aquela parte do conhecimento teórico que diz respeito a emitir ordens constituía uma parte da classe relativa

---

17. ...ζῷον... (*dzôion*)
18. ...θηρία... (*theria*).

ao cuidado dos seres vivos, se referindo especialmente a seres vivos que vivem em rebanhos, não era isso?

Jovem Sócrates: Sim.

Estrangeiro: Ora, já naquele ponto de nossa discussão havíamos
264a dividido todos os seres vivos em domesticados e selvagens; de fato, se sua natureza permite a domesticação, são chamados de domesticados, se a ela resiste, são chamados de selvagens.

Jovem Sócrates: Correto.

Estrangeiro: Entretanto, o conhecimento que estamos procurando[19] tinha a ver e continua tendo a ver com criaturas domesticadas, e mais precisamente com seres vivos que vivem em bandos.

Jovem Sócrates: Sim.

Estrangeiro: Portanto, não dividamos como o fizemos antes, com
b vista ao todo e apressadamente, imbuídos da ideia de que com isso alcançaríamos rapidamente a ciência política, pois isso já atraiu sobre nós a punição proverbial.

Jovem Sócrates: Qual?

Estrangeiro: A punição de ter produzido menos velocidade devido a termos nos apressado excessivamente e não havermos realizado nossa divisão com acerto.

Jovem Sócrates: E, afinal, isso foi uma coisa excelente para nós, estrangeiro.

Estrangeiro: Que o seja. De qualquer modo, recomecemos e tentemos dividir o cuidar em comum, pois talvez o que estás tão desejoso de descobrir venha a se revelar no decorrer normal de nossa discussão, melhor do que por outro meio. Diz-me...

Jovem Sócrates: O quê?

Estrangeiro: Se, como suponho, tens ouvido falarem a respeito
c disso com frequência – pois sei que nunca viste pessoalmente o cuidar de peixes domesticados no Nilo e nas lagoas do rei.[20] Mas talvez hajas percebido algo semelhante em fontes.

Jovem Sócrates: Certamente o tenho observado em fontes, além de ter ouvido bastante a respeito de muitas pessoas.

---

19. ...θηρεύομεν... (*thereúomen*), literalmente que estamos caçando.

20. ...βασιλικαῖς... (*basilikaîs*), isto é, o rei da Pérsia.

Estrangeiro: E, com certeza, mesmo que não tenhas viajado pelas planícies da Tessália, deves ter ouvido falar da criação de gansos e criação de grous lá, de modo que acreditas em sua existência.

Jovem Sócrates: Claro que sim.

d **Estrangeiro:** O motivo de todas essas perguntas a ti está ligado ao fato de que o cuidado de bandos de animais é em parte executado na água, em parte em terra seca.

Jovem Sócrates: De fato.

Estrangeiro: Assim sendo, concordas que nos cabe dividir a arte de cuidar dos animais em comum em partes correspondentes, atribuindo cada uma de suas partes a cada um desses elementos, denominando uma arte do cuidado ou criação aquática e a outra arte do cuidado ou criação em terra seca?

Jovem Sócrates: Concordo.

Estrangeiro: E decerto seria ocioso indagar a qual dessas duas
e artes pertence a realeza, já que isso é para todos evidente.

Jovem Sócrates: Está claro que sim.

Estrangeiro: E, sem dúvida, todos poderiam dividir a arte de cuidar de rebanhos em terra seca.

Jovem Sócrates: Como?

Estrangeiro: No cuidar dos que são alados e dos que caminham sobre pés.

Jovem Sócrates: Há muito de verdadeiro nisso.

Estrangeiro: E quanto à política, deve ser buscada relativamente aos que caminham sobre pés, não é mesmo? Qualquer tolo, por assim dizer, suporia isso, não achas?

Jovem Sócrates: Claro.

Estrangeiro: E no que toca à arte de cuidar de animais que caminham, deve, tal como um número par, ser dividida em dois.

Jovem Sócrates: Evidentemente.

265a **Estrangeiro:** Neste momento parece-me entrever dois caminhos conduzindo naquela direção assumida por nosso argumento no início, a saber, o caminho mais rápido, que consiste na separação de uma parte relativamente pequena e uma parte maior e o caminho mais demorado, ou seja, aquele que está mais em harmonia com o que afirmamos há pouco com referência à necessidade de efetuar a divisão o mais próximo possível do meio. Assim, dispomos da possibilidade de trilhar um caminho ou outro, ou seja, aquele que quisermos.

Jovem Sócrates: O quê? Seria impossível ambos?

Estrangeiro: Não é possível trilhar ambos ao mesmo tempo, meu extravagante amigo! Contudo, é óbvio que podemos tomá-los alternadamente.

b **Jovem Sócrates:** Então minha opção é pelos dois alternadamente.

Estrangeiro: Isso é fácil, posto que o que temos a percorrer não passa de uma curta distância. No começo ou meio de nossa jornada, seria decerto difícil atender à tua solicitação. Mas agora, e sendo esse teu desejo, principiemos pelo caminho mais demorado, visto estarmos descansados agora, com o que poderemos percorrê-lo com mais facilidade. Assim, observa a divisão.

Jovem Sócrates: Fala.

Estrangeiro: Os domesticados que caminham e que vivem em rebanhos estão naturalmente divididos em duas [classes].

Jovem Sócrates: Segundo qual critério?

Estrangeiro: Uma dessas classes é naturalmente destituída de chifres, enquanto a outra possui chifres.

c **Jovem Sócrates:** Isso é evidente.

Estrangeiro: Bem, agora divide o cuidado de rebanhos dos animais que caminham em duas partes, destinando cada uma a cada uma dessas classes. Em seguida, [limita-te a] definir essas partes, pois se te dispuseres a nomeá-las, o assunto se complicará sem necessidade.

Jovem Sócrates: E como então me referirei a elas?

Estrangeiro: Da seguinte maneira: diz que o conhecimento que concerne ao cuidado de rebanhos de animais que caminham está dividido em duas partes, uma correspondente à porção dos animais com chifres do rebanho, e a outra correspondente à porção dos animais sem chifres.

Jovem Sócrates: Podes supor que fui eu que disse isso, pois tu o
d expressaste com completa clareza.

Estrangeiro: Além disso, fica também bastante evidente que nosso rei cuida de um rebanho sem chifres.

Jovem Sócrates: E como poderia ser mais evidente?

Estrangeiro: Tentemos, portanto, dividir esse rebanho, conferindo ao rei a parte que lhe cabe.

Jovem Sócrates: Certamente.

Estrangeiro: Procederemos a nossa divisão segundo o critério de ter ou não ter os cascos fendidos ou segundo o de cruzar ou não cruzar as raças? Imagino que sabes do que estou falando.

Jovem Sócrates: O que é?

e **Estrangeiro:** Quero dizer que éguas e asnos acasalados podem reproduzir.

Jovem Sócrates: Sim.

Estrangeiro: Entretanto, o resto do rebanho de animais domesticados destituídos de chifres não é passível de cruzamento de raça.

Jovem Sócrates: Correto.

Estrangeiro: Bem, parece que o político tem a seu cargo um tipo passível de cruzamento de raça ou não?

Jovem Sócrates: Evidentemente de um tipo que não é passível de cruzamento de raça.

Estrangeiro: Assim, penso que devemos agir como fizemos até aqui e efetuar uma nova divisão.

Jovem Sócrates: De fato, devemos.

266a **Estrangeiro:** E, contudo, todos os animais domesticados gregários já foram divididos, isso excetuando duas classes. Afinal, não seria correto considerar os cães como animais que vivem em rebanhos.

Jovem Sócrates: Não, realmente eles não são gregários. Mas como dividirmos essas duas classes?

Estrangeiro: Como, com todo o direito, fariam tu e Teeteto, visto que estais envolvidos com a geometria.[21]

Jovem Sócrates: O que queres dizer?

---

21. Ver *Teeteto*, 147d ss.

Estrangeiro: Evidentemente pela diagonal,[22] e depois pela diagonal do quadrado da diagonal.

Jovem Sócrates: O que queres dizer com isso?

b **Estrangeiro:** Está a natureza da nossa raça humana associada ao caminhar de qualquer outro modo que não seja como a diagonal que tem a *potência de dois pés*?[23]

Jovem Sócrates: Não.

Estrangeiro: E a natureza da classe restante,[24] por seu turno, considerada do ponto de vista da potência,[25] é a diagonal do quadrado de nossa raiz, caso seja dotada de duas vezes dois pés.

Jovem Sócrates: Decerto que sim, e agora chego a quase entender o que desejas evidenciar.

Estrangeiro: E não é o caso de vermos, Sócrates, que paralelamente a isso, algo, por assim dizer, celebremente cômico,
c emerge de nossas divisões?

Jovem Sócrates: E o que é?

Estrangeiro: Nossa raça humana compartilha do mesmo quinhão e acompanha a mais nobre e, simultaneamente, a mais manejável raça de criaturas.[26]

Jovem Sócrates: Sim, posso percebê-lo, e se trata de um resultado estranhíssimo.

Estrangeiro: Será? Não é razoável esperarmos que os mais lentos cheguem por último?

Jovem Sócrates: Sim, tenho que concordar com isso.

Estrangeiro: E não deixamos de perceber, ademais, que o rei surge a uma luz ainda mais risível ao continuar correndo, juntamente com seu rebanho, e nivelar-se com o homem que, de

---

22. ...διαμέτρῳ... (*diamétroi*), a diagonal de um paralelogramo ou quadrado.

23. ...δυνάμει δίπους... (*dynámei dípous*). Platão emprega um jogo de palavras. Na qualidade de animal bípede (δίπους [*dípous*]), o ser humano é comparado à diagonal do quadrado da unidade (διάμετρος δίπους [*diâmetros dípous*]).

24. Ou seja, a classe dos quadrúpedes.

25. Raiz quadrada.

26. Referência ao porco.

sua parte, está melhor treinado para a vida fácil de uma cria-
d tura manejável?[27]

Jovem Sócrates: Não há dúvida que é assim.

Estrangeiro: De fato, Sócrates, com isso mostramos com mais clareza o que afirmamos ontem em nossa busca do sofista.[28]

Jovem Sócrates: E o que foi?

Estrangeiro: Que este método de argumentação não atenta mais para o que é digno do que para o que não o é, e não presta menos honra ao pequeno do que ao grande, avançando sempre no caminho que lhe é próprio, rumo a mais completa verdade.

Jovem Sócrates: É o que parece.

Estrangeiro: Assim sendo, poderei agora, sem esperar que me indagues, nortear-te conforme meu próprio critério por esse caminho mais curto há pouco mencionado, o qual conduz à
e definição do rei?

Jovem Sócrates: Decerto que sim.

Estrangeiro: Digo, portanto, que devíamos ter dividido de imediato o que caminha sobre pés em bípedes e quadrúpedes; em seguida, ao constatar que a raça humana se achava na mesma classe dos alados exclusivamente, dividir a classe dos bípedes em não emplumados e emplumados; realizada essa divisão e tornada evidente a arte de pastorear os seres humanos, devemos tomar o indivíduo versado no político e no régio e, como um tipo de condutor de biga, nela acomodá-lo, entregando-lhe as rédeas do Estado, por ser esse o conhecimento especializado que lhe é próprio.

267a **Jovem Sócrates:** Esclareceste de maneira excelente o argumento e saldaste a conta que lhe apresentei como se fosse um débito, além do que acrescentaste a digressão como uma espécie de juro, compondo a soma.

Estrangeiro: Agora, voltemos ao início e entrelacemos ponto a ponto até o fim nossa avaliação do nome da arte do político.

Jovem Sócrates: Certamente.

---

27. A alusão é ao rebanho de suínos e ao porco.

28. Cf. *Sofista* 227b.

Estrangeiro: Inicialmente, dissemos que o conhecimento teórico possuía uma parte emissora de ordens, uma porção desta sendo denominada, por analogia, a parte que emite seus próprios comandos;[29] na sequência, o cuidado dos seres vivos, que de
b modo algum constitui a parte mais modesta da arte de emitir os próprios comandos, foi separado; em seguida [surgiu] o cuidado dos rebanhos a partir [da subdivisão] do cuidado dos seres vivos. Uma divisão daquele[30] resultou no pastoreio dos animais que caminham sobre os pés, e deste a arte do cuidado dos que não possuem chifres. Dessa [última] arte, por sua vez, uma parte tem necessariamente que ser tratada como, no mínimo, tripla, caso se queira nomeá-la mediante uma designação abrangente, sendo nesse caso chamada de ciência do cuidado de rebanhos que não reproduzem por cruzamento de raças. Entretanto, a única subdivisão adicional que resta a partir dessa
c última é a arte do pastoreio de seres humanos, que é o que estamos buscando, a arte singular denominada tanto como régia quanto como política.

Jovem Sócrates: Isso é plenamente verdadeiro.

Estrangeiro: No entanto, Sócrates, realmente o realizamos exatamente como disseste?

Jovem Sócrates: Realizamos o quê?

Estrangeiro: A discussão plenamente satisfatória do assunto suscitado por nós. Ou será que nossa investigação apresenta-se lacunar nesta particularidade, ou seja, que indicamos de um certo modo uma avaliação, porém não a completamos com
d perfeição.

Jovem Sócrates: O que queres dizer?

Estrangeiro: Procurarei aumentar ainda mais a clareza, para nós dois, do que estou pensando agora.

Jovem Sócrates: Continua teu discurso.

Estrangeiro: Acabamos de descobrir que há muitas artes do cuidado dos rebanhos, sendo uma delas a arte política, a qual

29. Isto é, autodiretiva.

30. Ou seja, do cuidado dos rebanhos.

constitui o cuidado de um tipo particular de rebanho. Não foi isso?

Jovem Sócrates: Sim.

Estrangeiro: E nosso argumento a definiu não como o cuidado de cavalos ou de outros animais, mas como o conhecimento de como cuidar de seres humanos coletivamente.

Jovem Sócrates: Foi como a definiu.

e **Estrangeiro:** Observemos, portanto, a diferença entre reis e todos os demais pastores.

Jovem Sócrates: Que diferença?

Estrangeiro: Vejamos se qualquer pessoa designada com base no nome de uma outra arte afirma e reivindica que compartilha do cuidado dos rebanhos com qualquer dos outros tipos de pastores.

Jovem Sócrates: O que queres dizer?

Estrangeiro: Algo parecido ao seguinte: com certeza mercadores, agricultores e todos envolvidos com grãos, bem como treinadores de ginástica e médicos polemizariam com os pastores dos seres humanos, aos quais chamamos de políticos, alegan-
268a do estar a cargo deles próprios o cuidado dos seres humanos; e não somente do rebanho ordinário, como também o cuidado dos próprios governantes. Não é assim?

Jovem Sócrates: E não estão certos no que dizem?

Estrangeiro: Talvez. Trata-se de uma matéria a ser examinada por nós. O que sabemos é que ninguém está em posição de contestar, diante do vaqueiro, que é ele que cuida do rebanho, que é ele o seu médico, a pessoa que orienta os casais
b para acasalamento e que é exclusivamente ele que conhece a ciência do parteiro, que consiste em ajudar por ocasião do nascimento dos filhos. Ademais, na medida em que a natureza do ser vivo lhe permita fruir dos jogos e da música, ninguém está melhor capacitado do que ele quanto a oferecer conforto e tranquilidade; quer com instrumentos, quer unicamente com sua voz, é ele que executa a música que mais cabe ao seu rebanho. O mesmo ocorre com os outros boiadeiros e pastores. Não é isso?

Jovem Sócrates: Inteiramente correto.

Estrangeiro: Assim, como admitir o acerto e completude de nossa avaliação do rei separando-o com exclusividade na qualida-
c de de pastor do rebanho humano, quando uma multidão incontável de outras pessoas questiona sua pretensão?

Jovem Sócrates: Não há como.

Estrangeiro: Bem, suspeitávamos há pouco que embora conseguíssemos esboçar algo como uma figura régia, ainda nos faltava traçar com perfeição um retrato preciso do político, estando nós impossibilitados de fazê-lo até podermos, afastando do político aqueles que se aglomeram em torno dele e o questionam pleiteando compartilhar de seu pastoreio, isolá-lo em relação a eles e mantê-lo sozinho e sem contaminação. Havia fundamento para nossa suspeita?

d **Jovem Sócrates:** Certamente havia.

Estrangeiro: Então teremos que nos ater a isso, Sócrates, se não quisermos atrair o desastre para nosso argumento no seu final.

Jovem Sócrates: Isso é algo que devemos evitar a todo custo.

Estrangeiro: Se é assim, é necessário que recomecemos a partir de um novo ponto de partida e viajemos por uma outra estrada.
Jovem Sócrates: Qual estrada?

Estrangeiro: Uma estrada que nos proporcione alguma diversão. De fato, há uma célebre história[31] da qual constitui realmente nosso dever extrair uma grande parte e introduzir em nossa discussão. Então, após esse procedimento, poderemos avançar como antes, eliminando parte por parte, até, pelo emprego
e desse método, atingir o objetivo final de nossa investigação. Faremos isso?

Jovem Sócrates: Com toda a certeza.

Estrangeiro: Se é essa tua posição, presta meticulosa atenção na minha história, tal como se fosses um menino. A propósito, de qualquer modo não és ainda tão velho para ouvir contos infantis.

Jovem Sócrates: Prossegue.

---

31. ...μεγάλου μύθου... (*megálou mýthou*), literalmente um *grande mito*.

Estrangeiro: Entre os muitos portentos registrados nas antigas narrativas, muitos efetivamente ocorreram e ocorrerão novamente. Um desses portentos é o ligado ao relato do conflito entre Atreu e Tiestes.[32] Sem dúvida ouviste falar a respeito e deves te lembrar do que se diz que aconteceu.

Jovem Sócrates: Suponho que aludes ao sinal do *cordeiro de ouro*.[33]

269a **Estrangeiro:** Não. Refiro-me à mudança relativa ao nascente e poente do sol e dos outros astros; diz-se que naquela época costumavam se pôr na região em que atualmente nascem e nascer onde agora se põem. Contudo, como te lembras, na ocasião do conflito, o deus[34] alterou todo esse quadro para a presente situação a título de um testemunho a favor de Atreu.

Jovem Sócrates: Sim, também ouvi a respeito disso.

Estrangeiro: Ademais, de muitas pessoas ouvimos com frequência o relato sobre o reinado de Cronos.[35]

---

32. Irmãos e filhos de Pélops e Hipodameia que disputaram sanguinariamente o trono de Micena.

33. ...χρυσῆς ἀρνὸς... (*krysês arnòs*). O portento ou prodígio (φάσμα [*phásma*], τέρας [*téras*]) era geralmente um sinal (σημεῖον [*semeîon*]) do favorecimento dos deuses. Mas segundo o *Orestes* de Eurípides, no qual se baseia aqui Platão, os pelópidas, ou seja, os descendentes de Pélops – no caso Atreu e Tiestes – foram atingidos pela vingança do deus Hermes (devido à morte de Mirtilo, filho do deus) por meio do cordeiro de tosão de ouro, portento que o deus fizera nascer no rebanho de Atreu. Obviamente encarando o portento como um claro favor divino, Atreu se dispôs a exibi-lo ao disputar o trono de Micena com seu irmão Tiestes. Mas este, graças ao auxílio de Aeropa, que embora esposa de Atreu, amava a ele, Tiestes, subtraíra o velocino (Atreu já matara o cordeiro, guardando o precioso tosão). Atreu, assim, viu sua pretensão ao trono de Micena seriamente ameaçada. Entretanto, um outro portento (que é o que realmente interessa a Platão nesta oportunidade) é o produzido por Zeus decididamente a favor de Atreu, e que supera aquele produzido por seu filho Hermes. Zeus ordenou a inversão do curso do sol e das Plêiades (fazendo-os retornar do poente para o nascente). Não confundir o tosão de ouro do *cordeiro* com o tosão de ouro do *carneiro*, que constituiu o objetivo da expedição dos Argonautas chefiados por Jasão.

34. Zeus.

35. ...Κρόνος... (*Krónos*): o titã pré-olímpico, personificação divina do *tempo* (χρόνος [*khrónos*]), esposo de Reia, filho de Urano (personificação divina do céu) e de Gaia (personificação divina da Terra), pai de Héstia, Deméter, Hera, Poseidon, Hades

b **Jovem Sócrates:** Sim, bastante amiúde.

Estrangeiro: E quanto à história de que os antigos nasciam da terra e não eram gerados uns dos outros?

Jovem Sócrates: Essa é também uma das coisas que têm sido narradas ao longo do tempo.

Estrangeiro: Ora, todas essas coisas, além de outras ainda mais
extraordinárias, originam-se de um único e mesmo evento.
Mas desde então, ao longo das eras, algumas dessas histórias
se perderam, enquanto outras passaram a ser contadas de ma-
neira fragmentária e dissociadas umas das outras. E, contudo,
c ninguém revelou o evento que constitui a causa de todas elas,
de modo que devo revelá-lo agora, uma vez que isso contribui-
rá para esclarecermos a natureza do rei.

Jovem Sócrates: Excelente! Pois prossegue, nada omitindo.

Estrangeiro: Então escuta. Durante certo período *o próprio
deus*[36] acompanha o universo,[37] atuando como seu guia no seu
movimento circular. Entretanto, quando, em outro período,
os círculos alcançam e completam a medida do tempo que é
atribuída ao universo, ele[38] o deixa por sua própria conta, e o
d universo, por iniciativa própria, executa um movimento circu-
lar para trás em direção contrária, visto ser ele um ser vivo,[39]
aquinhoado de inteligência por aquele que o moldou no princí-
pio.[40] A inversão de seu movimento, a propósito, é um aspecto
necessário de sua natureza pela seguinte razão...

Jovem Sócrates: Qual razão?

Estrangeiro: A imutabilidade absoluta e perene constitui uma propriedade exclusiva das coisas mais divinas entre todas.

(Plutão) e Zeus. O reinado de Cronos corresponde a uma época áurea (que guarda alguma semelhança com o período do Éden descrito no Gênese bíblico) em que os seres humanos viviam em uma plena condição de ócio constante, sem necessidade do suor do trabalho para sobreviverem.

36. ...αὐτὸς ὁ θεὸς... (*autòs ho theòs*).

37. ...πᾶν... (*pân*).

38. Ou seja, o deus.

39. ...ζῷον... (*dzôion*).

40. Ver em *Diálogos V*, *Timeu*, onde é introduzida a noção do *Demiurgo*.

E naturalmente o corpo não pertence a essa classe de coisas. Ora, o que denominamos céu e *universo ordenado*[41] teve a si transmitido por aquele que o gerou muitas qualidades abençoadas,
e porém possui em si igualmente uma parcela de natureza corpórea, o que resulta em ser para ele impossível ser completamente livre de mudança; entretanto, na medida do possível, em função de suas capacidades, ele se move mediante um movimento singular, no mesmo lugar, de modo idêntico e, portanto, o movimento inverso que assumiu é circular, envolvendo o mínimo desvio do movimento que lhe é próprio. Todavia, transmitir a si mesmo o movimento circular para sempre dificilmente é possível salvo para aquele que orienta todas as coisas que se movem, e para ele produzir movimento ora em uma direção, ora em outra, contraria a lei divina. Em decorrência de tudo isso, não devemos concluir quer que o universo ordenado move circularmente a si mesmo sempre, quer que é movido circularmente sempre pelo deus em duas direções opostas, quer ainda que dois deuses que se opõem
270a lhe imprimem o movimento circular. A única coisa que nos cabe concluir, à guisa de alternativa que resta, é o que mencionei há pouco, isto é, que o universo ordenado é guiado em certo período por uma causa divina extrínseca, quando lhe é retransmitida a vida e lhe é restaurada a imortalidade a partir de seu *artífice,*[42] e em outro período é deixado por conta de si mesmo e, então, se move mediante um movimento próprio, sendo deixado por conta de si mesmo em uma ocasião em que se move para trás por eras incontáveis, devido ao fato de seu movimento congregar os efeitos produzidos por seu tamanho colossal, equilíbrio maximamente regular e se apoiar, no seu giro, na menor de todas as bases.

b **Jovem Sócrates:** A mim parece, de um modo ou outro, que há muito de razoável em tudo que disseste.

---

41. ...κόσμον... (*kósmon*), o universo necessariamente organizado e ordenado pelo Demiurgo, que é distinto do universo (πᾶν [*pân*]) que é caótico e anterior à ação demiúrgica.

42. ...δημιουργοῦ... (*demiourgoû*), o Demiurgo – ver o *Timeu*.

Estrangeiro: Então, nos valendo do que foi dito, consideremos e conquistemos a compreensão daquele evento que, conforme nossa afirmação, constituía a causa dessas coisas prodigiosas. Na verdade, é simplesmente o seguinte...

Jovem Sócrates: Simplesmente o quê?

Estrangeiro: O fato de o universo em determinados períodos apresentar seu presente movimento circular, enquanto em outros períodos o realiza na direção oposta.

Jovem Sócrates: Como concebê-lo?

Estrangeiro: Não há como deixarmos de crer que entre todas as mudanças que ocorrem nos céus, a maior e mais completa é
c essa inversão.

Jovem Sócrates: É certamente o que parece.

Estrangeiro: Portanto, temos também que crer que ao mesmo tempo as maiores mudanças também ocorrem para nós que habitamos o universo.

Jovem Sócrates: Também isso é provável.

Estrangeiro: Por outro lado, sabemos que os seres vivos enfrentam dificuldades para tolerar grandes mudanças que ocorrem de uma vez em quantidade e variedades muito expressivas. Não sabemos?

Jovem Sócrates: Decerto que o sabemos.

Estrangeiro: Portanto, é inevitável que nesse tempo seres vivos em geral sejam vitimados por um amplo aniquilamento, e apenas um modesto número de espécimes da raça humana
d sobreviva. E então os sobreviventes têm muitas experiências extraordinárias e bizarras; entretanto, a maior delas é a que me disponho a descrever, experiência que se conforma à inversão de tudo na ocasião em que o universo principia a realizar um movimento circular na direção oposta à do seu movimento circular presente.

Jovem Sócrates: A que experiência [te referes]?

Estrangeiro: Para começar, é afetada a idade de todos os seres vivos, fosse qual fosse essa naquela ocasião, estabilizando-se; toda criatura mortal parou de envelhecer na sua aparência,
e para em seguida inverter seu processo de desenvolvimento,

tornando-se, por assim dizer, mais jovem e mais tenra. Os cabelos grisalhos dos homens velhos se tornaram negros, as faces cobertas de barba voltaram a ser imberbes e lisas, esses homens recuperando a juventude do passado; quanto aos adolescentes na puberdade, seus corpos entraram em um processo diuturno de amaciamento e redução, até se tornarem bebês recém-nascidos, aos quais passaram a se assemelhar tanto do ponto de vista da mente quanto daquele do corpo; finalmente passaram a definhar para na sequência desaparecerem completamente. Os mortos de maneira violenta naqueles tempos tinham seus corpos submetidos rapidamente a essas mesmas transforma-
271a ções, sendo em seguida aniquilados; sumiam nuns poucos dias.

Jovem Sócrates: Mas como os seres vivos, estrangeiro, passaram a existir naquela época? De que modo foram gerados uns dos outros?

Estrangeiro: Está claro, Sócrates, que serem gerados uns dos outros não fazia parte da natureza das coisas de então. Era a raça nascida da terra, que segundo a tradição existia naquele tempo, que voltava [a viver] a partir da terra; a lembrança dessa raça foi preservada pelos nossos primeiros ancestrais que nasceram no início de nosso período, estando, assim, próxi-
b mos do desfecho do período anterior. Foram eles para nós os mensageiros desses relatos, que hoje erradamente não recebem crédito da parte de muitas pessoas. De fato, é necessário que se reflita no resultado [do que foi dito]. Se velhos voltam à infância, a consequência natural é os mortos, que jazem na terra, assumirem forma e retornarem à vida, uma vez que o processo de nascimento é invertido paralelamente à inversão [do movimento circular do universo]. Assim, em razão disso, eles são necessariamente nascidos da terra, daí surgindo seu
c nome[43] e a tradição que os cerca, isso à exceção daqueles entre eles que o deus retirou para um *outro destino*.[44]

---

43. Ou seja, γηγενεῖς (*gegeneîs*), nascidos da terra.

44. ...ἄλλην μοῖραν... (*állen moîran*). Indivíduos que não seriam atingidos pelas consequências de sucessivas inversões da direção do movimento circular do universo. É discutível a quem Platão se refere. Talvez aos próprios filósofos (algo

Jovem Sócrates: Não há dúvida que essa é a conclusão do que foi dito anteriormente. Mas a vida no reinado sob o poder de Cronos,[45] por ti mencionado, foi nesse período anterior de rotação [do universo] ou no nosso? De fato, é evidenciado que a mudança do curso dos astros e do sol acontece tanto em um período quanto no outro.

Estrangeiro: Acompanhaste muito bem o meu relato. A vida a que te referiste, quando tudo brotou espontaneamente para
d os seres humanos, em absoluto diz respeito ao presente período de movimento circular, também ela tendo a ver com o período anterior, pois no princípio, o deus governava e supervisionava o movimento circular como um todo, ao passo que, quanto às partes do universo ordenado, sendo divididas por regiões, foram destinadas ao governo dos deuses; além disso, os seres vivos foram distribuídos por espécies e rebanhos aos *dáimons*, que deles cuidavam como pastores divinos. Em todos os aspectos, esses *dáimons* eram os guardiões independentes das criaturas sob seu cuidado, de modo que nenhuma
e criatura era selvagem, nem as criaturas se devoravam entre si, não havendo de maneira alguma entre elas guerra ou qualquer forma de conflito. Narrar todas as demais consequências dessa organização equivaleria a uma tarefa infindável. Mas com relação ao que nos foi contado acerca da vida espontânea da humanidade, a razão desse relato é a seguinte: o próprio deus atuava como pastor da humanidade, desta cuidando, tal como agora o ser humano, sendo um animal dotado de uma natureza distinta e mais divina do que a dos outros animais, cuida das espécies animais inferiores. E devido a esse cuidado, não havia constituições políticas entre os seres humanos, nem
272a os homens tinham esposas e filhos, já que voltavam a viver procedendo da terra, sem qualquer lembrança de suas vidas

---

sugerido por *Fédon* 82c). Outras opções, mais ou menos prováveis, seriam os mortais transferidos às Ilhas dos Abençoados, ou ainda, heróis como Héracles, que se tornaram deuses.

45. Ver *As Leis*, Livro IV, 713b, c, d, e, obra publicada em *Clássicos Edipro*.

anteriores. Embora lhes faltassem essas coisas,[46] dispunham de frutos em abundância provenientes das árvores e de outros vegetais, a eles supridos espontaneamente pela terra, sem que houvesse a necessidade do concurso da agricultura. Viviam, ademais, majoritariamente ao ar livre, nus e sem necessidade de camas, posto que o clima, contribuindo para o seu conforto, era temperado e a relva copiosa que brotava da terra lhes
b proporcionava macios leitos. Tal foi, Sócrates, a vida daqueles que viveram no reinado de Cronos. Quanto à vida presente, que se diz ser a da era de Zeus, a conheces por conta de tua própria experiência. Estarias capacitado e desejoso de julgar qual delas é a mais feliz?

Jovem Sócrates: De modo algum.

Estrangeiro: Deverei, nesse caso, emitir algum juízo para ti?

Jovem Sócrates: Com toda a certeza.

Estrangeiro: Ora, se os nutridos por Cronos, contando com todo esse ócio, além da faculdade de dialogar não só com os seres humanos, como também com os outros animais, aproveitaram
c plenamente todas essas oportunidades tendo em vista a filosofia, tirando proveito da conversação com os animais e daquela entre si, obtendo aprendizado de toda criatura que pudesse naturalmente ser detentora de alguma capacidade pessoal que a habilitasse, em algum aspecto, a ter melhor percepção do que os outros no que respeita a acumular saber, seria fácil julgar e decidir que as pessoas desses tempos antigos foram incomensuravelmente mais felizes do que as de nossa era. Também suponho que a decisão seria fácil de ser tomada se eles se limitassem a comer e beber até se empanturrarem, e se restringissem a uma tagarelice mútua e com os animais, em uma permuta das histórias que até os dias de hoje são relatadas a respeito deles.
d Contudo, como não há ninguém capaz de nos informar quais eram os desejos que essas pessoas nessa época experimentavam no tocante ao conhecimento e ao uso da linguagem, deixemos essas matérias de lado. É preciso que revelemos a razão para ter revivido esse mito, de modo a podermos seguir avante.

46. Quer dizer, governo político, esposas e filhos.

Quando se consumou o tempo referente a todas essas coisas, chegando a hora de ocorrer a mudança, e diante do esgotamento da raça nascida da terra – situação caracterizada pelo fato
e de toda alma haver completado todos os nascimentos, caindo sobre a terra na qualidade de semente tantas vezes quanto as prescritas – o timoneiro do universo largou o timão e se retirou para o seu posto de vigia; então o destino que cabia ao universo ordenado e o desejo inato fizeram o universo se mover circularmente ao inverso, para trás. Assim, também todos os deuses que, cada um em sua própria região, compartilham do governo da *divindade suprema,*[47] notando prontamente o que ocorria, liberam as regiões do universo ordenado que estavam sob seu
273a cuidado. E quando o universo girou ao inverso e colidiu consigo mesmo, impulsionado por movimentos opostos, o inicial e o final, produziu um grande tremor no interior de si mesmo, o qual, por seu turno, produziu um novo aniquilamento de todos os tipos de seres vivos. Entretanto, depois disso, tendo decorrido tempo suficiente, instaurou-se o repouso que substituiu o distúrbio e a confusão; a tranquilidade sucedeu aos tremores e o universo retomou seu próprio curso ordenado habitual, exercendo cuidado e governo sobre si mesmo e sobre o seu pró-
b prio interior, recordando e pondo em prática os ensinamentos do artífice e pai[48] na medida de sua capacidade, de início de maneira mais exata e, no fim, mais negligentemente; isso era explicado pelo fato da presença do elemento corpóreo em sua composição, algo inerente a ele desde a sua natureza primitiva. Esse elemento estava contaminado por uma grande desordem antes da consecução do universo ordenado agora existente. De fato, daquele que o moldou o universo só recebeu boas coisas, mas retém em si, de sua condição anterior, além de gerar nos seres vivos, todos os elementos de perversidade e injustiça
c provenientes do céu. Ora, enquanto o universo cuidou dos

47. ...μεγίστῳ δαίμονι... (*megístoi daímoni*), alusão, no âmbito da analogia aqui estabelecida por Platão com o mito, a Cronos, e, no âmbito de sua própria cosmologia (mormente exposta no *Timeu*), ao Demiurgo.

48. ...δημιουργοῦ καὶ πατρὸς... (*demiourgoû kaì patròs*).

seres vivos dentro de si, norteado pelo *timoneiro,*[49] produziu poucos males e grandes bens; uma vez separado dele sempre conduziu-se de modo excelente imediatamente após ficar por sua própria conta, porém à medida que o tempo transcorria e ele era assaltado pelo esquecimento, a antiga condição de desordem voltou a prevalecer crescentemente, sendo que no fim do
d período atingiu seu máximo. O universo, então, em uma combinação de escasso bem com quantidade copiosa do seu oposto, passou a correr o risco de destruição de si mesmo e das coisas nele encerradas. A essa altura, o deus, que é autor da ordem do universo, percebeu sua dificuldade terrível, e receando a possibilidade de ele mergulhar na tormenta da confusão e afundar no
e mar ilimitado da diversidade, assumiu de novo seu posto de timoneiro do universo, inverteu tudo quanto se tornara doentio e desintegrado no período anterior em que o universo fora deixado por sua própria conta, ordenou-o, restaurou-o, e tornou-o imortal e imune à velhice.

Eis aí a história completa. Para o nosso propósito de expor a natureza do rei, porém, bastará voltar à porção mais anterior da história. De fato, quando o universo ordenado foi novamente devolvido ao atual curso de geração, mais uma vez a idade dos indivíduos se estabilizou, produzindo processos novos opostos aos que haviam ocorrido antes. Assim, os seres vivos que tinham se tornado tão pequenos a ponto de quase desaparecerem, tornaram-se maiores, enquanto os corpos recentemente nascidos da terra com cabelos grisalhos pereceram e retornaram à terra. Todas as demais coisas, imitando
274a a condição do universo e a ela se conformando, mudaram, e também a gravidez, o nascimento e a nutrição imitaram e se conformaram ao resto. De fato, nenhum ser vivo podia mais ser gerado mediante a união de outros elementos, ou seja, tal como o universo fora ordenado para governar a si mesmo, de idêntico modo foram as partes ordenadas, na medida de sua capacidade, no sentido de crescerem, gerarem e nutrirem a partir de si mesmas sob a mesma diretriz.

---

49. ...κυβερνήτου... (*kybernétou*). Ver anteriormente 272e.

b Finalmente alcançamos o ponto em função do qual todo esse discurso foi instaurado. Examinar as mudanças ocorridas envolvendo os outros animais, e com base em que causas, implicaria uma descrição de considerável extensão. Quanto à raça humana, contudo, há menos a declarar e serve melhor ao nosso objetivo. De fato, os seres humanos privados do cuidado da divindade que os possuiu e apascentou, considerando-se que a maioria dos animais que lhes eram naturalmente hostis se tornou feroz – sendo os próprios seres humanos fracos e não contando com proteção –, converteram-se em presas dos
c animais ferozes, e nessas primeiras eras encontravam-se ainda sem recursos e desprovidos de qualquer arte; o alimento que lhes era anteriormente suprido espontaneamente, sem o concurso de seu trabalho, não estava mais disponível para eles, e desconheciam ainda o meio de produzi-lo para si, já que até então nenhuma necessidade os compelira a fazê-lo. O que transparece de tudo isso é estarem eles em grandes apuros. É essa a razão porque as dádivas dos deuses, em relação às quais temos as velhas tradições, nos foram concedidas, juntamente com uma inescapável exigência de instrução e educação: o fogo de Prometeu, as artes de Hefaístos e da deusa que
d é sua camarada artesã,[50] sementes e plantas de outros.[51] Dessas coisas proveio tudo que constitui a vida humana, uma vez que, como mencionei há pouco, faltou o cuidado dos deuses aos seres humanos, de sorte que estes foram obrigados a dirigir suas próprias vidas e cuidar de si mesmos, à semelhança do universo ordenado inteiro, o qual é por nós imitado e seguido por todo o tempo, quer nascendo e vivendo do modo que fazemos agora, quer naquela outra época da maneira que fa-
e zíamos então. Assim, que nosso conto seja aqui encerrado, mas ele nos servirá para abrirmos nossos olhos para o grave erro que cometemos quando demos nossa explicação, na discussão anterior, do rei e do político.

---

50. Atena, deusa olímpica que é filha unigênita de Zeus.

51. Ou seja, de Deméter e Dionísio.

Jovem Sócrates: Como, nesse caso, erramos e qual foi o grave erro que dizes termos cometido?

Estrangeiro: De um modo cometemos um erro relativamente leve, enquanto de outro cometemos um erro crasso, muito maior e mais extensivo do que o primeiro.

Jovem Sócrates: E como o fizemos?

Estrangeiro: Quando indagados acerca do rei e do homem político do presente movimento circular e geração, indicamos o pastor do rebanho humano ao tempo do movimento inverso, sem falar que entendíamos tratar-se de um deus, e não de
275a um ser humano. Nesse caso incorremos em um erro crasso. Por outro lado, quando dissemos ser ele governante de todo o Estado, mas não expressamos com completude de que forma ele governava, não deixamos de expressar a verdade, mas nisso não fomos nem completos nem claros, o que atenua, nesse caso, nosso equívoco, fazendo-o menos grave do que o anterior.

Jovem Sócrates: É verdade.

Estrangeiro: Pelo que se evidencia, portanto, nossa expectativa de contar com uma completa descrição do político só poderá ser satisfeita quando tivermos definido a forma pela qual o político governa o Estado.

Jovem Sócrates: Excelente colocação.

b **Estrangeiro:** E foi essa a razão porque introduzi o mito, não só com o intuito de indicar que todos disputam o cuidado do rebanho com aquele que estamos agora buscando, como também com o objetivo de podermos ver com mais clareza aquele que, com exclusividade, deve ter a seu cargo o cuidado de seres humanos, como pastores e vaqueiros cuidam de seus rebanhos e manadas, merecendo, portanto, com exclusividade ser honrado com esse título.

Jovem Sócrates: Correto.

Estrangeiro: Penso, Sócrates, que a figura do pastor divino é
c superior à do rei, enquanto os políticos atualmente existentes aqui são, naturalmente, muito mais semelhantes aos seus súditos, com os quais partilham com muito maior proximidade idênticas educação e nutrição.

Jovem Sócrates: Certamente.

Estrangeiro: E, a despeito disso, é necessário que sejam investigados exatamente com o mesmo cuidado, quer sua natureza seja semelhante à de seus súditos, quer seja semelhante à do pastor divino.

Jovem Sócrates: Claro que sim.

Estrangeiro: Assim sendo, voltemos a esse ponto, isto é, à arte que, segundo nós, emitia suas próprias ordens e tocava a seres vivos, embora os tivesse a seu cargo não individualmente, mas
d em caráter coletivo, e que nos apressamos em designar como arte do cuidado de rebanhos. Lembra-te disso?

Jovem Sócrates: Sim.

Estrangeiro: Bem, foi em conexão com isso que em algum lugar cometemos nosso erro, já que em momento algum incluímos ou nomeamos o político. Sem que o percebêssemos, ele se furtou à nossa nomenclatura.

Jovem Sócrates: Como?

Estrangeiro: Todos os outros que cuidam de rebanhos apresentam o seguinte em comum: cada um alimenta o rebanho que lhe é próprio; quanto ao político, porém, não o faz e, não obstante, o designamos da mesma maneira, quando devíamos tê-lo
e designado com um nome que fosse partilhado por todos.

Jovem Sócrates: Dizes a verdade, desde que houvesse tal nome.

Estrangeiro: Não é *cuidar dos rebanhos* algo partilhado por todos, com a ressalva de não haver nenhuma menção especial de alimentar ou qualquer outra atividade? Se o chamarmos de arte de zelar pelos rebanhos, ou de se ocupar deles, ou de manejá-los, como o fazem todos os pastores e vaqueiros, teríamos a possibilidade de encerrar o político com o resto, visto ter sido indicado pelo argumento que é o que devemos fazer.

Jovem Sócrates: Está correto. Mas como, nesse caso, proceder a
276a divisão seguinte?

Estrangeiro: Tal como anteriormente dividimos o cuidado dos rebanhos[52] (incluindo a alimentação) mediante a distinção

52. ...ἀγελαιοτροφικὴν... (*agelaiotrophikèn*).

dos que caminham sobre pés e os alados, as raças sem cruzamento e os desprovidos de chifres, seria possível dividir o zelo pelos rebanhos[53] lançando mão de idêntica distinção, fazendo com que a expressão abrangesse tanto a realeza da época atual quanto a realeza do tempo de Cronos.

Jovem Sócrates: Isso me parece evidente, porém, mais uma vez, fico imaginando qual é o próximo passo.

Estrangeiro: Fica claro que se empregamos a expressão *zelo pe-*
b *los rebanhos*, ninguém jamais veio a nos objetar com o fundamento de que não há, de modo algum, o ocupar-se deles, ainda que a afirmação anterior de que não há nenhuma arte, no tocante aos seres humanos, à qual se ajuste o nome de cuidado (incluindo alimentação) seja justa; se houvesse tal arte, caberia muito mais a uma multiplicidade de pessoas do que ao rei.

Jovem Sócrates: Correto.

Estrangeiro: Contudo, entre as artes, nenhuma reivindicaria mais solidamente do que a arte de reinar a qualificação de ser a arte do cuidado de toda a comunidade humana e do governo
c de toda a humanidade.

Jovem Sócrates: O que dizes é correto.

Estrangeiro: Além disso, Sócrates, constatamos que no final de nosso discurso foi cometido um grave erro?

Jovem Sócrates: Qual foi ele?

Estrangeiro: Foi o seguinte: não importa quão acentuada seja nossa convicção de que havia uma arte de cuidar do rebanho bípede, não devíamos de imediato tê-la denominado realeza e política, como se com isso déssemos o assunto como definitivo e completamente resolvido.

Jovem Sócrates: E o que devíamos, afinal, ter feito?

Estrangeiro: Para começar, como dizíamos, devíamos ter altera-
d do o nome, fazendo-o denotar *se ocupar* em lugar de *nutrir*. A seguir, devíamos ter efetuado uma divisão, posto que ainda admitia divisões de não pouca importância.

Jovem Sócrates: Quais?

---

53. ...ἀγελαιοκομικὴν... (*agelaiokomikèn*).

Estrangeiro: Uma delas é a mediante a qual poderíamos ter separado o pastor divino daquele que se ocupa dos seres humanos.

Jovem Sócrates: Correto.

Estrangeiro: Na sequência seria necessário dividir a arte daquele que se ocupa da humanidade, já assim dissociada e destinada ao ser humano, em duas.

Jovem Sócrates: Sob que critério de divisão?

Estrangeiro: O do compulsório e do voluntário.

Jovem Sócrates: E por quê?

Estrangeiro: Porque foi mais ou menos a essa altura que come-
e temos antes nosso erro. Agimos com maior ingenuidade do que o tolerável, e classificamos juntos o rei e o tirano, quando tanto eles quanto as formas de governo próprias de cada um são completamente diferentes.

Jovem Sócrates: É verdade.

Estrangeiro: Mas agora devemos, como eu disse, corrigir o erro e empregando o critério do compulsório e do voluntário, dividir o ocupar-se da humanidade em duas partes?

Jovem Sócrates: Decerto que sim.

Estrangeiro: E se classificarmos a arte daqueles que fazem uso da compulsão como tirânica, ou algo que o valha, e [a arte] do zelo voluntário por seres vivos bípedes que expressam sua vontade como política, não estaremos autorizados a afirmar que o detentor dessa segunda arte do ocupar-se é verdadeiramente o rei e político?

277a **Jovem Sócrates:** Ora, estrangeiro, a impressão é a de que nossa definição do político está completa.

Estrangeiro: Para nós, isso seria algo excelente, Sócrates. Mas aqui não está envolvido apenas o que pensas. Seria o caso de eu também partilhar de tua opinião. A propósito, minha opinião é a de que nossa figura do rei ainda não está completa; tal como escultores que, por vezes, em seu entusiasmo precipitado, se excedem na quantidade e dimensão de suas obras, com o que
b demoram para completar seus diversos trabalhos, também nós, neste ensejo, na ânsia de avançar rápido e esclarecer em um estilo grandioso o equívoco de nosso procedimento anterior, e

imaginando a conveniência do uso de grandes modelos no caso do rei, tomamos uma massa extraordinária de material mítico, o que nos obrigou, consequentemente, a empregar uma parte dele maior do que aquela que devíamos empregar. Assim, tornamos nossa exposição prolixa, além de não imprimir jamais um fim
c à nossa história, de modo que nossa explicação – tal como o retrato de um ser vivo – parece encerrar um delineamento suficientemente bom, sem, entretanto, ter recebido ainda a nitidez possibilitada por pigmentos e a mistura das cores. No entanto, quando se tem como interlocutores pessoas capazes de acompanhar uma argumentação, é mais adequado retratar qualquer ser vivo por meio do discurso e do argumento do que por meio da pintura ou qualquer outra arte manual; no caso, contudo, de outras pessoas, é mais conveniente fazê-lo por meio das artes manuais.

Jovem Sócrates: Está correto, mas esclarece onde vês ainda uma falha em nossa avaliação.

d **Estrangeiro:** É difícil, ó extraordinário amigo, demonstrar – salvo por meio do uso de exemplos – quaisquer das ideias mais importantes. A impressão que se tem é como se cada um de nós conhecesse tudo como se fosse em um sonho, e então, como se desperto, tudo ignorasse.

Jovem Sócrates: O que queres dizer com isso?

Estrangeiro: Parece que agora um tanto absurdamente toquei no que acontece a nós relativamente ao conhecimento.

Jovem Sócrates: De que forma?

Estrangeiro: Ora, meu caro, o próprio exemplo que utilizo exige um outro exemplo.

e **Jovem Sócrates:** De fato qual é ele? Não hesites em apresentá-lo por minha causa.

Estrangeiro: Eu o farei, visto que mostras disposição em ouvi-lo. Estamos cientes de que as crianças, precisamente quando estão obtendo algum conhecimento das letras...

Jovem Sócrates: Do que estamos cientes?

Estrangeiro: ...reconhecem as diversas letras com suficiente habilidade nas sílabas curtas e fáceis, sendo capazes de indicar coisas corretas a respeito delas.

278a **Jovem Sócrates:** Claro que sim.

Estrangeiro: Por outro lado, no caso das outras sílabas, ficam em dúvida acerca dessas mesmas letras, pensando e dizendo coisas falsas sobre elas.

Jovem Sócrates: Certamente.

Estrangeiro: A fim de conduzi-las às letras que ainda não reconhecem, não seria *este* o caminho mais fácil e melhor?

Jovem Sócrates: *Este* qual?

Estrangeiro: Conduzi-las primeiramente aos casos em relação aos quais demonstraram ter opiniões corretas no tocante a es-
b sas mesmas letras; em seguida aos grupos que ainda não reconheceram, e procedendo a um confronto das letras mostrar que sua natureza é idêntica igualmente em ambas as combinações, prosseguindo até que as letras com respeito às quais suas opiniões são corretas hajam sido exibidas em justaposição com todas as que permanecem sem reconhecer. Essa forma de exibi-las converte-as em exemplos e faz com que toda letra em todas as sílabas seja sempre designada pelo mesmo nome, seja
c por efeito da diferenciação das outras letras na hipótese de ser diferente, seja porque é idêntica.

Jovem Sócrates: Com toda a certeza.

Estrangeiro: Assim, será que apreendemos esse ponto satisfatoriamente, ou seja, que um exemplo é construído toda vez que aquilo que é idêntico em uma segunda coisa dissociada e distinta, é acertadamente concebido e comparado à primeira coisa, de sorte que as duas juntas compõem uma opinião verdadeira?

Jovem Sócrates: É o que se evidencia.

Estrangeiro: Então seria de nos surpreender que nossa alma, a qual, em função de sua natureza acha-se envolvida em idêntica
d incerteza com respeito às letras ou elementos da totalidade das coisas, esteja algumas ocasiões, em certos casos, solidamente fundamentada na verdade no tocante a todas as particularidades e então, em outros casos, inteiramente desnorteada em relação a tudo, e que de um modo ou outro tem opiniões corretas acerca de algumas combinações e então, revela-se ignorante com respeito às mesmas coisas quando estas são transferidas para as longas "sílabas" da vida, que não são fáceis?

Jovem Sócrates: Certamente não há como se surpreender com isso.

Estrangeiro: Não. Afinal, meu amigo, poderia alguém que começasse com a falsa opinião algum dia atingir sequer uma
e diminuta parcela da verdade e adquirir sabedoria?

Jovem Sócrates: Não, isso seria impossível.

Estrangeiro: Assim, sendo essa a situação, seria negativo se tu e eu principiássemos por tentar descobrir em outro exemplo modesto e parcial a natureza do exemplo em geral, visando transferir posteriormente o mesmo método figurativo de coisas menos importantes para a suma importância do rei, em uma tentativa via exemplo de familiarizar-se cientificamente com a direção dos Estados, de modo que isso pudesse ser para nós conhecimento em nossa condição de despertos e não conhecimento na condição onírica?

Jovem Sócrates: Certamente trata-se da coisa correta a ser feita.

279a **Estrangeiro:** Portanto, precisamos retomar nosso argumento anterior e, considerando-se que há uma miríade de outras pessoas que asseveram que são elas, e não a classe real, que se ocupam dos Estados, teremos, em consonância com isso, de afastar todas essas pessoas e isolar o rei. E, como dissemos, para cumprir essa tarefa necessitamos de um exemplo.

Jovem Sócrates: Sem dúvida.

Estrangeiro: De qual exemplo poderíamos nos servir que fosse em uma escala muito reduzida, mas que apresentasse o mesmo tipo de atividade da política e nos capacitasse satisfatoriamen-
b te a descobrir o que estamos buscando? Por Zeus, Sócrates, o que dirias, se nada tivéssemos à disposição, quanto a tomar aleatoriamente a arte da tecelagem e, se o concordares, não toda ela? De fato, penso que bastará a arte de tecer a lã. Se optares por essa parte tão só, é provável que nos suprirá da ilustração que queremos.

Jovem Sócrates: Contas com minha concordância.

Estrangeiro: Então tal como dividimos antes cada coisa seccionando-a em partes, por que não empregarmos agora o
c mesmo procedimento com a arte da tecelagem e, avançando

passo a passo com a maior brevidade possível, atingimos rapidamente ao que será útil ao nosso propósito em pauta?

Jovem Sócrates: O que queres dizer?

Estrangeiro: Darei a ti minha resposta empreendendo o próprio processo.

Jovem Sócrates: Excelente!

Estrangeiro: Bem, tudo que produzimos e adquirimos é em função de nossa ação sobre alguma coisa, ou para nossa defesa relativamente ao sofrimento; entre os elementos defensivos, alguns são encantamentos e antídotos divinos e humanos, en-
d quanto outros são defesas materiais, das quais algumas são equipamentos bélicos e outras proteções; das proteções algumas são anteparos, ao passo que outras são meios de proteção contra o mau tempo e o calor ardente; entre esses últimos temos os abrigos e as coberturas, e entre estas aquilo que se estende sob nós, como tapetes, ou coisas que nos envolvem, das quais algumas são compostas de uma só peça,[54] enquanto
e outras são compostas de múltiplas peças; destas últimas, algumas são costuradas, ao passo que outras são montadas sem costura; destas algumas são feitas de fibras de plantas nascidas da terra e outras de pelos; com relação às feitas de pelos algumas são coladas mediante água e terra, enquanto outras o são por si mesmas, sem o concurso de coisas estranhas. A essas proteções e coberturas confeccionadas com materiais unidos sem o auxílio de matérias estranhas atribuímos o nome de rou-
280a pas.[55] E tal como chamamos de política a arte que diz respeito ao Estado, chamaremos a arte que diz respeito às roupas, em função de sua natureza, de arte da confecção de roupas. Não é o que faremos? E estaremos também autorizados a afirmar que a tecelagem, na medida em que, como vimos, sua maior parte concerne à confecção de roupas, difere tão só no nome dessa arte da confecção de roupas, tal como naquele outro caso a arte régia diferia da arte política?

Jovem Sócrates: Isso está absolutamente correto.

---

54. Como uma túnica.

55. ...ἱμάτια... (*himátia*).

Estrangeiro: Reflitamos em seguida que alguém poderia ser da opinião de que tal descrição da arte da tecelagem foi satisfa-
b tória, por conta de sua incapacidade de compreender não ter sido ela ainda distinguida das artes cooperativas que lhe são intimamente fronteiriças, isso embora haja sido separada de muitas outras artes afins.

Jovem Sócrates: Quais artes afins?

Estrangeiro: Parece que não acompanhaste o que estive dizendo, de forma que acho melhor retroceder e começar a partir do fim. De fato, deves compreender o que entendo por afinidade com base em nossa distinção de um momento atrás das roupas em relação a algo que lhes é afim, quando separamos delas os tapetes mediante a distinção entre aquilo que é estendido sob nós e aquilo que nos envolve.

Jovem Sócrates: Compreendo.

c **Estrangeiro:** E eliminamos toda manufatura de tecido feito de linho e esparto e tudo que há pouco chamamos de fibras de plantas; além disso, isolamos o processo de feltragem e a modalidade de junção que emprega perfuração e costura, da qual a mais importante é a arte do sapateiro.

Jovem Sócrates: Certamente.

Estrangeiro: E separamos a arte de confeccionar coberturas de couro de uma só peça e todas as artes de construir abrigos que encontramos na construção de casas e carpintaria em geral, e
d em outros métodos de preservação em relação à infiltração de água; que se acresçam todas as artes que produzem proteção relativamente ao furto e atos violentos, as artes que envolvem a fabricação de tampas e de portas, que são consideradas partes da marcenaria. Também dividimos a arte do armeiro, a qual constitui um segmento da ampla e diversificada capacidade de produzir meios de defesa; ademais, bem no princípio nos apressamos em dividir a totalidade da arte da magia que tem a
e ver com antídotos e encantamentos. Apenas deixamos, como seria de se supor, a arte que buscávamos, a qual oferece proteção do frio por meio da confecção do recurso de proteção da lã, e que é denominada tecelagem.

Jovem Sócrates: Aparentemente é esse o quadro.

Estrangeiro: Mas, meu rapaz, esse quadro não se acha ainda completo. De fato, a pessoa que se dedica à primeira parte da
281a confecção de roupas parece realizar o contrário da tecelagem.

Jovem Sócrates: Como?

Estrangeiro: Suponho que o processo de tecer seja uma forma de junção ou entretecimento.

Jovem Sócrates: Sim.

Estrangeiro: Todavia, a primeira parte a que me refiro constitui uma ruptura do que é combinado e entretecido.

Jovem Sócrates: O que queres dizer?

Estrangeiro: Refiro-me à obra da arte do cardador. Ou ousaremos declarar que a arte do cardador é a do tecelão e que o cardador é um tecelão?

Jovem Sócrates: De modo algum.

Estrangeiro: Além disso, com certeza se afirmarmos que a arte da confecção da urdidura ou da trama é a arte da tecelagem, estaremos lançando mão de uma designação não só bizarra
b como também falsa.

Jovem Sócrates: Está claro que sim.

Estrangeiro: Ora, estaremos autorizados a afirmar que toda a arte do pisoamento e a da remendagem não constituem parte do cuidado e tratamento das roupas, ou afirmaremos que estão também incluídas por completo na arte da tecelagem?

Jovem Sócrates: De modo algum.

Estrangeiro: Apesar disso, todas essas artes contestarão a pretensão da arte da tecelagem no que se refere ao tratamento e à produção de roupas, admitindo ser a parte da tecelagem a mais importante, porém reivindicando que também suas próprias partes detêm alguma importância.

c **Jovem Sócrates:** Certamente.

Estrangeiro: Consequentemente, seremos obrigados a crer que além dessas artes, as responsáveis pela produção dos instrumentos que permitem a elaboração dos produtos da tecelagem também pleitearão o papel de colaboradoras na elaboração de todo artigo produzido mediante a tecelagem.

Jovem Sócrates: Inteiramente correto.

Estrangeiro: Será satisfatória nossa definição da arte da tecelagem, ou seja, a parte que dela selecionamos, se declararmos que da totalidade das atividades associadas à roupa de lã, é ela a mais excelente e a mais importante? Ou, a despeito de encer-
d rar isso alguma verdade, lhe faltará clareza e completude enquanto não dissociarmos da tecelagem todas essas artes?

Jovem Sócrates: [Tuas considerações estão] corretas.

Estrangeiro: Então será nossa próxima incumbência empreender essa tarefa, de modo a permitir que nosso diálogo prossiga de maneira organizada?

Jovem Sócrates: Sobre isso não paira nenhuma dúvida.

Estrangeiro: Pois se é assim, comecemos por observar que, no que toca a toda ação dos indivíduos, há duas artes.

Jovem Sócrates: Quais são?

Estrangeiro: Uma delas é uma causa contributiva de geração, enquanto a outra é a própria causa.

Jovem Sócrates: O que significa isso?

Estrangeiro: As artes que não produzem elas mesmas a coisa,
e mas que produzem os instrumentos, suprindo-os às artes produtoras da coisa – as quais jamais produziriam a obra que lhes cabe produzir sem esses instrumentos – são o que entendo por causas contributivas, ao passo que as que produzem elas mesmas a coisa são causas propriamente ditas.

Jovem Sócrates: Isso me parece racional.

Estrangeiro: Assim, estamos autorizados a designar todas as artes responsáveis pela produção de fusos, lançadeiras e dos vários outros instrumentos que contribuem para a produção de roupas de *causas contributivas* e de *causas* as artes que, elas próprias, tratam e fabricam as roupas?

Jovem Sócrates: Corretíssimo.

282a **Estrangeiro:** Então entre as artes causais podemos apropriadamente enquadrar a lavagem, a remendagem e todos os cuidados das roupas nesse sentido. E considerando-se que a arte do ornamento é bastante ampla, podemos classificá-los como integrantes dela sob a denominação de *pisoamento*.

Jovem Sócrates: Ótimo.

Estrangeiro: E, por outro lado, o processo de cardar, a fiação e todos os demais processos que se referem à efetiva fabricação das roupas em consideração constituem, em seu conjunto, uma arte por todos reconhecida, a de trabalhar com a lã.

b **Jovem Sócrates:** Está claro que sim.

Estrangeiro: E o trabalho com a lã, por sua vez, encerra duas divisões, sendo que cada uma destas constitui uma parte de duas artes ao mesmo tempo.

Jovem Sócrates: E como é isso?

Estrangeiro: O processo de cardar e metade do emprego da lançadeira do tecelão,[56] bem como as outras atividades que produzem separação de coisas que estão unidas, tudo isso no seu conjunto constitui uma parte da arte do trabalho com a lã. E, que se acresça, em todas essas esferas estão presentes duas grandes artes, a da combinação e a da separação.

Jovem Sócrates: Sim.

Estrangeiro: Ora, o processo de cardar e todos os demais pro-
c cessos há pouco mencionados constituem partes da arte da separação; de fato, essa arte da separação envolvendo a lã e os fios, a qual é exercida em um caso com a lançadeira e no outro manualmente, conta com todas as designações que indicamos momentos atrás.

Jovem Sócrates: Certamente.

Estrangeiro: Assim, tomemos novamente algo que seja ao mesmo tempo uma parte das artes da combinação e do trabalho com a lã. Desprezemos tudo concernente à separação, dividindo em duas partes o trabalho com a lã aplicando os princípios da separação e da combinação.

Jovem Sócrates: Consideremo-lo dividido.

Estrangeiro: E quanto ao que diz respeito simultaneamente à
d combinação e ao trabalho com a lã, Sócrates, é preciso que

---

56. ...κερκιστικῆς... (*kerkistikês*). É provável que os antigos gregos utilizassem, na tecelagem, uma lançadeira em lugar de uma carda, tal como a usada largamente a partir da Idade Moderna.

permitas o dividirmos de novo, se quisermos de fato obter uma ideia satisfatória da supracitada arte da tecelagem.

Jovem Sócrates: Se é assim, é imperioso que o dividamos.

Estrangeiro: Sim, é imperioso que o façamos. E designemos uma de suas partes como arte da torcedura dos fios, e a outra de arte do entretecimento dos fios.

Jovem Sócrates: Não estou certo de haver compreendido. Penso que por arte da torcedura queres dizer a produção da urdidura.

Estrangeiro: Não só isso. Incluo também a produção da trama. Não iremos conceber que a trama é produzida sem torcedura, não é mesmo?

Jovem Sócrates: Claro que não.

Estrangeiro: Bem, define urdidura e trama. Talvez essa definição
e te seja muito útil nessa conjuntura.

Jovem Sócrates: E como o farei?

Estrangeiro: Da seguinte maneira: quando lidamos com os produtos do processo de cardar, se seu material é encomprido até atingir uma certa extensão e largura, não dizemos que estamos diante de um floco de lã?

Jovem Sócrates: Sim.

Estrangeiro: Ora, desse floco, o fio que foi torcido pelo fuso e que foi transformado em um fio duro denominarás urdidura, sendo que a arte que orienta esse processo de produção chamarás de fiação da urdidura.

Jovem Sócrates: Correto.

Estrangeiro: E quanto aos fios que, por sua vez, são mais frouxamente torcidos e que apresentam, relativamente à força empregada no processo de cardar, uma maciez que se adapta ao entretecimento com a urdidura, chamaremos de trama, chamando de
283a arte do preparo da trama a arte envolvida com esses fios.

Jovem Sócrates: Inteiramente correto.

Estrangeiro: E a parte da tecelagem que propomos para exame mostra-se agora clara para qualquer entendimento. De fato, quando tal parte da arte da combinação, a qual está contida na arte da tecelagem, forma um entretecimento graças ao correto entrelaçamento da trama e da urdidura, chamamos o inteiro entretecimento de uma roupa de lã, e a arte que orienta esse processo de tecelagem.

Jovem Sócrates: Plenamente correto.

Estrangeiro: Ótimo. Então por que, afinal, não dissemos de ime-
b diato que tecelagem é o entrelaçamento de trama e urdidura? Por que estivemos nos movimentando em um círculo fazendo um sem número de distinções inúteis?

Jovem Sócrates: No que me concerne, estrangeiro, diria que nada do que foi dito o foi inutilmente.

Estrangeiro: E não é de se surpreender. Mas, talvez, meu caro jovem, possas mudar de opinião. Agora, a fim de evitar essa doença, caso venha, como não seria surpreendente, contaminar-te com frequência daqui por diante, escuta um princípio que proporei que é conveniente a todos os casos desse tipo.

Jovem Sócrates: Pois propõe.

Estrangeiro: Comecemos por examinar meticulosamente o caráter geral do excesso e da deficiência com o fito de conseguir uma base racional para nos capacitar a atribuir louvor ou censura à prolixidade ou brevidade excessiva em conversações
c deste tipo.

Jovem Sócrates: Sim, eis aí algo bom a ser feito.

Estrangeiro: Assim, imagino que os objetos apropriados para nosso exame seriam os seguintes...

Jovem Sócrates: Quais?

Estrangeiro: Extensão e brevidade e excesso e deficiência em
d geral, uma vez que todos esses podem ser considerados como objetos da arte da medição.

Jovem Sócrates: Sim.

Estrangeiro: Visto ser isso indispensável ao nosso presente objetivo, dividamos essa arte em duas partes.

Jovem Sócrates: Por favor, diz-me como fazer essa divisão.

Estrangeiro: Da seguinte maneira: uma parte diz respeito à grandeza e pequenez relativas, enquanto a outra tange àquilo sem o que a produção não seria possível.

Jovem Sócrates: O que queres dizer?

Estrangeiro: Não te parece que devido à sua natureza, tem-se que dizer do maior que é maior do que o menor e do que ne-
e nhuma outra coisa mais, e do menor que é menor do que o maior e do que nenhuma outra coisa mais?

Jovem Sócrates: Sim.

Estrangeiro: Mas não teríamos também que afirmar que há realmente aquilo que excede o que está na devida medida, e que é inferior ao que está na devida medida, tanto no que dizemos quanto no que fazemos, e a principal diferença entre pessoas más e pessoas boas não é descoberta em tal excesso ou deficiência?

Jovem Sócrates: É o que parece.

Estrangeiro: Nessa situação, somos obrigados a supor que há esses dois tipos de pequeno e grande e, ademais, essas duas formas de distingui-los. Não nos cabe dizer, como o fizemos há algum tempo atrás, que se limitam a ser relativos um ao outro, mas, como o acabamos de dizer, que um tipo é relativo dessa forma, ao passo que o outro é relativo ao que está na devida medida. Seria o caso de sabermos a razão disso?

Jovem Sócrates: Claro que sim.

284a **Estrangeiro:** Se afirmamos que o maior não tem relação com nada mais salvo com o menor, nunca terá relação com o que está na devida medida, não é mesmo?

Jovem Sócrates: É.

Estrangeiro: Bem, não será o caso dessa avaliação acarretar o aniquilamento das artes e das suas obras e inclusive o desaparecimento da arte política, por cuja definição agora pugnamos, e da tecelagem, com cuja definição já contamos? Afinal, todas elas se mostram, sem dúvida, cuidadosamente vigilantes no que tange ao excesso e à deficiência relativamente ao que está na devida medida; consideram-nos não como inexistentes, mas como reais embaraços na ação efetiva; e é nessa postura,
b na medida em que preservam aquilo que está na devida medida, que as suas obras são boas e belas.

Jovem Sócrates: Decerto que sim.

Estrangeiro: E se formos agentes do desaparecimento da arte política, nossa subsequente busca pelo conhecimento da arte régia será em vão, não é mesmo?

Jovem Sócrates: Certamente.

Estrangeiro: Bem, tal como no caso do sofista concluímos de maneira forçada que o *não-ser é*, visto que foi àquela altura que perdemos o controle do argumento.[57] Agora, portanto, convém forçarmos essa segunda conclusão: a de que o maior e o menor têm que ser medidos não apenas na sua relação
c recíproca, mas inclusive com relação ao estabelecimento daquilo que está na devida medida. Não é o que devemos fazer? De fato, sem isso ser admitido a existência do político, ou de qualquer outra pessoa que tenha conhecimento de assuntos práticos, não pode ser formulada de maneira incontestável.

Jovem Sócrates: Assim, cabe-nos agora reunir todos os nossos esforços para realizar algo idêntico ao que realizamos naquela ocasião.

Estrangeiro: Essa, Sócrates, é uma tarefa ainda maior do que aquela, embora possamos nos lembrar quão longe aquela tarefa nos levou. De qualquer modo, sobre elas é inteiramente justo levantarmos a seguinte hipótese.

Jovem Sócrates: Qual?

d **Estrangeiro:** A de que às vezes necessitaremos da devida mediania para a demonstração da própria verdade exata desse princípio. No que se refere, contudo, ao que está sendo neste momento demonstrado – o que é inteiramente bom e suficiente para as nossas metas imediatas – a mim parece que o argumento de que estamos nos valendo está nos servindo magnificamente, ou seja, que devemos estar convictos que todas as diversas artes existem de maneira similar, e que o maior e o menor são medidos não só na sua relação recíproca, como também na relação com o estabelecimento do que está na devida medida, pois se este existe, também eles existem – e se

57. Alusão ao diálogo *Sofista*, sobretudo 235a ss., em *Diálogos I*, obra publicada em *Clássicos Edipro*.

eles existem, também ele[58] existe – entretanto, uma existência jamais é possível na ausência da outra existência.

e **Jovem Sócrates:** Isso está inteiramente correto. Mas o que vem em seguida?

Estrangeiro: É evidente que seria conveniente dividirmos a arte da medição em duas partes em consonância com o que declaramos. Uma delas encerra todas as artes que se ocupam da medição do número, da extensão, da profundidade, da largura e da espessura do ponto de vista da relação com seus opostos; a outra parte inclui aquelas que se ocupam de sua medição do ponto de vista da relação com o moderado, o conveniente, o oportuno, o necessário e todos os demais padrões situados na mediania entre os extremos.

Jovem Sócrates: As duas seções a que aludiste são amplas, havendo uma grande diferença entre elas.

Estrangeiro: Sim, Sócrates, mesmo porque aquilo que muitas
285a pessoas argutas ocasionalmente declaram, o tendo na conta de uma sábia observação – isto é, que a arte da medição se ocupa de tudo – coincide precisamente com o que acabamos de dizer. De fato, de um certo modo, todos os produtos presentes do domínio variado da arte realmente participam da medição; todavia, pelo fato das pessoas não estarem acostumadas, em suas investigações, a considerar as coisas mediante sua divisão em classes, se precipitam, colocando essas relações amplamente diferentes[59] em uma classe idêntica, no pensamento de que são semelhantes; depois, fazem o contrário ao não conseguirem dividir em partes outras coisas. O que compete a elas fazer é o seguinte: toda vez que alguém inicialmente vê apenas a unida-
b de ou qualidade comum de múltiplas coisas, não deve desistir enquanto não ver a totalidade das diferenças nelas, na medida em que estão presentes em classes; inversamente, sempre que todos os tipos de dissimilaridades são vistos em uma multiplicidade de coisas, deve-se resistir a ser desencorajado ou se

---

58. Ou seja, o que está na devida medida.

59. Ou seja, as relações recíprocas bem como as relações com o que está na devida medida.

permitir deter-se enquanto não houver reunido em um único círculo de similaridade todas as coisas que entretêm relação entre si e não as houver incluído em algum tipo de classe com base em sua natureza substancial. Nada mais resta a dizer, portanto, com respeito a isso ou acerca da deficiência e do excesso. Basta que tenhamos meticulosamente em mente que foram
c descobertos dois tipos de medição que lhes são aplicáveis e lembremos quais são esses tipos.

Jovem Sócrates: Lembraremos.

Estrangeiro: Bem, agora que encerramos essa discussão, devemos encetar uma outra que envolve os próprios objetos de nossa investigação e o procedimento relativo a essas discussões em geral.

Jovem Sócrates: A que te referes?

Estrangeiro: Supõe que a nós fosse dirigida a seguinte pergunta sobre um grupo de alunos envolvidos no seu processo de alfabetização: "Quando se pergunta a um aluno de que letras uma palavra ou outra é composta, a pergunta feita é no interesse
d da palavra em particular que se apresenta ante ele ou, antes, no interesse do maior aprendizado do aluno em relação a todas as palavras da lição?".

Jovem Sócrates: Está claro que no interesse de seu maior aprendizado em relação a todas as palavras.

Estrangeiro: E no tocante à nossa própria investigação do homem político? Foi empreendida no interesse desse objeto em particular ou, antes, no interesse de nos tornar melhores debatedores em relação a todos os objetos de discussão?

Jovem Sócrates: Está claro que igualmente nesse caso tudo é feito visando a todos os objetos.

Estrangeiro: É óbvio que nenhum homem de senso se disporia a empreender a discussão em busca da definição de tecelagem por conta da própria tecelagem. A maioria dos indivíduos, porém – é o que me parece – não consegue notar que algumas das *coisas que são*[60] apresentam semelhanças sensíveis de

60. ...τῶν ὄντων... (*tôn ónton*), isto é, as coisas que têm substância, os seres.

e fácil percepção; não é, em absoluto, difícil indicá-las, quando alguém está desejoso de proceder a uma fácil demonstração – que não implica nenhum problema e sem recorrer ao meio verbal – a alguém que solicita uma explicação de uma dessas coisas. Por outro lado, as maiores e mais valiosas concepções
286a não apresentam imagem alguma claramente elaborada para o uso humano, imagem que aquele que quer satisfazer a mente do investigador possa aplicar a algum dos seus sentidos e, por meio de uma mera demonstração, atingir essa meta. É necessário, portanto, nos empenharmos por meio da prática para adquirir a capacidade de apresentar e compreender uma definição racional de cada uma delas. De fato, as coisas incorpóreas, que são as mais excelentes e as mais importantes, só podem ser exibidas pelo discurso racional, e é no seu interesse que tudo que estamos dizendo é dito. Entretanto, é sempre mais
b fácil praticar com coisas de pouca importância do que com as de maior importância.

Jovem Sócrates: Muito bem expresso.

Estrangeiro: Lembremos, portanto, da razão por havermos dito tudo que dissemos acerca dessas matérias.

Jovem Sócrates: E qual é essa razão?

Estrangeiro: Principalmente aquela impaciência exasperada que manifestamos diante da longa extensão de nossa conversação sobre tecelagem, a inversão do movimento circular do universo, e sobre o ser do não-ser, que é o âmbito do sofista. Sentimos que tais discussões eram prolixas, nos censurando por todas elas no receio de desenvolver uma discussão não
c só prolixa como também irrelevante. Assim, considera que a razão pelo que foi dito é o meu desejo de nos esquivarmos de qualquer impaciência desse gênero no futuro.

Jovem Sócrates: Para mim está tudo bem. Prossegue agora com o que tens a dizer.

Estrangeiro: Ora, o que tenho a dizer [ainda a respeito deste ponto] é que tu e eu, recordando o que foi dito, temos a obrigação de elogiar ou censurar a brevidade ou longa extensão que caracterizam nossas discussões não comparando entre si

suas diversas extensões, mas tomando como referência aquela parte da arte da medição que, como afirmamos anteriormente,
d devemos ter em mente – referindo-me eu ao padrão do que é conveniente.

Jovem Sócrates: Correto.

Estrangeiro: Contudo, tampouco devemos sempre estimar a extensão pelo critério da conveniência, pois de modo algum necessitaremos de uma extensão que convenha do prisma do proporcionar prazer, salvo, talvez, a título de uma consideração secundária; e, por outro lado, a razão nos recomenda admitir a conveniência a favor da conclusão mais fácil e mais rápida da investigação em que estamos envolvidos não como a primeira coisa desejável, mas como a segunda coisa desejável. Nosso primeiro e mais importante objetivo, de longe, deveria ser exaltar o próprio método da capacidade de dividir por clas-
e ses. Consequentemente, se tratar-se de um discurso, ainda que muito longo, tornar o ouvinte melhor capacitado a atinar com a verdade, devendo aceitar o discurso zelosamente e não nos incomodarmos com sua longa extensão; e no caso de ser curto, deveríamos avaliá-lo de forma idêntica. Ademais, qualquer pessoa que vier a julgar defeituosa a extensão dos discursos presentes em nossas discussões e que não tolerará o método da discussão em círculos, deverá não se limitar a encontrar
287a defeitos nos discursos em função de sua grande duração e, em seguida, preteri-los de maneira rápida e apressada, mas tomar também a iniciativa de mostrar que há fundamento para a crença de que se houvessem sido mais breves, teriam feito de seus ouvintes melhores debatedores e pessoas mais ágeis na tarefa de descobrir como exibir as *coisas que são* via discurso racional. Não há porque nos preocuparmos com outros indivíduos, bem como com o louvor e a censura de que fazem objeto outras qualidades discursivas; na verdade, sequer devemos dar ouvidos a eles. Mas basta desses assuntos, se é que dás assentimento a esta minha atitude, com o que poderíamos retornar ao
b político, dispondo-nos a aplicar a ele o exemplo da tecelagem a que nos referimos há pouco.

Jovem Sócrates: Está ótimo. Façamos o que dizes.

Estrangeiro: Bem, a arte régia foi separada da maioria das artes afins, ou melhor, de todas as artes que dizem respeito a rebanhos. Entretanto, restam as artes que tangem ao próprio Estado. Tratam-se de causas contributivas e causas propriamente ditas e nossa primeira tarefa consiste em separá-las umas das outras.

Jovem Sócrates: Correto.

Estrangeiro: Não se mostra fácil dividi-las em metades. Mas
c penso que a causa disso, no entanto, se revelará à medida que
avançarmos.

Jovem Sócrates: Então seria preferível que efetuássemos a divisão de outra maneira.

Estrangeiro: Dividamo-las, assim, como um animal que é sacrificado, ou seja, por membros, já que não podem ser seccionados pela metade. De fato, é sempre necessário dividir em um número múltiplo de partes, porém o mais próximo possível de dois.

Jovem Sócrates: E como faremos isso no caso em pauta?

Estrangeiro: Ora, tal como no caso anterior, no qual classificamos todas as artes que produziam instrumentos para a tecelagem como causas contributivas.

Jovem Sócrates: Sim.

Estrangeiro: Agora temos que fazer o mesmo, mas de uma forma
d ainda mais acentuada. De fato, todas as artes produtoras de
quaisquer instrumentos, não importa se pequenos ou grandes, para o Estado, devem ser classificadas como causas contributivas. Sem elas, de fato, seria impossível que existisse em qualquer tempo quer o Estado, quer a arte política. No entanto, não suponho que identificaremos qualquer uma delas como a obra da arte régia.

Jovem Sócrates: Não.

Estrangeiro: Decerto estaremos nos incumbindo de uma árdua tarefa ao separar essa classe do restante, já que seria o caso de se declarar que tudo que existe é o instrumento de uma coisa ou outra, uma afirmação que parece plausível. Mas há posses no Estado, de um tipo diferente, sobre as quais me proponho a
e dizer alguma coisa.

Jovem Sócrates: O quê?

Estrangeiro: Que não desempenham a função de instrumentos, pois não são, como os instrumentos, feitas objetivando serem causas da geração, existindo tão só para a preservação daquilo que foi produzido pelos artífices.

Jovem Sócrates: Ao que [estás te referindo]?

Estrangeiro: A essa variada classe de coisas que são confeccionadas com materiais secos e líquidos, e as que são preparadas por meio do fogo e sem ele. É chamada de maneira generalizada de classe dos recipientes; trata-se de uma classe muito grande, não tendo, de modo algum, nada a ver, pelo que posso
288a percebe, com a ciência que estamos investigando.

Jovem Sócrates: Decerto que não.

Estrangeiro: Também nos cabe observar uma terceira classe de posses, a qual é extensa e difere dessas outras. Pode ser encontrada sobre a terra e na água, move-se em todas as direções e é imóvel, é alvo de elevada estima e destituída de valor; todavia, tem um nome comum porque toda a classe serve sempre como alguma forma de suporte e existe para ser base de alguma coisa.

Jovem Sócrates: Qual é?

Estrangeiro: Nós a chamamos de veículo[61] e certamente não é, em absoluto, a obra da arte política, envolvendo, ao contrário, os produtos das artes da carpintaria, da cerâmica e do trabalho com o bronze.

Jovem Sócrates: Eu compreendo.

b **Estrangeiro:** E haverá uma quarta classe? Estaríamos autorizados a afirmar que há uma quarta distinta dessas três, uma classe à qual pertence a maioria das coisas mencionadas por nós, a saber, todas as roupas, a maioria das armas, todas as muralhas circulares de terra ou de pedra e um sem número de outras coisas? E visto que são todas produzidas objetivando a defesa, podem ser com todo o acerto designadas como *defesa*, o que pode, com muito maior propriedade, ser considerado

61. ...Ὄχημα... (*Ókhema*), abarcando tanto o sentido específico de veículo material de transporte (biga, navio etc.) quanto, principalmente, o sentido lato *daquilo que* ***veicula*** *algo* (as ideias, as palavras etc.).

majoritariamente o produto da arte da construção ou da tecelagem do que da arte política.

Jovem Sócrates: Certamente.

c **Estrangeiro:** E seria o caso de concebermos uma quinta classe, ou seja, a da decoração, pintura e de todas as imitações produzidas graças ao uso da pintura e da música exclusivamente para nosso prazer e, com justiça, abrangidas por um só nome?

Jovem Sócrates: Qual nome?

Estrangeiro: Imagino que nos referimos a algo que chamamos de recreação.[62]

Jovem Sócrates: Com certeza.

Estrangeiro: Assim, aplicaremos propriamente esse único nome a todos os integrantes dessa classe, pelo fato de que nem um só entre eles é praticado visando a qualquer meta séria, todos eles sendo praticados meramente visando ao folguedo.

d **Jovem Sócrates:** Também isso eu compreendo bastante bem.

Estrangeiro: E não conceberemos uma sexta classe composta daquilo que supre a todos esses os materiais a partir dos quais e nos quais todas as artes indicadas por nós moldam suas obras, falando nós aqui de uma classe muito diversificada, ela mesma fruto de muitas outras artes?

Jovem Sócrates: O que queres dizer exatamente?

Estrangeiro: Ouro, prata e todos os produtos das minas e todos os materiais supridos para a carpintaria e a tecelagem de cestos pela derrubada de árvores e o corte da madeira em geral; some-se a isso, então, a arte da extração da casca das árvores
e e a do trabalhador em couro que remove as peles dos corpos dos animais, e todas as outras artes que se ocupam dessas matérias, além daquelas responsáveis pela confecção de rolhas de cortiça, livros, cordas e que nos capacitam a fabricar classes compostas de coisas a partir de espécies que não são compostas. A tudo isso, na qualidade de uma classe, chamamos de posse primária e simples da humanidade, e não se trata, de maneira alguma, do produto da ciência régia.

62. ...Παίγνιον... (*Paígnion*).

Jovem Sócrates: Ótimo.

Estrangeiro: E quanto à posse em alimento e todas as coisas que,
por meio da mescla de partes de si mesmas com partes do corpo,
cumprem qualquer função que concorre para mantê-lo saudá-
289a vel, podemos dizer que se trata da sétima classe, a que chamare-
mos de modo generalizado de nutrição, a menos que tenhamos
melhor nome para lhe atribuir. E se destinarmos essa classe às
artes da agricultura, da caça, da ginástica, da medicina e da culi-
nária, estaremos procedendo a uma atribuição mais correta do
que se a destinarmos à arte política.

Jovem Sócrates: E como negá-lo?

Estrangeiro: Penso haver, nessas sete classes, mencionado quase
todos os tipos de posse exceto os animais domesticados. Obser-
va nosso elenco: houve a posse primária, a qual devia, por uma
questão de justiça, ter sido colocada em primeiro lugar, depois
b da qual o instrumento, o recipiente, o veículo, a defesa, a recrea-
ção e a nutrição. O que for que possamos ter omitido, na hipó-
tese de alguma coisa de pouca importância haver sido deixada
de lado, poderá ela encontrar seu lugar em uma dessas classes.
Por exemplo, o grupo formado por moedas, sinetes e toda or-
dem de marcas gravadas, na medida em que não há entre eles
qualquer afinidade a ponto de constituírem uma grande classe,
podendo alguns deles ajustar-se à classe da decoração, ao passo
que outros àquela dos instrumentos, ainda que essa classificação
se mostre um tanto forçada. Toda a posse em animais domesti-
cados, à exclusão dos escravos, está incluída na arte do cuidado
c dos rebanhos, a qual já foi dividida em suas partes.

Jovem Sócrates: Certamente.

Estrangeiro: Resta a classe dos escravos e subordinados em ge-
ral, e aqui prevejo que descobriremos aqueles que contestarão
o rei relativamente ao próprio "tecido" de sua arte, tal como as
fiandeiras, os cardadores e os outros aos quais nos referimos
contestaram há pouco os tecelões. Todos os demais, os quais
classificamos como "causas contributivas", foram descartados
juntamente com os produtos que indicamos há pouco e foram
d dissociados da atividade do rei e do político.

Jovem Sócrates: Ao menos, assim parece.

Estrangeiro: Vamos, então, e nos aproximemos dos que restaram, examinando-os mais de perto, de modo a conhecê-los mais solidamente.

Jovem Sócrates: É o que deveríamos fazer.

Estrangeiro: Assim agindo, descobriremos que os maiores serviçais, quando observados de perto, são, do ponto de vista de sua conduta e condição, o oposto do que suspeitávamos.

Jovem Sócrates: Quem são eles?

Estrangeiro: Os serviçais comprados – adquiridos mediante compra – aos quais podemos inquestionavelmente chamar de
e escravos. Não reivindicam qualquer participação na arte régia.

Jovem Sócrates: Certamente não.

Estrangeiro: E quanto aos homens livres que se colocam voluntariamente a serviço daqueles que mencionamos anteriormente? Aludo aos homens que transportam e distribuem entre si os produtos da agricultura e de outras artes, seja nos mercados domésticos, seja viajando de cidade em cidade por terra e mar, trocando dinheiro por mercadorias ou dinheiro por dinheiro,
290a os homens que chamamos de cambistas, mercadores, armadores e varejistas. Fazem eles alguma reivindicação relativamente à arte política?

Jovem Sócrates: Talvez a algum aspecto da política que afeta o comércio.

Estrangeiro: Mas decerto jamais encontraremos trabalhadores, que se colocam à inteira disposição de prestar serviço a todos como contratados, reivindicando uma parcela na arte régia.

Jovem Sócrates: Certamente não.

Estrangeiro: Há, contudo, indivíduos que executam serviços de um outro tipo. O que dizer deles?

Jovem Sócrates: A que serviços e a que indivíduos te referes?

b **Estrangeiro:** À classe dos arautos e aos que se tornaram hábeis, devido à longa prática, como escreventes, além de outros, indivíduos muito inteligentes, que realizam diversos serviços ligados aos cargos públicos. Como os denominaremos?

Jovem Sócrates: Como denominaste os outros, isto é, subordinados. Eles próprios não são governantes nos Estados.

Estrangeiro: Entretanto, decerto não foi embalado por um sonho que afirmei que em algum lugar nesta região deveríamos encontrar aqueles que, mais do que outros, pleiteiam a arte política. E, não obstante, não há dúvida que seria completa-
c mente absurdo procurar por eles entre aqueles que ocupam uma posição servil.

Jovem Sócrates: Certamente seria.

Estrangeiro: Mas aproximemo-nos um pouco mais daqueles que ainda não examinamos. Há pessoas que estão envolvidas com divinação, possuindo parte de um tipo subordinado de conhecimento especializado; supõe-se, de fato, que são intérpretes dos deuses para os seres humanos.

Jovem Sócrates: Sim.

Estrangeiro: E também a classe dos sacerdotes, conforme atestam os usos e os costumes, sabe como oferecer aos deuses, por meio de sacrifícios, os presentes procedentes de nós que os agradam e, por meio de orações, solicitar em nosso favor a
d concessão de benefícios deles. Ora, tanto uma coisa quanto a outra constitui parte de uma arte de subordinado ou serviçal.

Jovem Sócrates: Ao menos é o que parece.

Estrangeiro: Finalmente, portanto, penso estarmos, por assim dizer, no rastro de nossa caça. De fato, a posição dos sacerdotes e dos profetas está circundada de alta dignidade e eles são objetos de elevada estima por causa da magnitude de suas funções. No Egito, por exemplo, não é permitido que um rei
e governe sem que ele seja um sacerdote;[63] se acontecer de alguém originário de alguma outra classe ter forçado seu caminho ao trono, terá que posteriormente iniciar-se no sacerdócio. Também entre os gregos, notarás que em muitos Estados a realização dos mais importantes sacrifícios públicos constitui um dever imposto aos magistrados mais eminentes. De fato, entre vós, isso é bastante evidente, uma vez que é afirmado

63. Alusão ao faraó.

que os mais solenes e nacionais entre os sacrifícios antigos são celebrados aqui pela pessoa que se torna *rei* por sorteio.[64]

Jovem Sócrates: Com certeza é assim.

291a **Estrangeiro:** É indispensável examinarmos esses reis e sacerdotes escolhidos por sorteio, e seus assistentes, bem como também uma grande multidão de indivíduos que acabaram de passar a ser visíveis agora que os outros não estão mais no seu caminho impedindo sua visão.

Jovem Sócrates: Quem são esses indivíduos?

Estrangeiro: Um grupo muito esquisito.

Jovem Sócrates: Em que sentido?

Estrangeiro: Pertencem a uma raça muito miscigenada; ao menos é como parecem a mim agora que posso observá-los. De fato, muitos desses homens são como leões e centauros, e outras criaturas desse naipe. Por outro lado, muitíssimos deles
b são como sátiros e animais frágeis, porém versáteis, intercambiando formas e qualidades entre si com rapidez. Ah... mas agora, Sócrates, julgo ter descoberto quem são esses homens em questão.

Jovem Sócrates: Pois revela-o a mim, porque parece que avistaste algo estranho.

Estrangeiro: Sim. A ignorância faz com que as coisas pareçam estranhas a todos, que é o que acabou de suceder a mim. No instante em que os avistei, não reconheci o grupo dos que se
c ocupam dos negócios do Estado.

Jovem Sócrates: Que grupo?

Estrangeiro: O do maior mago[65] entre todos os sofistas e o mais experiente nessa arte. Ainda que separá-lo do grupo daqueles que realmente detêm a arte política e régia seja uma tarefa difícil, é o que nos cabe fazer se quisermos ter uma clara visão do objeto de nossa investigação.

---

64. O segundo dos nove *arcontes* (magistrados de maior poder em Atenas) tinha o título de *arconte-rei*.

65. ...γόητα... (*goéta*): acepção claramente pejorativa de impostor, charlatão.

Jovem Sócrates: Mas decerto não devemos recuar diante dessa tarefa.

Estrangeiro: Não, claro que não. Concordo contigo. E responde-me uma pergunta.

Jovem Sócrates: Qual?

Estrangeiro: Concordamos que a monarquia é uma das formas
d de governo, não é mesmo?

Jovem Sócrates: Sim.

Estrangeiro: E depois da monarquia[66] eu diria que poderíamos mencionar o poder exercido pelos poucos.

Jovem Sócrates: Sem dúvida.

Estrangeiro: Uma terceira forma de governo é o da multidão, denominado democracia, não é isso?

Jovem Sócrates: Certamente.

Estrangeiro: Não seria o caso dessas três de algum modo se tornarem cinco, gerando do seu seio dois outros nomes?

Jovem Sócrates: Que nomes?

e **Estrangeiro:** Atualmente as pessoas provavelmente consideram [também] os aspectos da sujeição forçada e o consentimento, a pobreza e a riqueza, a lei e a ilegalidade que são gerados nos governos, de modo a serem levadas a dividir cada uma das duas primeiras formas indicadas em duas, atribuindo às duas formas de monarquia os nomes tirania e realeza.

Jovem Sócrates: Está certo.

Estrangeiro: Quanto ao Estado governado pelos poucos é chamado, dependendo do caso, de aristocracia ou oligarquia.

Jovem Sócrates: Com toda a certeza.

Estrangeiro: No que se refere à democracia, porém, não é costu-
292a me ninguém alterar seu nome, não importa se a massa governa os ricos por meio de violência ou com seu consentimento, e não importa se as leis são meticulosamente cumpridas ou violadas.

Jovem Sócrates: É verdade.

---

66. ...μοναρχίαν... (*monarkhían*), literalmente o governo de um.

Estrangeiro: Ora, seria para supormos que é correta qualquer uma dessas formas de governo definidas pelo critério da distinção do um, dos poucos e dos muitos, ou da riqueza e a pobreza, ou da violência e o consentimento, ou das leis escritas e a ausência das leis?

Jovem Sócrates: E o que impediria que fosse?

b **Estrangeiro:** Observa com um pouco mais de cuidado a direção que pretendo indicar.

Jovem Sócrates: E qual é ela?

Estrangeiro: Iremos nos conformar ao nosso discurso inicial ou divergir dele?

Jovem Sócrates: Do que estás falando?

Estrangeiro: Suponho que dissemos que o poder régio era um entre os conhecimentos especializados.

Jovem Sócrates: Sim.

Estrangeiro: E não apenas um deles, como também o selecionamos entre os demais como aquele que se ocupa do juízo e do comando.

Jovem Sócrates: Sim.

Estrangeiro: E nessa ciência do comando ou controle distinguimos uma parte diretora dos produtos inanimados e outra
c que dirige os seres vivos; e assim continuamos a dividir dessa maneira até agora, jamais nos esquecendo que se trata de um conhecimento especializado,[67] porém, não obstante isso, incapazes de indicar com suficiente precisão qual é esse conhecimento especializado.

Jovem Sócrates: Teu discurso é correto.

Estrangeiro: Portanto entendemos que o critério para a distinção dessas coisas não deve ser o *poucos* ou *muitos*, o voluntário ou o involuntário, a riqueza ou a pobreza, mas um tipo de conhecimento, isso se pretendemos ser coerentes com o que dissemos antes. Não é assim?

d **Jovem Sócrates:** Sim, de fato e não poderia ser de outro modo.

---

67. Ou seja, uma ciência.

Estrangeiro: Então é indispensável que nos devotemos a investigar em qual dessas formas de governo é gerada a ciência do governo dos seres humanos, se é que o é em qualquer uma delas; trata-se da mais importante das ciências e a de mais difícil aquisição. É imperioso que tenhamos a percepção dela para nos capacitarmos a descobrir quais indivíduos têm que ser distinguidos do rei sábio, estando eu me referindo a indivíduos que se dão ares de políticos e que levam muitos a crer que são políticos, mas que realmente em absoluto o são.

Jovem Sócrates: Não há dúvida que temos que realizar isso, mesmo porque está implícito em nosso discurso anterior.

e **Estrangeiro:** Parece possível que uma multidão em uma cidade poderia adquirir essa ciência?

Jovem Sócrates: E como poderia?

Estrangeiro: Entretanto, em uma cidade com uma população de mil indivíduos seria, talvez, possível que cem deles, ou cinquenta, a adquirissem adequadamente?

Jovem Sócrates: Ora, nesse caso essa seria a mais fácil de todas as artes, uma vez que sabemos que uma cidade com mil homens estaria inteiramente impossibilitada de produzir tal número de consumados jogadores de gamão comparativamente àqueles em outras cidades gregas, e menos ainda tantos reis. Como anteriormente demonstrou nosso argumento, o detentor
293a do conhecimento régio, quer governe quer não o faça, é quem tem que ser chamado de régio.

Estrangeiro: Excelente o teres lembrado para mim. E suponho que em consonância com isso, cumpre-nos buscar o governo correto relativamente a uma só pessoa, ou duas, ou pouquíssimas toda vez que ocorrer esse governo correto.

Jovem Sócrates: Certamente.

Estrangeiro: E, de acordo com a opinião que presentemente sustentamos, é necessário supor que essas pessoas, quer governem súditos com o voluntário consentimento destes, quer o façam contra a vontade dos súditos, com ou sem a presença de leis escritas, quer sejam ricos, quer sejam pobres, exercem seu
b governo mediante alguma arte ou ciência. Médicos fornecem

uma ilustração particularmente boa desse ponto de vista. Não importa se nos curam contra nossa vontade ou com nosso assentimento – fazendo-nos cortes, queimando-nos ou nos infligindo dor de qualquer outra maneira – e independentemente de assim agirem com base em leis escritas ou na ausência delas, e não importa se são ricos ou pobres, os chamamos de médicos do mesmo modo, enquanto tiverem autoridade sobre nós concedida pelo conhecimento da arte que praticam, nos purgando ou fazendo-nos emagrecer de alguma outra forma, ou mesmo aumentando nosso peso, contanto que cada um daqueles que cuidam de nossos corpos atue para o benefício da saúde dos corpos, tornando-os melhores do que eram, assim preservando
c o que se encontra a seu cargo. Julgo que é exclusivamente desse modo que estabeleceremos o correto critério da medicina, assim como o de qualquer outra regra ou controle.

Jovem Sócrates: Precisamente.

Estrangeiro: Instaura-se, portanto, como uma necessária consequência que, no que toca a formas de governo, a que é correta comparativamente às restantes, e o único sistema de governo efetivo, é aquela na qual se constata que os governantes são verdadeiramente possuidores da ciência, e não meramente parecem que a possuem, isso independentemente de seu governo ser exercido com base na lei ou na ausência desta, sobre súditos que voluntariamente dão assentimento a ele ou a ele estão submetidos contra sua vontade, e independentemente de eles
d próprios, os governantes, serem pobres ou ricos; a contemplar qualquer método correto, nenhum desses itens podem, de maneira alguma, ser levados em conta.

Jovem Sócrates: Excelente.

Estrangeiro: E se purificam o Estado para o beneficiarem por meio da execução ou banimento de alguns de seus habitantes, ou reduzem seu tamanho estabelecendo colônias em algum lugar como enxames de abelhas, ou trazem cidadãos de outra parte a fim de tornar o Estado maior – enquanto agirem em conformidade com a ciência e a justiça, e o preservarem e beneficiarem aprimorando-o em relação ao que era antes, na e medida do possível, é o caso necessário de a essa altura e por força dessas características declarar ser a forma de governo vigente a única correta. Todas as demais devem ser consideradas como não genuínas ou realmente destituídas de substância, não passando de imitações dessa primeira; os Estados dos quais se diz que são bem administrados com base em boas leis realizam uma melhor imitação dela, enquanto os outros realizam uma imitação pior.

Jovem Sócrates: O teor de tudo o mais que disseste, estrangeiro, parece plausível. Mas que um governo deveria ser realizado sem leis é algo bastante difícil de ser admitido por aquele que te ouve.

Estrangeiro: Tu te antecipaste um pouco a mim, Sócrates, com
294a teu questionamento. De fato, estava na iminência de perguntar
se admitias todo o conteúdo de meu discurso, ou alguma coisa dele a ti desagradava. De qualquer modo, fica claro agora que será necessário discutirmos a questão da justeza do governo exercido na ausência de leis.

Jovem Sócrates: Não há dúvida que será necessário.

Estrangeiro: Em certo sentido, porém, é evidente que a arte da legislação pertence à arte do rei; o melhor não é a vigência das leis, mas que seja governante o *homem* que é sábio e que possui natureza régia. Percebes a razão?

Jovem Sócrates: Qual é a razão?

Estrangeiro: A razão é que a lei jamais seria capaz de abarcar
b com exatidão o que é o mais excelente e o mais justo para
todos simultaneamente, para então prescrever o melhor; realmente, as dissimilaridades entre seres humanos e suas ações, e o fato de que praticamente nada nos negócios humanos apresenta estabilidade, impedem qualquer arte ou ciência de estabelecer qualquer regra simples que pretenda ter aplicação universal e por todo o tempo. Imagino que concordamos nesse ponto, não é mesmo?

Jovem Sócrates: Sem dúvida.

Estrangeiro: Entretanto, percebemos que a lei se orienta mais ou menos nesse mesmo sentido, tal como um indivíduo obstinado c e ignorante, o qual não permite que ninguém faça qualquer coisa que se oponha aos seus comandos, ou sequer formule uma pergunta, nem mesmo na hipótese de algo novo haver sucedido a esse segundo indivíduo, que seja melhor do que a determinação feita pelo primeiro.

Jovem Sócrates: É verdade. A lei se conduz em relação a cada um de nós, e a todos nós tal como expuseste.

Estrangeiro: Será a conclusão a de que é impossível ao que é perenemente simples ter aplicabilidade relativamente ao que nunca é simples?

Jovem Sócrates: Assim o suponho.

Estrangeiro: Então, por que afinal há necessidade de criar leis quando a lei não é algo completamente correto? É preciso des-
d cobrir a causa disso.

Jovem Sócrates: Decerto que sim.

Estrangeiro: Bem, há aqui, como em outras cidades, grupos de pessoas que treinam atletismo visando a se preparar para competições de corrida ou outras semelhantes?

Jovem Sócrates: E certamente muitos deles.

Estrangeiro: Bem, agora evoquemos ao nosso espírito as instruções que os treinadores dão quando se acham incumbidos desses grupos.

Jovem Sócrates: O que tens em mente?

Estrangeiro: Que os treinadores julgam que não podem entrar em minúcias em cada caso particular, instruindo quanto ao que é
e o melhor para o corpo de cada pessoa; são da opinião de que é necessário utilizar um método mais severo, instruindo mediante uma regra geral que trará benefício ao corpo da maioria.

Jovem Sócrates: Perfeitamente.

Estrangeiro: E, portanto, indicam exercícios idênticos a grupos inteiros, fazendo-os começar na mesma hora e parar na mesma hora, independentemente de se dedicarem à corrida, ou à luta ou à prática de qualquer outro tipo de exercício físico.

Jovem Sócrates: É o que é.

Estrangeiro: Isso nos leva a supor que o legislador, responsável por zelar pelos rebanhos e pela manutenção da justiça e o cum-

295a primento das obrigações contratuais, criando leis para a cole-
tividade não se capacitará jamais a proporcionar precisamente
aquilo que se mostra adequado a cada indivíduo.

Jovem Sócrates: Isso realmente é, ao menos, provável.

Estrangeiro: O que suponho é que ele legislará tendo em vista a maioria e, de maneira geral, apenas a grosso modo do prisma dos indivíduos, isso não importa se promulga leis escritas ou se sua legislação se expressa por meio dos costumes tradicionais não escritos.[68]

Jovem Sócrates: Correto.

Estrangeiro: Sim, está correto. De fato, como poderia alguém,
Sócrates, sentar-se ao lado de cada indivíduo durante toda a
b vida dele e se pôr a instruí-lo, prescrevendo-lhe com exati-
dão o que é para ele apropriado fazer? Imagino que não há
como duvidar que alguém que efetivamente fosse detentor
do conhecimento especializado da realeza – na hipótese de es-
tar capacitado a realizar isso – dificilmente criaria obstáculos,
de sua parte e de seu modo, escrevendo aquilo ao que damos
o nome de leis.

Jovem Sócrates: Ele não o faria, estrangeiro, ao menos com base no que acabamos de dizer.

Estrangeiro: Ou antes, meu excelente amigo, não com base no que vai ser dito.

Jovem Sócrates: E o que é?

Estrangeiro: Algo assim: suponhamos que um médico ou um
c instrutor de ginástica está se ausentando, em uma perspecti-
va de permanecer um longo tempo sem ver seus pacientes ou
discípulos. Se lhe vier à mente que eles não recordarão suas
instruções, é compreensível que desejará deixar-lhes lembre-
tes por escrito, não é?

Jovem Sócrates: Sim.

Estrangeiro: E se, contrariamente à sua expectativa, ele retornasse após uma ausência menos longa? Não seria o caso de ousar substituir aquelas regras escritas por outras, revelando-

68. Isto é, o chamado direito consuetudinário.

d -se estas últimas melhores para seus pacientes, pelo fato de que os ventos ou alguma outra coisa houvessem, por uma ação de Zeus,[69] alterado inesperadamente o seu padrão de comportamento? Persistiria ele no pensamento de que ninguém deve violar as velhas leis, nem ele próprio por meio da promulgação de novas, nem seu paciente se pondo a arriscar fazer algo em oposição às regras escritas, convicto de que essas leis constituem as regras da arte da medicina e da saúde, sendo tudo o mais contrário à saúde e à arte médica? Se qualquer coisa assim acontecesse no âmbito do conhecimento especializado e
e da verdadeira arte, uma legislação desse tipo em torno de qualquer assunto não se exporia seguramente ao maior ridículo?

Jovem Sócrates: Com toda a certeza.

Estrangeiro: No que toca àquele, contudo, que criou [leis] escritas ou não escritas acerca do justo e do injusto, do nobre e do vil, do bom e do mau para os rebanhos humanos que constituem objeto de cuidado em suas diversas cidades em conformidade com as leis dos legisladores em cada caso – se o indivíduo que as criou com base na arte, ou alguém que se lhe assemelhe, chega, trata-se de fato de lhe proscrever promulgar
296a outras leis que se oponham àquelas? Não se exporia tal proscrição na verdade ao ridículo tanto quanto o que ocorreu no outro caso?

Jovem Sócrates: Certamente.

Estrangeiro: Sabes o que a maioria das pessoas declara sobre tal situação?

Jovem Sócrates: Isso não me ocorre agora de imediato.

Estrangeiro: É bastante plausível. O que declara é que se alguém tem a oferecer algo superior às velhas leis, cabe-lhe começar por persuadir o Estado, passando em seguida a promulgar suas leis. É assim que deve agir, e não o contrário.

Jovem Sócrates: E não está correto?

b **Estrangeiro:** Talvez. Entretanto, supõe que alguém, deixando de lado a persuasão, introduz um aprimoramento pela força. Que

69. Zeus, o mais importante deus olímpico, é o senhor dos elementos atmosféricos.

nome atribuir a essa força? Responde-me... ou melhor, ainda não, primeiro responde com respeito ao que discutíamos anteriormente.

Jovem Sócrates: O que queres dizer?

Estrangeiro: Supõe que um médico, autêntico conhecedor de sua arte, não se importa em persuadir seu paciente – criança, homem ou mulher – mas o força a fazer o que é melhor, e que se opõe às determinações escritas. Como classificar essa violência? A última expressão aplicável a isso seria *erro pernicioso por falta de arte*, não é mesmo? Quanto ao paciente
c forçado a esse tratamento, poderia acertadamente declarar o que bem quisesse menos que fora tratado de uma maneira perniciosa ou destituída de arte pelos médicos que empregaram força com ele.

Jovem Sócrates: Há muito de verdade no que dizes.

Estrangeiro: Mas o que estamos autorizados a classificar como erro por falta de arte no terreno da arte política? Não seria a vileza, o mal e a injustiça?

Jovem Sócrates: Com toda a certeza.

Estrangeiro: Ora, se as pessoas são forçadas, contrariando o que foi escrito e a tradição, a realizar aquilo que é mais justo, me-
d lhor e mais nobre do que aquilo que costumavam realizar antes – diz-me: se alguém nessa conjuntura se dispõe a censurar esse tipo de emprego da força, não transparecerá como verdadeiro que, na hipótese de sua censura não se revelar a mais risível, dirá sempre tudo, mas de preferência não que as pessoas forçadas foram tratadas com vileza, injustiça e maldade pelos que as forçaram?

Jovem Sócrates: Há muito de verdadeiro no que dizes.

Estrangeiro: Mas será o exercício dessa força justo se quem o realiza for rico, e injusto se ele for pobre? Ou se um indivíduo, independentemente de ser rico ou pobre, empregando
e persuasão ou outros meios, conformando-se à lei escrita ou a contrariando, na medida em que realiza o que é benéfico aos cidadãos deve constituir o mais autêntico critério do correto governo de um Estado, de acordo com o qual o *homem sábio*

e bom[70] governará os negócios dos governados? Tal como
o piloto de um navio se mantém atento em relação ao que é
297a benéfico à sua embarcação e aos seus camaradas marinhei-
ros não escrevendo regras, mas fazendo de sua arte sua lei,
com o que promove a segurança dos viajantes, não deveria um
correto governo ser instalado de modo idêntico pela ação de
indivíduos que pudessem governar por esse mesmo princípio,
conferindo um posto de maior poder à arte [política] do que
às leis? E não importa como agissem os sábios governantes,
não estariam sujeitos a cometer erros enquanto se norteassem
por uma grande diretriz, a de que sempre distribuindo aos ci-
dadãos a plena justiça, tal como estimada pela aplicação inteli-
b gente de sua arte, se capacitariam tanto a zelar pela segurança
deles quanto, na medida do possível, providenciar para que
sejam melhores do que eram. Não é isso?

Jovem Sócrates: Não há como negar o que acabaste de dizer.

Estrangeiro: E tampouco se pode negar esta afirmação...

Jovem Sócrates: Qual afirmação?

Estrangeiro: A de que nenhuma massa de indivíduos, não im-
porta quem sejam eles, jamais seria capaz de obter esse co-
c nhecimento especializado[71] e administrar inteligentemente um
Estado, tendo nossa forma correta de governo que ser procu-
rada em conexão com um pequeno número de indivíduos ou
em uma única pessoa, todas as demais formas não passando,
como afirmamos antes, de imitações melhores ou piores da-
quela.

Jovem Sócrates: O que queres dizer com isso? A propósito não compreendi quando te referias há pouco às imitações.

Estrangeiro: E, no entanto, não se trata de matéria de pouca
gravidade depois de havermos agitado essa questão a pormos
de lado, nos omitindo quanto a ir avante e indicar o erro que
d atualmente ocorre em relação a ela.

---

70. ...σοφὸς καὶ ἀγαθὸς ἀνὴρ... (*sophòs kaì agathòs anèr*), implicando na exclusão da mulher da direção política.

71. Ou seja, a arte ou ciência política. Platão esboça um repúdio à democracia.

Jovem Sócrates: Qual é esse erro?

Estrangeiro: Dir-te-ei qual o objeto de nossa investigação. Não se trata, em absoluto, de algo familiar ou fácil de ser percebido. Não obstante, devemos tentar captá-lo. Diz-me: supondo que a forma de governo por nós descrita seja a única forma correta, reconheces que as outras devem empregar as leis escritas dessa forma correta, provendo desse modo sua preservação e efetuando o que é hoje alvo de louvor, embora não seja a coisa mais correta a ser feita?

Jovem Sócrates: Ao que estás te referindo?

Estrangeiro: Ao fato de que nenhum cidadão se atreverá a agir se opondo às leis, e que aquele que o fizer será punido com a
e morte e mediante as penas mais extremas. Isso é a coisa mais correta a ser feita e a melhor a título de uma segunda alternativa no momento em que te afastas da primeira forma à qual há pouco aludíamos. Agora abordemos com certos pormenores como isso que denominamos segunda alternativa ocorre. Será que devemos fazê-lo?

Jovem Sócrates: Com toda a certeza.

Estrangeiro: Voltemos mais uma vez às imagens que sempre é necessário utilizarmos para retratar os governantes régios.

Jovem Sócrates: Quais imagens?

Estrangeiro: O nobre timoneiro do navio e o "médico que é tão digno quanto tantos outros".[72] Construamos uma figura delas, empregando-a como instrumento para nos auxiliar a descobrir algo.

Jovem Sócrates: Que tipo de figura?

298a **Estrangeiro:** Algo assim: imagina que todos nós pensássemos deles[73] que nos tratam terrivelmente. Supõe que tanto uns como outros preservam a vida daquele entre nós que quise-

72. Ou ...um médico tem tanto valor quanto muitos guerreiros..., Homero, *Ilíada*, Canto XI, 514. A imagem do piloto ou timoneiro é empregada por Platão em outros diálogos, como em *A República*, Livro VI, 488b ss., e em *As Leis*, Livro XII, 963b (onde está acompanhada da do médico e da do general). Obras publicadas em *Clássicos Edipro.*

73. Ou seja, dos timoneiros e dos médicos.

rem; [os médicos] mutilam quem lhes aprouver, e o realizam
cortando-nos, queimando-nos e nos impondo pagamentos em
dinheiro como se estivessem cobrando tributos, dos quais pou-
co ou nada despendem a favor de seus pacientes, ao passo que
b eles próprios e seus serviçais utilizam o restante. Finalmente,
acabam por ser subornados pelos parentes ou desafetos do pa-
ciente e realmente causam a morte deste. No que se refere aos
timoneiros, perpetram outras incontáveis más ações, articulam
conspirações e nos abandonam nas praias para partirem para
o mar; causam naufrágios e nos jogam ao mar, sendo também
responsáveis por outras maldades.

Isso imaginado, supõe agora que ponderamos sobre eles e
c deliberamos não permitir mais que uma ou outra dessas artes[74]
tenha autonomia sobre escravos ou homens livres, passando a
ter nosso controle, sob a convocação de uma assembleia consti-
tuída por todo o povo ou apenas os ricos. A regra que imperaria
nessa assembleia seria a de que tanto leigos quanto indivíduos
versados em qualquer arte, além de pilotos e médicos, teriam
a liberdade de contribuir com sua opinião, com referência à
navegação ou doenças, quanto à base do uso de medicamen-
tos e dos instrumentos cirúrgicos e médicos a serem aplicados
d aos pacientes, e quanto à base do uso de navios e instrumentos
náuticos na navegação e no enfrentamento dos perigos, não só
os representados pelas tormentas no mar que afetam a própria
viagem, como igualmente os perigos constituídos pelo ataque
de corsários e a eventual necessidade de travar batalhas navais
entre belonaves. E aquilo, seja o que for, que fosse decidido
sobre essas matérias pela maioria, não importa se constituída
por médicos, ou pilotos, ou simplesmente por pessoas não ha-
e bilitadas, deveria ser inscrito em placas[75] e colunas ou, em cer-
tos casos, deveria ser adotado doravante, em associação com

74. Isto é, a dos médicos ou a dos timoneiros.

75. ...κύρβεσί... (*kúrbesí*), placas de três lados de forma aproximadamente piramidal que giravam sobre um eixo; nelas, em Atenas, eram registradas as antigas leis. Essa palavra também se aplica genericamente a qualquer placa onde leis estão inscritas. Aqui, entretanto, parece que o sentido contemplado é o específico.

certos costumes ancestrais não escritos, como regra futura perene relativa à navegação e ao cuidado dos enfermos.

Jovem Sócrates: O que descreveste é claramente absurdo.

Estrangeiro: E tem em mente também a suposição de que os governantes da massa são empossados anualmente, provindo dos ricos ou da totalidade do povo, com base no princípio de que quem quer que seja escolhido por sorteio deve governar, e de que tais governantes passam a exercer seu cargo e autoridade pilotando os navios e tratando dos enfermos em conformidade com as regras escritas.

Jovem Sócrates: Isso é ainda mais difícil de imaginar.

Estrangeiro: Em seguida observa o que se sucede a isso. Uma vez expirado o mandato de cada conjunto de governantes, será necessário instaurar sessões para constituir cortes, nas quais os juízes serão escolhidos por sorteio a partir de um seleto elenco
299a de ricos ou da totalidade do povo; os governantes terão que ser conduzidos perante essas cortes e submetidos ao seu exame relativamente à conduta dos governantes no desempenho de seu cargo; todo aquele que o desejar, poderá acusar, com base nas leis escritas ou nos costumes tradicionais, os pilotos por falha na pilotagem de navios durante o ano, bem como, do mesmo modo, acusar os médicos no que toca ao seu tratamento dos enfermos. E se qualquer um deles for julgado culpado, a corte deliberará qual a punição que lhe será infligida e qual a multa a ser paga.

Jovem Sócrates: Não há dúvida que qualquer pessoa que se predisponha a desempenhar um cargo sob tais condições merece-
b ria plenamente sofrer qualquer punição e multa que lhe fossem impostas.

Estrangeiro: E, ademais, será necessário estabelecer uma lei segundo a qual todo aquele que for descoberto realizando uma investigação da arte do timoneiro e da náutica, e da saúde e da verdadeira doutrina médica relativa à respiração, e o quente e o frio, em violação das regras escritas, – ou estiver, de uma maneira ou outra, se dedicando a qualquer especulação de tais assuntos – não será, em primeiro lugar, classificado como médi-

co ou piloto, mas como um *observador de coisas do alto,*[76] um tipo de sofista loquaz; em segundo lugar, qualquer indivíduo que possui a devida qualificação poderá acusá-lo e conduzi-lo perante a corte por corrupção dos jovens e tê-los persuadido a
c exercer as artes da navegação e da medicina em transgressão às leis, além de comandar os navios e cuidar dos enfermos com base em sua própria vontade; e se for julgado culpado de persuadir jovens ou velhos, contrariando as leis e regras escritas, será submetido às penalidades mais severas. Segundo a corte que expressa a lei, nada deve haver mais sábio do que a lei; de fato, visto que qualquer um que o deseja pode inteirar-se das regras escritas vigentes e dos costumes tradicionais, ninguém ignora o que é atinente à medicina, à saúde, ou à arte do piloto
d e à náutica. Na hipótese dessas coisas sucederem, Sócrates, do modo que dizemos, quer em relação a essas formas de conhecimento especializado, quer em relação à arte do comando militar, a todos os segmentos da arte da caça, à pintura ou toda arte da imitação e à carpintaria, incluindo todo tipo de confecção de utensílios, ou mesmo à agricultura e a toda a arte concernente às plantas, ou se concebêssemos uma arte da criação de cavalos orientada por regras escritas, ou cuidado de rebanhos em geral, ou a divinação, ou tudo que é abrangido pela arte da subordi-
e nação, ou o jogo de gamão, ou toda a ciência dos números, seja com estes lidando em função deles mesmos,[77] seja no bidimensional,[78] seja nos sólidos,[79] seja lidando com os números com referência às velocidades – se tudo isso fosse executado de tal modo, ou seja, por regras escritas, e não pela arte, o que pensas, afinal, que seria o resultado?

---

76. ...μετεωρολόγον... (*meteorológon*), mas o sentido aqui parece não ser genérico, mas bastante específico, vinculando-se às acusações feitas contra Sócrates (entenda-se não o *jovem Sócrates*). O termo μετέωρα (*metéora*), significando coisas *do alto*, aparece na *Apologia*, 18b, referindo-se a Sócrates. A *Apologia de Sócrates* encontra-se em *Diálogos III*, obra publicada em *Clássicos Edipro*.

77. Isto é, a aritmética.

78. Geometria plana.

79. Geometria tridimensional ou volumétrica.

Jovem Sócrates: É evidente que isso acarretaria a completa ruína
das artes, além do que seria impossível o seu renascimento
devido à lei que proscrevesse a investigação. Consequente-
mente, a vida, já atualmente suficientemente difícil, se tornaria
300a então absolutamente insuportável.

Estrangeiro: E quanto ainda ao seguinte aspecto? Supõe que determinamos a execução de cada uma das artes supramencionadas em conformidade com as regras escritas e que a observância de nossas regras escritas fique sob a supervisão de alguém eleito ou escolhido mediante sorteio; supõe igualmente, paralelamente a isso, que essa pessoa venha a desconsiderar tais leis escritas e, no interesse de algum ganho, ou visando a favorecer alguém, tente, sem possuir qualquer conhecimento, atuar as contrariando. Não seria isso um mal ainda maior do que o anterior?

Jovem Sócrates: Isso é sumamente verdadeiro.

b **Estrangeiro:** Uma vez que as leis são criadas após demorada experiência e depois de certos conselheiros haverem examinado meticulosamente cada um de seus detalhes com argúcia e terem persuadido a maioria das pessoas a sancioná-las, penso que todo aquele que se arriscasse a transgredi-las atrairia para si um erro muitas vezes maior do que o anterior e provocaria uma ruína ainda maior do que as regras escritas a todas as espécies de transações.

Jovem Sócrates: Sim... e como poderia o evitar?

Estrangeiro: A conclusão é que o melhor segundo método para
c aqueles que criam leis ou regras escritas sobre qualquer ma-
téria é proibir absolutamente qualquer violação delas, não im-
porta se cometida por um único indivíduo ou uma multidão.

Jovem Sócrates: Correto.

Estrangeiro: Ora, essas [leis], escritas por pessoas que conhecem aquilo que foi escrito tanto quanto possível, constituem imitações, em cada caso, de alguma porção da verdade?

Jovem Sócrates: Está claro que sim.

Estrangeiro: E, não obstante, dissemos – se é que o lembramos – que o indivíduo possuidor de conhecimento, o genuíno político,

alteraria em muito, por força de sua arte, sua atividade sem levar em consideração o que está escrito, sempre que julgasse melhor
d um outro procedimento, ainda que este transgredisse as regras redigidas por ele e enviadas aos seus subordinados ausentes.

Jovem Sócrates: Realmente foi o que dissemos.

Estrangeiro: Não é verdadeiro, porém, que qualquer homem ou qualquer conjunto de homens autores de leis, se fizerem qualquer alteração nessas leis, a considerando um aprimoramento, estarão fazendo, no limite de sua capacidade, o mesmo que faz nosso genuíno político?

Jovem Sócrates: Certamente.

Estrangeiro: Se, nesse caso, se dispusessem a fazer isso sem contar com a ciência, estariam tentando imitar a realidade, mas
e em todas as situações a imitando mal; se, contudo, contassem com a ciência, não se trataria mais de imitação, mas da própria realidade perfeita a que nos referimos. Não é isso?

Jovem Sócrates: Com toda a certeza.

Estrangeiro: A despeito disso, há pouco concordamos definitivamente quanto à incapacidade da multidão de adquirir qualquer arte.

Jovem Sócrates: Definitivamente concordamos.

Estrangeiro: Então, supondo que exista uma arte régia, nem o conjunto dos ricos, nem a multidão constituída pela totalidade do povo poderiam jamais atingir essa ciência da política.[80]

Jovem Sócrates: E como poderiam?

Estrangeiro: A conclusão, pelo que parece, é a de que todas as formas de governo [anteriormente indicadas], se tencionam efetivamente imitar com a maior eficiência possível a autênti-
301a ca forma de governo, ou seja, a de um único indivíduo que governa com arte [política], devem necessariamente jamais fazer qualquer coisa que contrarie o que está escrito e os costumes da tradição.

---

80. ...πολιτικὴν ταύτην ἐπιστήμην... (*politikèn taúten epistémen*). É de se notar que os conceitos de arte e ciência, ao menos no presente contexto, são claramente intercambiáveis.

Jovem Sócrates: Tu o formulaste excelentemente.

Estrangeiro: Assim, toda vez que os ricos imitam essa forma de governo chamamos a forma de governo que é imitação de aristocracia; quando eles desconsideram as leis, a denominamos oligarquia.

Jovem Sócrates: É bem possível.

Estrangeiro: Por outro lado, quando um indivíduo governa com
b base nas leis e imita o governante possuidor da ciência, o denominamos rei, não distinguindo mediante o nome aquele que governa sozinho pela ciência daquele que governa pela opinião desde que ambos o façam em conformidade com as leis.

Jovem Sócrates: É bem possível que o façamos assim.

Estrangeiro: Em consonância com isso, se alguém que realmente possui a ciência governa, seguramente será chamado pelo mesmo nome, rei, não o sendo por nenhum outro. Consequentemente, os cinco nomes do que chamamos agora de formas de governo se converteram em apenas um.[81]

Jovem Sócrates: Ao menos é o que parece.

Estrangeiro: Quando, contudo, um único indivíduo governa sem se conformar quer a leis, quer a costumes, se limitando a afir-
c mar (imitando o governante que detém ciência) que não importa o que é o melhor, é imperioso que seja executado, ainda que seja contrário às leis escritas, sendo tal imitação determinada pelo desejo e a ignorância, não será o caso de chamar esse governante, em todas as situações, de tirano?

Jovem Sócrates: Decerto que sim.

Estrangeiro: É assim, portanto, que dizemos que o tirano surgiu, bem como o rei, a oligarquia, a aristocracia e a democracia, ou seja, porque os seres humanos não acolhem a ideia daquele perfeito monarca e se recusam a crer que seja possível algum dia haver alguém digno de tal poder, ou dotado de predispo-
d sição e capacidade em um governo praticado com virtude e conhecimento para dispensar justiça e equidade de forma correta a todos, mas creem, ao contrário, que ele irá causar dano,

81. Ou seja, o da única forma de governo autêntica, sendo todas as restantes, imitações.

matar e ferir qualquer um de nós que venha a escolher nesta ou naquela ocasião; ainda assim, reconhecem que se alguém como essa pessoa descrita por nós realmente surgisse, seria saudado e se manteria habitando entre eles, governando, na qualidade de único governante e visando ao bem-estar deles, uma forma de governo perfeitamente correta.

Jovem Sócrates: Certamente.

Estrangeiro: Todavia, como se mostra atualmente a situação, posto que, como afirmamos, nos Estados nenhum rei surge que seja, como a abelha-rainha em sua colmeia, pelo nascimento imedia-
e tamente apto desde o início de corpo e alma, vemo-nos forçados, pelo que parece, a seguir o rastro da mais genuína forma de governo nos reunindo, criando e promulgando leis escritas.

Jovem Sócrates: É bem possível que sim.

Estrangeiro: Seria o caso, então, Sócrates, de nos surpreender diante de todos os males que ocorrem e ocorrerão nessas formas de governo quando é uma fundação desse tipo que lhes oferece base, tendo que conduzir seus negócios em conformidade com regras escritas e costumes, mas sem ciência? De fato, é visível
302a a todos que qualquer outra arte constituída sobre tal fundação causaria a ruína de suas próprias obras produzidas. Ou não seria o caso de nos surpreendermos sim com a resistência revelada naturalmente pelo Estado? O fato é que Estados têm experimentado tais condições desde um tempo incalculável e, no entanto, alguns deles ainda perduram e não foram derrubados; é certo que muitos, como embarcações que afundam no mar, são destruídos, foram destruídos e serão destruídos doravante por conta da inutilidade de seus pilotos e marujos, completos ignorantes
b das coisas mais importantes; são indivíduos inteiramente carentes da arte política que, contudo, pensam ter pleno domínio dessa ciência, acima de qualquer outra.

Jovem Sócrates: Há muito de verdadeiro nisso.

Estrangeiro: Assim, seria nossa obrigação apurar qual dessas formas de governo *não corretas*[82] é a menos difícil com que conviver – embora sejam todas elas difíceis – e qual a mais

82. ...οὐκ ὀρθῶν... (*ouk orthôn*): Platão parece atenuar quantitativamente o *incorreto*.

opressiva, ainda que isso seja algo à parte do assunto que nos propomos discutir? O fato é que, de qualquer modo, no geral talvez todos nós alimentemos tal motivo em tudo que fazemos.

Jovem Sócrates: Penso que sem dúvida seria nossa obrigação.

c **Estrangeiro:** Ora, então podes dizer que das três formas, a mesma é tanto a mais difícil quanto a mais fácil.

Jovem Sócrates: O que queres dizer?

Estrangeiro: Apenas o seguinte: quero dizer que há três formas de governo, tal como afirmamos no começo da discussão que agora nos atinge como um dilúvio – a monarquia, o governo dos poucos e o governo dos muitos.

Jovem Sócrates: Sim, eram essas.

Estrangeiro: Pois bem, dividamo-las, cada uma delas em duas, obtendo assim seis, e separando a forma de governo correta, uma sétima.

Jovem Sócrates: Como?

d **Estrangeiro:** Dissemos que a monarquia encerrava a realeza e a tirania, o governo dos poucos a aristocracia (nome auspicioso) [83] e a oligarquia. Entretanto, ao governo dos muitos atribuímos naquele momento somente um nome, ou seja, democracia: agora, porém, isso também requer uma divisão.

Jovem Sócrates: Como? Por meio de qual critério dividiremos isso?

Estrangeiro: Por meio do mesmo critério que utilizamos para os outros casos, ainda que o nome dessa forma já seja duplo do prisma do significado.[84] De qualquer modo, a distinção exis-

---

83. ἀριστοκρατία (*aristokratía*) significa literalmente governo dos [indivíduos] melhores, dos mais excelentes.

84. É difícil saber com exatidão o que Platão quer dizer. Muito provavelmente alude indiretamente ao sentido de πολύς (πολλή) [*pollýs* (*pollé*)], que denota tão só o numericamente definido, isto é, numerosas pessoas, muitos, a maioria, e direta e fundamentalmente ao sentido genérico de δῆμος (*dêmos*) contemplado em democracia, já sujeito a uma valoração ética negativa, designando não apenas povo, mas na prática o populacho, a ralé, daí democracia indicando tanto simples e positivamente o governo do povo, quanto negativamente o governo do populacho, ou seja, a multidão vil e ignorante.

e tente entre o governo que acata a lei e aquele que contraria a lei é aplicável igualmente tanto a esse caso quanto aos outros.

Jovem Sócrates: Realmente é.

Estrangeiro: É verdade que antes, quando estávamos à procura do governo correto, essa divisão se mostrava inútil, como demonstramos naquele momento. Agora, contudo, que isolamos esse governo e concluímos que as demais formas de governo são as únicas disponíveis, o critério da legalidade e ilegalidade determina a divisão de cada uma delas em duas.

Jovem Sócrates: À luz do que foi dito, é o que se evidencia.

Estrangeiro: A monarquia, portanto, quando combinada com boas regras escritas, o que chamamos de leis, é a melhor das seis [formas de governo]; entretanto, na ausência da lei, é difícil e a mais opressiva com que conviver.

303a **Jovem Sócrates:** É bem possível que o seja.

Estrangeiro: Como, porém, *poucos* está no meio entre *um* e *muitos*, é preciso considerar o governo dos poucos como intermediário, tanto no bem quanto no mal. O governo dos muitos,[85] entretanto, relativamente às outras formas de governo, é frágil em todos os aspectos e incapaz de qualquer coisa de grande importância, boa ou má, pois nele os cargos do governo são distribuídos em pequenas parcelas entre muitos indivíduos; em decorrência disso, esse é o pior dos governos quando nos governos as leis são respeitadas, ao passo que é o melhor quando o Estado vive na ilegalidade; se considerarmos em todos os governos a ausência
b do controle, a vida é mais desejável em uma democracia, porém estando presente a ordem, a vida nessa forma de governo é pior. Mas a vida na primeira forma de governo[86] representa de longe a primeira e a melhor, isso excetuando a sétima forma, a qual tem que ser dissociada das outras, como um deus tem que ser dissociado dos seres humanos.

Jovem Sócrates: Isso parece fazer jus aos fatos, de modo que precisamos fazer como dizes.

---

85. Isto é, o governo da massa, a democracia.

86. Monarquia.

Estrangeiro: Estamos, portanto, autorizados a concluir que os participantes de todos esses governos, à exceção daquele que se baseia na ciência, devem ser eliminados por não serem po-
c líticos, mas afiliados de partidos; e nesse caso cabe-nos dizer que na medida em que presidem grandes simulacros, não passam eles próprios de simulacros, e que visto que são os maiores imitadores e magos[87] se mostram como sendo os maiores sofistas entre os sofistas.

Jovem Sócrates: É bem possível que essa palavra[88] haja composto um completo e impecável círculo em torno dos que chamamos de políticos.

Estrangeiro: Ora, isso foi realmente como uma encenação teatral. Tal como observamos há pouco, avistamos um festivo grupo de centauros e sátiros que tínhamos que separar da arte
d política. E agora conseguimos realizar essa separação, embora com grande dificuldade.

Jovem Sócrates: É o que parece.

Estrangeiro: Há, contudo, um outro grupo ainda a ser separado, mostrando-se essa tarefa nesse caso ainda mais difícil, pois esse grupo é mais intimamente aparentado à classe régia, sendo, inclusive, mais difícil de ser reconhecido. A mim parece que nossa situação é um tanto parecida à dos que refinam ouro.

Jovem Sócrates: Como?

Estrangeiro: Bem, os refinadores começam removendo terra, pedras e outras coisas; depois disso, permanecem misturadas ao
e ouro substâncias valiosas que lhe são aparentadas e só podem ser removidas por meio do fogo: cobre, prata e às vezes *adamas*.[89] Essa remoção é realizada mediante um processo difícil e reiterado de fusão e teste de minérios, até fazer restar diante de nossos olhos o que é classificado como ouro puro sem qualquer liga.

Jovem Sócrates: Ao menos se diz ser esse o processo.

---

87. Acepção pejorativa: impostores, charlatões.

88. Ou seja, sofista.

89. ...ἀδάμας... (*adámas*) não designa um minério ou metal particular, mas qualquer substância preciosa extremamente dura e inflexível, como o diamante, a hematita, a magnetita ou a platina, e mesmo o aço.

Estrangeiro: Parece-me que empregando método idêntico, tudo que é diferente, estranho e incompatível foi por nós agora removido da ciência política, restando apenas o que é precioso e a ela aparentado. Estão aqui incluídas a arte do comando militar,
304a a arte dos juízes e aquele tipo de retórica que faz parceria com a arte régia, porque persuade as pessoas a favor da justiça, com o que contribui para dirigir os negócios do Estado. Agora, como poderemos, com máxima facilidade, eliminá-los e expor, nu e isolado, o indivíduo que buscamos?

Jovem Sócrates: Está claro que temos que fazer isso de alguma forma.

Estrangeiro: Bem, se depender de tentar, ele será descoberto. Penso, entretanto, que seria preferível que o revelássemos por meio da música. Assim, responde minha pergunta.

Jovem Sócrates: Qual?

b **Estrangeiro:** Concordarias comigo que há algo chamado aprendizado musical e todos os tipos de conhecimento especializado envolvendo o artesanato em geral?

Jovem Sócrates: Há.

Estrangeiro: E quanto ao seguinte? Diríamos que existe uma outra ciência associada a esse conhecimento especializado que nos informa se devemos ou não devemos aprender quaisquer desses tipos?

Jovem Sócrates: Sim, poderíamos dizer que existe.

Estrangeiro: E concordaríamos que ela é diferente desses outros tipos?

Jovem Sócrates: Sim.

Estrangeiro: E diremos que nenhum desses tipos de ciência deve ter controle sobre qualquer outro, ou que aqueles tipos de co-
c nhecimento especializado devem exercer controle sobre este, ou que este deveria controlar e reger todos os demais?

Jovem Sócrates: [Diríamos que] este [deveria controlar] aqueles.

Estrangeiro: O que queres dizer é que a ciência que decide se devemos aprender ou não aprender deveria controlar a ciência que é objeto de aprendizado e que proporciona ensinamento?

Jovem Sócrates: Positivamente isso.

Estrangeiro: E quanto à ciência que decide no que se refere a persuadir ou não, deveria controlar a que é capaz de persuadir?

Jovem Sócrates: Certamente.

Estrangeiro: Bem, a que ciência atribuiremos a função de persuadir a multidão e o populacho empregando o recurso da nar-
d rativa de histórias[90] e não o ensino?

Jovem Sócrates: Parece-me que isso deve ser atribuído à retórica.

Estrangeiro: Mas a que ciência deve ser atribuída a função de decidir quanto à adoção ou não adoção de uma ação, não importa qual, quer por meio da persuasão, quer pelo exercício da força e relativamente a qualquer pessoa?

Jovem Sócrates: À responsável pelo controle da arte da persuasão e do discurso.

Estrangeiro: E essa, me parece, não é outra senão a função do político.

Jovem Sócrates: Tu o formulaste muito bem.

Estrangeiro: Assim, também a retórica parece ter sido rapida-
e mente separada da arte política na qualidade de uma espécie distinta, mas a ela subordinada.

Jovem Sócrates: Sim.

Estrangeiro: Eis aqui uma outra função ou faculdade... o que pensar a respeito dela?

Jovem Sócrates: E qual é ela?

Estrangeiro: A função ou faculdade de definir como travaremos a guerra contra aqueles aos quais declaramos guerra, quer a consideremos uma arte ou não.

Jovem Sócrates: E como não a termos na conta de uma arte se tanto o comando militar quanto qualquer atividade bélica a praticam?

Estrangeiro: E quanto à faculdade de conhecer como decidir pela guerra ou pela paz, diremos que se trata da mesma arte ou de uma distinta?

---

90. ...μυθολογίας... (*mythologías*).

Jovem Sócrates: Se é para sermos coerentes, teremos que dizer que é distinta.

305a **Estrangeiro:** E suporemos, então, que esta controla aquela, para sermos fiéis às opiniões presentes nos exemplos anteriores?

Jovem Sócrates: Sim.

Estrangeiro: E que outra arte senão a arte verdadeiramente régia ousaríamos declarar ser a senhora dessa grande e terrível arte, isto é, a arte bélica como um todo?

Jovem Sócrates: Nenhuma outra.

Estrangeiro: Diante disso, não chamaremos a arte do comando militar de arte política, já que a primeira é uma arte subordinada.

Jovem Sócrates: Não seria plausível.

b **Estrangeiro:** Examinemos agora a função desempenhada pelos juízes que atuam corretamente.

Jovem Sócrates: Certamente.

Estrangeiro: Irá essa função além de julgar os contratos celebrados mutuamente entre os homens, declarando-os justos ou injustos por referência às leis vigentes recebidas do rei e do legislador, exibindo a própria virtude individual pelo fato de não se corromper por suborno, medo ou compaixão, ou inimi-
c zade ou amizade, deixando-se levar no sentido de decidir os processos que envolvem cidadãos entre si contrariamente ao que foi promulgado pelo legislador?

Jovem Sócrates: Não. A função dos juízes abrange, grosso modo, o que descreveste.

Estrangeiro: Com isso, portanto, descobrimos que o poder dos juízes nada tem a ver com o poder régio, sendo eles sim os guardiões das leis e os servidores do poder régio.

Jovem Sócrates: É o que parece.

Estrangeiro: O exame de todas as ciências ou artes cujo elenco aqui indicamos nos leva a concluir que nenhuma delas é a arte da política. De fato, a arte verdadeiramente régia não deve
d ela própria produzir ações, mas reger as artes que possuem o poder da ação. Essa arte deve decidir quanto ao momento oportuno ou inoportuno da instauração das medidas mais im-

portantes a serem tomadas no Estado, cabendo às demais artes cumprirem suas determinações.

Jovem Sócrates: Correto.

Estrangeiro: Portanto, essas artes que examinamos há pouco, considerando-se que não exercem nem o controle entre si nem o controle delas mesmas, estando sim cada uma envolvida com seu âmbito de ação característico, são com inteira propriedade denominadas segundo nomes particulares que correspondem a essas atividades particulares.

e **Jovem Sócrates:** Ao menos, conforme parece, é esse o caso.

Estrangeiro: Todavia, a que exerce controle sobre todas e que zela pelas leis e todas as coisas no Estado, entretecendo-as da maneira mais correta, julgo podermos – ao atribuir à sua função uma denominação que denota seu poder sobre a comunidade – chamar com total propriedade de *arte política.*

Jovem Sócrates: Com toda a certeza.

Estrangeiro: Será o caso, então, de discuti-la tendo como referência o modelo suprido pela tecelagem, agora que todas as classes do Estado ficaram para nós evidentes?

Jovem Sócrates: Claro que sim.

Estrangeiro: Se é assim, parece que é necessário descrever o en-
306a tretecimento que diz respeito à realeza, a saber, sua natureza, como combina os fios e o tipo de tecido que produz.

Jovem Sócrates: Evidentemente.

Estrangeiro: E parece que se tornou necessário, afinal, explicar algo difícil.

Jovem Sócrates: Certamente uma explicação necessária.

Estrangeiro: Sua dificuldade reside no fato de que a asserção de que uma parte da virtude de um certo modo difere de um outro tipo de virtude pode muito facilmente se converter em um fácil alvo do ataque dos que recorrem, nos argumentos contenciosos, à opinião da maioria.

Jovem Sócrates: Não compreendo.

Estrangeiro: Vou formulá-lo novamente de maneira diferente.
b Suponho que pensas ser a coragem uma parte da virtude.

Jovem Sócrates: Certamente.

Estrangeiro: E, é claro, que o autocontrole distingue-se da coragem, sendo, contudo, também uma parte da virtude da qual a coragem constitui uma parte.

Jovem Sócrates: Sim.

Estrangeiro: E agora devo atrever-me a apresentar uma surpreendente doutrina relativa a eles.

Jovem Sócrates: Qual é ela?

Estrangeiro: A de que, de alguma forma, em muitos seres encontram-se em uma condição de grande hostilidade e oposição entre si.

Jovem Sócrates: O que queres dizer?

Estrangeiro: Algo bastante incomum. Como sabes, diz-se usual-
c mente que todas as partes da virtude são amigáveis entre si.

Jovem Sócrates: Sim.

Estrangeiro: Poderemos agora atentar cuidadosamente e apurar se isso é assim tão simples ou se, muito pelo contrário ocorre em alguns aspectos uma divergência entre elas e o que lhes está associado?

Jovem Sócrates: Sim. Peço que digas como iremos realizar isso.

Estrangeiro: Bem, entre as partes devemos procurar as classificadas por nós como excelentes, mas em seguida situá-las em duas classes opostas.

Jovem Sócrates: Expressa-te com maior clareza.

Estrangeiro: A agudeza e a rapidez, quer no corpo, quer na men-
d te ou na articulação da voz, seja presentes nas próprias coisas, seja representadas em imagens delas, quer dizer, todas essas imitações produzidas pela música e também pela pintura... não realizaste algum dia o louvor de uma delas ou não ouviste alguém algum dia louvá-las?

Jovem Sócrates: Sim, com certeza.

Estrangeiro: E te lembras como as louvam quando se oferece para isso um ensejo?

Jovem Sócrates: De modo algum.

Estrangeiro: Só imagino se conseguiria expressar a ti por meio de palavras o que tenho diante da mente.

e **Jovem Sócrates:** E por que não o conseguiria?

Estrangeiro: Pareces achar que é fácil fazê-lo. Entretanto, examinemos a matéria tal como se mostra nas classes opostas. Por exemplo, toda vez que admiramos – algo que fazemos amiúde em um grande número de atividades – a rapidez, o vigor e a agudeza da mente, do corpo e mesmo da voz, é mediante uma palavra, coragem,[91] que expressamos nosso louvor deles.

Jovem Sócrates: Como?

Estrangeiro: Como primeiro exemplo, dizemos agudo e corajoso, e então rápido e corajoso e vigoroso e corajoso. E sempre que aplicamos essa palavra como um termo ordinário passível de ser aplicado à totalidade dos indivíduos e ações dessa classe, os louvamos.

Jovem Sócrates: Sim.

Estrangeiro: Mas não louvamos também a classe de coisas que
307a ocorrem gentilmente em muitas atividades?

Jovem Sócrates: Positivamente o fazemos.

Estrangeiro: E ao assim agir, não é o caso de dizermos o oposto do que dissemos acerca da outra classe?

Jovem Sócrates: Como?

Estrangeiro: Conservamo-nos dizendo *quão tranquilo* e *quão autocontrolado* ao admirarmos as operações da mente e, por outro lado, nos referimos a ações como lentas e gentis, à voz como suave e profunda, e a qualquer movimento rítmico e à música em geral como detentora da lentidão oportuna. E com
b relação a todos, empregamos o termo não que significa coragem, mas o que significa organização.

Jovem Sócrates: Há muito de verdadeiro [no que dizes].

Estrangeiro: E, por outro lado, quando essas duas classes nos parecem inoportunas, passamos a alterar nossa postura e as censuramos, uma de cada vez, e, nesse caso, empregamos os termos no sentido oposto.

---

91. ...ἀνδρείας... (*andreías*): nosso conceito *coragem* não o traduz plenamente. Se juntarmos o sentido original e literal de *virilidade* e aquele de *arrojo* teremos uma noção menos incompleta do que seja a *andreia*.

Jovem Sócrates: E como é isso?

Estrangeiro: Ora, tudo aquilo que for mais agudo do que o que é oportuno, ou que se mostra demasiado rápido ou demasiado duro é chamado de desmedido e louco, enquanto tudo aquilo que é demasiado pesado, ou lento, ou gentil, é chamado de
c covarde e indolente; e é praticamente uma regra geral descobrirmos que o autocontrole de uma classe de qualidades e a coragem da classe oposta, semelhantemente a duas facções em posição de batalha para se hostilizarem, não se mesclam mutuamente nas ações que dizem respeito a essas qualidades. Ademais, se prosseguirmos nessa busca, perceberemos que os possuidores dessas qualidades em suas almas experimentam um desentendimento entre si.

Jovem Sócrates: No que queres dizer que experimentam desentendimento?

Estrangeiro: Em todos os aspectos que acabamos de indicar, e
d provavelmente em muitos outros. De fato, penso que indivíduos, em função de sua afinidade com um conjunto ou outro de qualidades, louvam algumas qualidades como pertencentes ao seu próprio grupo, ao passo que censuram as pertencentes aos opositores como estranhas a eles próprios, com o que é gerada muita hostilidade entre esses grupos de indivíduos em muitos terrenos.

Jovem Sócrates: É bem possível.

Estrangeiro: Ora, a oposição entre essas duas classes não passa de uma espécie de jogo. Entretanto, quando envolve as coisas mais importantes, transforma-se na mais abominável doença nos Estados.

Jovem Sócrates: Quais coisas ela envolve?

e **Estrangeiro:** É muitíssimo provável que todo o curso da vida, pois aqueles que são particularmente organizados estão sempre prontos a viver uma vida tranquila e retirada, atendo-se aos seus próprios negócios. Esse é o perfil de seu relacionamento com todos em sua cidade, mantendo-se eles também prontos a, de um modo ou outro, preservar a paz com Estados estrangeiros. [Mas,] por conta dessa sua paixão, que é menos oportuna

do que deveria ser e amiúde excessiva, quando realizam o que querem tornam-se, de uma maneira inteiramente inconsciente, não bélicos, levando seus jovens a também serem não bélicos, resultando ficarem sempre a mercê de agressores. Consequentemente, com o decorrer de poucos anos, eles, com seus filhos e incluindo toda a cidade, com frequência experimentam um
308a processo imperceptível e gradual que os tira da condição de liberdade para os colocar na de escravos.

Jovem Sócrates: Eis uma experiência difícil e terrível.

Estrangeiro: Mas o que dizer quanto àqueles que têm maior pendor para a coragem? Não é o caso de incitarem continuamente seus Estados para a guerra, devido ao seu desejo desmedido de uma vida guerreira? Não os envolvem em hostilidades com muitos adversários poderosos, conduzindo suas pátrias à completa destruição ou à escravização e sujeição aos seus inimigos?

b **Jovem Sócrates:** Sim, também isso é verdadeiro.

Estrangeiro: Portanto, nesses exemplos não há como duvidarmos que essas duas classes se mantêm saturadas da maior hostilidade e oposição uma em relação a outra. Não é mesmo?

Jovem Sócrates: Realmente não há como duvidarmos.

Estrangeiro: Não teremos com isso descoberto precisamente o que visávamos no início, ou seja, que partes importantes da virtude estão naturalmente em divergência entre si e também que os indivíduos que as possuem se acham nessa mesma condição?

Jovem Sócrates: É bem possível.

Estrangeiro: Se é assim, passemos a uma outra questão.

Jovem Sócrates: Qual questão?

c **Estrangeiro:** A de se qualquer ciência geradora de composição combina voluntariamente quaisquer de seus produtos, mesmo os de mais baixo nível, com base em materiais bons e maus, ou se toda ciência, na medida do possível, repudia invariavelmente o mau, acolhendo exclusivamente os materiais bons e adequados, a partir dos quais, não importa se são semelhantes ou dessemelhantes, ela combina todos os elementos e produz uma forma dotada de uma capacidade única.

Jovem Sócrates: É claro [que se trata da segunda condição].

Estrangeiro: Se é assim, então tampouco o que decidimos ser naturalmente a autêntica arte política compõe jamais voluntaria-
d mente um Estado de pessoas boas e más. É óbvio que começará por testá-los em um jogo, depois do que os confiará aos que são capazes de lhes proporcionar ensinamento e auxílio para alcançar a meta em vista; ela própria emitirá ordens e supervisionará, tal como a arte da tecelagem emite comandos continuamente e supervisiona os cardadores e demais trabalha-
e dores que preparam os materiais para o seu tecido, orientando cada pessoa a executar as tarefas que ela considera adequada ao seu próprio entretecimento.

Jovem Sócrates: Certamente.

Estrangeiro: Penso que, de modo análogo, a arte régia, a qual reserva para si a função de supervisão, não permitirá que os mestres designados e tutores, que atuam segundo a lei, proporcionem qualquer educação, a menos que consigam mediante isso produzir caracteres que se ajustem à composição que ela está criando; limita-se, no que tange a isso, a exortá-los a ministrar exclusivamente essa instrução. E todos os indivíduos inaptos para participarem de uma disposição de coragem e autocontrole e das demais qualidades que contemplam a virtude, mas que, por força de uma natureza má, são arrastados para
309a a *descrença nos deuses*,[92] o excesso e a injustiça, ela elimina sentenciando-os à morte, ao exílio e à destituição dos mais importantes direitos civis.

Jovem Sócrates: De qualquer modo, é mais ou menos o que dizem.

Estrangeiro: E, por sua vez, aqueles que chafurdam na ignorância e no rebaixamento, ela coloca sob o jugo da escravidão.

Jovem Sócrates: Inteiramente correto.

Estrangeiro: No que toca ao resto das pessoas, cujas naturezas as capacitam, se tiverem acesso à educação, a se transformarem

92. ...ἀθεότητα... (*atheóteta*): não o mero ateísmo ou irreligiosidade em geral, mas a descrença nos deuses reconhecidos pelo Estado, ou seja, a impiedade.

em algo nobre, e a se unirem mutuamente, como exige a arte,
b são absorvidas pela arte régia – são naturezas que têm maior propensão para a coragem – porquanto seu caráter é mais forte, como a urdidura na tecelagem; e aquelas que têm propensão para a organização, neste caso – e para prosseguir na imagem – são fiadas espessas e macias como os fios da trama, tentando ela[93] combinar essas naturezas dotadas de propensões contrárias e entretecê-las da seguinte maneira...

Jovem Sócrates: De que maneira?

c **Estrangeiro:** Principia por atar a parte eterna de suas almas com um laço divino ao que essa parte tem afinidade; depois do divino, ela ata a parte animal delas com laços humanos.

Jovem Sócrates: Mais uma vez: o que queres dizer?

Estrangeiro: Quero dizer que a opinião efetivamente verdadeira e assegurada acerca do nobre, do justo, do bom e de seus contrários é divina, e que quando é gerada nas almas, o é em uma raça de origem divina.

Jovem Sócrates: De qualquer modo, isso se mostra adequado.

Estrangeiro: Reconhecemos, então, que o político e bom legis-
d lador é o único a quem pertence propriamente o poder – pela inspiração da arte régia – de inculcar essa opinião verdadeira naqueles que receberam educação de maneira correta, ou seja, aqueles a quem aludíamos há pouco?

Jovem Sócrates: É provável que sim.

Estrangeiro: E esquivemo-nos sempre, Sócrates, de designar aquele que carece desse poder com os nomes que passam agora por nosso crivo.

Jovem Sócrates: Está inteiramente correto.

Estrangeiro: Ora, não é uma alma corajosa que apreende tal verdade reduzida à mansidão, se mostrando então sumamente
e predisposta a participar do que é justo, ao passo que se não participa do justo tende mais na direção da natureza da fera?

Jovem Sócrates: E como duvidá-lo?

---

93. Ou seja, a arte régia.

Estrangeiro: E, por outro lado, se a natureza ordenada compartilha dessas opiniões, não ocorre de tornar-se verdadeiramente autocontrolada e sábia no contexto da vida sob um governo político, enquanto se lhe faltar a participação nessas qualidades, não adquirirá com muita justiça a reputação de tola?

Jovem Sócrates: Certamente.

Estrangeiro: Então estaríamos facultados a afirmar que tal entretecimento e vinculação dos maus com os maus ou dos bons com os maus tornam-se sempre duradouros, ou que qualquer ciência faria algum dia uma séria aplicação deles com o objetivo de unir esses indivíduos?

Jovem Sócrates: É claro que não.

310a **Estrangeiro:** Mas estamos facultados a afirmar que estão implantados pelas leis apenas naqueles naturalmente de nobre nascimento e que foram criados como cabe a essa natureza, constituindo no caso desses o medicamento prescrito pela arte e, como dissemos antes, tal laço que une partes naturalmente dessemelhantes e divergentes da virtude é mais divino.

Jovem Sócrates: Há muito de verdade nisso.

Estrangeiro: Os demais laços, inclusive, visto que são humanos, não são tão difíceis de serem compreendidos ou, uma vez alguém os haja compreendido, difíceis de serem criados, desde que exista esse laço divino.

b **Jovem Sócrates:** Como? E quais são?

Estrangeiro: Aqueles estabelecidos entre Estados com relação a casamentos entre membros de um e outro Estado e o compartilhamento de crianças mediante adoção, além daqueles relativos à dotação e casamentos dentro do Estado. De fato, muitas pessoas estabelecem tais laços sem darem a devida atenção à procriação dos filhos.

Jovem Sócrates: Como ocorre isso?

Estrangeiro: Em conexão com a busca de riqueza e poder associados ao casamento. Mas por que deveria alguém atrair para si o aborrecimento por ter censurado essa busca, como se merecesse uma discussão?

Jovem Sócrates: De fato não a mereceria.

Estrangeiro: Mais valeria, sim, a discussão envolvendo aquelas
c pessoas cuja preocupação principal é a família, no caso de seu
comportamento não ser o que deveria ser.

Jovem Sócrates: É muito provável.

Estrangeiro: O fato é que agem inteiramente sem qualquer fundamento em um argumento correto. Almejam sua tranquilidade momentânea saudando jubilosamente aqueles que lhes são semelhantes, e julgando insuportáveis aqueles que não guardam com eles nenhuma semelhança, conferem máxima importância aos seus sentimentos de antipatia.

Jovem Sócrates: Como?

Estrangeiro: Os indivíduos organizados buscam caracteres semelhantes aos seus; na medida do possível casam com moças de seu tipo e, de sua parte, dão suas filhas em casamento a
d homens desse tipo; do mesmo modo agem os corajosos, mantendo uma busca ansiosa de naturezas de seu próprio tipo, considerando-se que ambas essas classes devem fazer precisamente o oposto.

Jovem Sócrates: Como e por quê?

Estrangeiro: Porque é inerente à natureza da coragem, se for ela reproduzida durante muitas gerações sem qualquer mistura da natureza do autocontrole, manifestar-se no início com vigor e viço para no fim descambar em completa loucura.

Jovem Sócrates: Isso é provável.

Estrangeiro: Por outro lado, a alma demasiado repleta de reserva
e e que não encerra nenhuma liga de coragem ou audácia, após muitas gerações nessa condição, torna-se excessivamente indolente para finalmente acabar completamente mutilada.

Jovem Sócrates: Também isso é provavelmente o que ocorre.

Estrangeiro: Eram esses os laços, portanto, em relação aos quais afirmei que sua criação não envolvia dificuldade, desde que ambas as classes tivessem uma idêntica opinião acerca do nobre e do bom. De fato, toda a questão da tecelagem régia se encerra exclusivamente nisto: jamais permitir que os caracteres autocontrolados sejam dissociados dos corajosos, mas entretecê-los juntos por meio de crenças comuns, honras, desonras,

opiniões e trocas de compromissos, deles fazendo um tecido
311a liso e, como costumamos dizer, de boa tessitura, a eles em comum confiando para sempre os cargos do Estado.

Jovem Sócrates: Como?

Estrangeiro: Quando há necessidade de um funcionário público deve-se escolher alguém que possui ambas as qualidades; quando se deseja uma equipe, deve-se compor combinando indivíduos de cada classe. O fato é que o caráter do funcionário público autocontrolado encerra sumo zelo, justiça e conservadorismo, mas lhe falta ardor e uma certa audácia ágil e ativa.

Jovem Sócrates: Também isso parece ser correto.

b **Estrangeiro:** As índoles corajosas, por outro lado, se revelam lacunares em matéria de justiça e cautela se comparadas com as anteriores, mas superam estas no que toca à audácia para a ação; a menos que se conte com a presença de ambas essas qualidades, é impossível para um Estado apresentar plena prosperidade tanto nos negócios públicos quanto nos privados.

Jovem Sócrates: Certamente.

Estrangeiro: Assim, declaremos que isso estabelece o acabamento do tecido que constitui a obra da arte política: o entretecimento direto dos caracteres de indivíduos controlados e corajosos na ocasião em que a ciência régia os uniu mediante a
c amizade e o sentimento solidário em uma vida comum; e tendo completado o mais magnífico e melhor dos tecidos, com ele traja todos os habitantes do Estado – tanto escravos quanto homens livres –, conserva-os juntos graças a esse tecido, e nada omitindo que deva estar presente em uma cidade feliz, governa-os e por eles zela.

Jovem Sócrates:[94] Apresentaste a nós, estrangeiro, uma ampla e admirável abordagem do rei e do político.

---

94. Alguns helenistas, como C. J. Rowe, preferem atribuir essa última interlocução ao próprio *Sócrates*, e não ao *jovem* Sócrates.

FILEBO

(OU DO PRAZER)

PERSONAGENS DO DIÁLOGO:

Sócrates, Protarco e Filebo

11a **Sócrates:** Vê, então, Protarco,[1] que opinião é essa que estás agora aceitando de Filebo[2] e qual é a nossa opinião, contra a qual te proporás a argumentar, caso não concordes com ela. Faremos
b um resumo de ambas?

Protarco: Com toda a certeza.

Sócrates: Filebo afirma que para todos os seres vivos o prazer, o regozijo e o gozo, acompanhados de tudo quanto se harmoniza com esse tipo de coisa, são um bem, ao passo que contestamos que não esses, mas o saber, o entendimento, a memória e o que lhes aparenta, a opinião correta e os cálculos verdadeiros, são
c melhores e mais desejáveis do que o prazer a todos que são capazes de os atingir, e que para todos os atualmente vivos ou que viverão no futuro que podem deles participar são as mais benéficas de todas as coisas. São essas, aproximativamente, as posições que sustentamos, não são Filebo?

Filebo: São precisamente essas, Sócrates.

Sócrates: E tu, Protarco, assumes essa opinião que é agora confiada a ti?

---

1. Segundo 19b, filho de Cálias, o abastado ateniense que granjeou fama dando acolhida e hospedando em sua ampla residência vários sofistas de destaque.
2. Não dispomos de nenhum registro histórico deste personagem. É provavelmente fictício.

Protarco: É necessário que o faça, uma vez que o belo Filebo se afasta.

Sócrates: E deve a verdade acerca dessas matérias ser alcançada por todo meio que seja possível?

d **Protarco:** Deve.

Sócrates: Se é assim, eis algo adicional sobre o que temos que concordar.

Protarco: O quê?

Sócrates: Que cada um de nós tentará agora demonstrar com clareza que é um estado e disposição da alma o que torna a vida feliz a todos os seres humanos. Não é isso que nos proporemos a fazer?

Protarco: É exatamente isso.

Sócrates: Tu que esse [estado e disposição] é o do regozijo, eu que é o do saber?

Protarco: É isso.

Sócrates: E se viermos a descobrir que há uma disposição superior a essas duas? Se nesse caso constatar-se que essa disposi-
e ção tem mais afinidade com o prazer, não teremos que capitular diante dela, a qual é sólida detentora de tal superioridade,
12a ainda que a vida do prazer venha a derrotar a do saber?

Protarco: Sim.

Sócrates: Mas se tiver mais afinidade com o saber, o saber se sagrará vencedor e o prazer terá sido derrotado? Dás teu assentimento a isso? Ou o que tens a dizer?

Protarco: Sim. Ao menos, isso me satisfaz.

Sócrates: E quanto a ti, Filebo? O que dizes?

Filebo: Penso que continuarei pensando que o prazer é quem sai vitorioso. Mas tu, Protarco, deliberarás por tua própria conta.

Protarco: Como transferiste a mim a opinião, Filebo, não podes mais determinar quanto a concordar ou não com Sócrates.

b **Filebo:** É verdade o que dizes, e por isso abdico de toda responsabilidade, para o que agora invoco a própria deusa[3] como testemunha.

---

3. Ἡδονή (*Hedonè*), a personificação divina do prazer.

Protarco: E também nós seremos testemunhas do que acabas de dizer. De qualquer modo, Sócrates, consinta ou não Filebo, tentemos buscar, da maneira devida, uma conclusão.

Sócrates: Tentemo-lo, de fato, e principiemos com a própria deusa que ele diz que embora seja chamada de Afrodite, seu nome mais verdadeiro é Prazer.[4]

Protarco: Inteiramente correto.

c **Sócrates:** O temor, Protarco, que experimento com relação aos nomes dos deuses ultrapassa sempre o maior de todos os temores humanos. Agora chamo Afrodite por aquele nome que lhe agrada. O prazer, contudo, eu o sei, tem múltiplas facetas e como, conforme disse, devemos principiar com ela, nos cabe examinar cuidadosamente qual é sua natureza. Quando simplesmente se ouve seu nome, ela se apresenta como algo singular, mas de fato assume com certeza todos os tipos de formas que chegam a ser mesmo, de um certo modo, dessemelhantes entre si. Dizemos, por exemplo, que a pessoa desre-
d grada experimenta prazer, e que a pessoa autocontrolada extrai prazer de seu próprio autocontrole; por outro lado, dizemos que o insensato repleto de opiniões e esperanças insensatas experimenta prazer, mas que igualmente o sábio extrai prazer de sua própria sabedoria. E não seria acertadamente classificada como insensata a pessoa que afirmasse que esses dois tipos de prazeres são mutuamente semelhantes?

Protarco: Sim..., Sócrates, na medida em que procedem de fontes opostas. Mas isso não significa que sejam em si mesmos
e mutuamente opostos, pois como poderia o prazer, entre todas as coisas, não ser maximamente semelhante ao prazer? Como poderia essa coisa[5] não ser maximamente semelhante a si mesma?

Sócrates: Ora, meu extraordinário amigo, tal como a cor é semelhante à cor. Na medida em que todas elas são cores, são todas idênticas e, no entanto, todos nós reconhecemos que o preto

---

4. ...Ἡδονὴν... (*Hedonèn*). De fato, das seis deusas olímpicas, a mais vinculada ao prazer (especialmente ao prazer sexual) é a deusa cípria Afrodite.

5. Ou seja, o prazer.

não só é diferente do branco, como seu exato oposto. Do mesmo modo, também, a figura é semelhante à figura; todas as figuras pertencem a um mesmo gênero, mas as partes do gênero são, em alguns casos, absolutamente opostas entre si, enquanto em outros casos ocorre uma interminável variedade em matéria
13a de diferença; e se pode descobrir muitos outros exemplos dessas relações. Portanto, não te fies nesse argumento que torna idênticos todos os mais absolutos opostos. Temo que encontraremos em alguns prazeres os opostos de outros prazeres.

Protarco: Talvez. Mas por que isso prejudica a opinião que defendo?

Sócrates: Porque designas diferentemente essas coisas dessemelhantes. Afirmas que todas as coisas prazerosas são boas. Ora, não há argumento que sustenta que as coisas prazerosas não
b são prazerosas; contudo, enquanto afirmamos que a maioria delas é má, algumas apenas sendo boas, tu, a despeito disso, classificas a todas como boas, ainda que acabes por reconhecer, se pressionado pela força da argumentação, que são dessemelhantes entre si. Qual é o elemento comum presente igualmente nos prazeres bons e maus que te autoriza a classificar a todos de bons?

Protarco: Mas o que queres dizer, Sócrates? Imaginas que alguém que asseverasse que o bem é prazer[6] iria admitir ou mesmo
c suportar ouvir-te dizer que *alguns prazeres são bons e outros maus*?[7]

Sócrates: Entretanto, admitirás que são dessemelhantes e, em alguns casos, mutuamente opostos.

Protarco: Não na medida em que são prazeres.

Sócrates: Eis-nos de volta ao mesmo velho argumento, Protarco, de forma que não demoraremos a afirmar que um prazer não é diferente de um outro, mas que todos são semelhantes, e os casos que citamos há pouco em nada nos afetam, e a nossa

---

6. Ou reciprocamente: que o prazer é bem.
7. Isto é, se o bem é prazer (ou o prazer é bem), a própria ideia de que há prazeres maus e prazeres bons é inadmissível, pois só existiriam estes últimos; todo prazer seria necessariamente bom, o conceito de prazer *mau* sendo inconcebível.

conduta e a nossa conversação serão como as dos mais incom-
d petentes e inexperientes discursadores.

Protarco: A que modo te referes?

Sócrates: O seguinte: supõe que te imito e ouso dizer, em defesa de minha posição, que a mais dessemelhante das coisas é, de todas as coisas maximamente semelhantes, a mais dessemelhante; e então eu poderia dizer o mesmo que disseste, e nos revelaríamos excessivamente inexperientes, e nossa discussão estaria condenada a soçobrar. Vamos, portanto, dar-lhe respaldo; talvez se recomeçarmos devidamente possamos chegar a um consenso.

e **Protarco:** Simplesmente me diz como.

Sócrates: Coloca-te, Protarco, que sou, por meu turno, interrogado por ti.

Protarco: E que pergunta eu faria?

Sócrates: Se o saber, o conhecimento, o entendimento e tudo o mais que afirmei no início que eram bons, quando me indagaste sobre o que é o bom, não estão condenados ao mesmo destino dessa tua opinião.

Protarco: Como?

Sócrates: Tomados em conjunto, os ramos do conhecimento parecerão ser uma pluralidade, além do que alguns parecerão completamente dessemelhantes de outros; mas se alguns deles
14a se revelassem como sendo efetivamente opostos, seria eu um digno interlocutor em um debate se, por receio disso, declarasse que nenhum ramo do conhecimento é dessemelhante de qualquer outro, em decorrência do que nossa discussão terminaria e se perderia como um conto, conosco obtendo nossa salvação agarrando-nos a um absurdo?

Protarco: Devemos nos empenhar para que isso não aconteça, exceto pela parte referente a nos salvarmos. Entretanto, prefiro o igual tratamento dispensado à tua opinião e à minha. Vamos admitir que os prazeres são múltiplos e dessemelhantes e que os tipos de conhecimento são múltiplos e diferentes.

b **Sócrates:** Sem, portanto, ocultarmos, Protarco, a diferença entre o meu bem e o teu, porém a reconhecendo justa e abertamente, ajamos corajosamente no sentido de verificar se porventura mediante exame se mostrará que o prazer deverá ser classificado como o bem, ou o saber, ou se uma terceira coisa. Decerto não estamos agora envolvidos nesta controvérsia almejando a vitória de meu ponto de vista ou do teu. Devemos sim estar ambos empenhados em um esforço comum em prol do mais verdadeiro.

Protarco: Certamente devemos.

Sócrates: Nesse caso, estabeleçamos esse princípio ainda mais
c solidamente mediante um acordo.

Protarco: Que princípio?

Sócrates: Aquele que gera embaraços para todos os seres humanos, para alguns deles às vezes contrariando sua vontade.

Protarco: Expressa-te com maior clareza.

Sócrates: Refiro-me ao princípio com o qual topamos há pouco, cuja natureza é inteiramente estranha. De fato as afirmações de que o uno é múltiplo e que o múltiplo é uno são estranhas, sendo fácil debater com qualquer um que faça uma ou outra delas.

Protarco: Queres dizer no sentido de alguém dizer que eu, Pro-
d tarco, sou naturalmente um e que há também muitos de mim que se opõem entre si, afirmando que eu, o mesmo, sou grande e pequeno, pesado e leve e inúmeras outras coisas. É isso?

Sócrates: Essas extravagâncias relativas ao uno e ao múltiplo indicadas por ti, Protarco, passaram a ser lugar comum e quase todos concordam que convém desprezá-las por serem pueris e levianas, além de constituírem sérios obstáculos à argumentação. Também o seguinte deve ser desprezado, a saber, quando
e alguém, ao discutir, divide os membros e as partes de alguma coisa, reconhece que todos são no seu conjunto aquela coisa e, em seguida, refuta a si mesmo em tom de zombaria pelo fato de ter sido forçado a declarar coisas prodigiosas, que o uno é múltiplo e infinito, e que os múltiplos são apenas unos.

Protarco: Mas a que outras extravagâncias te referes, Sócrates, com respeito a esse mesmo princípio, que não são ainda lugar comum e de reconhecimento geral?

15a **Sócrates:** Refiro-me, meu rapaz, a quando alguém postula a unidade que não é a unidade de uma das coisas que vem a ser e cessa de ser, como nos exemplos que acabamos de ver. De fato, nos casos de uma unidade desse jaez, como eu já o disse, concorda-se que a refutação é desnecessária. Todavia, quando se afirma que o ser humano é uno, ou que o boi é uno, ou que o belo é uno, ou que o bom é uno, o forte interesse por essas unidades e outras similares converte-se em divergência e controvérsia.

Protarco: Em que sentido?

b **Sócrates:** A primeira questão que assoma é se devemos crer na real existência dessas unidades; a segunda é como essas unidades, cada uma delas una, sempre idêntica, e não admitindo nem geração nem corrupção, pode – a despeito disso – ser permanentemente essa unidade singular; a terceira é como, em meio ao número infinito de coisas que vêm a ser essa unidade, quer assumamos que é dispersa e se tornou múltipla, quer assumamos que é completamente dissociada de si mesma – o que pareceria o mais impossível de tudo – sendo idêntica e una, é para ser simultaneamente no uno e no múltiplo. Tais
c são as questões, Protarco, acerca do uno e do múltiplo (e não aquelas outras), que causam se mal resolvidas extremas dificuldades e, se bem resolvidas, enormes facilidades.

Protarco: Nesse caso, Sócrates, não constitui essa agora a primeira tarefa que temos a empreender?

Sócrates: Sim, é o que eu diria.

Protarco: Podes entender que todos nós nos dispomos a concordar contigo nesse ponto. E quanto a Filebo, talvez seja melhor não lhe dirigir agora mais perguntas; que os sonolentos durmam.

d **Sócrates:** Precisamente. E por onde começaremos essa grande e imensamente complexa batalha envolvendo as questões em pauta? Seria o caso de partirmos deste ponto?

Protarco: Que ponto?

Sócrates: É por meio do discurso racional[8] que o idêntico circula, tornando-se uno e múltiplo de todos os modos, em tudo que é dito sempre, tanto no presente quanto no passado. Não é

---

8. ...λόγων... (*lógon*).

uma novidade e jamais cessará; trata-se, a meu ver, de uma
condição interior que experimentamos que é imortal e insus-
cetível de envelhecimento, e que pertence ao discurso racional
enquanto tal. Qualquer jovem que pela primeira vez a expe-
e rimenta enche-se de regozijo, julgando ter descoberto um te-
souro de sabedoria; esse prazer faz nele acender o entusiasmo
e ele jubilosamente põe em movimento todo argumento pos-
sível, ora em uma direção enrolando coisas e as unificando,
ora as desenrolando e dividindo; com isso, ele começa por en-
volver a si mesmo em confusão, para depois envolver quem
quer que esteja à sua volta, seja mais jovem, mais velho ou de
16a idade idêntica à sua; não poupa pai, mãe nem qualquer outro
ser humano que se disponha a ouvi-lo, inclusive outros seres
vivos além do ser humano, pois com certeza não pouparia um
estrangeiro,[9] se pudesse obter um intérprete em algum lugar.

Protarco: Sócrates, será que não percebes quantos somos e que so-
mos todos jovens? Não receias que, se nos insultares, podemos
nos juntar a Filebo e atacar-te? De qualquer modo, como enten-
demos o que pretendes dizer, se houver qualquer maneira ou
meio de remover gentilmente esse transtorno de nossa discus-
b são, e descobrir um melhor caminho do que esse para atingir-
mos a meta de nosso diálogo, vai em frente que empenharemos
toda nossa capacidade para acompanhar-te; de fato, Sócrates,
nossa presente discussão não é de pouca importância.

Sócrates: Certamente não é, rapazes, como Filebo vos diz; por outro lado, certamente não há melhor caminho, nem jamais pode haver, do que aquele que sempre amei, ainda que haja com frequência me abandonado, deixando-me só e desamparado.

Protarco: E qual é ele? Basta que nos diga.

c **Sócrates:** Não é certamente difícil descrevê-lo, porém dificílimo
seguí-lo; de fato, foi por meio dele que todas as invenções no
domínio da arte vieram à luz. Vê que é esse caminho a que me
refiro.

Protarco: Basta que o digas.

---

9. ...βαρβάρων... (*barbáron*): Platão presumivelmente coloca os não gregos (bárbaros) no mesmo nível dos animais inferiores ao ser humano.

Sócrates: Parece-me que uma dádiva dos deuses aos seres
humanos foi arremessada a partir de alguma fonte divina
por algum Prometeu[10] juntamente com um fogo sumamente
brilhante; e os antigos, os quais eram melhores do que nós
e viviam mais próximos dos deuses, transmitiram a tradi-
ção segundo a qual todas as coisas que se diz que existem
originaram-se do uno e do múltiplo e encerram o limite e o
ilimitado. Sendo esta a maneira em que as coisas estão orga-
nizadas, temos que assumir sempre que há em cada caso uma
d forma para todas elas e que nos cabe buscá-la, mesmo por-
que descobriremos que se encontra aí; e uma vez a tivermos
apreendido, é necessário que busquemos em seguida duas se
houver duas e, se não houver, três ou algum outro número; e
nos caberá tratar cada uma dessas demais unidades do mes-
mo modo, até que fique não só estabelecido que a unidade
original é una, múltipla e ilimitada, como também de quantos
tipos é. Com efeito, não devemos conferir a forma do ilimi-
tado à pluralidade antes de conhecermos o exato número de
e toda pluralidade situada entre o ilimitado e o uno; só então,
e não antes, é permitido liberar cada tipo de unidade no seio
do ilimitado, deixando de barrá-la. Como eu disse, os deuses
nos legaram esse modo de indagarmos, aprendermos e en-
sinarmos mutuamente. Entretanto, os seres humanos sábios
17a da atualidade constituem o uno e o múltiplo com excessiva
rapidez ou excessiva lentidão, a esmo, indo imediatamente
do uno ao ilimitado; omitem tudo que lhes é intermediário,

10. Platão alude ao titã considerado criador da humanidade. Prometeu teria insuflado o princípio vital, a alma (ψυχή [*psykhé*]) em uma figura ou boneco de barro. Além de criador do ser humano, Prometeu permanece como protetor de sua criatura, que não é obra dos deuses, tendo furtado o fogo destes (episódio em que ludibria Zeus) para entregá-lo aos seres humanos. Por essa e outras insolências cometidas a favor de sua criatura (Prometeu representa, ademais, a rebeldia diante do poder dos deuses olímpicos) ele foi, por ordem de Zeus, tanto lançado no Tártaro (região abissal e tenebrosa do Hades – o mundo subterrâneo dos mortos) quanto acorrentado a um penhasco, onde uma águia diariamente vinha torturá-lo perfurando e destruindo seu fígado, que durante a noite se regenerava para eternizar esse suplício. Mas o titã foi finalmente resgatado por Héracles, o intrépido e fortíssimo semideus filho da mortal Alcmene e do próprio Zeus.

sendo isso o que produz o que distingue a discussão realizada dialeticamente da realizada eristicamente.[11]

Protarco: Penso, Sócrates, que entendo em parte o que dizes, mas necessito de uma exposição mais clara de certos pontos.

Sócrates: Com certeza, Protarco, o que quero dizer é tornado claro nas letras do alfabeto, que fizeram parte de tua educação de
b criança, o que significa que podes aprendê-lo delas.

Protarco: Como?

Sócrates: O som[12] que sai da boca de cada um de nós e de todos nós é um e, não obstante, é numericamente ilimitado.

Protarco: E como negá-lo?

Sócrates: E entre nós ninguém é mais sábio do que outro apenas por saber que é ilimitado ou que é uno; contudo, o que faz de um ou outro entre nós um gramático é o conhecimento de quantos são os sons e de qual é sua natureza.

Protarco: Há muito de verdadeiro nisso.

Sócrates: E é essa mesma coisa que produz o músico.

Protarco: Como?

c **Sócrates:** O som é uno também nessa arte,[13] na medida em que diz respeito a ela.

Protarco: Decerto que sim.

Sócrates: E estamos autorizados a afirmar que há dois sons, ou seja, o grave e o agudo, além de um terceiro, o qual é intermediário. Não é assim?

Protarco: Sim.

Sócrates: Todavia, o conhecimento dessas coisas não basta para fazer de ti um músico, ainda que a ignorância delas faria de ti,

11. O método dialético (representado, a propósito, pelo próprio diálogo platônico) envolve a conversação e o debate de ideias que propõem alcançar a verdade ou, ao menos, o consenso; a discussão erística se esgota no próprio calor da polêmica, não visando à verdade ou ao consenso: é o debate pelo debate. É ao que recorrem certos sofistas. Platão o mostra, por exemplo, no *Eutidemo* (ver *Diálogos II*, obra publicada em *Clássicos Edipro*).

12. ...Φωνὴ... (*Phonè*), aqui especificamente (do ponto de vista humano), a voz.

13. Ou seja, a arte da música.

se me é permitido dizê-lo, alguém completamente incompetente nessa matéria.

Protarco: Certamente.

Sócrates: Mas, meu amigo, quando passas a compreender o número e a qualidade dos intervalos da voz no que tange ao agudo e ao grave, qual o seu caráter, por quais notas são definidos,
d e todas as combinações que deles resultam (o que nossos ancestrais legaram a nós, seus sucessores, com o denominação tradicional de harmonias, incluindo os efeitos correspondentes nos movimentos corpóreos que, segundo eles, são medidos por números, devendo ser chamados de ritmos e métrica); e ademais, levando-nos a compreender que toda investigação deve visar ao uno e ao múltiplo, *de fato* quando tiveres dominado as coisas nesses termos, terás nisso obtido competência específica; e no momento em que tiveres apreendido a unidade
e de quaisquer das outras *coisas que são*, terás te tornado sábio acerca dessa matéria. Mas a multidão ilimitada em cada e todo tipo de indivíduo te reduz à ignorância ilimitada, fazendo-te nada valer entre os sábios, uma vez que jamais pousaste teu olhar em qualquer número definido em qualquer coisa.

Protarco: A mim parece, Filebo, que essa exposição realizada agora por Sócrates foi excelente.

Filebo: O mesmo que penso. Em si é excelente, mas por que ele
18a a realizou agora para nós e qual o propósito nela encerrado?

Sócrates: Protarco, há muito de correto na pergunta feita a nós por Filebo.

Protarco: Certamente. Assim, por favor responde-a.

Sócrates: Eu o farei logo que houver explorado um pouco mais este assunto. De fato, uma vez que alguém começa com uma unidade ou outra, cabe-lhe, como eu asseverava, não se voltar imediatamente para o ilimitado, mas primeiramente para algum número definido; do mesmo modo, no caso inverso, quando tem que tomar o ilimitado primeiro, não deve voltar-se
b imediatamente para o uno, devendo, ao contrário, pensar em algum número que detém em cada caso alguma pluralidade, e terminar passando do todo para o uno. Voltemos às letras do alfabeto para ilustrar isso.

Protarco: Como?

Sócrates: Quando alguém, não se sabe se um deus ou um homem inspirado por um deus – há uma história egípcia que indica seu nome como sendo Thoth[14] – descobriu que o som era ilimitado, revelou-se como sendo o primeiro a perceber que os sons vocálicos nesse ilimitado não eram unos, mas múltiplos e, ademais,
c que havia outros que não eram vocais (da voz[15]), mas possuíam algum cunho sonante,[16] tendo eles também um número definido; além disso, distinguiu um terceiro tipo de caracteres[17] que chamamos atualmente de letras mudas. Em seguida dividiu as letras mudas e as consoantes até distinguir cada uma individualmente, procedendo do mesmo modo com as vogais e semivogais, até descobrir o número delas, atribuindo então a todas o nome de *letras*.[18] Entretanto, entendendo que nenhum de nós seria capaz de adquirir conhecimento de qualquer uma delas isoladamente, tomada por si mesma sem a compreensão de todo o seu conjunto, e considerando isso um laço comum que, de
d algum modo, lhes conferia unidade, atribuiu a todas elas uma ciência específica, chamando-a de gramática.

Filebo: Compreendo isso, Protarco, com maior clareza do que as observações anteriores, no que diz respeito às relações recíprocas do uno e do múltiplo. Mas ainda sinto que essa explicação padece agora da mesma falha de pouco tempo atrás relativa à anterior.

Sócrates: O que queres dizer, Filebo, é que não vês qual é a relevância disso para a questão?

Filebo: Sim. É o que Protarco e eu estamos tentando perceber já há muito tempo.

---

14. ...Θεῦθ... (*Theûth*): o importantíssimo deus egípcio (representado antropozoomorficamente com cabeça de íbis) ligado à sabedoria, à magia, à comunicação e à palavra.

15. ...φωνῆς... (*phonês*).

16. ...φθόγγου... (*phthóngou*), ou seja, possuíam um som diferente da voz humana.

17. ...γραμμάτων... (*grammáton*), caracteres de escrita gravados (na pedra, cera etc.) ou letras. Ver a nota seguinte.

18. ...στοιχεῖον... (*stoikheîon*): letras no sentido estrito e específico de elementos componentes das sílabas e das palavras.

Sócrates: Mas será que não está junto de vós o tempo todo o que
e vindes tentando perceber, como dizes, já há muito tempo?

Filebo: Como?

Sócrates: Nossa discussão não tinha como objeto desde o início o saber e o prazer e qual dos dois é preferível?

Filebo: Decerto que sim.

Sócrates: E não há dúvida que dizemos que cada um deles é uno.

Filebo: Certamente.

Sócrates: Ora, essa é precisamente a questão que nos foi colocada pelo que acabamos de discutir, a saber: como se explica que cada um deles é uno e múltiplo e como, ao contrário de se tornar imediatamente ilimitado, cada um deles adquire algum número definido antes de se tornar ilimitado?

19a **Protarco:** De alguma maneira, Filebo, Sócrates nos fez andar em círculo e mergulhou-nos em uma séria questão. É o caso de decidires qual de nós se incumbirá de dar respostas a ela. Talvez seja ridículo que eu, depois de substituir-te assumindo inteiramente tua opinião, te pedisse para retomar tua posição e responder a essa questão porque não posso fazê-lo. Seria ainda mais ridículo, a meu ver, se nenhum de nós a pudesse res-
b ponder. Assim sendo, considera o que nos cabe fazer. A mim parece que Sócrates nos indaga se há ou não há tipos de prazer, quantos tipos e qual é a natureza deles; indaga o mesmo no que diz respeito ao saber.

Sócrates: O que dizes é totalmente verdadeiro, filho de Cálias.[19] De fato, como foi mostrado pelo que acabamos de discutir, a menos que possamos fazer isso no que toca a toda unidade, toda semelhança, toda identidade e seus opostos, nenhum de nós jamais se revelará de alguma utilidade em qualquer coisa.

c **Protarco:** Isso, Sócrates, parece muito provavelmente ser verdadeiro. Mas embora seja excelente para o sábio conhecer tudo, a segunda melhor coisa, pelo que parece, é não ser ignorante de si mesmo. Dir-te-ei o motivo dessa minha observação a essa altura. Tu, Sócrates, possibilitaste a todos nós esta

19. Ver nota 1.

reunião e tua cooperação visando a determinar qual é o me-
lhor entre os bens humanos. Na ocasião em que Filebo susten-
d tou que era o prazer, o regozijo, o gozo e tudo quanto desse
jaez, contestaste e afirmaste que não eram essas coisas, mas
outras; assim, nós muito propriamente e, de maneira volun-
tária, mantemo-nos lembrando disso, de modo que ambas as
afirmações se conservem presentes em nossa memória para o
devido exame. De tua parte, afirmas, pelo que parece, que
o bem a ser classificado corretamente como superior ao prazer
é o entendimento, o conhecimento, a inteligência, a arte e tudo
que lhes aparenta; são esses que dizes que nos cabe adquirir,
e não aquele outro gênero de coisas. Quando essas duas posi-
ções foram assumidas, dando origem a uma discussão, em tom
e de gracejo nós te ameaçamos que não deixaríamos que fosses
para casa enquanto essa discussão não fosse conduzida a uma
conclusão satisfatória. Pois bem: concordaste e te puseste à
nossa disposição em prol dessa meta. Agora, como o fazem as
crianças, dizemos que não podes tomar de volta um presente
que foi corretamente dado. Assim sendo, cessa com essa práti-
ca de fazer oposição a tudo que dizemos.

Sócrates: A que prática te referes?

20 **Protarco:** Refiro-me a essa prática de nos lançar em dificuldades e fazer perguntas para as quais não estamos capacitados no momento a fornecer respostas satisfatórias. Não entendamos que o fim de nossa discussão em pauta seja apenas uma perplexidade a atingir todos nós; se não podemos responder, cabe a ti responder, pois nos fizeste uma promessa. A ti compete decidir se para isso é preciso que distingas os tipos de prazer e conhecimento ou se podes prescindir disso, caso sejas capaz e estejas disposto a indicar um outro modo de esclarecer as questões de nosso debate.

b **Sócrates:** Não há, de minha parte, mais nenhuma necessidade de antecipar nada de terrível, uma vez que colocas as coisas dessa forma. De fato, a frase "caso estejas disposto"[20] afasta

---

20. Note-se que a frase dita por Protarco na sua imediata interlocução anterior é "caso *sejas capaz* e estejas disposto".

de mim qualquer temor. Além disso, suponho que a mim foi transmitida por algum deus alguma lembrança que nos ajude.

Protarco: Como é isso e acerca do que é a lembrança?

Sócrates: Lembro-me agora de haver ouvido há muito tempo
atrás em um sonho, ou talvez desperto, uma conversação cujo
objeto era o prazer e o saber, segundo a qual nenhum dos dois
é o bem, mas uma terceira coisa, deles distinta e superior a
c eles. Se isso for agora a nós demonstrado com clareza, a vi-
tória do prazer lhe será subtraída, já que o bem não mais será
idêntico a ele. Não é isso?

Protarco: É.

Sócrates: Isso inclusive nos poupará, a meu ver, de distinguir os tipos de prazer, mesmo porque o progresso da discussão projetará ainda mais luz sobre isso.

Protarco: Excelente. Simplesmente prossegue.

Sócrates: Mas antes convém que entremos em acordo a respeito de alguns pontos de menor importância.

Protarco: Quais são eles?

Sócrates: Está o bem destinado necessariamente a ser perfeito ou
d imperfeito?

Protarco: Indubitavelmente a mais perfeita de todas as coisas, Sócrates.

Sócrates: E o bem encerra suficiência?

Protarco: E como poderia deixar de encerrar? De fato, ele supera todas as demais coisas em matéria de suficiência.

Sócrates: E suponho que o seguinte é sumamente necessário declarar acerca do bem, ou seja, que tudo aquilo que possui dele alguma noção o busca, o deseja, quer apanhá-lo e dele apossar-se e não tem nenhum interesse em nada em que o bem não esteja presente.

Protarco: Não há como negar isso.

e **Sócrates:** Passemos agora a examinar separadamente a vida do
prazer e a vida do saber, procedendo em seguida ao seu jul-
gamento.

Protarco: E como?

Sócrates: Imaginemos a ausência do saber na vida do prazer e a ausência do prazer na vida do saber. Na hipótese de um ou outro ser o bem, não é possível que necessite de algo mais; entretanto, se for constatado que um ou outro deles necessita de algo mais, estaremos autorizados a não mais considerá-lo
21a como o bem real que buscamos.

Protarco: E como poderia ele sê-lo?

Sócrates: Poderemos então submetê-los a exame por meio de ti?

Protarco: Decerto que sim.

Sócrates: Assim sendo, responde.

Protarco: Pois fala.

Sócrates: Estarias disposto, Protarco, a viver toda tua vida no gozo dos maiores prazeres?

Protarco: Sem dúvida!

Sócrates: Pensarias que estarias em necessidade de algo mais se esse gozo fosse completo?

Protarco: Certamente não.

Sócrates: Mas não experimentarias alguma necessidade do sa-
b ber, inteligência e da capacidade para calcular tuas carências e coisas similares?

Protarco: E por que experimentaria? Se disponho do gozo, disponho de tudo.

Sócrates: Portanto, vivendo desse modo estarias gozando dos maiores prazeres de tua vida?

Protarco: E por que não?

Sócrates: Entretanto, se não possuísses, para começar, entendimento, ou memória, ou conhecimento, ou opinião verdadeira, não estarias ciente de estar ou não em gozo. Isso tem que ser evidente, uma vez que estarias completamente desprovido de qualquer tipo de saber, não é?

Protarco: Necessariamente.

c **Sócrates:** Do mesmo modo, se te faltasse a memória, sequer poderias te lembrar que algum dia gozaste o prazer, além do que nenhuma lembrança do prazer experimentado presentemente sobreviveria contigo; na falta da opinião verdadeira, estarias

impossibilitado de compreender que estavas experimentando o gozo no momento em que o estivesses experimentando, e na incapacidade de calcular, te verias impossibilitado de avaliar teus prazeres vindouros; não viverias, assim, uma vida humana, mas a de um molusco, ou de um desses seres vivos marinhos que vivem dentro de conchas. É isso que aconteceria, ou
d podemos imaginar quaisquer outras consequências?

Protarco: E como?

Sócrates: E seria o caso de escolhermos uma tal vida?

Protarco: Esse argumento, Sócrates, me reduziu totalmente à condição de, no momento, não saber o que dizer.

Sócrates: De qualquer maneira, não é hora de esmorecer e desistir. Examinemos, por outro lado, a vida do entendimento.[21]

Protarco: A que tipo de vida te referes?

Sócrates: Penso se alguém estaria disposto a viver tendo o saber, o entendimento, o conhecimento e a memória de todas as
e coisas sem, entretanto, ter qualquer participação, grande ou pequena, no prazer ou na dor, vivendo totalmente insensível[22] a tudo desse tipo.

Protarco: Nem uma nem outra dessas duas vidas, Sócrates, jamais se mostrariam desejáveis para mim ou, a meu ver, para qualquer outra pessoa.

22a **Sócrates:** E o que acharias de uma combinação de ambas, Protarco, uma vida resultante da mescla das duas?

Protarco: Queres dizer do prazer com o entendimento e o saber?

Sócrates: Sim. Refiro-me à união desses elementos.

Protarco: Todas as pessoas certamente, sem qualquer exceção, prefeririam essa vida àquelas outras duas.

Sócrates: Compreendeste a que resultado chegamos conduzidos pelo teor do que estamos dizendo agora?

Protarco: Decerto que sim. Foram propostas três vidas, das quais
b duas não são nem suficientes nem desejáveis para o ser humano ou qualquer outro ser vivo.

---

21. Ou seja, a vida do saber.

22. ...ἀπαθὴς... (*apathès*), indiferente, não afetado.

Sócrates: Não ficou com isso já evidente que nenhuma dessas duas vidas encerra o bem? Realmente, se o encerrasse seria suficiente e perfeita, de modo a ser eleita por todos os vegetais e animais que se capacitariam a viver essa vida por toda sua existência; e se a escolha de qualquer um de nós recaísse sobre outra coisa, estaria incorrendo em uma escolha contrária à natureza do verdadeiramente desejável, o fazendo não voluntariamente, porém por força da ignorância ou do império de alguma *necessidade infeliz.*[23]

Protarco: De qualquer modo, é o que parece ser.

c **Sócrates:** Com o que, segundo penso, oferecemos uma demonstração suficiente de que a divindade de Filebo não pode ser considerada como idêntica ao bem.

Filebo: Tampouco teu *entendimento*[24] o pode ser considerado, Sócrates, uma vez que está exposto às mesmas objeções.

Sócrates: Talvez meu entendimento, Filebo, mas, a meu ver, não o entendimento verdadeiro, o qual é também divino, o que é diferente. Não reivindico agora a vitória do entendimento sobre a vida mista. Todavia, é necessário que apuremos e decidamos o que fazer a respeito do segundo posto, pois um de nós
d poderia talvez propor a ideia de que o entendimento é a causa dessa vida mista, outro que é o prazer a sua causa, com o que nenhum desses dois seria o bem, porém um deles podendo ser considerado como sua causa. No que se refere a isso, eu seria ainda mais veemente na minha contestação de Filebo afirmando que nessa vida mista é o entendimento que mais se aparenta e mais se assemelha do que o prazer ao que, seja o que for, a
e torna desejável e boa; a sustentar tal opinião, o prazer não poderia realmente pleitear o primeiro lugar, ou sequer o segundo. A dar algum crédito ao meu entendimento agora, ele estaria ainda aquém do terceiro lugar.

Protarco: A mim parece, agora, Sócrates, que o prazer, lutando pela vitória, tombou nocauteado por teus argumentos. E tudo

---

23. ...ἀνάγκης οὐκ εὐδαίμονος... (*anánkes ouk eudaímonos*).

24. Inteligência.

23a que nos resta dizer é que, pelo que parece, o entendimento agiu sabiamente em não reivindicar a vitória, pois teria sido atingido por idêntico destino. Quanto ao prazer, se fosse para se ver privado do segundo prêmio, estaria profundamente desonrado aos olhos de seus amantes, pois não pareceria mais até mesmo diante deles tão admirável quanto antes.

Sócrates: Se assim é, não seria melhor deixá-lo de lado agora, poupando-o da dor do exame mais rigoroso e da demonstração de que incide no erro?

Protarco: O que dizes é tolice, Sócrates.

b **Sócrates:** Tolice porque falei de causar dor ao prazer, o que é impossível?

Protarco: Não só em função disso, mas também porque não percebes que nem um de nós permitirá que vás até que hajas chegado ao fim da argumentação em torno dessas questões.

Sócrates: Ora, mas que discurso, Protarco! Então, estamos diante de uma extensa discussão, e tampouco uma discussão fácil nesta oportunidade. De fato, me parece que para avançar na luta do entendimento pelo segundo lugar, necessitarei de outro expediente,[25] por assim dizer de um armamento distinto daquele de nossa prévia discussão, embora parte do armamento anterior venha a servir. Devo prosseguir?

Protarco: Decerto que sim.

Sócrates: Tentemos, então, ser cautelosos no que respeita ao nos-
c so ponto de partida.

Protarco: Ao que te referes?

Sócrates: Dividamos todas as *coisas que são* agora no universo em duas classes ou, se o preferires, em três.

Protarco: Informa-nos qual o princípio dessa divisão.

Sócrates: Pontos da discussão que estamos encaminhando.

Protarco: Quais?

Sócrates: Concordamos que o deus revelou uma divisão das *coisas que são* em ilimitado e limitado?

Protarco: Certamente.

---

25. ...μηχανῆς... (*mekhanês*), literalmente engenho, dispositivo inventivo ou engenhoso.

Sócrates: Pois bem, assumamo-los como duas de nossas classes e uma terceira classe como a formada pela combinação dessas
d duas. Mas devo parecer uma pessoa ridícula ao fazer essa distinção em classes e tal e numeração.

Protarco: O que queres dizer, *meu caro*?[26]

Sócrates: Que parece que precisamos de uma quarta classe.

Protarco: Diz-nos qual é ela.

Sócrates: Observa a causa dessa combinação daquelas duas e postula-a na qualidade de minha quarta classe em acréscimo àquelas três anteriores.

Protarco: Mas nesse caso não precisarás de uma quinta, a qual é capaz de proceder à separação?

Sócrates: Talvez, mas penso que não agora. Entretanto, se vier a
e precisar de uma quinta, suponho que serás indulgente comigo por ir em busca dela.

Protarco: Não vejo porque não.

Sócrates: Comecemos, então, por tomar três das quatro e, à medida que constatarmos que duas delas são divididas e dispersadas, cada uma delas na multiplicidade, realizemos a tentativa, reunindo novamente na unidade, de apurar como cada uma delas foi tanto una quanto múltipla.

Protarco: Se pudesses me explicar tudo isso com maior clareza, eu, de minha parte, poderia capacitar-me a acompanhar-te.

24a **Sócrates:** Quero dizer que as duas classes são as mesmas que mencionei há pouco, o ilimitado e o limitado. Tentarei demonstrar que, em certo sentido, o ilimitado é múltiplo; quanto ao limitado, pode aguardar.

Protarco: Que aguarde.

Sócrates: A matéria para a qual solicito tua consideração é difícil e controvertida, mas, de qualquer modo, considera-a. Inicialmente, toma *mais quente* e *mais frio* e considera se és capaz de conceber qualquer limite para eles, ou se o *mais e menos* que reside na própria natureza deles não impede, enquanto prossegue nessa residência, a possibilidade de qualquer fim, pois se

26. ...ὠγαθέ... (*ogathé*): o tom de Protarco é levemente irônico.

b houver qualquer fim no que se refere a eles, o próprio *mais e menos* terá também findado.

Protarco: O que dizes é muito verdadeiro.

Sócrates: Afirmamos que sempre há o mais e menos no mais quente e mais frio.

Protarco: Decididamente.

Sócrates: O argumento, portanto, indica invariavelmente que esses dois não têm fim, e sendo infindos, são claramente ilimitados por completo.

Protarco: Isso intensamente, Sócrates.

Sócrates: Folgo por tua reação favorável, caro Protarco, e por me
c haveres recordado que a expressão *intensamente*[27] da qual acabaste de te servir e *brandamente*[28] veiculam a mesma força de mais e menos. De fato, onde quer que estejam presentes barram a existência de qualquer quantidade definida, introduzindo em todas as ações a comparação, ou seja, mais intenso do que aquilo que é mais plácido, ou o inverso, com o que dão origem à relação de mais e menos, o que resulta na eliminação de toda quantidade estabelecida. Como foi dito há pouco, se não suprimissem a quantidade definida, permitindo que esta e a medida
d se manifestassem na esfera do mais e menos, o intensamente e o brandamente seriam expulsos de seu próprio posto. De fato, uma vez que houvessem admitido a quantidade definida, deixariam de ser mais quente ou mais frio, posto que estes conservam-se sempre em fluxo, jamais sendo estacionários; ora, a quantidade significa repouso e ausência de fluxo. Esse argumento indica que mais quente bem como seu oposto são ilimitados.

Protarco: É o que parece, Sócrates, porém, como disseste, não é fácil acompanhar essa matéria. Ainda assim, talvez a repetição
e reiterada possa abrir caminho para um acordo satisfatório entre interrogador e interrogado.

Sócrates: Tu o dizes bem e me empenharei em concretizá-lo. Entretanto, com a finalidade de nos poupar tempo examinando

27. ...σφόδρα... (*sphódra*).

28. ...ἠρέμα... (*eréma*).

por completo todos os casos particulares, considera a viabilidade de admitirmos o seguinte como designação da natureza do ilimitado.

Protarco: Falas de admitirmos o quê?

Sócrates: Tudo quanto a nós parece vir a ser mais ou menos ou ser suscetível do intenso e do brando, bem como do excessi-
25a vo e tudo o mais deste gênero, deve ser colocado na classe do ilimitado como sua unidade. Esta [seria a afirmação] em consonância com o que dissemos antes, a saber – se é que te lembras – que nos cabe juntar todas as coisas que estão dispersas, dividi-las, devolvendo-as à multiplicidade, para depois, na medida de nossa capacidade, nelas imprimir a marca de alguma natureza singular.

Protarco: Eu me lembro.

Sócrates: Ora, quanto às coisas insuscetíveis do mais e menos e similares, mas que são suscetíveis de tudo que se lhes opõe, a começar pelo igual e a igualdade, seguidos pelo dobro e de qualquer coisa que seja associada como número com número
b ou medida com medida, se as agruparmos todas apropriadamente na classe do limitado, o que dirias?

Protarco: [Diria que seria] excelente, Sócrates.

Sócrates: Bem, o que diremos que é a terceira classe, aquela formada pela combinação dessas duas?[29]

Protarco: Suponho que tu o dirás a mim o respondendo.

Sócrates: Não, de preferência um deus, se algum deles der ouvidos às minhas orações.

Protarco: Pois ora e observa.

Sócrates: Estou a observar e penso, Protarco, que um dos deuses já agora se mostra amigável conosco.

c **Protarco:** O que queres dizer e de que evidência dispões?

Sócrates: Está claro que o direi a ti. Basta que sigas o que digo.

Protarco: Simplesmente prossegue dizendo.

Sócrates: Há pouco falamos de mais quente e mais frio, não falamos?

---

29. Ou seja, a classe do ilimitado e a do limitado.

Protarco: Sim.

Sócrates: Acrescenta a eles mais seco e mais molhado, mais e menos, mais rápido e mais lento, maior e menor, e tudo o mais que anteriormente atribuímos à classe que possui a natureza de assumir o mais e menos.

d **Protarco:** Tu te referes ao ilimitado?

Sócrates: Sim. Agora prossegue e mescla a ela a geradora do limite.

Protarco: Qual?

Sócrates: Precisamente aquela que até agora deixamos de juntar, ou seja, a classe possuidora do cunho do limite, isso embora devêssemos conferir a ela unidade, tal como juntamos a classe do ilimitado. Não o fizemos, mas talvez mesmo agora possamos atingir o mesmo objetivo se essas duas forem unidas, depois do que a terceira classe será revelada.

Protarco: A que classe aludes e o que queres dizer?

Sócrates: A classe do igual, do dobro e de tudo que elimina as
e diferenças entre opostos e os torna comensuráveis e harmoniosos introduzindo-lhes o número.

Protarco: Entendo. Tenho a impressão que queres dizer que se mesclando esses elementos, surgirão certos produtos em cada caso.

Sócrates: Estás correto em tua impressão.

Protarco: Prossegue.

Sócrates: Nos casos de doença, a correta combinação desses elementos não produz naturalmente saúde?

26a **Protarco:** Com toda a certeza.

Sócrates: E no caso do agudo e do grave, do rápido e do lento, que são ilimitados, o acréscimo desses elementos não cria um limite e instaura a música na sua totalidade em toda sua perfeição?

Protarco: Excelente.

Sócrates: Por outro lado, no caso do tempo frio e quente, a inclusão desses elementos elimina o excesso e a indefinição, gerando a moderação e a harmonia.

Protarco: Com toda a certeza.

Sócrates: E quando o ilimitado e o limitado se mesclam surgem
b as estações e toda a gama de belas coisas?

Protarco: E o que mais poderia ser?

Sócrates: Há inúmeras outras coisas pelas quais passo por alto, entre elas a saúde, a beleza, o vigor e numerosas outras coisas inteiramente belas da alma. Essa deusa, belo Filebo, observando como o excesso e a perversidade universal conquistavam a predominância, devido à ausência de limite para os prazeres e o seu gozo, instaurou a lei e a ordem, que impõem limite.
c Dirias que ela, com isso, causou dano; eu, ao contrário, diria que ele promoveu a salvação. E a ti, Protarco, o que te parece?

Protarco: O que dizes, Sócrates, vai de encontro ao meu entendimento.

Sócrates: São essas, portanto, as três classes, se é que me entendes.

Protarco: Creio entender em parte. Penso que tens o ilimitado como uma classe e o limitado como uma segunda classe entre as coisas que são. Contudo, permaneço sem entender suficientemente o que queres designar como a terceira classe.

Sócrates: O que é compreensível, extraordinário amigo, pois és esmagado pela carga copiosa da terceira classe; mas embora a classe do ilimitado contivesse também múltiplos gêneros,
d preservou, ao menos, a aparência da unidade, pois sendo marcados com a marca do mais e o menos, foram considerados como pertencentes a uma classe.

Protarco: É verdade.

Sócrates: O limitado, por outro lado, não nos causa transtornos, quanto a se é múltiplo ou se é uno por natureza.

Protarco: E como poderia?

Sócrates: Realmente não o poderia de modo algum. No que diz respeito à terceira classe, entende que me refiro a tudo quanto nasce dessas duas *vindo a ser* a título de resultado das medidas impostas pelo limite.

Protarco: Entendo.

e **Sócrates:** Afirmamos, porém, que além dessas três classes, existia uma quarta a ser objeto de investigação. Pois investiguemos juntos. Considera se é necessário que tudo aquilo que vem a ser tem que vir a ser por meio de alguma causa.

Protarco: Considero que sim, pois como poderia vir a ser independentemente de uma causa?

Sócrates: Será que a diferença entre a natureza daquilo que cria e a causa não é tão só no nome, de modo que aquilo que cria e a causa poderiam acertadamente ser considerados *um*?

Protarco: Está correto.

27a **Sócrates:** E, por outro lado, não nos veremos ante a mesma situação quanto a aquilo que é criado e aquilo que vem a ser, ou seja, que sua diferença se restringe ao nome?

Protarco: Exatamente.

Sócrates: E aquilo que cria não é sempre o condutor na ordem da natureza, ao passo que o criado o segue, visto que é por meio daquilo que cria que o criado vem a ser?

Protarco: Certamente.

Sócrates: Portanto, a causa e *o que serve*[30] a causa visando ao vir a ser não são idênticos.

Protarco: E como poderiam ser?

Sócrates: Disso não se concluiria que as coisas que vêm a ser somadas às coisas com base nas quais elas vêm a ser nos proporcionam todas as três classes?

Protarco: Decerto que sim.

b **Sócrates:** E estamos autorizados a afirmar que o artesão,[31] que é o produtor de tudo isso, é o quarto, a causa, uma vez que foi demonstrado a contento que é distinto dos outros?

Protarco: De fato, é distinto.

Sócrates: Agora que as quatro classes foram distinguidas, seria correto, no interesse de nos certificarmos de que somos capazes de memorizá-las uma a uma, e numerá-las na ordem.

Protarco: Com certeza.

Sócrates: Chamo, portanto, a primeira de *ilimitado*, a segunda de *limitado*, a terceira de algo que é gerado com base na mescla

30. ...τὸ δουλεῦον... (*tò douleûon*).

31. ...δημιουργοῦν... (*demiourgoûn*).

desses dois primeiros. E estaria eu incorrendo em erro se cha-
c masse de quarta classe a causa dessa mescla e geração?

Protarco: E como poderia?

Sócrates: Bem, qual o próximo passo a ser dado em nossa discussão e, afinal, o que pretendíamos atingindo o ponto que atingimos? Não era o seguinte? Tentávamos descobrir a quem cabia o segundo lugar, se ao prazer ou ao saber, não era isso?

Protarco: Era o que tentávamos.

Sócrates: E agora que demos conta dessas matérias, não estaríamos, talvez, melhor capacitados para deliberar com respeito ao primeiro e segundo lugares, ou seja, a questão inicial de nosso debate?

Protarco: Talvez.

d **Sócrates:** Ora, havíamos decidido que a vida mista que contém prazer e saber era a vitoriosa, não havíamos?

Protarco: Havíamos.

Sócrates: E não seria o caso de verificarmos que tipo de vida é essa e a que classe pertence?

Protarco: Decerto que sim.

Sócrates: Penso que a atribuiremos à terceira classe, uma vez que não é formada de uma mescla de duas coisas, mas da totalidade das coisas pertencentes ao ilimitado que estão presas ao limitado; em consequência, essa vida vitoriosa seria acertadamente classificada como uma parte dessa classe.

Protarco: Inteiramente correto.

e **Sócrates:** Nesse caso, como fica teu tipo de vida, Filebo, ou seja, a do prazer puro, sem mescla? Em qual das classes indicadas ela corretamente se enquadraria? Contudo, antes de dares tua resposta a isso, rogo-te responder a seguinte pergunta.

Filebo: Basta que prossigas.

Sócrates: O prazer e a dor possuem um limite, ou estão entre as coisas que admitem o mais e menos?

Filebo: Estão decerto entre as coisas que admitem o mais, Sócrates, pois como seria possível o prazer ser o bem absoluto se não fosse ilimitado do ponto de vista do número e do grau?

28a **Sócrates:** Tampouco, Filebo, seria a dor o mal absoluto, do que se infere que não é a natureza ilimitada que supre ao prazer qualquer parcela do bem; é necessário que procuremos por outra coisa. De qualquer modo, concederei a ti que o prazer pertence à classe do ilimitado. Mas a qual das classes supracitadas, Protarco e Filebo, podemos, sem ferir a devoção religiosa, atribuir o saber, o conhecimento e o entendimento? Penso que é imperioso descobrirmos agora uma resposta acertada para essa pergunta, pois não é pequeno o perigo que corremos se falharmos.

b **Filebo:** Exaltas, Sócrates, o teu próprio deus.

Sócrates: Tal como tu exaltas tua deusa,[32] meu amigo. De uma maneira ou outra, a pergunta requer uma resposta.

Protarco: Sócrates está certo, Filebo, e deves fazer como ele instrui.

Filebo: Mas não havias, Protarco, optado por responder em meu lugar?

Protarco: Certamente, mas agora estou um tanto confuso, de modo que te peço, Sócrates, que sejas tu mesmo nosso intérprete, de sorte a nos impedir de escolher o representante errado e declarar algo incorreto.

c **Sócrates:** Convém que eu aja como pedes, Protarco, até mesmo porque não se trata de uma tarefa difícil. Mas será que, como expressou Filebo, eu realmente causei a ti embaraço jovialmente exaltando meu deus, quando indaguei a que classe deveríamos atribuir o entendimento e o conhecimento?

Protarco: Com toda a certeza causaste, Sócrates.

Sócrates: E, no entanto, a resposta é fácil, pois todos os sábios concordam, com o que realmente exaltam a si mesmos, que o entendimento[33] é nosso rei do céu e da Terra, no que talvez estejam certos. Mas investiguemos, se o quiseres, mais extensivamente a questão da classe a que ele pertenceria.

---

32. Isto é, Ἡδονὴ (*Hedonè*).

33. ...νοῦς... (*noûs*), sempre no sentido lato de inteligência, faculdade intelectual.

d **Protarco:** Discursa como o desejares e não te preocupes, Sócrates, com a extensão de teu discurso; a hipótese de nos entediares está fora de questão.

Sócrates: Ótimo. Comecemos então formulando uma questão.

Protarco: Qual questão?

Sócrates: Diríamos, Protarco, que todas as coisas e isto que é chamado de *todo*[34] são regidos por uma força fortuita e o mero acaso, ou diríamos, contrariamente, como o disseram nossos ancestrais, que são ordenados e regidos pela inteligência e por um saber extraordinário?

e **Protarco:** A simples comparação dessas duas posições, admirável Sócrates, já é descabida. Na verdade, o que dizes agora parece ferir diretamente a religiosidade. Somente a afirmação de que a inteligência, o entendimento tudo rege faz jus ao que observamos da ordem universal, do sol, da lua, dos astros e de todo o universo em movimento circular. De minha parte, não poderia dizer ou pensar nada mais exceto isso.

Sócrates: Desejarias, portanto, que não só concordássemos com a posição de nossos predecessores, nos limitando à mera dis-
29a posição de repetir o que os outros disseram sem nos envolvermos em risco algum, mas que nos dispuséssemos também a nos expor, junto com eles, ao risco e à censura de algum *homem* temível que afirmasse que não é a ordem que se impõe, mas a desordem?

Protarco: E como poderia me omitir a desejar isso?

Sócrates: Muito bem, mas observa o argumento que agora nos ameaça.

Protarco: Prossegue.

Sócrates: Vemos aquilo que diz respeito à natureza dos corpos de todos os seres vivos (fogo, água, ar e terra) – ou, como os marinheiros açoitados pela tempestade dizem, "terra à vista" –
b na composição do universo.

Protarco: Não há dúvida. E somos de fato açoitados pela tempestade das dificuldades da discussão em pauta.

34. ...ὅλον... (*hólon*).

Sócrates: Bem, considera o seguinte relativamente aos constituintes que dizem respeito a nós.

Protarco: O quê?

Sócrates: Que cada constituinte[35] presente em nós é minúsculo, ínfimo, deficiente, e de modo algum puro ou dotado do poder digno de sua natureza. Tomemos um exemplo que é representativo de tudo: o fogo, o qual existe em nós e no universo.

Protarco: E como duvidar?

c **Sócrates:** Ora, aquele presente em nós é minúsculo, débil e deficiente, ao passo que aquele presente no universo nos assombra por sua quantidade, beleza e poder.

Protarco: O que dizes encerra muita verdade.

Sócrates: Ora, é o fogo presente no universo alimentado, gerado e governado pelo fogo presente em nós ou, pelo contrário, o fogo presente em mim, em ti e na totalidade dos seres vivos se nutre, é gerado e governado pelo fogo universal?

Protarco: Essa pergunta sequer merece uma resposta.

d **Sócrates:** Certo. E suponho que dirás algo idêntico com respeito à terra presente em nós, seres vivos, e também presente no universo, bem como acerca dos outros constituintes[36] por mim há pouco indicados.

Protarco: Quem poderia oferecer para isso uma resposta diferente sem parecer ter sua saúde mental transtornada?

Sócrates: Imagino que ninguém. Mas me acompanha na próxima etapa. Quando todos esses elementos constitutivos são combinados em uma unidade, não atribuímos a essa combinação o nome de corpo?

Protarco: Claro que sim.

e **Sócrates:** Pois considera que o mesmo se aplica ao que chamamos de *universo ordenado*.[37] Este se revelaria como sendo igualmente um corpo, composto dos mesmos elementos constitutivos.

---

35. Ou seja, cada elemento constitutivo dos corpos dos seres vivos (fogo, água, ar e terra).

36. Elementos.

37. ...κόσμον... (*kósmon*).

Protarco: Dizes algo inteiramente correto.

Sócrates: É nosso corpo que haure, obtém e passa a encerrar sustento e tudo o mais de que falamos há pouco a partir desse corpo, ou é o inverso, ou seja, este corpo a partir do nosso?

Protarco: Eis aí, Sócrates, uma outra pergunta que nem valeria a pena fazer.

30a **Sócrates:** E esta valeria a pena? O que dirias dela?

Protarco: Diz-me de que pergunta se trata.

Sócrates: Diremos que nosso corpo é possuidor de uma alma?

Protarco: É claro que diremos.

Sócrates: E qual poderia ser para ele, caro Protarco, a fonte dessa alma senão o corpo do universo, o qual possuiria uma alma, já que esse corpo encerra os mesmos elementos constitutivos do nosso corpo, ainda que mais nobres em todos os aspectos?

Protarco: É óbvio que sua fonte não poderia ser outra, Sócrates.

Sócrates: Exato, pois decerto não cremos, Protarco, que daquelas quatro classes – o limitado, o ilimitado, a mescla desses dois
b e a sua *causa*, existente em todas as coisas – essa última, que confere almas aos nossos corpos, além de treinamento físico e a medicina para o corpo enfermo e que é, nas situações em geral, ordenadora e curadora, denominada soma de toda a sabedoria, deixe de ser a causa de idênticas coisas em larga escala na totalidade do céu[38] (coisas, ademais, nobres e puras) envolvendo aquela natureza que é a mais admirável e valiosa de todas.

c **Protarco:** De fato isso não faria o menor sentido.

Sócrates: Ora, se isso é inconcebível, nos caberia adotar a outra explicação e declarar, como amiúde o declaramos, que no universo há ilimitado abundante e limitado suficiente e além disso, acima deles, uma causa de modo algum deficiente, a qual ordena e organiza anos, estações e meses, e que tem todo o direito de ser chamada de *sabedoria e entendimento*.[39]

Protarco: Evidentemente todo o direito.

---

38. ...ὅλῳ τε οὐρανῷ... (*hóloi te ouranôi*), quer dizer, em todo o universo.
39. ...σοφία καὶ νοῦς... (*sophía kaì noûs*).

Sócrates: Certamente a sabedoria e o entendimento nunca poderiam passar a existir sem a alma.

Protarco: Certamente não.

Sócrates: Assim, considerando-se a natureza de Zeus,[40] dirias que
d uma alma régia e um entendimento régio foram nela introdu-
zidos por meio da força da causa, enquanto em outras [divindades], o mesmo ocorreu envolvendo outros nobres [atributos], dos quais extraem os epítetos que mais as agradam.

Protarco: Disso não há dúvida.

Sócrates: E não penses, Protarco, que estamos empenhados aqui em uma discussão vazia, pois isso conta com o respaldo daqueles que na antiguidade sustentaram que o entendimento[41] é sempre o governante do universo.

Protarco: Decerto que é.

Sócrates: Com isso foi proporcionada a resposta à minha inda-
e gação, que é a de que o entendimento diz respeito, entre as
quatro classes a que nos referimos, à que foi chamada de causa de tudo. Assim, tens agora finalmente minha resposta.

Protarco: Sim, e bastante satisfatória, embora tenhas respondido a essa pergunta sem que eu o percebesse.

Sócrates: Às vezes, Protarco, um gracejo constitui uma substituição repousante à seriedade.

Protarco: Falas com acerto.

Sócrates: Bem, meu amigo, demonstramos com muita clareza a
31a que classe pertence o entendimento e qual é o poder que ele tem.

Protarco: Certamente.

Sócrates: Do mesmo modo há pouco esclarecemos quanto à classe do prazer.

Protarco: Decididamente.

---

40. ...Διὸς... (*Diòs*), o principal deus do Olimpo, entre outras coisas senhor do céu e de todos os fenômenos celestes, tais como o trovão, o relâmpago, o raio, a chuva, os ventos etc. Filho do titã pré-olímpico Cronos e de Reia, irmão de Poseidon (senhor dos oceanos e dos mares), de Hades (Plutão), senhor do mundo subterrâneo dos mortos, de Deméter (deusa olímpica do solo e da agricultura) e de Héstia (deusa olímpica ligada ao culto do fogo doméstico, ao *lar*); esposo de Hera.

41. Isto é, a inteligência.

Sócrates: Lembremos, portanto, com relação a ambos que o entendimento estava aparentado à causa, sendo mais ou menos membro dessa classe, enquanto o prazer era ele mesmo ilimitado, pertencendo à classe que, em si e por si não possuía e jamais possuirá começo, meio ou fim.

b **Protarco:** Decerto que lembraremos disso.

Sócrates: Nossa próxima tarefa consiste em apurar em que condição e experimentando que condição cada um deles [, ou seja, o entendimento e o prazer,] vem a ser toda vez que efetivamente eles vêm a ser. Tal como examinamos em primeiro lugar a classe a que pertence o prazer, começaremos por ele discutindo as questões em pauta relativamente ao prazer. Entretanto, nosso exame do prazer estaria condenado ao malogro se o realizarmos independentemente do exame da dor.

Protarco: Se é essa a senda que nos cabe, que a trilhemos.

Sócrates: Partilhas de minha opinião sobre a origem deles?

c **Protarco:** E qual é essa opinião?

Sócrates: Penso que a dor e o prazer nascem naturalmente na classe mista.

Protarco: Peço-me, caro Sócrates, que nos lembre qual é a classe entre as citadas que classificas como mista.

Sócrates: Eu o farei, tão bem quanto o possa, admirável amigo.

Protarco: Ages com nobreza.

Sócrates: Entendamos por classe mista a que ocupa o terceiro lugar no nosso elenco das quatro.

Protarco: A que introduziste após o ilimitado e o limitado, na qual incluíste a saúde e creio que também a harmonia.

d **Sócrates:** Tu o exprimiste de maneira excelente. Agora atenta bem para o seguinte.

Protarco: Basta que continues.

Sócrates: Digo que em nós, seres vivos, quando a harmonia sofre uma ruptura, ocorre simultaneamente uma desintegração em nossa natureza e o nascimento da dor.

Protarco: O que dizes é muito provável.

Sócrates: Se, todavia, a harmonia é recuperada e a natureza reintegrada, digo que ocorre o nascimento do prazer, se é que me é permitido expressar-me com o mínimo de palavras e a máxima brevidade sobre matérias de suma importância.

e **Protarco:** Penso que te expressas com acerto, Sócrates, mas procuremos ser mais explícitos.

Sócrates: O mais fácil não é compreender exemplos ordinários e evidentes?

Protarco: Quais?

Sócrates: É a fome um tipo de desintegração e uma dor?

Protarco: Sim.

Sócrates: Enquanto o comer, que estabelece um reabastecimento, é um prazer?

Protarco: Sim.

Sócrates: A sede, por outro lado, constitui uma destruição e uma dor, ao passo que o processo de reabastecimento, que substitui
32a o seco pelo líquido, constitui um prazer. Também a dissolução e desintegração contra a natureza que experimentamos por ação do calor constituem uma dor, ao passo que a restauração e resfriamento naturais são um prazer.

Protarco: Certamente.

Sócrates: Por outro lado, a coagulação antinatural dos fluidos no interior de um ser vivo provocada pelo congelamento constitui dor, enquanto o processo natural de retorno ao estado anterior, envolvendo separação ou redistribuição, constitui um prazer. Para abreviarmos essa questão, vê se consideras plausível a se-
b guinte explicação, a saber, sempre que uma associação natural de ilimitado e limitado formadora de um ser *animado*[42], como expliquei antes, é aniquilada, este aniquilamento constitui dor, enquanto o retorno de todas as coisas à condição natural que lhes é própria constitui prazer.

Protarco: Penso que isso é aceitável, pois me parece, ao menos, oferecer um bom delineamento.

Sócrates: Então podemos admitir isso como um tipo de dor e prazer que surgem separada e individualmente nas condições indicadas?

---

42. ...ἔμψυχον... (*émpsykhon*).

Protarco: Que seja admitido.

Sócrates: Agora admite no interior da própria alma a antecipação
c de dois tipos de estados experimentados, quais sejam, a doce e animadora esperança dos fatos prazerosos vindouros e a temerosa e desalentadora expectativa dos fatos dolorosos vindouros.

Protarco: Não há como duvidar que estamos diante de um outro tipo de prazer e dor, que afeta a própria alma, independentemente do corpo, e que é gerado pela expectativa.

Sócrates: Estás correto. Entendo que relativamente a esses dois tipos, que são ambos, a meu ver, puros e não constituídos pela combinação de dor e prazer, a verdade acerca do prazer se tornará aparente, quer a classe inteira seja desejável, quer tal
d desejabilidade deva, de preferência, se enquadrar em alguma outra classe entre as indicadas por nós, ao passo que o prazer e a dor, tal como o calor, o frio e similares são às vezes desejáveis, às vezes o contrário, visto que não são bons em si mesmos, ainda que alguns deles por vezes admitam ocasionalmente a natureza do bom.

Protarco: Estás inteiramente correto ao sugerir que deveríamos seguir esse caminho em busca da solução do que investigamos agora.

Protarco: Comecemos por nos entendermos no seguinte ponto:
e se é válido, como afirmamos, que aniquilamento é dor e restauração é prazer, consideremos a situação de seres vivos em que não ocorrem nem aniquilamento nem restauração, e nessas condições qual é o estado em que se encontram. Atenta cuidadosamente para esta minha pergunta: não está necessariamente todo ser vivo que se encontra nessas condições desprovido de qualquer sentimento de dor ou prazer, grande ou pequeno?

Protarco: Está necessariamente.

Sócrates: Será o caso então de haver uma terceira disposição
33a além daquela na qual se experimenta prazer ou na qual se experimenta dor?

Protarco: Com certeza.

Sócrates: Bem, empenha-te em manter isso em mente, uma vez que lembrá-lo ou não representará uma grande diferença no que se refere ao nosso julgamento do prazer. A propósito, eu gostaria, se não houver objeção de tua parte, de abordar sumariamente esse ponto.

Protarco: Pois fala.

Sócrates: Estás ciente de que nada impede um indivíduo de viver a vida do saber nessa disposição.

b **Protarco:** Queres dizer destituída de prazer e dor?

Sócrates: Concordamos na nossa comparação das vidas que aquele que optou pela vida do entendimento e do saber não era para experimentar prazer, grande ou pequeno.

Protarco: De fato concordamos.

Sócrates: É, portanto, esse tipo de vida que viveria esse indivíduo, e talvez não fosse absurdo tal vida se revelar como sendo a mais divina entre todas.

Protarco: Seguramente não é provável que deuses sintam prazer ou o seu oposto.

Sócrates: Decerto é muito improvável, pois tanto um quanto o outro lhes seria impróprio. Mas essa é uma questão a ser reservada
c para outra oportunidade, se é relevante para nossa discussão; apenas a computemos como um ponto adicional a ser creditado a favor do entendimento concorrendo pelo segundo lugar, se não pudermos computá-lo relativamente ao primeiro lugar.

Protarco: O que dizes é inteiramente correto.

Sócrates: Por outro lado, no que tange ao outro tipo de prazer, do qual asseveramos que diz respeito tão só à alma, seu nascimento depende totalmente da memória.

Protarco: Como?

Sócrates: Tenho a impressão que nos cabe primeiramente examinar a memória, e antes desta até mesmo a percepção, se quisermos que esses pontos se tornem propriamente claros para nós.

d **Protarco:** O que queres dizer?

Sócrates: Supões que alguns dos *estados emocionais*[43] corpóreos sejam extintos no interior do corpo antes de alcançarem

---

43. ...παθημάτων... (*pathemáton*), em sentido genérico e lato, quaisquer experiências que afetam e submetem o corpo ou a alma, *aqui* se restringindo ao corpo.

a alma, esta não sendo afetada, e que outros penetrem tanto o corpo quanto a alma, provocando um abalo[44] que tanto afeta os dois em comum quanto cada um individualmente.

Protarco: Está suposto.

Sócrates: Incorreríamos em acerto se afirmássemos que a alma esquece aqueles[45] que não penetram os dois, mas não esquece aqueles que penetram os dois?

e **Protarco:** E como negá-lo?

Sócrates: Mas de modo algum interprete que ao falar de esquecer entendo que o esquecimento é gerado nesse caso, já que o esquecimento é a perda da memória, e no caso em pauta a memória não veio a ser ainda, e seria um despropósito referir-se à perda daquilo que não existe e ainda não veio a ser, não é?

Protarco: Decididamente.

Sócrates: Então, basta que mudes os nomes.

Protarco: Como?

Sócrates: Em lugar de dizer que *a alma esquece* quando não afetada pelos abalos do corpo, emprega a expressão *falta de per-*
34a *cepção*[46] ao que chamas agora de esquecimento.[47]

Protarco: Entendo.

Sócrates: Ora, podes com muita propriedade chamar de *percepção*[48] a conexão da alma e do corpo em um único estado emocional comum e em um único movimento.

Protarco: O que dizes encerra muita verdade.

Sócrates: Então entendemos agora o que queremos dizer com percepção?

Protarco: Sem dúvida.

Sócrates: Consequentemente, eu opinaria que a memória poderia corretamente ser definida como a preservação da percepção.

---

44. ...σεισμὸν... (*seismòn*).
45. Ou seja, aqueles estados emocionais.
46. ...ἀναισθησίαν... (*anaisthesían*).
47. ...λήθην... (*léthen*).
48. ...αἴσθησιν... (*aísthesin*).

b **Protarco:** De fato, corretamente.

Sócrates: Mas não dizemos que a memória[49] é diferente da recordação?[50]

Protarco: Talvez.

Sócrates: E não consiste nisso sua diferença?

Protarco: Nisso o quê?

Sócrates: Quando a alma sozinha e por si só, independentemente do corpo, completamente lembra qualquer coisa que experimentou junto com o corpo, dizemos que *recorda*, não é mesmo?

Protarco: Certamente.

Sócrates: Por outro lado, quando a alma perdeu a memória de uma percepção ou de algo aprendido e, então, sozinha e por si só o
c recupera, também chamamos tudo desse tipo de recordação.

Protarco: O que dizes é correto.

Sócrates: Bem, o motivo de dizer tudo isso é este...

Protarco: Este qual?

Sócrates: Que estamos habilitados daqui para a frente a apreender tão plena e claramente quanto possível o prazer da alma, bem como o seu desejo, experimentados sem o concurso do corpo. Some-se que graças a uma elucidação desses estados, a natureza de ambos será aparentemente revelada.

Protarco: Que o discutamos, então, Sócrates, a título de nossa próxima matéria.

Sócrates: É imperioso, pelo que parece, investigarmos muitos
d pontos que se ligam à origem do prazer e às várias formas deste. Entretanto, penso que a primeira tarefa que se nos apresenta é apurar o que é o desejo e em que momento ele surge.

Protarco: Que o apuremos, mesmo porque nada temos a perder com isso.

Sócrates: Pelo contrário, Protarco, perderemos muito com isso. Quando descobrirmos o que buscamos, estaremos perdendo nossa perplexidade em relação a esses mesmos tópicos.

---

49. ...Μνήμης... (*Mnémes*).

50. ...ἀνάμνησιν... (*anámnesin*), reminiscência.

Protarco: Tu nos proporcionas um justo lembrete. Mas tentemos abordar nosso próximo ponto.

Sócrates: Não afirmávamos há pouco que fome, sede e similares
e são desejos?

Protarco: Decididamente o são.

Sócrates: Qual é o traço idêntico que temos em vista e que nos autoriza a chamar todas essas coisas, tão distintas, pelo mesmo nome?

Protarco: Por Zeus, Sócrates, talvez não seja fácil determiná-lo, embora seja necessário que o determinemos.

Sócrates: Nesse caso, voltemos ao ponto de partida com os mesmos exemplos.

Protarco: Que ponto?

Sócrates: Dizemos em relação a alguém em uma dada ocasião que "está com sede", não dizemos?

Protarco: Decerto que sim.

Sócrates: O que significa que está vazio [de algo]?

Protarco: Claro.

Sócrates: E a sede é, assim, um desejo?

Protarco: Sim, de bebida.

35a **Sócrates:** De bebida ou de *ser enchido* de bebida?

Protarco: Suponho que de *ser enchido*.

Sócrates: Aquele, então, que está vazio deseja, pelo que parece, o oposto do estado de que padece; de fato, estando vazio, deseja ser enchido.

Protarco: Isso é bastante evidente.

Sócrates: Ora, supondo que alguém estivesse vazio pela primeira vez, haveria algum meio de obter uma compreensão – por meio da percepção ou da memória – da plenitude, algo que não experimenta no momento e que jamais experimentou no passado?

Protarco: E como poderia haver?

b **Sócrates:** Mas, a despeito disso, dizemos que aquele que deseja, deseja alguma coisa

Protarco: Claro que sim.

Sócrates: E ele não deseja aquilo que experimenta. Está com sede, o que constitui um vazio, e o que deseja é a *plenitude.*[51]

Protarco: Sim.

Sócrates: Do que se conclui que de algum modo uma porção daquele que está com sede é capaz de compreender a plenitude.

Protarco: Necessariamente.

Sócrates: Mas é impossível que seja seu corpo, uma vez que este está vazio.

Protarco: Sim.

Sócrates: A única alternativa que nos resta é a alma obter essa compreensão, o que necessariamente realiza por meio da me-
c mória, já que qual outro recurso poderia empregar?

Protarco: Nenhum outro.

Sócrates: E será que compreendemos a consequência deste nosso discurso?

Protarco: Que consequência?

Sócrates: Esse discurso determina que concluamos que não temos desejo corpóreo.

Protarco: Mas por quê?

Sócrates: Porque demonstra que o empenho de todo ser vivo é sempre no sentido do oposto daquilo que efetivamente experimenta.

Protarco: De fato, é certamente o que ocorre.

Sócrates: E o impulso que conduz para o oposto daquilo que se experimenta indica que existe uma memória do oposto daquilo que se experimenta.

Protarco: Certamente.

d **Sócrates:** Por outro lado, esse discurso, mostrando que a memória é o que nos conduz para os objetos do desejo, provou que todo impulso, desejo e princípio que atuam em todo ser vivo são da alma.

Protarco: Isso está inteiramente correto.

Sócrates: Esse discurso nega cabalmente que seja o nosso corpo que experimenta sede, fome ou algo similar.

---

51. Ou seja, o preenchimento do vazio.

Protarco: Há muito de verdade nisso.

Sócrates: Examinemos um outro ponto que tem conexão com esses mesmos estados que experimentamos. De fato, parece-me que esse nosso discurso indica a existência de uma forma de vida nesses estados.

e **Protarco:** A que forma de vida aludes e em quais estados existe ela?

Sócrates: Nos estados de plenitude, vazio e em todos aqueles concernentes à preservação e destruição dos seres vivos, e penso que uma vez em um desses estados padecemos de dor, a qual é substituída pelo prazer ao mudarmos para o outro estado.

Protarco: É realmente o que ocorre.

Sócrates: E se alguém se encontrar na posição intermediária?

Protarco: Como posição intermediária?

Sócrates: Por conta do estado que experimenta, ele sofre, porém
lembra dos prazeres que poriam um fim à sua dor; todavia, ele
36a ainda deles não usufrui. Diante disso, estaríamos autorizados a
dizer que ele está entre os estados emocionais,[52] ou não?

Protarco: Digamos que sim.

Sócrates: Diríamos que experimenta completa dor ou completo prazer?

Protarco: Por Zeus, eu diria que padece de uma dupla dor; sofre no corpo em função do estado que experimenta e sofre na alma em função da expectativa e do *desejo pelo ausente.*[53]

Sócrates: Mas como podes conceber, Protarco, uma dor dupla?
Não está às vezes o indivíduo vazio tomado de uma manifesta
b esperança de ser enchido, e às vezes, pelo contrario, sente-se
totalmente sem esperança?

Protarco: Não há dúvida.

Sócrates: E não és da opinião de que quando experimenta uma esperança de ser enchido extrai prazer nessa sua lembrança,

---

52. Ver nota 43.

53. ...πόθῳ... (*póthoi*), ou seja, do prazer ausente, mas que, como foi rememorado, tem seu retorno projetado por ele no âmbito da alma.

embora, simultaneamente, experimente dor, visto que está de momento vazio?

Protarco: Necessariamente.

Sócrates: Conclui-se, portanto, que em tal ocasião um ser humano, ou qualquer outro ser vivo, experimenta dor e prazer simultaneamente.

Protarco: Presume-se que sim.

Sócrates: E o que ocorre quando um indivíduo *vazio* carece de esperança de ser *enchido*? Não seria esse o momento em que irromperia o duplo sentimento doloroso, ao qual aludiste há
c pouco pensando ser a dor simplesmente dupla?

Protarco: Há muito de verdadeiro nisso, Sócrates.

Sócrates: Mas apliquemos os resultados desse nosso exame desses estados emocionais a um propósito específico.

Protarco: Qual propósito?

Sócrates: Seria cabível dizermos que essas dores e prazeres são verdadeiros ou falsos, ou que alguns são verdadeiros, ao passo que outros não são?

Protarco: Mas, Sócrates, como seria possível haver prazeres ou dores falsos?

Sócrates: Bem, e como poderia haver temores verdadeiros ou falsos, expectativas verdadeiras ou falsas, ou opiniões verdadeiras ou falsas, Protarco?

d **Protarco:** Quanto às opiniões, eu o admitiria, mas não quanto ao restante.

Sócrates: O quê? Receio estarmos desencadeando aqui uma discussão que certamente não é de pouco peso.

Protarco: Dizes a verdade.

Sócrates: E, não obstante, cabe-nos considerar, *ó, filho daquele homem,*[54] se uma tal discussão apresenta relevância em relação às nossas considerações anteriores.

54. ...ὦ παῖ 'κείνου τἀνδρός... (*ô paî'keínou tandrós*): a alusão de Sócrates é obscura, embora seja provável que se refira realmente a Cálias, o pai de Protarco, que não quis, nessa oportunidade, nomear. Poderia, entretanto, também ter em mente o próprio Filebo ou mesmo o sofista Górgias (ver 58b).

Protarco: Nessas circunstâncias, talvez.

Sócrates: É necessário que descartemos tudo o mais, prolixo ou coisa que o valha, que não seja importante para o nosso assunto.

Protarco: Correto.

e **Sócrates:** Mas diz-me, pois permaneço completamente tomado pelo pasmo diante da dificuldade com a qual topamos agora.

Protarco: O que queres dizer?

Sócrates: Não são alguns prazeres falsos, ao passo que outros são verdadeiros?

Protarco: Mas como seria isso possível?

Sócrates: Portanto, segundo sustentas, pessoa alguma, quer adormecida ou desperta, quer acometida pela loucura ou qualquer outra perturbação mental, jamais crê que experimenta o prazer quando efetivamente não o experimenta e, por outro lado, nunca crê que experimenta a dor quando efetivamente não a experimenta?

Protarco: Todos nós cremos ser esse o caso, Sócrates.

Sócrates: Mas está isso correto? Não deveríamos apurar se está realmente correto ou não?

37a **Protarco:** De minha parte, eu diria que deveríamos.

Sócrates: Então tentemos obter maior clareza com respeito ao que dizíamos há pouco acerca do prazer e da opinião. Há algo que classificamos como o opinar?

Protarco: Sim.

Sócrates: E há também o sentir prazer?

Protarco: Sim.

Sócrates: E há igualmente um objeto da opinião?

Protarco: E como duvidá-lo?

Sócrates: E alguma coisa mediante a qual o que experimenta prazer frui do prazer?

Protarco: Certamente.

Sócrates: E o que opina, não importa se correta ou incorretamente, jamais é privado de realmente opinar?

b **Protarco:** E como poderia?

Sócrates: Quanto ao que experimenta prazer, não importa se correta ou incorretamente, evidentemente jamais será destituído de realmente experimentar prazer?

Protarco: Sim, também isso é positivo.

Sócrates: Então o que nos compete fazer é considerar como é que a opinião é verdadeira ou falsa, ao passo que o prazer é tão só verdadeiro, quando a sustentação da opinião e o sentimento de prazer são igualmente efetivos.

Protarco: É o que nos compete fazer.

Sócrates: Isso significa que a opinião assume atributos adicionais
c de verdadeira e falsa, com o que se converte não meramente
em opinião, porém se vê também investida de um atributo ou
outro, dependendo do caso?

Protarco: Sim.

Sócrates: Além disso, a questão de, com muita frequência, certas coisas admitirem atributos, enquanto o prazer e a dor se limitam a ser o que são e não admitem quaisquer atributos, terá que contar com um consenso entre nós.

Protarco: Evidentemente.

Sócrates: Mas não é tão difícil perceber que eles possuem atri-
butos, já que sustentamos anteriormente, há um bom tempo
atrás, que tanto as dores quanto os prazeres variam em intensi-
d dade, sendo grandes e pequenos.

Protarco: Foi certamente o que sustentamos.

Sócrates: Mas se a perversidade passar a ser um atributo de qualquer um deles, Protarco, diremos que a opinião ou o prazer com isso se tornou perverso?

Protarco: E como negá-lo, Sócrates?

Sócrates: E no caso da correção ou seu oposto passar a ser um atributo de um deles? Não estaremos autorizados a afirmar que a opinião, se possui correção, está correta, o mesmo se aplicando ao prazer?

Protarco: Necessariamente.

e **Sócrates:** E se com referência ao objeto da opinião, comete-se
um erro, não será o caso de declararmos que a opinião que

nessa oportunidade errou em relação ao seu objeto não está correta e não opina corretamente?

Protarco: E como negá-lo?

Sócrates: E se constatarmos uma dor ou um prazer incidindo em um erro com referência àquilo pelo que uma ou outro é produzido? Conferiremos a ela ou a ele o atributo de correto, bom ou qualquer outro nome que indica excelência?

Protarco: Isso seria impossível na hipótese do prazer estar errado.

Sócrates: E que se acresça que com certeza o prazer frequentemente parece chegar a nós associado à opinião falsa, não à verdadeira.

Protarco: Não há dúvida que sim, situação em que, Sócrates,
38a classificamos a opinião de falsa. Mas ninguém jamais classificaria o prazer *ele mesmo*, real, de falso.

Sócrates: Estás agora te revelando como um veemente defensor do prazer, Protarco.

Protarco: Em absoluto. Estou apenas dizendo o que ouço.

Sócrates: Não há diferença, meu amigo, entre o prazer associado à opinião correta e ao conhecimento e o prazer que amiúde atinge cada um de nós acompanhado da mentira e da ignorância?

b **Protarco:** É provável que essa diferença não seja pequena.

Sócrates: Assim sendo, prossigamos com a especulação dessa diferença entre eles.

Protarco: Conduz [o diálogo] como te parecer melhor.

Sócrates: Então é por este caminho que o conduzirei.

Protarco: Que caminho?

Sócrates: Concordarias que há falsa opinião e também verdadeira opinião?

Protarco: Há.

Sócrates: Ora, como afirmávamos há pouco, prazer e dor com frequência as acompanham... quero dizer a opinião verdadeira e a falsa.

Protarco: Certamente.

Sócrates: E não é a partir da memória e da percepção que chega a
c nós a opinião bem como a capacidade de formá-la?

Protarco: Com certeza.

Sócrates: Concordaríamos que o que ocorre necessariamente é o seguinte?

Protarco: O quê?

Sócrates: Não dirias que geralmente quando alguém vê coisas à distância e com pouca nitidez, desejaria discernir entre as coisas que vê?

Protarco: Sim, eu o diria.

Sócrates: E não seria o caso de ele, então, indagar-se?

Protarco: Indagar-se o quê?

Sócrates: "O que é aquilo que se faz visível ao lado daquela pe-
d dra sob a árvore?" Não achas que alguém poderia indagar-se isso ao avistar esses objetos?

Protarco: Certamente.

Sócrates: E que depois disso o nosso observador poderia responder a si mesmo "É uma pessoa", incorrendo em acerto?

Protarco: Certamente.

Sócrates: Entretanto, seria possível também que se enganasse e respondesse que o que vê é uma estátua, obra de alguns pastores.

Protarco: Realmente.

e **Sócrates:** Ora, na hipótese de estar acompanhado de outra pessoa, poderia, dirigindo a palavra ao seu companheiro, repetir alto o que dissera a si mesmo, com o que, aquilo que chamamos antes de uma opinião, se converteria em uma asserção, não é mesmo?

Protarco: Decerto que sim.

Sócrates: Mas se está sozinho ao lhe ocorrer esse pensamento,[55] por vezes o manterá em sua mente por um longo tempo.

Protarco: Sem dúvida.

Sócrates: Será que o que pensas que ocorre nesses casos é idêntico ao que penso?

Protarco: E o que pensas a respeito disso?

---

55. Isto é, o teor da resposta que se deu do que julga ver.

Sócrates: Penso que a alma nessa situação é como um livro.

Protarco: O quê?

39a **Sócrates:** A memória se liga às percepções, e somadas aos sentimentos que lhes estão associados parecem, por assim dizer, escrever palavras em nossas almas; quando o sentimento em pauta escreve a verdade, o resultado é a produção em nós de opiniões e asserções verdadeiras. Contudo, se o escriba em nosso interior escreve falsidades, opiniões e asserções resultantes serão o oposto do verdadeiro.

b **Protarco:** Decerto concordo plenamente e aceito como foi formulado.

Sócrates: Então aceita igualmente que há um outro artesão em ação em nossas almas nessa mesma ocasião.

Protarco: Que artesão?

Sócrates: Um pintor que pinta quadros em nossas almas à guisa de ilustração das palavras do escriba.

Protarco: Mas como e quando dizemos que ele executa esse trabalho?

Sócrates: Quando alguém recebe diretamente da visão ou de algum outro sentido as opiniões e asserções e então contempla em sua própria mente as imagens formadas de tais opiniões e asserções. É algo assim que ocorre conosco com bastante
c frequência, não é mesmo?

Protarco: Decididamente.

Sócrates: E as imagens das opiniões verdadeiras são verdadeiras, ao passo que as das opiniões falsas são falsas?

Protarco: Certamente.

Sócrates: Assim, se estamos corretos no que se refere a isso, cabe-nos considerar uma questão adicional.

Protarco: E qual é ela?

Sócrates: Se essas experiências estão necessariamente limitadas ao passado e ao presente, mas não dizem respeito ao futuro.

Protarco: Dizem respeito a todos os tempos.

d **Sócrates:** Ora, não dissemos há pouco que os prazeres e dores que dizem respeito à alma exclusivamente podiam anteceder os prazeres e dores do corpo, o que nos possibilitaria o prazer e dor por antecipação vinculados ao futuro?

Protarco: Há muito de verdadeiro nisso.

Sócrates: Nesse caso, os escritos e quadros que supomos há pouco residirem em nós dizem respeito ao passado e ao presente,
e porém não ao futuro?

Protarco: Com maior ênfase ao futuro.

Sócrates: Dizes "com maior ênfase [ao futuro]" porque todos são esperanças que concernem ao tempo futuro e passamos nossas vidas inteiras sempre repletos de esperanças?

Protarco: Precisamente.

Sócrates: Bem, há mais uma pergunta a ser respondida por ti.

Protarco: Qual é?

Sócrates: Com certeza um homem justo, piedoso[56] e bom em tudo goza da amizade dos deuses?

Protarco: E como poderia deixar de ser?

Sócrates: Ao passo que um homem injusto e totalmente mau está
40a na situação inversa?

Protarco: Está claro que sim.

Sócrates: Todavia, como acabamos de admitir, todo ser humano está repleto de muitas esperanças?

Protarco: Certamente.

Sócrates: E há em todos nós palavras escritas sob forma de asserções a que chamamos de esperanças?

Protarco: Sim.

Sócrates: Bem como as imagens ali pintadas; e é frequente alguém ver uma imensa quantidade de ouro que se encaminha rumo às suas mãos, e muitos prazeres decorrentes disso; e chega a ver uma imagem de si próprio mergulhado em sumo deleite.

b **Protarco:** Disso não há como duvidar!

Sócrates: Ora, será o caso de afirmarmos que no que se refere aos bons essas imagens são geralmente verdadeiras, visto que

56. ...εὐσεβὴς... (*eusebès*), isto é, que cumpre os deveres para com os pais e os deveres religiosos relativos ao culto e sacrifícios para com os deuses domésticos e os deuses oficiais do Estado.

eles são caros aos deuses, ao passo que ocorre precisamente o contrário no que se refere aos maus, ou não é isso que nos cabe afirmar?

Protarco: Decerto que é o que nos cabe afirmar.

Sócrates: Portanto, também os maus, não sendo isso exclusividade dos bons, têm em suas almas prazeres pintados, mas trata-se de prazeres falsos.

Protarco: Certo.

c **Sócrates:** Conclui-se que os maus geralmente fruem de prazeres falsos, enquanto os bons desfrutam de prazeres verdadeiros.

Protarco: Isso com a plena força da necessidade.

Sócrates: A julgar, então, pelo nosso presente ponto de vista, nas almas dos seres humanos há prazeres falsos, imitações caricaturais de prazeres verdadeiros, bem como dores nos mesmos moldes.

Protarco: Há.

Sócrates: Vimos que todo aquele que positivamente opina sobre qualquer coisa estava sempre *efetivamente* opinando, ainda que não estivesse baseado às vezes em nada existente no presente, passado ou futuro.

Protarco: Certamente.

d **Sócrates:** E suponho que era isso que gerava a opinião falsa bem como o opinar falsamente, não era?

Protarco: Sim.

Sócrates: Muito bem. Não deveríamos também admitir que prazer e dor estão em posição análoga relativamente às realidades?

Protarco: O que queres dizer?

Sócrates: Que aquele que experimenta prazer de uma maneira ou outra, de fato sempre experimenta prazer, porém um prazer por vezes não baseado em realidades – presentes ou passadas – e frequentemente, talvez o mais frequentemente, com base em coisas que nunca sequer serão realidades vindouras.

e **Protarco:** Também isso, Sócrates, é necessariamente o que ocorre.

Sócrates: O mesmo podendo ser dito do medo, da cólera e similares, ou seja, que às vezes são todos falsos?

Protarco: Certamente.

Sócrates: Dispomos de algum outro meio para discernir as opiniões más das boas além da sua falsidade?

Protarco: Não, de nenhum outro.

Sócrates: E suponho que compreendemos que também para os prazeres não há outro critério para discernir os maus senão a
41a sua falsidade.

Protarco: Certamente o que declaras, Sócrates, é o contrário da verdade, pois não é de modo algum provável que alguém classificasse dores e prazeres de maus pelo fato de serem falsos, mas sim devido à presença nessas dores e prazeres de um outro mal, grande e múltiplo.

Sócrates: Mas transfiramos a abordagem dos prazeres maus que são tais por causa do mal para uma outra ocasião, se isso for ainda de nosso interesse. Entretanto, no que toca aos prazeres falsos, é imperioso que demonstremos de uma outra maneira que existem e que passam a existir em nós amiúde e exibindo
b grande variedade; isso talvez venha a contribuir posteriormente quando tivermos que tomar nossas decisões.

Protarco: Sim... isso na hipótese de tais prazeres existirem.

Sócrates: Mas certamente existem, Protarco, essa é minha opinião. Contudo, enquanto não houvermos estabelecido que é verdadeira, não pode ser considerada como inquestionável.

Protarco: Excelente.

Sócrates: Então, preparemo-nos como atletas para abordar e atacar esse novo objeto de discussão.

Protarco: Façamo-lo.

Sócrates: Dissemos há pouco, como podes recordar-te, que quan-
c do aquilo que chamamos de *desejos*[57] está em nós, corpo e alma se apartam, passando cada um a experimentar estados emocionais independentes.

Protarco: Recordo-me de que isso foi dito antes.

Sócrates: E não era a alma que experimentava desejos por condições opostas às efetivas condições do corpo, ao passo que era

57. ...ἐπιθυμίαι... (*epithymíai*).

o corpo que experimentava a dor ou o prazer de algum estado emocional?

Protarco: Sim, era o que ocorria.

Sócrates: Assim sendo, conclui quanto ao que acontece nessa conjuntura.

Protarco: Diz.

d **Sócrates:** O que acontece é o seguinte: nessa conjuntura, dores e prazeres existem concomitantemente e as percepções relativas a prazeres e dores contrários se colocam lado a lado simultaneamente, como foi deixado claro há pouco.

Protarco: De fato, é o que se evidencia.

Sócrates: E também não afirmamos, assentimos e estabelecemos um outro ponto?

Protarco: Que ponto?

Sócrates: Que o prazer bem como a dor admitem o mais e menos e pertencem à classe do ilimitado.

Protarco: De fato, foi o que dissemos. Mas e daí?

Sócrates: Então de que meio dispomos para julgar corretamente isso?

e **Protarco:** Em relação ao que e em que aspecto?

Sócrates: Refiro-me a indagar se a intenção de nosso julgamento dessas questões nessas circunstâncias consiste em reconhecer em cada caso qual desses elementos é maior, menor ou mais intenso, isso na comparação da dor com o prazer, da dor com a dor, além do prazer com o prazer.

Protarco: Decerto que essas questões vêm à tona e é isso que queremos julgar.

Sócrates: Bem, no caso da visão ver coisas de um posto muito
42a próximo ou muito distante distorce a verdade relativa ao tamanho real dessas coisas e nos leva a falsas opiniões; e não acontecerá o mesmo no que tange a dores e prazeres?

Protarco: Ainda mais ainda, Sócrates.

Sócrates: Se é assim, esta nossa conclusão corresponde ao contrário do que dissemos há pouco.

Protarco: Aludes a quê?

Sócrates: Antes eram opiniões falsas e verdadeiras a afetar as respectivas dores e prazeres com seu próprio estado emocional.

b **Protarco:** Isso é decididamente verdadeiro.

Sócrates: Agora, entretanto, pelo fato de serem observados de distâncias variáveis e comparados entre si, os próprios prazeres parecem maiores e mais intensos relativamente às dores, ao passo que estas, por sua vez, relativamente aos prazeres, parecem o contrário.

Protarco: Diante das condições que apresentaste isso é inevitável.

Sócrates: Ambos, portanto, parecem maiores e menores do que o real. Se, contudo, tomares essa sua parte graças à qual parecem maiores ou menores do que efetivamente são, e a abstraíres de cada um como uma mera *aparência*[58] destituída de ser, te verás impossibilitado de afirmar que essa aparência é corre-
c ta, bem como de ousar afirmar que qualquer coisa associada a essa parte do prazer ou dor é correta e verdadeira.

Protarco: Decerto me verei impossibilitado.

Sócrates: Na imediata sequência constataremos se não podemos, rumando em uma direção diferente, topar com prazeres e dores mais falsos ainda do que esses que se manifestam como aparência e realidade nos seres vivos.

Protarco: Ora, quais são eles e qual é essa direção?

Sócrates: Foi dito reiteradas vezes que dores, sofrimentos, angústias e tudo o mais que é chamado com nomes desse gênero,
d são causados sempre que a natureza, em quaisquer situações, é atingida por um processo de corrupção levado a efeito por combinações e dissoluções, enchimentos e esvaziamentos, aumentos e reduções.

Protarco: Sim, isso foi declarado muitas vezes.

Sócrates: Além disso, assentimos que quando as coisas são restauradas, sendo restituídas à sua condição natural, essa restauração é prazer.

Protarco: Correto.

---

58. ...φαινόμενον... (*phainómenon*).

Sócrates: Mas e quando nenhuma dessas transformações ocorre no corpo?

Protarco: E quando poderia acontecer isso, Sócrates?

e **Sócrates:** Essa tua pergunta não faz muito sentido, Protarco.

Protarco: Por que não?

Sócrates: Porque com ela não me impedes de repetir minha própria pergunta.

Protarco: Que pergunta?

Sócrates: Se efetivamente essa condição não ocorre, Protarco, qual seria necessariamente o resultado se ocorresse?

Protarco: Queres dizer se o corpo não é alterado em direção alguma?

Sócrates: Sim.

Protarco: Significaria claramente, Sócrates, que em tal situação não haveria jamais nem prazer nem dor.

43a **Sócrates:** Tu o disseste muito bem. Mas imagino que supões que uma tal alteração está acontecendo necessariamente e sempre em nós, como o afirmam os sábios, já que todas as coisas estão em um perpétuo fluxo, para cima e para baixo.[59]

Protarco: É o que afirmam, e penso que sua opinião não é destituída de importância.

Sócrates: E como poderia ser considerando-se que eles próprios não são destituídos de importância? Entretanto, eu gostaria de esquivar-me a esse argumento que se precipita em nossa direção. Vou fugir dele, e te conviria acompanhar-me nesta fuga.

Protarco: Diz-me como.

Sócrates: "Que seja", diremos a eles. Mas responde-me o se-
b guinte: estamos todos nós, os seres animados, permanentemente conscientes do que nos ocorre, de nosso crescimento e tudo mais dessa ordem, ou o que sucede é precisamente o contrário?

Protarco: Decerto que é precisamente o contrário, já que somos quase que completamente inconscientes de todos esses processos.

---

59. Alusão à doutrina de Heráclito de Éfeso e seus adeptos.

Sócrates: Se assim é, não nos expressamos corretamente ao dizer há pouco que os fluxos e mudanças descendentes e ascendentes produzem dores e prazeres.

Protarco: E como poderíamos?

c **Sócrates:** Uma enunciação melhor e inatacável seria a seguinte.

Protarco: Qual?

Sócrates: Que as grandes mudanças produzem dores e prazeres em nós, ao passo que as mudanças moderadas e pequenas não produzem, de modo algum, dores ou prazeres.

Protarco: Essa enunciação é mais correta do que aquela outra, Sócrates.

Sócrates: Todavia, se for esse o caso, estaremos de volta à vida de que falávamos momentos atrás.

Protarco: Que vida?

Sócrates: A vida que dissemos ser desprovida de dor, mas também desprovida de prazeres e alegrias.

Protarco: O que dizes é plenamente verdadeiro.

Sócrates: Portanto, suponhamos que há três vidas, a saber, a pra-
d zerosa, a dolorosa e uma na qual tanto o prazer quanto a dor
estão ausentes, ou não concordas?

Protarco: Não. Concordo que há três vidas.

Sócrates: Então entendemos que isenção de dor não seria idêntico a prazer?

Protarco: E como poderia?

Sócrates: Mas quando ouves alguém declarar que entre todas as coisas, o mais prazeroso é viver uma vida inteira sem dor, o que pensas que essa pessoa está querendo dizer?

Protarco: Penso que está identificando isenção de dor e prazer.

Sócrates: Bem, imaginemos que estamos diante de três coisas,
e sem nos atermos ao que são, mas empregando para elas nomes
tidos em alta estima, ou seja, chamando uma delas de ouro, a
outra de prata, a terceira não sendo nem uma nem outra.

Protarco: Considera imaginado.

Sócrates: Ora, seria possível àquela que não é nem uma nem outra transformar-se em ouro ou prata?

Protarco: Decerto que não.

Sócrates: Tampouco seria possível que aquela vida intermediária a que nos referimos jamais fosse corretamente estimada pela opinião ou qualificada discursivamente como prazerosa ou dolorosa, ao menos por aqueles que realizam um correto uso da razão.

Protarco: E como poderia?

Sócrates: E, no entanto, meu amigo, decerto sabemos de pessoas
44a que assim qualificam e assim opinam.

Protarco: Não há dúvida.

Sócrates: Então pensam que experimentam prazer sempre que não estão experimentando dor?

Protarco: É, ao menos, o que dizem.

Sócrates: Portanto, pensam efetivamente que experimentam prazer em tais ocasiões, pois se assim não fosse não o diriam.

Protarco: É extremamente provável.

Sócrates: Se assim é, com certeza essas pessoas têm uma falsa opinião com referência ao prazer na hipótese de haver uma diferença essencial entre experimentar prazer e não experimentar dor.

Protarco: E decerto descobrimos essa diferença.

Sócrates: Assim entenderemos, como asseveramos há pouco,
b que existem três estados, ou que existem tão só dois, nomeadamente a dor, que constitui um mal para o ser humano, e a isenção de dor, que é em si um bem, e é igualmente chamada de prazer?

Protarco: Mas afinal, por que nos fazemos essa pergunta agora, Sócrates? Não entendo.

Sócrates: Isso, Protarco, porque positivamente não entendes a respeito dos inimigos de Filebo.

Protarco: A quem te referes?

Sócrates: A certos homens detentores de extraordinária reputação como conhecedores da natureza, e que negam totalmente a existência dos prazeres.

Protarco: E como fazem?

c **Sócrates:** Sustentam que aquilo que Filebo e seus seguidores chamam de prazeres não passa de fuga [da dor].

Protarco: Sugeres que adotemos suas convicções, Sócrates, ou o quê?

Sócrates: Não, não o sugiro, mas sim que os utilizemos como videntes que produzem suas divinações não graças a uma arte adquirida, mas graças a alguma repulsa inata, não destituída de nobreza, que os levam a abominar a força do prazer e estimá-la como tão cabalmente não sadia, que sua própria atração é considerada simplesmente sortilégio e impostura, e
d não prazer. Podeis utilizá-los tendo em vista nossos propósitos, observando inclusive suas demais expressões de desagrado. Depois disso ireis ouvir o que eu, por meu turno, considero prazeres verdadeiros, o que nos possibilitará examinar a força do prazer com base nos dois pontos de vista e constituir nosso julgamento os comparando.

Protarco: Falas com acerto.

Sócrates: Tenhamos esses homens, portanto, na conta de aliados e sigamos as pegadas daquilo que os desagrada. Suponho que o método deles consiste em partir de algum princípio e indagar
e se, na hipótese de desejarmos descobrir a natureza de uma forma qualquer, digamos o duro, poderíamos dele obter uma melhor compreensão se observássemos as coisas mais duras de preferência às menos duras. Agora, cabe a ti, Protarco, a eles responder tal como estiveste respondendo a mim.

Protarco: Certamente, e eu lhes responderia que me deteria na dureza de primeira grandeza.

Sócrates: Isso significa que se quiséssemos descobrir a natureza do prazer, deveríamos considerar não aqueles entre os praze-
45a res que são os de menor intensidade, mas os tidos como os mais extremos e mais intensos.

Protarco: Isso contaria com o assentimento de todos agora.

Sócrates: Ora, não são os prazeres mais imediatos, bem como os maiores, como costumamos dizer, os ligados ao corpo?

Protarco: E como o negar?

Sócrates: E nesse caso, acontece de serem mais intensos, e se tornarem mais intensos nas pessoas que estão enfermas ou naquelas que gozam de saúde? Cuidemos para não nos precipitarmos nessa resposta e nos tornarmos presas do erro. Talvez
b pudéssemos dizer que são mais intensos nos indivíduos que gozam de saúde.

Protarco: É bastante provável que sim.

Sócrates: Mas não são esses prazeres, isto é, os mais intensos, os que satisfazem os maiores desejos?

Protarco: Isso seguramente é verdadeiro.

Sócrates: Pessoas, contudo, que têm febre ou acometidas por doenças semelhantes não experimentam sede mais intensa, frio mais intenso ou outros desconfortos físicos a que estão submetidos? Por outro lado, não experimentam maior carência sucedida por maior prazer quando sua carência é satisfeita? Há verdade nisso ou não?

c **Protarco:** Bem, agora que o mencionaste, não há dúvida que parece verdadeiro.

Sócrates: Pareceria estarmos corretos se disséssemos que se desejássemos descobrir os maiores prazeres deveríamos voltar nosso olhar não para a saúde, mas para a doença? Não interpretes, porém, que quero perguntar-te se os indivíduos muito doentes fruem de mais prazeres do que os que se acham saudáveis; simplesmente entende que estou indagando acerca das proporções do prazer, e sobre onde ocorre geralmente a maior intensidade desse estado. Afinal, dizemos que constitui nossa
d tarefa determinar a natureza do prazer e como o concebem aqueles que negam totalmente sua existência.

Protarco: Penso que consigo acompanhar o que dizes.

Sócrates: Logo o demonstrarás, Protarco, de maneira mais visível, pois desejo que me respondas a uma pergunta. Percebes a presença de maiores prazeres – e acepção que empresto aqui a *maiores* não é a quantitativa ou numérica, mas a que diz respeito à intensidade e grau – em uma vida de excessos ou em uma vida de autocontrole? Pondera meticulosamente antes de responder.

Protarco: Entendo o que queres dizer e noto uma grande dife-
rença. De fato, os autocontrolados são mantidos sempre sob o
freio do aconselhamento do provérbio "nada em excesso", que
e constitui o guia de suas ações; entretanto, no que se refere aos
indivíduos insensatos e desregrados, o prazer intenso assume
o completo controle deles, a ponto de conduzi-los à beira da
loucura e a um comportamento notoriamente frenético.

Sócrates: Ótimo. E se é assim, fica claro que os maiores prazeres, bem como as maiores dores têm sua origem em alguma disposição viciosa da alma e do corpo, e não na virtude.

Protarco: Certamente.

Sócrates: Consequentemente é necessário que separemos e selecionemos alguns desses prazeres e verifiquemos o que há neles que nos leva a classificá-los como os maiores.

46a **Protarco:** É necessário.

Sócrates: Observa agora o que há em torno desses prazeres que os aparenta a certas doenças.

Protarco: Quais [doenças]?

Sócrates: Doenças repulsivas que os nossos amigos do desagrado abominam, sobremaneira.

Protarco: E quais [prazeres]?

Sócrates: Por exemplo, o alívio que se obtém em relação a uma coceira e afecções similares friccionando-as, o que dispensa qualquer outro tratamento. Pelos deuses, como poderíamos classificar a sensação que experimentamos nesse caso? É prazer ou dor?

Protarco: A mim pareceria, Sócrates, uma sensação mista que inclui um elemento vicioso.

b **Sócrates:** Não suscitei essa questão em conexão com Filebo, mas a menos que investiguemos esses prazeres e aqueles que os cultivam, Protarco, provavelmente nunca nos capacitaremos a encontrar uma solução para o nosso problema.

Protarco: Se é assim, é imperioso que nos ocupemos de todo esse grupo de prazeres.

Sócrates: Tu te referes aos prazeres mistos?

Protarco: Certamente.

Sócrates: Há certas misturas que dizem respeito exclusivamente
ao corpo e se limitam a ele, enquanto outras concernem exclu-
c sivamente à alma e nesta estão confinadas; por outro lado, de-
tectaremos também algumas dores e prazeres mistos que to-
cam tanto à alma quanto ao corpo; estes recebem por vezes a
designação de prazeres, por vezes a de dores.

Protarco: Como?

Sócrates: Toda vez que no processo de restauração ou no de des-
truição alguém experimenta duas sensações opostas, sentindo
frio ao mesmo tempo que sua de calor, ou experimentando
calor ao mesmo tempo que treme de frio, o desejo de conser-
var uma sensação e livrar-se da outra, a mescla do amargo e
do doce, como dizem, associada à dificuldade de livrar-se do
d amargo, faz gerar impaciência e, posteriormente, uma selva-
gem excitação.

Protarco: O que dizes é flagrantemente verdadeiro.

Sócrates: Além do que tais misturas às vezes encerram idêntica quantidade de dores e prazeres, ao passo que outras vezes encerram maior quantidade de um ou do outro, não é mesmo?

Protarco: E como poderia ser de outro modo?

Sócrates: No caso de misturas em que a quantidade de dores é su-
perior à de prazeres, digamos a coceira, ou a titilação, quando
a irritação e inflamação são interiores e inacessíveis ao coçar
ou friccionar, há somente um alívio superficial. Na hipótese
e do tratamento dessas partes mediante sua exposição ao fogo
ou ao seu contrário, ou seja, algo frio, vai-se da miséria a pra-
zeres inefáveis, sendo que às vezes a oposição entre o interior
e o exterior causa uma mescla de dores e prazeres, aquilo que
acontecer de predominar; isto constitui o efeito da dissociação
violenta de elementos combinados, ou a combinação dos que
47a se encontravam dissociados, e a justaposição simultânea de
dores e prazeres.

Protarco: Há muita verdade nisso.

Sócrates: Bem, nas situações em que a mistura contém uma quantidade maior de prazer, a modesta quantidade de dor produz apenas uma titilação acompanhada de uma leve irritação, ao passo que uma quantidade predominante de prazer em uma proporção demasiada provoca uma excitação que leva o indivíduo às vezes a dar saltos de júbilo, nele produzindo toda gama de mudança, ou seja, mudanças de cor, uma gama de distorções fisionômicas e transtornos respiratórios, gerando inclusive terror e emissão de gritos insanos, não é mesmo?

b **Protarco:** Decididamente.

Sócrates: E isso, meu amigo, o leva a dizer de si mesmo, e os outros a dizerem dele, que ele está morrendo desses prazeres, e quanto mais desregrado e insensato ele é, mais se manterá cedendo à busca desses prazeres; classifica-os como coisas supremas e avalia como o mais feliz dos mortais aquele que vive plenamente no gozo desses prazeres.

Protarco: Sócrates, explicaste com clareza o que acontece à
c maioria das pessoas.

Sócrates: No que toca, Protarco, aos prazeres puramente físicos em que ocorre a combinação de sensações internas e externas; no que toca, porém, aos prazeres nos quais as contribuições da alma se opõem às do corpo, cada um contribuindo com dor em oposição ao prazer do outro, ou com prazer em oposição à dor do outro, de sorte que ambos se juntam em uma única mistura – no que toca a estes, declarei anteriormente que quando alguém está vazio deseja ser enchido e regozija em sua expectativa, mas experimenta dor por seu vazio; a isso acrescento agora o que não mencionei naquela oportunidade,
d que em todos esses casos (a propósito, inumeráveis), em que ocorre uma oposição entre alma e corpo, há uma única mistura de dor e prazer.

Protarco: Suspeito que o que dizes é inteiramente correto.

Sócrates: Entretanto, ainda resta mais uma mistura de dor e prazer.

Protarco: Qual é ela?

Sócrates: A mistura dos próprios estados emocionais da alma que afirmamos que são experimentados por ela.

Protarco: E quais nomes lhes atribuímos?

e **Sócrates:** Não consideras a ira,[60] o medo, a saudade, as lamentações pelo luto, o amor,[61] o ciúme, a maledicência e similares como dores da alma e desta somente?

Protarco: Considero.

Sócrates: E não os descobrimos, eles próprios, repletos de extraordinários prazeres? Ou será o caso de lembrar-te da ira...

...Capaz de excitar até o próprio sábio,
E mais doce do que o mel que escorre dos favos...[62]

48a ...e dos prazeres mesclados a dores descobertos por nós nas lamentações fúnebres e nas saudades?

Protarco: Não, não há necessidade de me lembrares. Essas coisas realmente ocorrem como dizes.

Sócrates: E deves te lembrar também do que acontece com aqueles que assistem às tragédias, os quais misturam o regozijo com o pranto?

Protarco: E como poderia [deixar de lembrar]?

Sócrates: E estás ciente da disposição da alma durante as comédias, de como aí também está presente uma mescla de dor e prazer?

Protarco: Não o compreendo de modo algum.

b **Sócrates:** De fato não é, de modo algum, fácil, Protarco, compreender tal estado nessas circunstâncias.

Protarco: Certamente não o é ao menos para mim.

Sócrates: Assim sendo, submetamos isso a um exame, até por conta principalmente de sua obscuridade, o que contribuirá para compreendermos mais facilmente a mistura de dor e prazer também em outros casos.

Protarco: Continua.

Sócrates: Dirias realmente que a maledicência, há pouco mencionada, é uma dor da alma, ou não?

---

60. ...Ὀργὴν... (*Orgèn*), literal e genericamente *agitação interior que afeta a alma*; em sentido menos lato, sentimentos inflamados ou violentos que agitam a alma; aqui o sentido é restrito: *ira, cólera*, ou mais especificamente *sentimento de vingança.*

61. ...ἔρωτα... (*érota*), amor físico, homossexual ou heterossexual.

62. Homero, *Ilíada*, Canto XVIII, 108-9.

Protarco: Diria que é.

Sócrates: E, por outro lado, certamente vemos o indivíduo maledicente experimentando regozijo com os infortúnios de seus semelhantes.

c **Protarco:** Intensamente.

Sócrates: Bem, é certo que a ignorância é um mal, bem como o que chamamos de estupidez.

Protarco: Com certeza.

Sócrates: Em seguida, considera a natureza do ridículo.

Protarco: Basta que prossigas.

Sócrates: É, no seu aspecto principal, um tipo de vício que confere seu nome a um estado; além disso, constitui aquela parte do vício em geral que implica o contrário da disposição recomendada pela inscrição de Delfos.

Protarco: Tu te referes ao "Conhece a ti mesmo",[63] Sócrates?

d **Sócrates:** É ao que me refiro, e o contrário disso seria evidentemente, para usar a linguagem da inscrição, *não conhecer a si mesmo de modo algum.*

Protarco: É claro.

Sócrates: Protarco, tenta dividir [essa disposição] em três.

Protarco: O que queres dizer? Receio não ser possível para mim fazê-lo.

Sócrates: Estás dizendo que cabe a mim fazer essa divisão agora?

Protarco: Estou, do que acompanho uma súplica.

Sócrates: Não ocorre necessariamente de todos os que não conhecem a si mesmos serem afetados por sua disposição em um entre três modos?

Protarco: Como?

Sócrates: O primeiro modo diz respeito à riqueza, caso em que
e alguém julga ser mais rico do que realmente é.

Protarco: Não há dúvida de que muitos são afetados desse modo.

Sócrates: Mas há outros, em número ainda superior, que julgam ser mais altos e mais belos do que realmente são, e que

---

63. Γνῶθι σαυτὸν (*Gnôthi sautôn*), a célebre inscrição do Oráculo de Delfos, no templo de Apolo.

entendem possuir melhores predicados físicos em geral, do que aquilo que corresponde à verdade.[64]

Protarco: Certamente.

Sócrates: Imagino, todavia, que de longe o contingente maior erra na esfera do terceiro modo, no que se refere aos predicados da alma, julgando que são superiores em matéria de virtude, embora não o sejam.

Protarco: Isso com a maior ênfase.

49a **Sócrates:** E entre todas as virtudes, não é a sabedoria que o maior número de pessoas alega possuir, com isso se enchendo de conflitos e falsas pretensões a um suposto saber?

Protarco: Com toda a certeza.

Sócrates: E estaríamos corretos se classificássemos tudo isso de um estado vicioso.

Protarco: Decididamente.

Sócrates: Então é necessário que dividamos isso adicionalmente em duas partes, se nossa intenção é discernir a maledicência pueril com sua mescla despropositada de prazer e dor. Pergun-
b tas "como faremos essa divisão"? Todos aqueles que alimentam uma concepção falsa e tola de si mesmos enquadram-se, imitando o resto da humanidade, em duas classes: é determinado pela necessidade que alguns detêm força e poder, ao passo que outros, segundo creio, estão submetidos ao contrário.

Protarco: Necessariamente.

Sócrates: Faz a divisão, portanto, com base no seguinte: todos os que combinarem essa falsa concepção com debilidade e se mostrarem incapazes de vingança quando forem objeto de riso, poderás verdadeiramente classificar de ridículos, ao passo que aqueles que forem fortes e capazes de se vingarem,
c classificarás mais corretamente como poderosos, terríveis e odiosos, uma vez que a ignorância no indivíduo poderoso é odiosa e desonrosa, na medida em que autêntica ou dissimulada é danosa aos seus semelhantes; entretanto, a ignorância no débil situa-se na esfera do naturalmente ridículo.

64. Isso corresponde ao segundo modo.

Protarco: O que declaras é corretíssimo. Mas não está ainda clara para mim a mescla de prazer e dor em tudo isso.

Sócrates: Então comecemos pela natureza da maledicência.

Protarco: Basta que prossigas.

d **Sócrates:** Ela é uma espécie de dor injusta e, adicionalmente, um prazer?

Protarco: Ela o é necessariamente.

Sócrates: Apesar disso, não constitui nem injustiça nem maledicência regozijar-se com os infortúnios dos inimigos?

Protarco: Claro que não.

Sócrates: Por outro lado, se as pessoas contemplam às vezes os infortúnios dos amigos e com isso se alegram ao invés de o lamentarem, não é injusto?

Protarco: Claro que sim.

Sócrates: E, todavia, dissemos que a ignorância é para todos um mal?

Protarco: Correto.

Sócrates: Então estamos autorizados a concluir que as falsas
e concepções de nossos amigos com respeito à sua pretensa sabedoria, pretensa beleza e demais pretensos predicados que indicamos há pouco, enquadrando-os em três classes, são ridículas quando eles são débeis, porém odiosas se eles forem poderosos. Mas estaremos autorizados a sustentar, como eu disse há pouco, que essa disposição de espírito de nossos amigos se mostra ridícula para as outras pessoas, se apresentar-se em sua forma inócua?

Protarco: Certamente.

Sócrates: E não concordaríamos que a ignorância em si mesma é algo funesto?

Protarco: Sim, algo marcantemente [funesto].

Sócrates: E o que experimentamos quando rimos dela? Prazer ou dor?

50a **Protarco:** Obviamente prazer.

Sócrates: Não dissemos que o prazer ante os infortúnios dos amigos era o efeito da maledicência?

Protarco: Necessariamente [é essa a causa].

Sócrates: Nesse caso nosso argumento indica que ao rirmos dos predicados ridículos de nossos amigos ocorre uma mistura de prazer e dor, pois mesclamos prazer com maledicência; de fato, concordamos anteriormente que a maledicência é uma dor na alma e que o riso é um prazer, ainda que ambos estejam presentes simultaneamente em tais ocasiões.

Protarco: É verdade.

b **Sócrates:** Conclui-se por essa nossa argumentação que nas lamentações devidas ao luto, nas tragédias e comédias, não só as encenadas no teatro, mas em toda a tragédia e comédia da vida e em outras inúmeras situações, a dor está mesclada com o prazer.

Protarco: Impossível discordar disso, Sócrates, ainda que se estivesse sumamente ansioso por defender a posição contrária.

Sócrates: Bem, tínhamos indicado a ira, a saudade, a lamentação devido ao luto, o amor sexual, o ciúme, a maledicência e similares como estados nos quais discerniríamos uma mescla dos
c dois ingredientes que vimos com frequência nomeando, não tínhamos?

Protarco: Sim.

Sócrates: Por outro lado, entendemos que todas as minúcias que eu estive há pouco indicando se referem unicamente às lamentações fúnebres, à maledicência e à ira?

Protarco: E como poderíamos deixar de entendê-lo?

Sócrates: E há muitos outros estados análogos ainda a serem discutidos?

Protarco: Certamente muitos.

Sócrates: Ora, qual pensas ter sido exatamente o objetivo de ter eu apontado para ti a mistura de dor e prazer na comédia? Não foi para convencer-te, uma vez que é fácil mostrar a mistura
d no amor sexual, no medo e nos demais casos? Pensei que no momento em que o aceitasses me pouparias do esforço necessário de discutir detalhadamente os outros estados, e simplesmente aceitarias o fato de que naquilo que toca aos estados emocionais do corpo independentemente da alma, desta in-

dependentemente do corpo e dos dois em conjunto, há muitas misturas de dor e prazer. Diante disso me diz se me deixarás ir embora, ou se me reterás aqui até meia-noite. Entretanto, penso que bastará que faça umas poucas observações para persuadir-te a me liberar. Conceder-te-ei de bom grado uma
e explicação de todas essas matérias amanhã, mas agora meu desejo é no sentido de me dirigir aos itens restantes que requerem o julgamento exigido por Filebo.

Protarco: Isso foi muito bem expresso, Sócrates. Põe-te a discutir o que resta do modo que preferires.

Sócrates: Parece natural a necessidade de abordarmos em seguida, após os prazeres mistos, os prazeres não-mistos.

51a **Protarco:** Ótimo.

Sócrates: Tentarei, portanto, explicá-los, mesmo porque embora não concorde em absoluto com os que sustentam que todos os prazeres não passam de alívio da dor, disponho-me a deles me servir como testemunhas, como o disse antes, para provar que alguns prazeres são apenas aparentes, porém de modo algum reais; ao passo que há outros que parecem ser grandes e variados, mas que são realmente mesclados a dores e a privações das grandes dores e aflições do corpo e da alma.

b **Protarco:** Mas, afinal, Sócrates, quais são os prazeres que podem com acerto ser considerados verdadeiros?

Sócrates: Aqueles que nascem do que é chamado de belas cores, ou de configurações, a maioria dos que nascem de cheiros e sons; em síntese, todos os prazeres cuja carência não é sentida e é indolor, ao mesmo tempo que a satisfação por eles proporcionada é experimentada pelos sentidos, agradável e isenta de dor.

Protarco: Sócrates, mais uma vez te pergunto: o que queres dizer?

Sócrates: Reconheço que o que quero dizer certamente não fica
c claro de imediato, devendo eu tentar esclarecer. Quando falo de *beleza de configuração*, esforço-me por exprimir não aquilo que a maioria das pessoas captariam por essa expressão, a saber, a beleza de animais ou de pinturas, mas estou me referindo, em consonância com o argumento, à linha reta, ao círculo, à superfície e às figuras sólidas formadas com base

neles mediante compassos, réguas e réguas angulares. Talvez o entendas. De fato, afirmo que a beleza dessas coisas não é relativa, como a das demais coisas, tratando-se de uma beleza
d natural, perpétua e absoluta, e essas coisas proporcionam prazeres característicos de modo algum suscetíveis de comparação com os prazeres proporcionados pela fricção. E há cores que são belas de uma maneira análoga e que envolvem formas de prazer próprias. Será que compreendes?

Protarco: Estou tentando compreender, Sócrates, mas espero que tentes conferir maior clareza ao que queres dizer.

Sócrates: O que quero dizer é que os sons que são suaves, claros e que emitem uma singular nota pura são belos não de um modo relativo, mas de um modo absoluto; e quero dizer também que há prazeres que dizem respeito naturalmente a esses sons e são originados por eles.

Protarco: Isso é verdadeiro.

e **Sócrates:** Os prazeres do olfato constituem uma classe menos divina, embora não haja necessariamente dores a eles mescladas, e em todo lugar e em tudo que constatamos essa isenção de dor, tenho comigo que se trata sempre de uma marca de semelhança relativamente àqueles outros prazeres. Estou falando, portanto, de duas classes de prazeres. Estás me entendendo?

Protarco: Estou.

52a **Sócrates:** A esses devemos acrescentar os prazeres dos conhecimentos, a crermos realmente que não há, associada a eles, uma fome de conhecimentos, tampouco quaisquer dores que têm origem em uma fome de conhecimentos.

Protarco: Concordo.

Sócrates: Bem, se as pessoas, depois de se tornarem cheias de conhecimentos, perdem-nos por meio do esquecimento, percebes quaisquer dores em tais perdas?

Protarco: Nenhuma dor que fosse naturalmente inerente a esse
b tipo de perda; entretanto, experimenta-se dor às vezes quando se reflete no ocorrido, ou seja, quando alguém que perdeu conhecimento ressente-se penosamente de sua falta.

Sócrates: Sim, caro amigo, mas no momento ocupamo-nos exclusivamente de estados emocionais naturais, independentemente da reflexão.

Protarco: Nesse caso, o que dizes é verdadeiro ao declarar que a perda do conhecimento não nos causa dor.

Sócrates: Então isso nos facultaria a dizer que esses prazeres dos conhecimentos não são mesclados à dor e não são sentidos pela maioria das pessoas, mas somente por pouquíssimas.

Protarco: E como não concordar com isso?

c **Sócrates:** Bem, agora que separamos apropriadamente os prazeres puros e aqueles que podem ser corretamente denominados impuros, agreguemos a observação de que os prazeres intensos são imoderados, ao passo que aqueles de caráter contrário são moderados; os que exibem grandeza e intensidade, e que apresentam variavelmente (com frequência ou esporadicamente) grandeza ou intensidade iremos destinar à classe do ilimitado, que flui mais ou menos livremente afetando tanto
d o corpo quanto a alma, enquanto os demais destinaremos à classe daqueles que possuem limites.

Protarco: Teu discurso está completamente correto, Sócrates.

Sócrates: Mas em relação a eles, há uma questão ainda a ser considerada.

Protarco: Qual é?

Sócrates: O que apresenta a relação mais íntima com a verdade? O puro e o não misturado, ou o intenso, o muito, o grande e *o suficiente*?[65]

Protarco: O que pretendes, Sócrates, ao fazer essa pergunta?

Sócrates: O que pretendo, Protarco, é nada deixar de lado em
e meu exame do prazer e do conhecimento na hipótese de alguma parte de um ou outro ser pura, enquanto uma outra impura, objetivando que cada uma delas possa se apresentar para julgamento em estado de pureza, o que resultaria em tornar mais fácil o julgamento para ti, para mim e para todos os ouvintes.

---

65. ...τὸ ἱκανόν... (*tò hikanón*), que, por uma questão de coerência interna do contexto, deveria presumivelmente ser transposto para o primeiro grupo, ou seja, imediatamente após *não misturado* (...εἰλικρινὲς... [*eilikrinès*]).

Protarco: Inteiramente correto.

Sócrates: Muito bem, apliquemos esse ponto de vista a todas as classes que classificamos como puras. Principiemos por selecionar uma entre elas, submetendo-a a exame.

53a **Protarco:** E qual selecionaremos?

Sócrates: Comecemos por examinar, se for de teu agrado, a brancura.

Protarco: Com toda a certeza.

Sócrates: Ora, como pode haver pureza na brancura, e que tipo de coisa é essa pureza? É o maior e o muito, ou o mais não misturado, aquilo em que não existe vestígio algum de qualquer outra cor?

Protarco: Obviamente é o mais não misturado.

Sócrates: Correto. Não será o caso, Protarco, então de dizer que *isso,*[66] e não o muito ou o maior é tanto a brancura mais verda-
b deira quanto a mais bela?

Protarco: Plenamente correto.

Sócrates: Então estaremos nos expressando com acerto se dissermos que *um pouco* de branco puro é mais branco, mais belo e mais verdadeiro do que *muito* branco misturado.

Protarco: Com pleno acerto.

Sócrates: Bem, não há necessidade de indicarmos muitos outros exemplos para ilustramos nossa explicação do prazer; esse exemplo bastou para mostrar que qualquer que seja o prazer,
c não importa quão pequeno ou esporádico, se não misturado com a dor, é mais agradável, mais verdadeiro e *mais belo*[67] do que um grande prazer frequente que envolve mistura.

Protarco: Assim é muito positivamente e basta esse exemplo.

Sócrates: Eis um outro aspecto. Não costumamos ouvir dizer a respeito do prazer que ele é sempre um *vir a ser*[68] e que inexiste o

---

66. Ou seja, *o mais não misturado.*

67. ...καλλίων... (*kallíon*), ou *mais nobre*, abrangendo aqui também o sentido adicional de beleza moral.

68. ...γένεσις... (*génesis*), literalmente geração, mas aqui incluindo também o sentido ontológico.

ser[69] do prazer? Há alguns indivíduos engenhosos[70] que tentam nos demonstrar essa teoria, o que lhes devemos agradecer.

Protarco: E ao que leva isso?

d **Sócrates:** Eu o explicarei, meu amigo Protarco, procedendo a perguntas.

Protarco: Basta que prossigas com tuas perguntas.

Sócrates: Há duas partes do ser, uma autossuficiente e a outra sempre carente de algo mais.

Protarco: O que queres dizer e que partes são essas?

Sócrates: Uma é naturalmente sempre sumamente augusta, ao passo que a outra é inferior.

Protarco: Exprime-o com maior clareza.

Sócrates: Temos visto rapazinhos queridos que são belos e bons e seus corajosos amantes.

Protarco: Muito positivamente sim.

Sócrates: Pois tenta descobrir uma outra dupla análoga a essa em
e todas as relações por nós aludidas.

Protarco: Terei que repetir pela terceira vez? Por favor, exprime o que queres dizer com maior clareza, Sócrates.

Sócrates: Nada há de obscuro nisso, Protarco; trata-se apenas de uma maneira jocosa de falar, significando realmente que uma parte das *coisas que são* existe sempre em função de algo, enquanto a outra parte é aquela em função da qual a primeira está sempre *vindo a ser*.

Protarco: Mal consigo compreender após toda tua repetição.

Sócrates: Talvez, meu rapaz, venhas a compreender melhor à
54a medida que a discussão progredir.

Protarco: Não há dúvida.

Sócrates: Tomemos uma outra dupla.

Protarco: Qual?

Sócrates: A formada por um lado pelo *vir a ser* de todas as coisas, pelo outro pelo *ser*.

---

69. ...οὐσία... (*ousía*).

70. Provável alusão aos sofistas.

Protarco: Aceito essa dupla, ser e vir a ser.

Sócrates: Ótimo. Ora, desses dois qual diremos ser em função do outro: o vir a ser em função do ser, ou o ser em função do vir a ser?

Protarco: Perguntas agora se aquilo que é denominado ser é o que é em função do vir a ser?

Sócrates: É o que se mostra.

b **Protarco:** Pelos deuses, será o tipo de questão que te manténs me dirigindo como: "Diz-me, Protarco, se pensas que a construção de navios é em função dos navios, ou se os navios são em função da construção de navios" e todo tipo de coisa desse gênero?

Sócrates: Sim, é precisamente o que quero dizer, Protarco.

Protarco: Se é assim, por que não a respondeste tu próprio, Sócrates?

Sócrates: Nada me impediria, mas quero que participes da discussão.

Protarco: Certamente.

Sócrates: O que digo é que medicamentos e toda espécie de ins-
c trumentos e materiais são sempre utilizados em função do vir a ser, mas também sustento que todo processo de vir a ser, por sua vez, ocorre em função de algum ser particular, além do que o vir a ser em geral ocorre em função do ser em geral.

Protarco: Isso é sumamente claro.

Sócrates: A conclusão é que o prazer, sendo um processo de vir a ser, viria a ser necessariamente em função de algum ser.

Protarco: Está claro que sim.

Sócrates: Ora, aquilo em função de que qualquer coisa sempre vem a ser situa-se na classe do bem, ao passo que aquilo que vem a ser em função de algo mais, excelente amigo, tem que ser situado em outra classe.

d **Protarco:** Isso por força de completa necessidade.

Sócrates: Sendo, portanto, o prazer um processo de vir a ser, agiremos corretamente se o situarmos em uma classe distinta daquela do bem, não é mesmo?

Protarco: Inteiramente correto.

Sócrates: Assim, tal como comentei ao principiar a discussão desse ponto, temos um débito de agradecimento com quem apontou que há apenas *vir a ser* do prazer, mas não *ser*; pois claramente transforma em objeto de riso aqueles que sustentam que o prazer é um bem.

Protarco: Isso de maneira enfática.

Sócrates: E igualmente converterá em objeto de riso todos os que
e descobrem nos processos do vir a ser a sua realização.

Protarco: Como explicá-lo e a quem te referes?

Sócrates: Refiro-me àqueles que, tendo curado a própria fome, a sede ou tudo o mais que é curado pelos processos de vir a ser, fruem o vir a ser como um prazer e declaram que não desejariam viver na ausência da fome e da sede, e se impossibilitados de experimentar todos os estados emocionais que as sucedem.

55a **Protarco:** É o que parece que opinam.

Sócrates: Mas todos nós deveríamos concordar que o oposto do *vir a ser* é a *cessação de ser,*[71] não é mesmo?

Protarco: Necessariamente.

Sócrates: Consequentemente, todo aquele que escolher como eles o fazem, estaria escolhendo *cessar de ser* e *vir a ser* em lugar daquela terceira vida que não contém nem prazer nem dor, mas tão só o mais puro pensamento possível.

Protarco: Então, pelo que parece, Sócrates, constitui um grande despropósito postular que o prazer é um bem.

Sócrates: Realmente um despropósito, no que podemos ir além.

Protarco: Como?

b **Sócrates:** Não é despropositado dizer que nada há de bom no corpo ou em muitas outras coisas, mas unicamente na alma, e que nesta o único bem é o prazer, e que a coragem, o

---

71. Platão chama a atenção para a polaridade entre γίγνεσθαι (*gígnesthai*), processo de geração e φθείρεσθαι (*phtheíresthai*), processo de corrupção (destruição). As expressões *vir a ser* e *cessação de ser* que empregamos correm por conta da acepção que inclui, mas também ultrapassa o nosso conceito moderno de biológico, isto é, a acepção *ontológica*. O conceito de *ser* (οὐσία [*ousía*]) é mais lato (e inclusivo) relativamente ao conceito de *vida* (βίος [*bíos*]).

autocontrole e o entendimento, além de todos os demais bens da alma, não seriam nem bons nem nobres? E, ademais, ser obrigado a declarar que aquele que não experimenta prazer, mas dor é mau quando sente dor, ainda que seja o melhor dos indivíduos; ao passo que quem experimenta prazer, quando o
c experimenta, é tanto mais virtuoso quanto maior for o prazer que experimenta?

Protarco: Tudo isso, Sócrates, atinge o clímax da falta de senso.

Sócrates: Agora não nos ponhamos a submeter o prazer a toda forma possível de exame, reservando ao entendimento e ao conhecimento um tratamento especialmente brando. Pelo contrário, batamos neles vigorosamente em todas as suas partes para verificar se alguma se apresenta em mau estado, com o que descobriremos o que neles possui naturalmente o maior teor de pureza; então estaremos capacitados a nos servir dos elementos mais verdadeiros deles e do prazer visando a construir nosso julgamento.

Protarco: Correto.

d **Sócrates:** Bem, no âmbito do conhecimento, uma de suas partes é produtiva, ao passo que a outra diz respeito à educação e à nutrição. É isso?

Protarco: Precisamente.

Sócrates: Comecemos por examinar se no domínio das artes manuais uma parte está mais estreitamente ligada ao conhecimento do que a outra, uma delas devendo ser estimada como a mais pura, enquanto a outra como menos pura.

Protarco: Sim, é o que nos cabe examinar.

Sócrates: E seria o caso de separarmos e distinguirmos do resto os elementos condutores de cada uma delas?

Protarco: Mas quais são esses elementos e como separá-los?

e **Sócrates:** Se de todas as artes fossem subtraídas a aritmética e as ciências da medição e da pesagem, o que restaria dessas artes seria, estaríamos facultados a afirmá-lo, bastante insignificante.

Protarco: De fato, bastante insignificante.

Sócrates: Estaríamos reduzidos à representação e ao exercício de nossos sentidos por meio de experiência e prática contínua,

auxiliados pelo recurso à conjetura, comumente classificada
56a como arte e que passa a exibir eficiência por força de prática e trabalho árduo.

Protarco: O que dizes é inegável.

Sócrates: Tomemos primeiramente a música, em que isso é marcante; a harmonia é obtida mediante conjetura baseada na prática, e não mediante a medição; e na música interpretada na flauta tenta-se largamente encontrar o diapasão com referência a cada nota por conjetura, resultando estar mesclado a isso um elevado grau de incerteza e um modesto grau de certeza.

Protarco: É inteiramente verdadeiro.

b **Sócrates:** E constataremos ocorrer algo idêntico na medicina, na agricultura, na navegação e no comando militar.

Protarco: Certamente.

Sócrates: No que se refere à arte da construção, porém, o emprego frequente e generalizado de muitíssimas medidas e instrumentos lhe confere, em minha opinião, grande precisão e a torna mais científica do que a maioria das artes.

Protarco: De que maneira?

Sócrates: Bem, na construção de navios, na de casas e em diversos outros ramos do trabalho com madeira, empregam-se a régua, o torno, o compasso, o fio de prumo e um instrumento
c engenhoso denominado torno de bancada.

Protarco: Certamente, Sócrates, o que dizes é correto.

Sócrates: Dividamos, portanto, as assim chamadas artes em dois tipos: aquele daquelas que se assemelham à música e que oferecem menos precisão em seus produtos, e aquele daquelas, que como a construção, são mais exatas.

Protarco: Tens meu assentimento.

Sócrates: E entre essas últimas as mais exatas são as artes que há pouco indiquei em primeiro lugar.

Protarco: Suponho que aludas à aritmética e às outras artes na imediata sequência dela.[72]

---

72. Ou seja, as ciências ligadas à medição e à pesagem.

d **Sócrates:** Certamente. Mas, Protarco, não será o caso de também essas deverem ser divididas em dois tipos? O que achas?

Protarco: Quais tipos?

Sócrates: Será que teríamos que admitir, em primeiro lugar, que a aritmética do vulgo[73] é uma, enquanto a dos filósofos uma outra?

Protarco: Mas como poderia alguém distinguir esses dois tipos de aritmética?

Sócrates: Não se trata, inclusive, de uma distinção pouco significativa, Protarco. Para começar há os que computam unidades
e desiguais, digamos dois exércitos e dois bois, independentemente de serem minúsculas ou incomparavelmente colossais; por outro lado, há outros que deles divergem, a menos que seja assegurado que essas unidades incontavelmente múltiplas não difiram de modo algum de quaisquer das outras.

Protarco: Explicaste muito bem essa diferença nada insignificante que divide os aficionados dos números, de modo a considerarmos conforme a razão supor que há dois tipos de aritmética.

Sócrates: E quanto às artes do cálculo e da medição utilizadas na construção e no comércio comparativamente à geometria e aos
57a cômputos elaborados praticados na filosofia? Diremos que há apenas um tipo de cada ou dois?

Protarco: Entendendo-o analogamente à situação anterior, eu diria que são duas de cada tipo.

Sócrates: Correto. Mas compreendeste por que eu trouxe à baila essa questão?

Protarco: Talvez, mas apreciaria que tu mesmo desse a resposta a tua questão.

Sócrates: A meta desta nossa discussão parece a esta altura ser, tal como foi quando a encetamos, buscar e encontrar uma con-
b traparte do prazer, de sorte que nos cabe agora descobrir se há uma diferença de pureza entre diferentes tipos de conhecimento do mesmo modo em que havia entre diferentes tipos de prazer.

73. ...τῶν πολλῶν... (*tôn pollôn*), literalmente os muitos, a multidão, a maioria das pessoas comuns.

Protarco: Está bem claro ter sido essa a meta de nossa discussão em pauta.

Sócrates: Ora, a discussão já não estabelecera anteriormente que as diversas artes apresentavam propósitos variados, bem como variados graus de precisão?

Protarco: Certamente.

Sócrates: Assim, embora anteriormente hajamos nomeado a arte
de maneira singular, entendendo que se trata de uma arte una,
nossa argumentação não nos indica agora que deveria ser tra-
c tada como dupla, e não deveríamos também indagar qual é a
arte que encerra mais precisão e pureza, se a dos filósofos ou
a dos não filósofos?

Protarco: Sim, penso que é essa a questão que se impõe.

Sócrates: Então, Protarco, qual a resposta que daremos a essa questão?

Protarco: Sócrates, topamos com uma diferença espantosamente grande no que respeita à precisão das ciências.

Sócrates: E isso facilitará a resposta?

Protarco: E como não? Que nossa resposta seja a seguinte: elas[74]
d superam sumamente as outras e entre elas as que são ativadas
pelo ardor dos genuínos filósofos são incomensuravelmente
superiores do prisma da precisão e da verdade no que tange ao
emprego de medidas e números.

Sócrates: Aceitemos isso como nossa posição e depositando confiança em ti respondamos confiantemente àqueles extraordinariamente hábeis produtores de argumentos atraentes...

Protarco: E como responderemos?

Sócrates: Que há dois tipos de aritmética e dois tipos de medição, além de um grande número de outros ramos do conhecimento que, como elas, são duplos, embora partilhem de um mesmo nome que lhes é comum.

e **Protarco:** Pois concedamos, Sócrates, essa resposta aos que di-
zes serem extraordinariamente hábeis, esperando que ela nos
favoreça.

---

74. Isto é, a aritmética e as ciências da medição e da pesagem.

Sócrates: Bem, afirmamos que essas são as ciências que possuem a maior precisão?

Protarco: Certamente.

Sócrates: Entretanto, Protarco, o poder da dialética nos condenará ao repúdio se a preterirmos em favor de qualquer outra ciência.

58a **Protarco:** Mas ao que te referes com tal nome?

Sócrates: É evidente que qualquer pessoa reconhece ao que me refiro. De fato, estou certo de que toda pessoa que possua inteligência, por menor que seja, considera que a disciplina que se ocupa do *ser* e do que é realmente e naturalmente em todos os aspectos sempre idêntico é o mais verdadeiro de todos os tipos de conhecimento. Qual tua opinião a respeito disso, Protarco?

Protarco: Tenho ouvido, Sócrates, Górgias[75] com frequência defender que a arte da persuasão supera a todas as demais porque
b escraviza todas as outras coisas, isto não pela força, mas contando com o livre consentimento, o que lhe confere, com ampla vantagem, o posto de a mais excelente de todas as artes. Portanto, agora dificilmente me interessaria opor-me a ele ou a ti.

Sócrates: A mim parece que a princípio querias expressar tua opinião, mas movido pelo embaraço, depuseste as armas.

Protarco: Tu o podes interpretar como o quiseres.

Sócrates: Mas devo eu ser responsabilizado por não teres compreendido?

Protarco: [Não ter compreendido] o quê?

Sócrates: O que eu desejava descobrir aqui, meu caro Protarco, não era a arte ou ciência que supera todas as demais por ser
c a maior, a mais excelente e a mais útil para nós. O que estou tentando determinar no momento é a arte, não importa se modesta e de pouca utilidade, que está envolvida maximamente com a clareza, a precisão e a verdade. Nota que não irritarás Górgias se admitires que sua arte é superior do ponto de vista das necessidades práticas humanas, e admitires também que o

75. Górgias de Leontini, famoso sofista contemporâneo de Sócrates e Platão. Ver o diálogo homônimo de Platão (*Diálogos II*, obra publicada em *Clássicos Edipro*).

estudo ao qual me referi é superior do ponto de vista do suma-
d mente verdadeiro, precisamente no sentido contemplado por mim quando falava do branco que, mesmo sendo em pequena quantidade e puro, era superior ao que era grande, mas impuro. Assim, neste momento, pensando cuidadosamente e examinando devidamente, e pondo em suspenso quer a utilidade, quer o prestígio das artes ou ciências, mas nos atendo àquela faculdade de nossas almas, possivelmente existente, que por determinação da natureza ama a verdade e tudo faz no seu interesse, investiguemos essa faculdade e verifiquemos se é maximamente provável encerrar ela entendimento e saber no mais elevado grau de pureza, ou se teremos que buscar uma
e outra melhor qualificada nesse sentido.

Protarco: Estou a considerar e concluo pela dificuldade de descobrir qualquer outra ciência ou arte que se acercasse mais estreitamente da verdade do que essa.

Sócrates: Muito bem, mas ao declará-lo estavas ciente de que as artes em geral, bem como aqueles que delas se ocupam, se
59a servem de opiniões e se mantêm insistentemente investigando coisas que envolvem a *opinião*?[76] E mesmo que pensem estar estudando a natureza, deves compreender que passam suas vidas se dedicando ao estudo das coisas deste mundo, como veio a ser, como está submetido à ação e como age. Não é isso?

Protarco: Sim.

Sócrates: Assim, eles se empenham em se ocupar não dos seres eternos,[77] mas daquilo que vem a ser, virá a ser ou veio a ser?[78]

Protarco: Isso é inteiramente verdadeiro.

Sócrates: Se assim é, como poderíamos afirmar algo de definido
b no tocante a essas coisas em termos da mais rigorosa verdade se nenhuma delas jamais esteve, estará ou está em um estado idêntico?

---

76. ...δόξαν... (*dóksan*).

77. ...τὰ ὄντα ἀεί... (*tà ónta aeí*).

78. Platão enfatiza a distinção entre *ser* e *vir a ser* enquanto objetos do estudo, vinculando a opinião ao estudo e investigação das coisas que *vêm a ser*.

Protarco: Decerto não haveria como.

Sócrates: E como obtermos qualquer tipo de certeza estável acerca de coisas que não possuem, elas próprias, qualquer estabilidade?

Protarco: A mim parece que não há nenhum meio de obtê-lo.

Sócrates: A conclusão é que não há nenhum entendimento ou conhecimento capaz de alcançar a suprema verdade em relação a essas coisas.

Protarco: Ao menos com certeza isso não é provável.

Sócrates: Consequentemente, devemos descartar o que pensam tu, eu, Górgias e Filebo e enunciar algo solene quanto à nossa
c discussão.

Protarco: O quê?

Sócrates: Que ou encontramos estabilidade de certeza, pureza, verdade e o que poderíamos denominar integridade entre as coisas que permanecem eternamente em idêntico estado, sem qualquer mistura, ou encontramos o que no máximo possível aparenta-se a isso; tudo o mais que permanecer fora disso deve ser estimado como secundário e inferior.

Protarco: O que declaras é inteiramente verdadeiro.

Sócrates: Quanto aos nomes aplicados a essas coisas, o mais justo seria atribuir os nomes mais admiráveis às coisas mais admiráveis, não seria?

Protarco: Parece-me razoável.

d **Sócrates:** E não seriam entendimento e saber os nomes merecedores de serem por nós os mais honrados?

Protarco: Sim.

Sócrates: Desse modo, tais nomes são aplicados o mais precisa e corretamente à contemplação do ser real.

Protarco: Certamente.

Sócrates: E esses são precisamente os próprios nomes propostos por mim no início como elementos de nosso julgamento.

Protarco: Sem dúvida, são eles, Sócrates.

Sócrates: Ótimo. No que toca à mistura de saber e prazer, se al-
e guém nos comparasse a artesãos cercados pelos materiais com

base nos quais poderíamos criar nossa obra, a comparação seria adequada.

Protarco: Decerto.

Sócrates: O que significa que na sequência nossa tarefa é tentar formar a mistura?

Protarco: Certamente.

Sócrates: Não seria melhor começar por repetir certos pontos de modo a devolvê-los às nossas mentes?

Protarco: Quais?

Sócrates: Ora, os mencionados por nos anteriormente. Penso que o provérbio "Deve-se repetir duas vezes e mesmo três aquilo
60a que é bom" aplica-se admiravelmente aqui.

Protarco: Positivamente.

Sócrates: Por Zeus! Acho que é isso o cerne de nossa discussão.

Protarco: E o que é?

Sócrates: Ora, Filebo sustenta que o prazer é a meta acertada de todo ser vivo, que tudo deve convergir para ele e que, portanto, é também o bem de todos, de sorte que as duas palavras *bom* e *prazeroso* significam própria e essencialmente o mesmo; Sócrates, contudo, declara que não são uma mesma coisa, mas
b realmente duas coisas distintas, como distintas são as palavras que os designam, que o bom e o prazeroso diferem mutuamente quanto à natureza, e que a parcela do saber no bem é maior do que a do prazer. Não é essa a questão agora em pauta, tal como o foi antes, Protarco?

Protarco: Decididamente.

Sócrates: Além do que não estamos agora de acordo quanto a isso, como o estávamos antes?

Protarco: Quanto ao quê?

Sócrates: Que a natureza do bem é diferente de tudo o mais nesse aspecto.

c **Protarco:** Em que aspecto?

Sócrates: Que todo o ser vivo que se conservar sempre possuidor do bem, por completo e de todas as maneiras, de nada mais necessita, sendo perfeitamente autossuficiente. Concordamos com isso?

Protarco: Concordamos.

Sócrates: E em seguida procuramos em pensamento dissociá-los mutuamente, outorgando-lhes vidas individuais: o prazer destituído de saber e, do mesmo modo, o saber sem a mais ínfima presença de prazer?

Protarco: Precisamente.

d **Sócrates:** E um ou outro, na oportunidade, nos pareceu suficiente para alguém?

Protarco: De modo algum.

Sócrates: Ora, no caso de havermos cometido algum erro naquela ocasião, qualquer um de nós tem agora a chance de retomar a questão e corrigir o erro. Supondo que estão na mesma classe a memória, o saber, o conhecimento e a opinião verdadeira, que lhe seja permitido indagar se alguém optaria por ter ou adquirir qualquer coisa sem aquela classe; mais particularmente, se estaria interessado em prazer, por mais copioso e intenso que fosse, sem a opinião verdadeira de que dele frui,
e sem poder identificar qual experiência que tem, privado da mais ínfima memória desse estado emocional. E que lhe fosse também permitido indagar sobre o saber, se haveria alguém que desejasse possuir saber sem nenhum – nem sequer a mais ínfima porção – de prazer ou, de preferência, acompanhado de alguns prazeres, ou todos os prazeres sem saber, de preferência a com algum saber.

Protarco: Ninguém se predisporia a isso, Sócrates; é inútil formular a mesma questão de maneira reiterada.

61a **Sócrates:** Resulta que o perfeito, o que representa o desejável para todos e é plenamente bom, não é nem um nem outro desses?

Protarco: E como poderia ser?

Sócrates: O que nos remete à tarefa de obter um nítido conceito do bem, ou, ao menos, um delineamento dele, para nos capacitarmos a determinar, como o dissemos antes, ao que deve ser destinado o segundo lugar.

Protarco: O que dizes é plenamente correto.

Sócrates: E não encontramos ao menos um caminho que conduz ao bem?

Protarco: Qual caminho?

Sócrates: Se estivesses procurando uma pessoa e inicialmente
b obtivesses a informação correta a respeito de seu endereço, isso significaria um grande avanço quanto a encontrar a pessoa procurada por ti.

Protarco: Não há como negá-lo?

Sócrates: E há pouco acolhemos uma indicação, como aconteceu no começo, de que é necessário buscar o bem não na vida não mista, mas na mista.

Protarco: Certamente.

Sócrates: Mas decerto é mais de se esperar que o que estamos procurando esteja claramente presente na vida bem mesclada do que na vida precariamente mesclada?

Protarco: [Há] muito maior [esperança na primeira hipótese].

Sócrates: Pois façamos a mistura, Protarco, enviando uma oração
c aos deuses, a Dionísio[79] ou Hefaístos,[80] ou ao deus que preside às misturas.

Protarco: Com toda a certeza.

Socrates: Somos como os copeiros,[81] e ao nosso lado encontram-se fontes, sendo que a do prazer pode ser comparada a uma fonte de mel, enquanto a sóbria fonte não vinícola do saber a uma fonte de água pura e salutar, devendo nós nos esmerarmos em fazer de ambas uma perfeita mistura.

Protarco: Decerto que devemos.

d **Sócrates:** Antes de realizarmos a mistura, responde-me: seria mais provável obtermos êxito se mesclássemos todo prazer a todo saber?

---

79. Deus não olímpico, o mesmo que Baco, que teria, entre outras coisas, ensinado ao ser humano como fabricar o vinho. Dionísio está vinculado à embriaguez, ao desregramento dos sentidos e seu culto é praticado mediante danças e cânticos caracterizados precisamente pela livre manifestação dos instintos, atingindo mesmo o frenesi.

80. Um dos doze deuses olímpicos, Hefaístos é o deus coxo rejeitado por sua mãe, Hera, que o arremessou Olimpo abaixo. Converteu-se em exímio artesão da forja e dos metais e tornou-se esposo de Afrodite.

81. ...οἰνοχόοις... (*oinokhóois*), os serviçais que portavam e serviam o vinho aos convivas.

Protarco: Talvez.

Sócrates: Mas isso envolve perigo. Mas disponho de um plano que permitirá fazermos nossa mistura envolvendo menos risco.

Protarco: Qual é?

Sócrates: Suponho que foi constatado por nós que um prazer era maior do que um outro, ao passo que uma arte era mais precisa do que uma outra?

Protarco: Com certeza.

Sócrates: Como vimos que havia conhecimento de dois tipos, um deles que se ocupava de coisas transitórias, e o outro voltado
e para coisas que nem vêm a ser nem cessam de ser, sendo sempre idênticas e imutáveis. Ora, considerando-os do prisma da verdade, julgamos que esse último tipo de conhecimento era mais verdadeiro do que o primeiro.

Protarco: Com certeza foi o acertado.

Sócrates: Bem, o que achas de começarmos por misturar as porções mais verdadeiras de cada um e verificar, uma vez consumada a mistura, se são capazes de nos fornecer a mais desejável das vidas, ou se ainda permaneceremos necessitados de algo mais, além de diferente.

62a **Protarco:** Acho que é o que deveríamos fazer.

Sócrates: Imaginemos, então, um ser humano detentor da compreensão (possibilitada pelo saber) do que é a própria justiça e que é capaz de produzir argumentos em consonância com essa compreensão baseada no saber, detendo inclusive o mesmo tipo de compreensão em relação a todas as outras coisas.

Protarco: Considera como imaginado.

Sócrates: Ora, será ele suficientemente dotado de conhecimento se dominar a teoria do círculo divino e da própria esfera, porém for ignorante da esfera humana e dos círculos humanos, até mesmo
b quando usa essas réguas e círculos na construção de casas?

Protarco: Estaríamos em uma posição ridícula, Sócrates, se estivéssemos completamente restritos ao conhecimento das coisas divinas.

Sócrates: O quê? Queres dizer que a arte imprecisa e impura da régua e círculo falsos deve ser introduzida em nossa mistura?

Protarco: Ora, isso é inevitável se qualquer um de nós quiser encontrar o próprio caminho de casa.

Sócrates: E quanto à música, em relação à qual dissemos há pou-
c co que era repleta de conjetura, imitação e falta de pureza?
Deveremos incluí-la?

Protarco: Parece-me necessário, se afinal é para nossa vida ser de algum modo vida.

Sócrates: Terei eu, tal como um porteiro empurrado e acotovelado por uma turba, que ceder, escancarar a porta e permitir o ingresso de todos os tipos de conhecimento, o impuro a se mesclar com o puro?

d **Protarco:** Desconheço, Sócrates, qual o dano que poderia provocar o ingresso de todos os demais tipos de conhecimento, quando já se possui o primeiro [em qualidade].

Sócrates: Deverei, assim, permitir que todos eles fluam para dentro daquilo que Homero chama muito poeticamente de mistura dos vales estreitos e profundos?[82]

Protarco: Certamente.

Sócrates: Estão admitidos. Mas agora é preciso que voltemos à
fonte do prazer, uma vez que nosso plano inicial de produzir a
mistura começando pela absorção das porções verdadeiras não
obteve êxito; nosso amor pelo conhecimento fez com que in-
e troduzíssemos todos os tipos de conhecimento antes de qual-
quer um dos prazeres.

Protarco: O que dizes é totalmente verdadeiro.

Sócrates: Agora, é o momento de considerarmos também os prazeres, a questão de se devemos admitir a todos indiscriminadamente, ou se inicialmente admitiremos apenas os verdadeiros.

Protarco: Seria muito mais seguro admitir os verdadeiros de início.

Sócrates: Que sejam, então, admitidos. Mas o que mais? Se alguns se revelam necessários, não deveríamos misturá-los também, como fizemos no outro caso?

Protarco: Por que não? Não há dúvida que os prazeres necessários têm que ser incluídos.

---

82. Alusão um tanto inconsistente de Platão à *Ilíada*, Canto IV, 452-3.

63a **Sócrates:** E considerando que havíamos concordado que não era nocivo, mas mesmo útil cultivar todas as artes ao longo de nossa vida, se agora disséssemos o mesmo em relação aos prazeres, ou seja, se é útil e inócuo para nós fruir de todos os prazeres ao longo de nossa vida, infere-se que deveríamos misturá-los todos.

Protarco: O que dizer então nesse caso, e o que nos cabe fazer?

Sócrates: De nada valeria nos perguntar tal coisa, Protarco, mas sim aos próprios prazeres e ao próprio saber e descobrir como
b se comportam nessa sua relação recíproca.

Protarco: O que [perguntaremos a eles]?

Sócrates: "Amigos, se é que deveis ser chamados de *prazeres* ou qualquer outro nome, preferis viver com todo o saber, ou com absolutamente nenhum saber?" Para isso penso que haveria, o mais necessariamente possível, uma única resposta.

Protarco: Qual é?

Sócrates: Aquilo que já foi dito antes: "Não é possível nem útil que uma classe permaneça sozinha, isolada e não misturada; mas considerando todas as classes, na sua mútua comparação,
c a melhor para se conviver é o conhecimento de todas as demais coisas e, na medida do possível, o completo conhecimento de nossos eus individuais".

Protarco: "Vossa resposta é ótima", lhes diremos.

Sócrates: Correto. Em seguida deveríamos nos voltar para o saber e o entendimento e dirigir-lhes a palavra. Indagaremos a eles: "Desejais quaisquer outros prazeres adicionais na mistura?", ao que possivelmente responderiam: "Quais prazeres?".

Protarco: É muito provável que sim.

d **Sócrates:** Nesse caso prosseguiríamos e diríamos: "Além desses prazeres verdadeiros, desejais que os maiores e mais intensos prazeres também vivam convosco?".

"E como poderíamos desejá-los, Sócrates", talvez nos respondessem, "se produzem para nós incontáveis obstáculos, uma vez que causam nas almas humanas em que habitamos perturbações por meio de prazeres enlouquecedores, que frustram nosso próprio nascimento e desenvolvimento;

ademais, destroem totalmente a maioria de nossos rebentos,
e visto que a negligência leva ao esquecimento. Quanto, porém, aos prazeres verdadeiros e puros, aos quais te referiste, deves considerá-los até como aparentados a nós, bem como aqueles associados à saúde e ao autocontrole, também devendo incluir todos os que são servidores da virtude em geral e a seguem a toda parte, como se ela fosse uma divindade – assim, adiciona todos esses à mistura; entretanto, no que toca aos prazeres que são seguidores da insensatez e de toda forma de vício, seria muito irracional para alguém que deseja a mistura ou composto mais nobre e mais estável, o que é particularmente verdadeiro se quiser descobrir nessa mistura o que é o bem no
64a ser humano e no universo, e obter alguma visão da natureza do próprio bem, para mesclá-los ao entendimento." Não seria o caso de julgarmos essa resposta dada agora pelo entendimento a favor de si mesmo, da memória e da opinião correta como criteriosa e razoável?

Protarco: Com toda a certeza.

Sócrates: Contudo, uma outra inclusão é, certamente, necessária, na ausência da qual coisa alguma jamais pode vir a ser.

b **Protarco:** O que é?

Sócrates: Sem a inclusão da verdade[83] nada poderia verdadeiramente vir a ser e permanecer sendo.

Protarco: E como poderia?

Sócrates: Decerto que não poderia de modo algum. Se ainda há alguma coisa faltando em nossa mistura, cabe a ti e a Filebo se manifestarem a respeito disso. De fato, no que tange a mim, parece-me que nossa discussão cumpriu o desígnio do que poderia ser denominada uma ordem incorpórea, cuja função será governar nobremente um corpo dotado de alma.

Protarco: E podes dizer, Sócrates, que partilho de idêntica opinião.

c **Sócrates:** E se nos dispuséssemos a dizer que estamos agora no vestíbulo do bem e de sua morada, não estaríamos talvez sendo corretos?

---

83. ...ἀλήθειαν... (*alétheian*).

Protarco: É certamente o que penso.

Sócrates: Assim sendo, qual ingrediente da mistura teríamos que estimar como o mais valioso e, ao mesmo tempo, como o principal fator que o torna valioso a todos? Ao descobri-lo, examinaremos então se está mais intimamente ligado e está mais aparentado ao prazer ou ao entendimento no universo.

d **Protarco:** Correto, pois isso seria extremamente útil a nós na formação de nosso julgamento.

Sócrates: E certamente é facílimo perceber qual é a causa que torna qualquer mistura ou maximamente valiosa ou completamente destituída de valor.

Protarco: O que queres dizer?

Sócrates: Ora, não há nenhum ser humano que a ignora.

Protarco: Ignora o quê?

Sócrates: Que qualquer mistura, não importa como constituída, a que falte naturalmente medida e proporção, destrói necessariamente seus componentes e, sobretudo, a si mesma; de fato, na
e verdade não é uma mistura, mas uma mixórdia desconectada, constituindo sempre um infortúnio para os seus possuidores.

Protarco: Inteiramente verdadeiro.

Sócrates: Portanto, agora o poder do bem se refugiou na natureza do belo, já que a medida e a proporção são em todo lugar identificadas com o belo e o virtuoso.

Protarco: Certamente.

Sócrates: Mas dissemos realmente que a verdade também está incluída com eles na mistura.

Protarco: Certamente.

Sócrates: Ora, se não pudermos apreender o bem recorrendo a
65a uma única ideia, que o apreendamos com o auxílio de três: a do belo, a da proporção[84] e a da verdade, e digamos que essas, tratadas como uma unidade, podem, mais propriamente do que quaisquer outros elementos da mistura, ser tidas como a causa, pois seu bem é o que torna a própria mistura uma boa mistura.

Protarco: Inteiramente correto.

---

84. ...ξυμμετρίᾳ... (*ksymmetríai*).

Sócrates: Conclui-se agora, Protarco, que qualquer um estaria
b capacitado a julgar acerca de prazer e saber, e deliberar qual deles tem mais afinidade com o bem supremo e possui maior valor entre seres humanos e deuses.

Protarco: Isso é evidente, porém de qualquer modo é melhor levar essa discussão até o fim.

Sócrates: Nesse caso, julguemos cada uma das três separadamente do prisma de sua relação com o prazer e o entendimento, pois nos compete verificar a qual destes dois destinaremos cada uma delas como mais afim.

Protarco: Aludes ao belo, à verdade e à *justa medida*?[85]

Sócrates: Sim. Toma primeiramente a verdade, Protarco, e obser-
c va esse trio, *entendimento*, *verdade* e *prazer*. Depois de ponderar por muito tempo, responde a ti mesmo se o prazer ou o entendimento é mais afim em relação à verdade.

Protarco: Mas por que consumir muito tempo? Afinal a diferença, a meu ver, é muito grande. De fato, o prazer é o maior dos impostores, e conta-se que nos prazeres do sexo, os quais são tidos como os maiores, até o perjúrio é perdoado pelos deuses, como se os prazeres fossem como crianças, completamente destituídos de senso. O entendimento, ao contrário, ou é idên-
d tico à verdade ou, entre a totalidade das coisas, o que a ela mais se assemelha e o mais verdadeiro.

Sócrates: Na sequência, portanto, considera a justa medida do mesmo modo, e verifica se o prazer a encerra mais do que o saber, ou este mais do que o prazer.

Protarco: Tampouco isso oferece qualquer dificuldade para ser considerado, já que, na minha opinião, nada pode ser encontrado que seja mais destituído de justa medida do que o prazer e seus arrebatamentos, e nada mais de acordo com a justa medida do que o entendimento e o conhecimento.

e **Sócrates:** Excelente discurso. Mas prossegue e fala da terceira. É o entendimento ou o prazer que encerra mais beleza? É o entendimento mais belo do que o prazer ou o contrário?

---

85. ...μετριότητος... (*metriótetos*): ver nota anterior.

Protarco: Ora, Sócrates, ninguém, durante o sonho ou desperto, jamais viu ou soube que o saber ou o entendimento é disforme, ou se torna disforme em qualquer ocasião ou de qualquer modo, no presente ou no futuro.

Sócrates: Correto.

Protarco: No caso dos prazeres, entretanto, quando flagramos alguém os experimentando, especialmente os mais intensos, percebemos que seu efeito é ridículo, se não pura e sim-
66a plesmente obsceno; ficamos completamente envergonhados, ocultando-os o máximo possível da visão e os concentramos no período noturno, como se a luz do dia não os devesse testemunhar.

Sócrates: Portanto, proclamarás em toda parte, Protarco, por meio de mensageiros aos que estão ausentes e por meio do discurso aos que se acham presentes, que o prazer não é a posse mais importante, que nem sequer é a segunda mais importante, mas que para o primeiro lugar a natureza eterna escolheu a medida, a moderação, o apropriado e tudo o mais a ser considerado semelhante a estes.

Protarco: Ao menos é o que parece ser o resultado do que foi dito agora.

b **Sócrates:** Em segundo lugar posicionam-se o proporcional, o belo, o perfeito, o suficiente e tudo que pertence a essa classe.

Protarco: É o que parece se evidenciar.

Sócrates: E se situares na terceira posição o entendimento e o saber, não te desviarás, segundo minha previsão, da verdade.

Protarco: Talvez.

Sócrates: Tampouco se, além desses três postos, atribuíres o quarto ao que entendemos ser propriedades peculiares da
c alma, ou seja, ciências, artes e opiniões corretas, e declarares que essas se posicionam após as primeiras três, constituindo o quarto lugar, uma vez que têm mais afinidade com o bem do que o tem o prazer.

Protarco: Talvez.

Sócrates: A quinta posição será dos prazeres que selecionamos e definimos como indolores, e que classificamos como prazeres puros da própria alma, isto é, aqueles prazeres vinculados às ciências e que, às vezes, também estão vinculados às percepções.

Protarco: Talvez.

Sócrates: "Mas com a sexta geração", diz Orfeu,[86] "a bem ordenada canção pode cessar." Parece provável que também nossa discussão cesse com nosso sexto julgamento, após o
d qual nada mais nos resta fazer senão darmos um coroamento à nossa discussão.

Protarco: Sim, é o que deveria ser feito.

Sócrates: Pois vem e que pela terceira vez convoquemos o mesmo argumento para testemunhar diante de Zeus, o Salvador, e prossigamos.

Protarco: Qual?

Sócrates: Ora, Filebo declarou ser o prazer o bem de maneira plena e em todos os aspectos.

Protarco: Pareceu, Sócrates, quando disseste momentos atrás "terceira vez" que entendias que tínhamos que retomar o argumento do princípio e repeti-lo.

e **Sócrates:** Sim, mas ouçamos o que se segue. De fato eu, tendo em vista todas as considerações que estive agora pormenorizando, e desgostoso com a opinião, que não é sustentada somente por Filebo, mas por outros em número incontável, disse que o entendimento era algo sumamente superior e mais excelente para a vida humana do que o prazer.

Protarco: Correto.

Sócrates: Contudo, na suspeita de que tínhamos muitos outros pontos a serem examinados, disse que na hipótese de ser encontrada alguma coisa melhor do que esses dois, eu apoiaria o entendimento contra o prazer na luta pelo segundo lugar, e que o prazer sequer conquistaria o segundo lugar.

67a **Protarco:** Foi o que disseste.

Sócrates: Na sequência foi demonstrado de maneira totalmente satisfatória que cada um desses dois era insuficiente.

---

86. O extraordinário cantor mítico que com sua lira arrebatava a todos, inclusive divindades, como o próprio deus Hades (Plutão).

Protarco: Inteiramente verdadeiro.

Sócrates: Tanto o entendimento quanto o prazer, nesse argumento, foram, portanto, postos de lado; nem um nem outro é o bem ele próprio, uma vez que lhes falta autossuficiência e a força da adequação e da perfeição. É isso?

Protarco: Está plenamente correto.

Sócrates: Entretanto, com o surgimento de um terceiro competidor, superior a um e outro, constata-se agora que o entendimento tem infinitamente mais afinidade, comparado ao prazer, ao que se sagrou vitorioso.

Protarco: E como poderia ser de outro modo?

Sócrates: Portanto, com base no veredicto agora pronunciado por nossa discussão, a força do prazer estaria na quinta posição.

Protarco: É o que parece.

b **Sócrates:** Mas não a primeira, mesmo que todo o gado bovino, os equinos e os outros animais, na sua busca do gozo, o afirmassem. Ora, neles confiando, como os augures confiam em aves, a maioria julga que os prazeres são sumamente eficazes na conquista da vida feliz, julgando inclusive que as paixões dos animais constituem melhores testemunhas do que a aspiração pelo argumento inspirada pela musa filosófica.

Protarco: Todos nós declaramos agora, Sócrates, que aquilo que disseste é inteiramente verdadeiro.

Sócrates: Com o que me deixarás ir embora?

Protarco: Alguma coisa ainda restou, Sócrates. Certamente não desistirás antes que nós desistamos, e eu te lembrarei do que resta.

LÍSIS

(OU DA AMIZADE)

PERSONAGENS DO DIÁLOGO:

Sócrates, Hipotalés, Ctesipo, Menexeno[1] e Lísis

203a Dirigia-me à Academia diretamente para o Liceu, seguindo pelo caminho exterior aos muros, precisamente abaixo deles. Chegado à pequena porta[2] que conduz à fonte de Panopo, aconteceu de topar com Hipotalés, filho de Hierônimo e Ctesipo, do demo de Paeânia, acompanhados de alguns outros jovens. À minha aproximação, Hipotalés indagou:

"Sócrates, de onde vens e para onde vais?"

"Da Academia", eu disse, "direto para o Liceu".

b "Ora, vem para cá", ele disse, "direto para nós. O que acharias de alterar teu rumo? Asseguro-te que vale a pena."

"Mas queres dizer exatamente para onde?", perguntei. "E na companhia de quem?"

"Para cá", disse indicando-me um recinto fechado cuja porta estava aberta e que dava para o muro. "É aqui que passamos o tempo", prosseguiu. "Há muitos outros além de nós... e todos atraentes."

204a "O que é isso e como passais vosso tempo?"

---

1. Ctesipo e Menexeno estarão presentes por ocasião da morte de Sócrates, como mencionado no *Fédon* 59b.

2. ...πυλίδα... (*pylída*), *poterna*.

"É uma nova escola de luta", ele disse, "mas passamos a maior parte do tempo em conversações e seria para nós prazeroso se participasses."

"Excelente", eu disse. "E quem ensina nesse lugar?"

"Um amigo e admirador teu, ou seja, Micos."

"Por Zeus, trata-se de um homem a quem não falta talento, um professor[3] qualificado."

"Então gostarias de nos acompanhar? Se o fizeres, verás quem frequenta o lugar."

b "Primeiramente, gostaria muito de saber em que condição estou ingressando e quem é o atraente."

"Nesse caso as opiniões divergem, Sócrates."

"E qual é a tua, Hipotalés? Informa-me a respeito."

Ele enrubesceu, diante do que acrescentei: "Hipotalés, filho de Hierônimo, não há necessidade de me dizeres se estás ou não amando alguém. Sei que estás e, inclusive, não mais nas primeiras etapas de tua paixão. Para tudo o mais posso não passar de uma pessoa medíocre e de parcos recursos, mas há em mim uma
c espécie de dom divino que me capacita a reconhecer, de imediato, alguém apaixonado e quem é objeto de paixão".

Essas minhas palavras só fizeram em muito aumentar seu rubor, o que levou Ctesipo a observar:

"É muito bonito, Hipotalés, ficar ruborizado, hesitando quanto a dizer a Sócrates um nome. Mas bastará a ele alguns instantes contigo para que te ponhas a repetir incessantemente esse nome. Ele quase já nos ensurdeceu, Sócrates, de tanto despejar o nome
d *Lísis* em nossos ouvidos. E se acontece de ele esvaziar algumas taças, pronuncia esse nome tão prodigamente que chegamos a crer estar ainda ouvindo o nome de Lísis na hora de despertarmos. Por pior que tudo isso possa parecer nas conversas normais, nada significa se comparado às ocasiões nas quais ele devaneia a verter sobre nós seus versos e sua prosa. Mas o pior de tudo isso é quando se põe a entoar canções dirigidas ao seu amado com uma voz terrível à qual não podemos escapar. E agora quando lhe perguntas pelo nome, ele... enrubesce!"

---

3. ...σοφιστής... (*sophistés*), um sofista, um professor remunerado, geralmente itinerante.

"Lísis, suponho, é alguém bastante jovem. Eu o digo porque
e não reconheci o nome ao escutá-lo."

"A razão disso é seu próprio nome não ser muito utilizado", ele observou. "É ainda conhecido pelo nome de seu pai, que é uma pessoa muito famosa. Estou seguro, porém, que o identificarás tão só por sua aparência, que é quanto basta para reconhecê-lo."

"De quem, afinal", eu disse, "ele é filho?"

"É o primogênito de Demócrates, do demo de Aexone."

"Ora, Hipotalés", retomei a palavra, "devo congratular-te por encontrar alguém tão nobre e generoso para amar! Agora executa a celebração desse amor diante de mim como o fazes diante de teus amigos, de modo que eu possa avaliar se conheces a lingua-
205a gem conveniente a um amante, quer se dirija ao seu amado, quer dele fale a outras pessoas."

"Por acaso", ele disse, "atribuis alguma importância ao que ele disse, Sócrates?"

"Estás negando que estás apaixonado pela pessoa indicada por ele?"

"Não, mas estou negando que componho poemas e odes em louvor de meu amado."

"Ele está doente", disse Ctesipo. "Falta senso a essa sua tagarelice."

Voltei a falar: "Hipotalés, não estou interessado em ouvir teus
b versos nem as canções que fizeste ou não para esse jovem. A única coisa que me interessa é saber o que pensas, pois desejo conhecer como te comportas em relação a quem amas".

"Ora, quem pode informar-te", ele respondeu, "é *este* indivíduo. Ele parece conhecer o assunto a fundo e deve se lembrar de tudo, se é verdade, como afirma, que de tanto me ouvir quase ensurdeceu."

"Sim, pelos deuses", disse Ctesipo. "Certamente conheço muitíssimo bem o assunto e se trata, Sócrates, de algo simplesmente ridículo, pois ele nutre uma singular fixação pelo rapazinho e se mostra totalmente incapaz de dizer a ele algo mais original do que o poderia dizer qualquer menino. Não é isso ridículo? O que ele coloca nos versos e na prosa são as banalidades cantadas por toda

c a cidade sobre Demócrates, sobre o outro Lísis, o avô deste, e acerca de todos seus antepassados, incluindo suas riquezas, estábulos, vitórias píticas, ístmicas, e os jogos de Nemeia[4] das corridas de bigas e corridas a cavalo. E então ele mergulha na história contemporânea a Cronos. Anteontem mesmo, narrava-nos ele em um poema de sua autoria como Héracles foi entretido por um de seus ancestrais, e apresentava como razão dessa acolhida o pa-
d rentesco entre Héracles e esse ancestral, ele mesmo filho de Zeus e da filha do fundador de seu demo. Em resumo, contos de velhas, Sócrates, e tudo nessa proporção. É isso que ele diz, é isso que canta e o que nos obriga a escutar."

"Ridículo Hipotalés", eu disse ao ouvir tal coisa, "compões e cantas tua ode de vitória antes de conquistá-la?"

"Mas não é a mim que são dirigidos meus versos e minhas canções, Sócrates."

"Só pensas que não", eu disse.

"Como? O que queres dizer?", perguntou.

e "És com toda a certeza a pessoa visada por essas canções. Se obténs êxito na conquista de um rapazinho sendo ele como descreves, então tudo que compões – toda tua poesia e prosa – se converterão em glória para ti e genuíno louvor de um vencedor que conquistou um namorado. Na hipótese, porém, dele escapar-te, quanto mais intenso for o louvor de teu favorito, maior parecerá tua perda do que é belo e bom e mais te tornarás objeto de
206a ridículo. Essa é a razão porque as pessoas hábeis no amor, meu amigo, não fazem encômios aos que são objeto de seu amor antes de se tornarem senhores deles: temem qual será o desenrolar dos acontecimentos. Ademais, os belos meninos diante dos elogios e exaltação enchem-se de orgulho e se tornam enfatuados. Não é esta tua opinião?"

"É", ele disse.

"E quanto mais tomados pela vaidade, mais difíceis se tornam de serem apanhados."

---

4. Os Jogos Píticos se realizavam em Delfos, enquanto os Ístmicos, nas proximidades de Corinto; quanto aos de Nemeia, na própria Nemeia, situada entre Corinto e Micena.

"É provável que sim."

"O que acharias de um caçador que começasse por assustar sua caça e por tornar sua caçada mais difícil?"

"Evidentemente o julgaria deficiente."

b "E não consistiria um crasso mau uso do discurso e das canções tornar as coisas selvagens em lugar de promover seu abrandamento e encanto?"

"Penso que sim."

"Portanto, toma cuidado, Hipotalés, para não seres responsabilizado por todas essas coisas devido à tua poesia. Não suponho que admitirias que um homem que prejudica a si mesmo por meio de sua poesia seja, de algum modo, um bom poeta – considerando-se, afinal, que efetivamente causa prejuízos a si mesmo."

"Por Zeus, não", ele disse. "Isso seria completamente destituído de sentido. Mas é por isso mesmo que me dirijo a ti, Sócrates,
c em busca de aconselhamento. Apontes para mim, se puderes, qual o discurso e a ação a serem empreendidos para ser querido pelo seu querido."

"Não é fácil dizer o que é", eu disse. "Contudo, se te prontificares a encaminhá-lo ao diálogo comigo, talvez pudesse indicar-te que tipo de linguagem deves empregar na conversação com ele, em substituição aos discursos e canções que teus amigos aqui afirmam que tens utilizado."

"Não há nenhuma dificuldade nisso", ele disse. "Se entrares com Ctesipo neste lugar, acomodar-te e iniciar uma conversação,
d suponho que ele se aproximará espontaneamente. Ele realmente aprecia ouvir, Sócrates. Ademais, devido à celebração da festividade de Hermes, adolescentes e meninos se misturam. De uma maneira ou outra, ele se aproximará de ti, e mesmo que não o faça, ele e Ctesipo se conhecem estreitamente em função da particular amizade que o une a Menexeno, primo de Ctesipo. Bastará que Ctesipo o chame, se julgares que ele não vem espontaneamente."

"Eis", eu disse, "o que me cabe fazer." Ao mesmo tempo, pe-
e guei Ctesipo pelo braço e ingressei na escola de luta acompanhado dos outros.

Uma vez dentro do lugar, percebemos que os garotos haviam terminado o sacrifício e como o ritual estava para findar, começavam a jogar o jogo de ossinhos,[5] ainda vestidos com seus trajes mais elegantes. A maioria deles jogava no pátio externo, mas alguns, em um canto do vestiário, jogavam a par ou ímpar com uma grande quantidade de ossinhos que tiravam de pequenos cestos; outros, compondo um círculo, os observavam. Lísis se encontra-
207a va entre os espectadores, de pé no meio dos garotos e dos adolescentes, com uma coroa de flores na cabeça; atraía os olhares devido a com ar que não só merecia a reputação de belo que ele detinha, como também denunciava a marca distintiva de uma pessoa bem nascida.

Dirigimo-nos ao outro lado do aposento, onde estava tranquilo, nos sentamos e encetamos uma conversação. Tendo se virado, Lísis nos olhava continuamente, exibindo visivelmente o desejo de juntar-se a nós. Durante algum tempo hesitou, não se atrevendo a
b aproximar-se sozinho. Algum tempo depois, Menexeno, que estivera jogando no pátio, entrou e, notando minha presença e a de Ctesipo ao meu lado, veio sentar-se junto a nós. Logo que percebera o ingresso de Menexeno, Lísis se pusera a acompanhá-lo, sentando-se próximo a ele. Em seguida todos os demais também chegaram, inclusive Hipotalés, que quando viu que uma pequena multidão se formara em torno de nós, ocultou-se atrás desta, no pensamento de que sua presença não seria detectada por Lísis, a quem receava aborrecer. Ali se posicionou de pé com a finalidade de ouvir.

Olhei então para Menexeno e disse:

"Filho de Demofonte, qual de vós – dos dois – é mais velho?"

"Isso é objeto de discussão entre nós", ele respondeu.

c "Então deveis discutir também sobre qual dos dois pertence à família mais nobre?"

"Certamente", ele disse.

"E também sobre qual dos dois é mais belo." Ambos riram.

"Não perguntarei, naturalmente", prossegui, "qual é mais rico, visto que sois amigos, não é mesmo?"

---

5. ...ἀστραγαλίζοντάς... (*astragalídzontás*).

"Certamente", responderam.

"Segundo dizem, tudo é comum entre amigos, de modo que não podeis ser desiguais nesse aspecto, se o que declarais a respeito de vossa amizade é verdadeiro."

Concordaram com isso.

d Estava prestes a indagar-lhes qual era mais justo e mais sábio, quando fui interrompido por alguém que levou Menexeno, cuja presença era solicitada pelo instrutor.[6] Creio que ele tinha ainda que participar do ritual.

Menexeno ausente, perguntei a Lísis: "Suponho, Lísis, que teu pai e tua mãe te *amam*[7] muitíssimo?"

"Certamente."

"Querem, portanto, que sejas o mais feliz possível?"

e "Obviamente."

"Achas que um ser humano é feliz na condição de escravo e impossibilitado de fazer o que deseja?"

"Não, por Zeus, não acho", respondeu.

"Assim, se teu pai e tua mãe te amam e desejam tua felicidade, buscam todos os meios de assegurar essa felicidade?"

"É evidente que sim", ele disse.

"Daí permitem que faças tudo que queres sem nunca te censurar e nada te proíbem?"

"Por Zeus, não, Sócrates! Asseguro-te que há uma grande quantidade de coisas que me proíbem fazer."

208a "Mas o que dizes?", retruquei. "Desejam tua felicidade e te impedem de fazer o que queres? Responde-me o seguinte: supõe que quisesses subir em uma das bigas de teu pai e segurar as rédeas durante uma corrida. Julgas que o permitiriam a ti ou não?"

"Por Zeus! Decerto que não permitiriam."

"E a quem o permitem?"

"Há um auriga pago por meu pai."

---

6. ...παιδοτρίβην... (*paidotríben*).

7. ...φιλεῖ... (*phileî*).

"O quê? Confiam em um assalariado e não em ti para fazer o que deseja com os cavalos e ainda o pagam por isso?"

b "E qual o problema?", ele disse.

"E quanto à parelha de mulos? Imagino que confiem em ti para que a conduzas e que, se quiseres pegar o chicote para açoitá-los, permitam que o faças?"

"De modo algum", disse.

"E tem alguém a permissão de chicoteá-los?"

"Decerto", disse, "o arrieiro."

"Um escravo ou um homem livre?"

"Um escravo", respondeu.

c "Parece, então, que teus pais colocam um escravo acima de ti, que és filho deles, e lhe confiam aquilo que se recusam a confiar a ti, deixando que ela faça como queira, enquanto tolhem a ti? Diz ainda uma coisa: incumbem a ti da tarefa de cuidares de ti mesmo ou também nisso não confiam em ti?"

"Ora, e como confiariam?"

"Então quem cuida de ti?"

"Este meu *guardião*[8] aqui."

"Suponho que um escravo?"

"Sem dúvida! Um dos nossos."

"É algo estranho", eu disse, "um indivíduo livre ser controlado por um escravo! E no que consiste esse controle exercido pelo guardião sobre ti?"

"Ele me conduz à escola."

"E esses teus professores também te controlam?"

d "Sem dúvida."

"Parece que teu pai gosta de impor deliberadamente a ti um considerável número de senhores e controladores. Mas, ao menos, quando voltas para casa, para junto de tua mãe, imagino que ela, em prol de tua felicidade, deixa-te à vontade no tocante às suas lãs e seu tear, enquanto tece. Não te impede, suponho, de tocar a prancha ou a lançadeira, ou qualquer outro dos instrumentos de tecelagem."

8. ...παιδαγωγός... (*paidagogós*): literalmente *condutor da criança.*

"Não me impede?", ele riu, "Por Zeus, Sócrates!", exclamou. "Não só me impediria de fazer isso como me espancaria se os
e tocasse."

"Por Héracles!", foi minha vez de exclamar, "terias cometido alguma falta contra teu pai ou tua mãe?"

"Por Zeus, nunca!", respondeu.

"Ora, qual será o motivo que os impulsiona a te impedir, de forma tão estranha, de ser feliz e de fazer o que te agrada? Qual seria a razão de te manterem o dia todo em uma contínua escravidão, de modo que, em suma, praticamente nunca fazes o que queres fazer? O resultado, pelo que parece, é que todas as tuas grandes riquezas, embora muitas e diversas, de nada te servem.
209a Todos, exceto tu, têm certo controle sobre elas, e inclusive não tiras proveito nem de tua própria pessoa, e tu, embora nobre, és confiado ao controle e ao cuidado de um outro indivíduo. Quanto a ti, Lísis, não tens controle sobre pessoa alguma e não podes fazer nada que gostarias de fazer."

"Ora, Sócrates, é que não tenho ainda idade para tanto", ele disse.

"Dificilmente se trata disso, filho de Demócrates, visto que há algumas coisas, segundo suponho, que teu pai e tua mãe confiam a ti sem esperar que atinjas a maioridade. Por exemplo, se precisam de alguém para ler ou escrever, imagino que és o primeiro na
b casa que incumbem dessa tarefa. Não é verdade?"

"Com certeza", respondeu.

"Nesse caso, quando escreves, começas pela letra que queres, o mesmo valendo para a leitura. Se tomas tua lira, imagino que nem teu pai nem tua mãe te proíbem de esticar ou afrouxar as cordas, ou de fazê-las vibrar com teu dedo ou plectro conforme determine teu gosto. Impedem-te de fazê-lo?"

"Evidentemente, não."

"Então, seja qual for a razão, como explicar, Lísis, que nesse
c caso gozas de tua liberdade enquanto nos outros a subtraem de ti?"

"Suponho que seja porque nesse caso tenho conhecimento das coisas, ao passo que nos outros não o tenho."

"Que seja, ó excelente garoto. Não é, portanto, o número de anos de tua idade que teu pai aguarda para tudo confiar a ti. No dia, entretanto, que ele te julgar mais sábio do que ele, confiará sua própria pessoa acompanhada de tudo que possui a ti."

"Acredito que sim", disse.

"E teu vizinho não se comportará em relação a ti segundo a mesma regra de teu pai? Quando julgar a ti mais competente para
d administrar uma casa do que ele próprio, confiará a sua a ti ou a manterá sob sua administração?"

"Creio que a confiará a mim."

"E quanto aos atenienses? Não pensas que confiarão a ti seus negócios quando julgarem teu entendimento suficiente para administrá-los?"

"Penso que sim."

"Por Zeus, e quanto ao Grande Rei? Daria ele preferência ao seu primogênito, seu sucessor no governo da Ásia, quanto a adicionar o que bem queira à refeição real, ou preferiria confiar
e em nós para fazê-lo desde que nos apresentássemos a ele e lhe fornecêssemos uma prova cabal e convincente de nosso superior conhecimento culinário?"

"Não há dúvida que preferiria a nós."

"No que respeita a seu filho, proibirá que adicione qualquer coisa à sua refeição, enquanto no que nos diz respeito, poderíamos, se quiséssemos, nela lançar punhados de sal ao prepará-la, que ele não nos impediria."

"Certamente."

"Supõe que seu filho contraísse uma moléstia dos olhos. Permitiria ele ou não que o próprio filho, estando ciente da ignorân-
210a cia deste em matéria de medicina, tocasse e tratasse dos olhos?"

"Não o permitiria."

"Quanto a nós, ao contrário, se nos considerasse médicos não impediria – suponho – que abríssemos os olhos e os polvilhássemos à vontade de cinzas, convicto da justificativa de nossa ação."

"O que dizes é verdadeiro."

"Não é certo que, de uma maneira geral, depositará mais confiança em nós do que em si próprio e em seu filho em tudo que a ele parecermos mais conhecedores do que eles?"

"Necessariamente, Sócrates", ele disse.

"Portanto, meu caro Lísis", eu disse, "naquelas áreas do co-
b nhecimento nas quais realmente adquirimos entendimento, todos – gregos e bárbaros, homens e mulheres – as confiarão a nós, e nesse domínio agimos segundo nossa vontade, ninguém se propondo a nos contrariar; nesse domínio estamos livres e temos os outros sob controle; nesse domínio não só somos livres como as coisas nos pertencem, pois colheremos seus resultados. Entretanto, nas áreas onde nos falta entendimento, ninguém nos permite
c agir segundo nossa vontade, todos os obstáculos nos são interpostos, e não só pelos estranhos, como também por nosso pai e nossa mãe, e por eventuais pessoas que nos são ainda mais íntimas. Nessa esfera estamos submetidos a outros e as coisas não são verdadeiramente nossas porque não colhemos delas nenhum fruto. Concordas que assim é?"

"Concordo."

"E como então encontrar amigos? De que afeição podemos ser objeto na ausência de todo predicado que nos torne úteis aos outros?"

"De fato, não há como."

"E assim acaba por se revelar que nem teu pai te ama, nem ninguém ama ninguém mais enquanto a pessoa for inútil."

"É o que parece", ele disse.

"Mas se te tornas sábio, rapazinho, todos serão para ti amigos
d e ficarão próximos de ti, porque serás útil e bom; caso contrário, ninguém nutrirá amizade por ti, nem sequer teu pai, tua mãe ou teus parentes chegados. Como ter elevado entendimento de si, Lísis, se não se obteve ainda sequer a capacidade para o entendimento?"

"E como poderia alguém obtê-lo?", ele contrapôs.

"Ora, enquanto necessitares de um mestre, é sinal de que teu entendimento permanece insuficientemente capacitado."

"É verdade."

"E não poderias, portanto, tampouco ter elevado entendimento de ti na medida em que és incapaz de entendimento."

"Por Zeus, Sócrates", ele disse, "penso como pensas."

e Ao ouvir essas palavras, voltei o olhar para Hipotalés e quase cometi um deslize pois me ocorreu dizer-lhe: "Esta é a maneira, Hipotalés, de falar com um namorado: é necessário rebaixá-lo e colocá-lo no seu devido lugar em vez de admirá-lo até cobrir-se de vaidade e o estragar, como fazes". Mas quando percebi quão ansioso e perturbado se achava ouvindo o que dizíamos, recordei-
211a -me de seu desejo de ocultar sua presença de Lísis e freei minha língua.

Nesse ínterim, Menexeno voltou e retomou seu lugar ao lado de Lísis, e este, mediante um afável gesto pueril de amizade, sem que Menexeno o percebesse, murmurou-me com voz baixa: "Sócrates, repete a Menexeno o que me disseste."

"Já que me escutaste com bastante atenção, por que não o fazes tu mesmo, Lísis?", contrapus.

"Certamente assim agi", ele disse.

"Então esforça-te", eu disse, "para lembrar o mais fielmente
b possível o que eu disse, de modo a efetuar um claro relato. Caso te escape algum pormenor, tudo que terás a fazer é perguntar-me a respeito oportunamente."

"Asseguro-te que isso é algo que não deixarei de fazer, Sócrates, e com toda a certeza. Mas conversa com ele acerca de outro assunto, para que eu possa também escutar até que chegue a hora de ir para casa."

"Bem, suponho que é o que farei, visto que és tu que o solicitas. Mas não esqueças de vir em minha ajuda se Menexeno tentar refutar-me. Sabes que ele é um grande debatedor."

"Sim, por Zeus, e quanto! É por isso que desejo presenciar uma discussão entre tu e ele."

c "Para que eu me ridicularize?"

"Não, por Zeus", ele disse, "para que lhe dês uma lição."

"Mas como? Isso não é fácil. O camarada é formidável e é discípulo de Ctesipo. A propósito, o próprio Ctesipo está aqui, não o vês?"

"Não te preocupes com ninguém, Sócrates. Conversa sem constrangimento com ele."

"Pois conversemos", eu disse.

Mas nosso colóquio foi interrompido por Ctesipo: "Estais pensando em tornar esta festa particular para vós e nos deixar fora da conversação?"

d "Não, basta participardes. Lísis não está captando inteiramente o que eu estive dizendo, mas acha que Menexeno o compreende e insiste que eu o interrogue."

"E por que não vais em frente e o interrogas?"

"Mas é o que vou fazer", respondi. Peço que respondas, assim, Menexeno a qualquer pergunta. Desde que era menino, há algo que sempre desejei possuir. Cada um tem um desejo de posse:
e um deseja possuir cavalos, outro cães, um outro ouro ou honras. No que me toca, sou indiferente a tudo isso. Mas quanto a possuir amigos, sou absolutamente passional e ter um bom amigo seria para mim sumamente mais preferível do que possuir a melhor codorniz ou o melhor galo do mundo e até, por Zeus, o melhor dos cavalos ou dos cães; pelo Cão,[9] creio que preferiria um amigo a todo o ouro de Dario {ou mesmo ao próprio Dario},[10] tal a *afeição* que tenho por *amigos e companheiros*.[11] Assim, quando vejo tu e
212a Lísis, fico maravilhado e só posso vos congratular por terem podido, ainda tão jovens, adquirir tão depressa e facilmente essa posse: cada um de vós, de maneira recíproca, uma amizade pronta e certa. No que me respeita, estou tão longe de tal posse que sequer sei como uma pessoa se torna amiga de outra, que é precisamente a questão que desejo apresentar-te, a ti que conheces a matéria por experiência.

Assim, responde-me: quando alguém é afeiçoado por alguém,
b quem é o amigo? Aquele que sente a afeição, ou aquele que é objeto da afeição? Ou não há aqui nenhuma diferença?"

---

9. ...νὴ τὸν κύνα... (*nè tòn kýna*): usual expressão de Sócrates, que recorre ao deus cinocéfalo egípcio Anúbis, *mais precisamente*, ao deus com cabeça de chacal.

10. { } Possível interpolação, mas J. Burnet o registra normalmente.

11. ...φιλέταιρός... (*philétairós*).

"Não vejo nenhuma diferença", ele disse.

"Mas como? Queres dizer que os *dois* tornam-se amigos quando apenas *um* deles sente afeição pelo outro?"

"Sim, é o que me parece."

"Mas como? Não é possível para alguém que é afeiçoado de alguém não ser correspondido na sua afeição?"

"Sim, é possível."

"E não é possível para ele inclusive ser odiado? É o que sumponho acontecer às vezes com os amantes[12] em relação aos seus
c garotos favoritos.[13] Estão profundamente apaixonados, mas sentem que seu amor não é correspondido ou mesmo que são odiados. Não achas que isso é verdadeiro?"

"É a própria verdade", ele disse.

"Assim sendo, um indivíduo *ama* e o outro *é amado*?"

"Sim."

"E qual dos dois é amigo do outro? Aquele que ama – *quer* seja correspondido *quer* seja odiado – ou aquele que é amado? Ou em um caso como este não existe amizade na ausência do amor recíproco?"

d "Parece, afinal, que é o que sucede", ele disse.

"Bem, com isso nossa opinião agora difere do que foi antes. De fato, há pouco dizíamos que se *um* dos *dois* amava, todos os *dois* eram *amigos*, e agora dizemos que se todos os *dois* não amam, nem um nem outro é amigo."

"É o que parece."

"Consequentemente, não há amizade se aquele que ama não é correspondido."

"Aparentemente não."

"Do que se conclui que ninguém pode amar os cavalos se não for correspondido por eles nesse amor, nem as codornizes, nem os cães, nem o vinho, nem a ginástica, ou a sabedoria se esta não lhe corresponder nesse amor. Ou teremos que dizer que as pessoas

---

12. ...ἐρασταὶ... (*erastai*).

13. ...παιδικά... (*paidiká*).

amam esses objetos ainda que não sejam seus amigos, e que o
e poeta mentiu ao declarar:

Felizes aqueles de quem são amigos as crianças, os cavalos solípedes,

Os cães de caça e o hóspede estrangeiro?[14]

"Não creio que ele haja mentido", ele disse.

"Esses versos a ti parecem verdadeiros?"

"Sim."

"Portanto, aquilo que é amado é amigo daquele que o ama, Menexeno, mesmo que o amado não corresponda no amor ou dê em troca o ódio. Por exemplo, os filhos recém-nascidos, que ain-
213a da não principiaram a amar, mas às vezes plenamente capazes de odiar *suas mães* ou *seus pais* quando estes lhes impõem disciplina, são o maior objeto de amizade no mundo de seus pais até nesses momentos em que estes são objeto do ódio dos filhos."

"Sou dessa mesma opinião."

"O amigo, consequentemente, é aquele que é amado, e não aquele que ama.

"É o que se evidencia."

"O inimigo é aquele que é odiado e não quem odeia."

"É que parece."

"Em decorrência disso, deve acontecer com frequência de as pessoas em geral serem amadas pelos seus inimigos e odiadas por seus amigos, de forma que somos amigos de nossos inimigos e
b inimigos de nossos amigos – na hipótese de ser verdadeiro que o amigo seja quem é amado e não quem ama. Mas o fato é que isso é flagrantemente irracional, meu caro amigo, e mesmo impossível, ou seja, ser inimigo do próprio amigo e amigo do próprio inimigo."

"Penso", ele disse, "que o que dizes é verdadeiro, Sócrates."

"E considerando ser isso impossível, *quem ama é amigo de quem é amado.*"

"É o que parece."

"E quem odeia é inimigo de quem é odiado."

14. Sólon, fragmento 23.

"Necessariamente."

"O resultado é sermos aqui compulsoriamente reconduzidos
c à nossa primeira afirmação, ou seja, a de que podemos com frequência ser amigos de quem não é nosso amigo, por vezes até mesmo de nosso inimigo quando amamos quem não nos ama ou mesmo nos odeia; e que com frequência, em contrapartida, podemos ser inimigos de quem não é nosso inimigo ou até mesmo é amigo quando odiamos quem por nós não nutre ódio algum ou tenha por nós, talvez, até amor.

"É provável", ele disse.

"Diante disso, o que nos resta agora fazer", eu disse, "se amigos não são os que amam, nem os que são amados, nem os que amam e são amados? Haverá outros além destes com relação aos quais podemos afirmar que se tornam reciprocamente amigos?"

"Por Zeus, Sócrates", ele disse, "não sei o que responder."

d "Será, Menexeno", perguntei-lhe, "que não orientamos incorretamente nossa investigação?"

"É certamente o que acho", disse Lísis, enrubescendo ao pronunciar essas palavras. De fato, tive a nítida impressão de que essas suas palavras de interrupção lhe haviam escapado não intencionalmente, por força da rigorosa atenção que prestava ao que estava sendo dito, algo que nunca deixara de evidenciar-se.

Querendo dar a Menexeno alguma folga e contente com o sério interesse do outro pela filosofia, transferi a conversação para
e Lísis e lhe disse: "Tens razão, Lísis, em dizer que se houvéssemos dirigido corretamente nossa investigação, não teríamos nos perdido desta forma tão lamentável. É necessário que mudemos nosso rumo. Esse caminho pelo qual enveredamos por conta de nossa investigação é acidentado. Tomemos, ao contrário, aque-
214a le no qual avançamos alguns passos e recorramos ao norteamento dos poetas, que afinal são, por assim dizer, nossos pais e condutores em matéria de sabedoria. Eles têm, a respeito de amigos, onde quer que surjam, máximas indiscutivelmente impecáveis. Mas é a própria divindade, a crermos neles, que fez nascer a amizade, impulsionando os amigos um para o outro. Creio que o que dizem é mais ou menos o seguinte:

...Sempre um deus impulsiona o semelhante para o semelhan-
b *te...*[15] e os leva a se conhecerem. Já leste estes versos?"

"Sim", ele disse.

"Também conheces, sem dúvida, os escritos de sábios eminentes, onde se diz analogamente que o semelhante é sempre e necessariamente amigo do semelhante? Refiro-me aos que discorreram e escreveram *sobre a natureza e o Todo.*"[16]

"É verdade", ele disse.

"E pensas que o que dizem é certo?"

"Talvez", ele respondeu.

"Talvez", eu disse, "metade do certo. Mas talvez todo o certo, se conseguirmos entendê-los. Parece-nos que um indivíduo mau é
c cada vez mais odioso quanto mais se aproxima de um indivíduo mau e quanto mais goza de sua companhia. O indivíduo mau, de fato, comete contra ele uma injustiça. Ora, é impossível que aquele que perpetra a injustiça e o injustiçado sejam amigos. Não é isso?"

"Sim."

"Assim, a metade dessa afirmação seria falsa se fosse verdade que os maus são mutuamente semelhantes."

"Dizes a verdade."

"Penso que desejaram dizer que os bons se assemelham e são amigos, ao passo que os maus – como se diz deles em geral – não se assemelham sequer consigo mesmos, sempre volúveis e ins-
d táveis. Ora, aquilo que sequer assemelha-se e compatibiliza-se consigo mesmo dificilmente poderia assemelhar-se a outro nem ser seu amigo. Não concordas?"

"Oh, sim."

"Desse modo, o que querem dizer, segundo concluo, meu amigo, ao declararem que o semelhante é amigo do semelhante, é que a amizade só é possível entre os bons, não sendo possível o mau ter amizade verdadeira nem com os bons nem com os maus. Estaríamos de acordo nesse ponto?"

---

15. *Odisseia*, Canto XVII, 218.

16. ...περὶ φύσεώς τε καὶ τοῦ ὅλου... (*perì phýseos te kaì toû hólou*).

Ele meneou a cabeça em um gesto de assentimento.

e “Portanto estamos agora cientes de quem são os amigos: nossa argumentação aponta que são os bons.”

“Certamente”, ele disse.

“É o que penso também. Mas algo ainda me incomoda. Assim, por Zeus, examinemos o que ainda me inspira suspeita. O semelhante é amigo do semelhante enquanto semelhante e é útil como tal ao seu amigo encarado sob esse perfil? Ou em outras palavras: pode algo qualquer semelhante ocasionar ao semelhante, na sua condição de semelhantes, algum benefício ou algum dano
215a que não possa ocasionar a si mesmo? Pode ele experimentar algo – seja o que for – que não lhe viesse de si mesmo? Podem eles se propiciarem entre si alguma satisfação quando estão impossibilitados de se prestarem mútua assistência? É isso possível?”

“Não.”

“Mas sem a satisfação, como fica a amizade?”

“Ela é impossível.”

“Logo a conclusão é que o semelhante não é amigo do semelhante, e se o bom é amigo do bom, o é enquanto bom e não enquanto semelhante?”

“Provavelmente.”

“Mas o que é isso? O indivíduo bom, enquanto bom, não se basta a si mesmo?”

“Sim.”

“E um indivíduo autossuficiente de nada necessita precisa-
b mente devido à sua autossuficiência.”

“É evidente.”

“Aquele que de nada necessita não poderia receber nenhuma satisfação.”

“Presume-se que não.”

“E tampouco amar aquele que não proporciona nenhuma satisfação.”

“Penso que não.”

“E todo aquele que não ama não é um amigo.”

“Parece que não.”

"Então, como afinal serão os bons amigos dos bons? Quando separados, não anseiam pela presença uns dos outros porque mesmo nessa situação, *isolados*, são autossuficientes, e quando juntos não necessitam uns dos outros. Como poderiam atribuir valor à sua intimidade?"

"Impossível", ele disse.

c "Não seriam, portanto, amigos, pois não o podem ser indivíduos que se atribuem escasso valor."

"É verdade."

"Vê, Lísis, como nos desviamos do caminho. Não estaríamos nós, a este ponto, completamente equivocados?"

"Que queres dizer?", indagou.

"Ouvi em uma ocasião alguém afirmar – ocorreu-me agora a lembrança – que o semelhante é sumamente hostil ao semelhante e os bons o mesmo em relação aos bons. E quem o afirmou apoiava-se no testemunho de Hesíodo, que disse:

O oleiro não gosta do oleiro, o cantor não gosta do cantor,
E o mendigo não gosta do mendigo.[17]

d ...e disse, além disso, que assim é em tudo o mais: que, por força de uma necessidade universal, a inveja, a rixa, a hostilidade imperam entre as coisas mais semelhantes, tal como a amizade reina entre as mais dessemelhantes; que o pobre é constrangido a ser amigo do rico, ao passo que o fraco é forçado a ser amigo do forte, por uma questão de obtenção de ajuda – tal como o enfermo o é do médico e todo ignorante procura e ama o sábio. E ele prosseguiu em termos mais incisivos, declarando que o semelhante não possui a menor qualificação para ser amigo do
e semelhante, que a verdade é precisamente o contrário, e que, de fato, são as coisas completamente contrárias que são amigas no mais alto grau, uma vez que tudo deseja seu contrário e não seu semelhante: o seco o úmido, o frio o quente, o amargo o doce, o vívido o embotado, o vazio o cheio, o cheio o vazio, e assim por diante, porquanto o contrário se nutre do contrário, ao passo
216a que o semelhante nenhum proveito pode extrair do semelhante.

17. *Os trabalhos e os dias*, 25-6.

Bem, meu amigo, pareceu-me haver muita inteligência no que disse pois o formulou muito bem. Mas quanto a vós, os dois, o que pensam do que ele disse?"

"Parece ótimo", disse Menexeno, "ao menos da forma que foi apresentado."

"Diante disso, diremos que o contrário é o melhor amigo do contrário?"

"Com certeza."

"Que seja. Mas não vês nisso nada de estranho, Menexeno? Que regozijo vamos proporcionar a esses extraordinários homens, os desalojadores de contradições! Com que disposição vão saltar sobre nós e nos indagar se há algo mais contrário à amizade
b do que a inimizade! Como responderemos a eles? Não seremos obrigados a admitir que dizem a verdade?"

"Necessariamente."

"O quê?", dirão eles, "o inimigo é amigo do amigo e o amigo é amigo do inimigo?"

"Nem um nem outro", ele respondeu.

"O justo é amigo do injusto, o autocontrolado do desregrado, o bom do mau?"

"Não me parece que poderia ser assim."

"Entretanto", insisti, "se é da oposição que nasce a amizade, resulta necessariamente que também essas coisas contrárias sejam amigas."

"Sim, necessariamente."

"Assim, nem o semelhante é amigo do semelhante, nem o contrário é amigo do contrário."

"É o que se evidencia."

c "Bem, temos ainda o que investigar. Talvez a amizade seja algo completamente distinto do que supomos, ou seja, aquilo que se torna amigo do bem talvez seja o que não é nem o bem nem o mal."

"Mas afinal o que queres dizer?", ele perguntou.

"Por Zeus, mal sei eu mesmo. Estou ficando inteiramente atordoado com os embaraços de nosso argumento. Talvez o velho adágio esteja certo e o belo seja o amigo. De qualquer modo,

assemelha-se a algo macio, liso e lustroso, explicando isso talvez
d porque desliza tão facilmente entre nossas mãos e nos escapa, devido a essa sua natureza. De fato, sustento que o bom é belo. Não é isso que pensas?"

"Concordo."

"Digo então, por uma espécie de inspiração oracular, que aquilo que é amigo do belo e do bom é o que não é nem bom nem mau. Escuta os motivos de minha interpretação oracular. Parece-me haver, por assim duzer, três gêneros: o bom, o mau e o que não é nem bom nem mau. O que achas?"

"É o que a mim parece também", ele respondeu.

e "Declaro, ademais, que nem o bom é amigo do bom, nem o mau do mau, nem o bom do mau, isto por força da interdição de nosso argumento anterior. A alternativa que nos resta, portanto, na hipótese da existência da amizade, é a de que aquilo que não é nem bom nem mau seja amigo ou do bom ou daquilo que seja de qualidade idêntica a ele mesmo. Afinal não posso supor que algo pudesse ser amigo do mau."

"Isso é verdadeiro."

"Mas acabamos de afirmar que tampouco o semelhante é amigo do semelhante. Não é mesmo?"

"Sim."

"Conclui-se que aquilo que não é nem bom nem mau não pode ser amigo daquilo que se lhe assemelha."

"Aparentemente não."

"Consequentemente, é tão só do bem que pode se tornar amigo aquilo que não é nem bom nem mau, e isto exclusivamente."

217a "É o que parece necessariamente evidenciar-se."

"Será que não enveredamos, meninos, pelo caminho correto orientado por esse raciocínio? De fato, se imaginarmos um corpo sadio, perceberemos que prescinde tanto de médico quanto de ajuda; tem o necessário. Portanto, enquanto alguém se conserva sadio, não é amigo do médico por causa de sua saúde. Não é isso?"

"Sim."

"Entretanto, o doente é amigo do médico devido à sua doença."

"Sem dúvida."

"Bem, a doença é um mal, enquanto a medicina é benéfica e boa."

"Sim."

"O corpo, como corpo, não é nem bom nem mau."

"Está certo."

b "É devido à doença que o corpo é obrigado a acolher a medicina e amá-la?"

"Assim creio."

"Portanto, o que não é nem bom nem mau torna-se então amigo do bom por causa da presença de algo mau?"

"É o que fica evidenciado."

"Mas isso é antes de tornar-se mau ele próprio devido ao contato que entretém com o mau. Com efeito, uma vez haja se tornado mau, não é possível que prossiga desejando o bem ou ser seu
c amigo, posto que afirmamos que é impossível o mal ser o amigo do bem."

"É impossível, de fato."

"Presta atenção às minhas palavras. Certas coisas são do mesmo tipo das que se acham presentes nelas, ao passo que outras não. Por exemplo, se tinges algo de uma certa cor, a tintura constitui um acidente que afeta a coisa tingida."

"Certamente."

"Disso se conclui que uma coisa tingida, nesse caso, seja da mesma cor da tintura?"

"Não compreendo", ele disse.

d "Eu explico", eu disse. "Tens os cabelos louros. Se aplicarem alvaiade aos teus cabelos, estes passarão a ser brancos ou terão a aparência de brancos?"

"Apenas terão essa aparência."

"Apesar disso, a brancura estará presente neles."

"Sim."

"Mas nem por isso teus cabelos serão brancos, a presença dessa brancura não os tornando nem brancos nem negros."

"É verdade."

"Quando, porém, meu amigo, a velhice lhes conferir essa mesma cor, então se tornarão, devido à presença da brancura, idênti-
e cos ao que os afeta."

"Evidentemente."

"Bem, o que venho tentanto perguntar-te é o seguinte: uma coisa é sempre semelhante ao acidente pelo qual é afetada, ou isso se revela ora verdadeiro, ora não conforme o modo em que é afetada pelo acidente?"

"É mais provável que ocorra o segundo caso."

"O que não é nem mau nem bom pode, portanto, ser afetado por algum mal, ora não ser ainda mau, ora, ao contrário, tornar-se mau."

"Certamente."

"Consequentemente, quando, a despeito da presença do mal, ainda não foi por esta contaminado, essa própria presença nele estimula o desejo do bem; se, ao invés disso, essa presença já o contaminou, incapacita-o de desejar o bem e amá-lo. De fato, não
218a será mais possível dizer que não seja nem mau nem bom: é mau e asseveramos que o mau não pode ser amigo do bom."

"Certamente não pode."

"Com base no mesmo, podemos asseverar também que aqueles que já são sábios não mais *têm amizade pela sabedoria,*[18] sejam eles deuses ou seres humanos; e, por outro lado, que não podemos ter amizade pela sabedoria se promovemos a ignorância a ponto de nos tornarmos maus, já que jamais vemos pessoas más e ignorantes terem amizade pela sabedoria. Restam aqueles que, sem estarem isentos desse mal, isto é, a ignorância, não foram atingidos por ele a ponto de não possuírem mais nem inteligência nem conhecimento de espécie alguma, estando inclusive conscientes de não conhecer o que não conhecem. O resultado é serem
b esses amigos da sabedoria (filósofos) que não são ainda nem bons nem maus; quanto aos maus, tanto quanto os bons, eles não têm amizade pela sabedoria, visto que, por força de nossas discussões anteriores, nem o contrário é amigo do contrário, nem o semelhante do semelhante. Recordai-vos disso?"

---

18. ...φιλοσοφεῖν... (*philosopheîn*).

"Com certeza", responderam.

"Agora, Lísis e Menexeno", eu disse, "descobrimos enfim o que é o amigo e o que não é. Sustentamos, portanto, que o amigo,
c independentemente de se tratar da alma, do corpo ou de qualquer outra coisa, é aquele que – não sendo nem bom nem mau – é conduzido pela presença do mal a desejar o bem."

Ambos concordaram plenamente comigo.

Estava muito feliz. Experimentava o sentimento de haver caçado com êxito e finalmente ter nas mãos minha caça, quando me ocorreu, partindo não sei de onde, uma estranha dúvida. Talvez, afinal, tudo que havíamos concordado – nossas conclusões – não fosse verdadeiro. Pesaroso, só pude exclamar: "Lísis e Menexeno, receio que nosso tesouro recém descoberto não passou de um sonho!"

d "Como isso?", retrucou Menexeno.

"Temo que nos envolvemos em nossa investigação da amizade com argumentos que não são melhores do que fanfarronadas."

"Esclarece isso", ele disse.

"Reflitamos o seguinte: todo aquele que é amigo, o é de alguém? Sim ou não?"

"Sim, necessariamente."

"E ele o é sem razão e sem propósito, ou movido por alguma razão e visando a algo?"

"Movido por uma razão e visando a algo."

"E esse propósito em função de que é amigo é, ele mesmo, amigo ou inimigo, ou não é uma coisa nem outra?"

"Não compreendo o que queres dizer", ele respondeu.

e "Não é de se surpreender que não o compreendas. Mas talvez compreendas se eu formular a coisa da maneira seguinte, de modo que eu próprio, inclusive, sem dúvida, venha a compreender melhor o que eu mesmo digo. O doente, ao qual aludimos há pouco, é amigo do médico, não é?"

"Sim."

"É em razão de sua doença e visando a saúde que tem amizade pelo médico?"

"Sim."

"Ora, a doença é um mal?"

"Obviamente."

"E quanto à saúde?", perguntei. "É um bem, um mal ou nem um nem outro?"

"É um bem."

219a "Suponho termos dito que o corpo, que não é nem bom nem mau, era um amigo da medicina por causa da doença, que é um mal; que a medicina é um bem, que é visando a saúde que nutrimos essa amizade, e que a própria saúde é boa. Não é verdade?"

"Sim."

"E a própria saúde amiga ou inimiga?"

"Amiga."

"E a doença é inimiga?"

"Certamente."

b "Assim, portanto, aquilo que não é nem bom nem mau é amigo do bom, em razão do mau e do inimigo, visando o bom e o amigo."

"É o que parece."

"Por conseguinte, o amigo é um amigo de seu amigo visando a um amigo e em razão de seu inimigo."

"É o que se evidencia."

"Bem, que seja", eu disse, "e visto que chegamos até aqui, convém, meninos, que estejamos muito atentos para não nos desencaminharmos. Que o amigo se tornou um amigo do amigo e, desse modo, o semelhante tornou-se um amigo do semelhante é algo que vou deixar de lado, ainda que tenhamos dito há pouco ser isso algo impossível. Mas há um ponto que requer exame de
c nossa parte, se estivermos interessados em nos safar de enganos nesta argumentação. A medicina, dizemos, é objeto de amizade em vista da saúde."

"Sim."

"Do que se conclui que a saúde também é objeto de amizade."

"Certamente."

"Se é objeto de amizade, é visando algo."

"Sim."

"Algo que é objeto de nossa amizade, se desejamos ser coerentes com nossas declarações anteriores."

"Certamente."

"Portanto, esse próprio *algo* é objeto de amizade em vista de um outro *algo* que é objeto de nossa amizade."

"Sim."

"Mas com isso não seríamos arrastados a um processo sem fim, a menos que o encerrássemos atingindo um ponto inicial, além do qual não seríamos mais enviados a um outro objeto de amizade, e que fosse o próprio princípio de toda amizade, o objeto em função do qual dizemos que temos amizade por todos os outros?"

d "Necessariamente."

"É essa a razão porque eu me perguntava, receoso, a respeito da possibilidade de todos esses *outros* objetos, que classificamos como objetos de amizade tão só em função *desse objeto*, não passarem de fantasmas que nos enganam, e esse primeiro princípio ser a única coisa pela qual temos verdadeiramente amizade. Reflitamos a respeito. Imaginemos algo que valoramos maximamente, do que é exemplo um filho para cujo pai nada tem mais valor, nem todas as riquezas: um indivíduo como esse, por conta da consideração máxima que confere ao seu filho, seria levado a atribuir
e concomitantemente elevadíssimo valor a certas outras coisas? Por exemplo, se soube que seu filho bebeu cicuta, estimará maximamente o vinho se crer que este poderá salvar seu filho?"

"Sem dúvida alguma."

"Atribuirá valor, inclusive, ao recipiente do vinho."

"Certamente."

"Nessa ocasião diremos que atribui o mesmo valor à taça de argila ou aos três cótilos de vinho que ao seu filho? Não será o caso, ao contrário, de todas as preocupações se vincularem não aos meios empregados em vista de um determinado fim, mas ao fim em vista
220a do qual os meios são empregados? Frequentemente – é verdade –

declaramos que atribuímos muito valor ao ouro e à prata. Mas é uma afirmação inexata. O que valorizamos, de fato, é aquilo, seja o que for, que constitui o fim em vista do qual buscamos o ouro e todos os outros meios. Será isso o que nos cabe afirmar?"

"Certamente."

"E não é o mesmo válido para o amigo? Quando nos referimos a todas as coisas que são objetos de nossa amizade em vista de
b um outro objeto de nossa amizade, está claro que nos limitamos a usar a palavra *amigo* por força de expressão. O que é efetivamente objeto de nossa amizade é exclusivamente aquela coisa para a qual tendem todas essas pretensas amizades."

"Parece, de fato, ser assim", ele disse.

"Desse modo, o que é realmente amigo não o é em vista de outra coisa?"

"É verdade."

"Temos aqui, portanto, uma noção estabelecida: o que é objeto de amizade não o é visando a uma outra coisa pela qual se tem amizade. Mas nesse caso, é o bem objeto de amizade?"

"A mim parece que sim", ele disse.

"Mas não é por causa do mal que o bem é objeto de amizade, ou
c seja, que o bem é amado? Não será forçoso raciocinarmos que dadas as três espécies distinguidas por nós (o bom, o mau e o que não é nem bom nem mau), se consideramos somente a primeira e a última (supondo como eliminado o mau do corpo, da alma e de tudo que concordamos não ser, por si mesmo, nem bom nem mau), nos veríamos forçados a admitir que o bom poderia ser para nós inteiramente inútil e sem qualquer serventia? Se efetivamen-
d te nenhum mal nos atingisse, não teríamos mais necessidade de qualquer socorro, e isso nos obrigaria a reconhecer que era o mal que nos proporcionava o bem precioso e caro, pois este último era o medicamento que curava a doença que era o mal. Mas, uma vez eliminada a doença, não há necessidade de uma cura. E com referência à natureza do bem? Será verdade que é em função do mal que se faz objeto de nossa amizade – nós que nos situamos a meio caminho entre o bem e o mal – e que, por si mesmo, é inútil?"

"Parece que assim é", ele disse.

"Com isso somos levados a concluir que esse objeto de nossa
e amizade, no qual teriam seu ponto final e rematariam todas as nossas demais amizades – amizades que só existem, segundo nós, colimando a um fim delas distinto – em nada se assemelha aos outros objetos de amizade, os quais são assim chamados em vista de um outro objeto de amizade; diferentemente, a amizade em si encerraria um caráter totalmente oposto, porquanto sua causa estaria em um objeto de *inimizade*. Na hipótese da supressão do inimigo, também o amigo seria suprimido."

"A mim parece que sim", ele disse, "ao menos a julgar pelo que estamos dizendo agora."

"Por Zeus", retomei a palavra, "se o mal fosse suprimido, o que seria da fome, da sede e de outras necessidades análogas?
221a Seriam igualmente suprimidas? Ou talvez a fome continuasse a existir enquanto existissem seres humanos e animais, mas não seria mais prejudicial. Quanto à sede e aos demais desejos, continuando a existir, não causariam mais nenhum mal visto o mal ter sido suprimido? Ou é ridículo formular uma questão acerca do que será ou não será em um estado de coisas desconhecido por todos? Tudo que sabemos é que hoje a fome às vezes causa o mal, mas em certas ocasiões também mostra-se útil. Não é mesmo?"

"Certamente."

"De modo idêntico, quando alguém experimenta a sede ou
b qualquer outro desejo desse tipo, ora acarreta o mal, ora o bem, ora nem um nem outro. Não é isso?"

"Decididamente."

"Mas se o mal fosse eliminado, por que sua eliminação acarretaria a eliminação daquilo que não é um mal?"

"Isso não teria que ocorrer necessariamente."

"Então mesmo no caso da supressão do mal, continuariam a existir os desejos que não são nem bons nem maus."

"É o que parece."

"E seria possível experimentarmos desejos e paixões sem sentir amizade pelos objetos de nossos desejos e paixões?"

"Penso que não."

"Então, mesmo com a supressão do mal ainda haveria coisas amigáveis?"

"Sim."

c "Isso não ocorreria se a causa da amizade fosse o mal, pois uma vez ele abolido, a subsistência de qualquer amizade seria impossível. Se suprimirmos a causa, o efeito dessa causa também será suprimido."

"O que dizes é correto."

"Entramos em consenso quanto a reconhecer que o amigo experimenta amizade por um certo objeto devido a uma razão; e passamos a julgar então que aquilo que não era nem bom nem mau tinha amizade pelo bem por causa do mal."

"É verdade."

d "E agora, pelo que parece, encontramos uma outra causa do amar (sentir amizade) e ser amado (ser objeto de amizade)."

"Realmente é o que parece."

"Não será porque, como o dizíamos há pouco, o desejo[19] é a causa da amizade, de forma que aquele que deseja nutre amizade pela pessoa que deseja, e sempre que a deseja? Será que o que dizemos anteriormente da amizade não passou de mera tagarelice, como um poema excessivamente longo?"

"É possível", ele respondeu.

e "Entretanto", eu disse, "aquele que deseja, deseja o que lhe falta?"

"Sim."

"Consequentemente, o que falta é amigo daquele em que falta?"

"Assim creio."

"Ora, uma coisa nos falta quando é de nós subtraída."

---

19. ...ἐπιθυμία... (*epithymia*).

"Obviamente."

"Então é *àquilo* que é intimamente aparentado a si mesmo – pelo que parece – que o amor passional, a amizade e o desejo[20] se dirigem, Menexeno e Lísis."

Ambos concordaram.

"Se sois amigos um do outro, mediante algum liame naturalmente vos aparentais intimamente um ao outro."

"Decididamente", disseram juntos.

222a "E quando nutrimos por alguém amizade, amor passional ou desejo, meninos, o que nos move a provar esses sentimentos – sem o que não os provaríamos – é nos aparentarmos intimamente àquele que amamos pela alma, por alguma qualidade da alma ou do caráter, ou pelo aspecto."

"Com certeza", disse Menexeno, enquanto Lísis se manteve calado.

"Muito bem", eu disse, "reconhecemos que um natural íntimo parentesco faz nascer necessariamente a amizade."

"É o que parece", ele disse.

"É, portanto, igualmente necessário que o amante autêntico, não o pretenso amante, seja correspondido pelo objeto de seu amor."

b Lísis e Menexeno se limitaram a fazer um ligeiro gesto de assentimento, mas Hipotalés, em seu deleite, irradiou todas as cores.

Na intenção de reexaminar nossa argumentação, eu disse: "Se o íntimo parentesco é diferente da semelhança, creio, Lísis e Menexeno, que nossa conclusão tem alguma utilidade com referência ao que é o amigo. Porém, se ter parentesco íntimo e ser semelhante significam o mesmo, será difícil descartar a afirmação que fizemos antes e negar que o semelhante seja inútil ao semelhante enquanto semelhantes. E quanto a afirmar que se pode ter afeição
c pelo inútil, seria um erro crasso. Estaríeis dispostos, visto que estamos como que embriagados com essa discussão, a admitir que o parentesco íntimo não se identifica com a semelhança?"

---

20. ...ἔρως καὶ ἡ φιλία καὶ ἡ ἐπιθυμία... (*éros kaì he philía kaì he epithymía*).

"Com certeza."

"Sustentaremos, em consonância com isso, que o bem é aparentado a todas as coisas e que o mal lhes é estranho? Ou que o mal é aparentado ao mal, ao passo que o bem ao bem e o que não é bom nem mau ao que não é bom nem mau?"

Os dois optaram pela segunda correlação.

d "Cuidado, meninos. Caímos novamente na tese sobre amizade que rejeitamos há pouco tempo atrás, pois agora o injusto não seria menos amigo do injusto e o mau do mau do que o bom o seria do bom."

"É o que se evidencia", ele disse.

"Ora vejam! Dizer que o bom é idêntico àquilo que a ele é aparentado equivale a dizer que o bom somente pode ser amigo do bom?"

"Certamente."

"Mas me parece que sobre esse ponto nós próprios estávamos convencidos de nosso erro. Não vos lembrais disso?"

"Lembramos."

e "Bem, o que resta extrair de nossa argumentação? Ou não ressalta que nada mais é possível extrair dela? Diante disso, eu vos peço, como hábeis oradores nos tribunais, o recurso de resumir tudo o que foi dito. Se nem o que nutre amizade, nem aquele que é objeto da amizade, nem os semelhantes, nem os dessemelhantes, nem os bons, nem os que são a estes aparentados, nem nenhum dos outros que indicamos – os quais são tantos que nem sequer mais me lembro – *são* o amigo, só me resta calar-me."

223a Com esse meu discurso tencionava incitar ao debate algum dos ouvintes mais velhos. Àquela altura, contudo, atuando como divindades importunas, os guardiões de Menexeno e de Lísis intervieram. Tinham consigo os irmãos dos dois garotos e lhes ordenaram que se preparassem para ir embora, pois já era tarde. Em um primeiro momento o grupo tentou afastar os guardiões inoportunos, mas eles não nos deram nenhuma atenção. Tudo que fizeram foi insultar-nos rispidamente com seu grego cheio de so-

taque estrangeiro e chamaram novamente os meninos. Entendemos que haviam bebido demasiado nas festividades de Hermes
b e era pouco provável que conseguíssemos negociar com eles. Só nos restou capitular e nos separarmos. Entretanto, quando saíam, ainda observei: "Lísis e Menexeno, proporcionamos hoje um espetáculo risível, tanto eu, que sou um homem velho, quanto vós. Nossos ouvintes irão embora comentando que nós, que temos a pretensão de ser amigos – e eu me coloco como tal em relação a vós – não fomos capazes de descobrir o que é um amigo".

Este livro foi impresso pela Gráfica Grafilar
em fonte Times New Roman sobre papel Pólen Bold 70 g/m²
para a Edipro no outono de 2023.